PLAZA & JANES

P & J

LITERARIA

El hombre que hablaba de Octavia de Cádiz

Cuaderno de navegación en un sillón Voltaire

Alfredo Bryce Echenique

Plaza & Janés Editores, S.A.

Portada de

JORDI SANCHEZ

Primera edición: Abril, 1985
Segunda edición: Junio, 1985

Editado por PLAZA & JANES EDITORES, S. A.
Virgen de Guadalupe, 21-33
Esplugues de Llobregat (Barcelona)

Printed in Spain – Impreso en España

ISBN: 84-01-38045-6 – Depósito Legal: B. 22354-1985

Impreso por Printer Industria Gráfica sa. Sant Vicenç dels Horts Barcelona

A Ivonne y Carlos Barral, Cecilia y Federico Camino, Adita y Germán Carnero, Maite y Pepe Esteban, Margarita Benavides y Ricardo Letts, Cecilia Hare, Maricruz y Daniel Sueiro, hermanos nunca tan bien escogidos;

a Doris de Cossío (basta con llamarla Dorotea), Eduardo Nugent Valderomar, el amigo más maestro, Manuel Barnechea, en *La Puerta del Gallero*, y Maite Igartua Bryce, en este mundo de muchas ostras y muy pocas perlas, por días de champán y ostras y perlas de ternura en el viejo canal de Palavás;

y a ti, nuevamente, Sylvie, porque hemos ejercido siempre el derecho de amar y sufrir como nos viene en gana, por nuestro reencuentro, tan Lafaye de Micheaux, *da* Stanley Tomshinsky, y porque en la pintura, sólo nosotros lo sabemos, el siglo empieza con Kandinsky y termina con Tomshinsky.

A Ivonne y Carlos Barral, Cecilia y Federico Camino, Anita y Germán Carnero, Maité y Pepe Esteban, Margarita Benavides y Ricardo [illegible], Cecilia Hare, Maricruz y Daniel Suárez: hermanos nunca tan bien escogidos;

a Doris de Cosale (hasta con llamarla Dorotea), Eduardo Nugent Valdeomar, el amigo más maestro, Manuel [illegible] en la Puerta del Sol, y Maite Ugalde Bryce en este mundo de muchas ostras y muy pocas perlas, por una de champán y ostras y perlas de tamaño en el viejo café de Tatavás;

y a él, nuevamente, Syzzle, porque hemos olvidado siempre el [illegible] de amar y salir como nos viene en gana, por motivo [illegible] reconocimiento, a [illegible] de Mallorca de Stanley Tomasinsky, y porque en la pintura, sólo nosotros lo sabemos, el siglo empieza con Kandinsky y termina con Tomasinsky.

La ciencia explica el universo, la sicología explica los seres, pero hay que saber defenderse, no ceder, no dejarse arrancar las últimas migajas de ilusión.

ROMAIN GARY, *Los pájaros van a morir al Perú.*

Antiguamente una historia sólo podía terminar de dos maneras: pasadas todas las pruebas, el héroe y la heroína se casaban o morían.

ITALO CALVINO, *Si una noche de invierno un viajero.*

Entonces, ¿en qué creía? En el humor. En reírme de los sistemas, de la gente, de uno mismo. En reírme de mi propia necesidad de reírme constantemente. En ver la vida tan contradictoria, multilateral, diversa, divertida, trágica y con momentos de belleza terrible. En ver la vida como un pastel de frutas, incluyendo ciruelas deliciosas y almendras podridas, pero destinado a que nos lo comamos con hambre porque no se pueden celebrar las ciruelas sin envenenarnos, en ocasiones, con las almendras.

ERICA YOUNG, *Miedo a volar.*

La belleza como el amor, es lo único serio en la vida; serio como la sonrisa.

JOSÉ MARÍA EGUREN, *Noche Azul.*

MI AGRADECIMIENTO más sincero a mis colegas y amigos de Montpellier, por ese refugio de cuatro años que me permitió terminar mis cuadernos azul y rojo. Y al señor Pierre de Nuce de Lamothe por la paciencia y generosidad con que me enseñó a navegar por estos mares de Dios y Montpellier.

ADVERTENCIA DE DON GREGORIO CORROCHANO

Cualquier escritor sabe lo difícil que es contener la hemorragia de la tinta y sabe también que ésta se repite, como la de la sangre; acaso porque el escritor en esa corriente que se establece entre el cerebro y la pluma, tiene sangre en la tinta. Sirva esto de disculpa con el lector si con alguna frecuencia me encuentra reiterativo. Si el escritor se encariña con el tema, no solamente no intenta contener la hemorragia, sino que la provoca. En este caso clínico me encuentro cuando considero «el porqué» del toreo.

Cuando suena el clarín.

I. IMPRIMA, NO DEPRIMA, O CUANDO SUENA EL CLARÍN

ABRIENDO EL CUADERNO ROJO

IMPRIMA, NO DEPRIMA: Todos los escritores, me imagino, presienten al menos cuál será el tema del libro que van a escribir. Y permítaseme, por favor, considerarme ya miembro del gremio este de la fatídica soledad ante la página en blanco, porque acabo de terminar con mi cuaderno azul de fatídica navegación y toda la soledad del mundo, en excelente compañía, eso sí, sobre muchísimas páginas en blanco y negro. Le he dado el título de *La vida exagerada de Martín Romaña,* porque así ha sido mi vida desde que me vine a París, y porque al final de esa novela sobre mi vida desde que me vine a París, prácticamente lo único que quedó de mí, aparte de algunos kilos de peso, fue mi nombre.

Bueno, pero decía que yo me imagino que todos los escritores presentimos, gracias ahora a la modestia aparte y a *La vida exagerada de Martín Romaña,* al menos cuál será el tema de la novela que vamos a escribir. Yo, además, presiento el título, que en este caso oscila entre *Octavia de Cádiz* y *Anota que soy un hombre,* lo cual no creo que le presente al lector problema alguno de oscilación, porque bastaría con unir las partes para obtener el todo deseado, y de esta manera tendríamos *Anota que soy un hombre, por favor, Octavia de Cádiz* (1) El *por favor* es un agregado de último minuto, pero de cualquier modo Octavia respondería: ¡Vete al demonio, Martín Romaña, porque yo siempre te he considerado un hombre que camina sobre sus dos piernas! Mientras tanto, yo voy sintiendo que qué tendrán que ver mis piernas con mi

(1) Un tremendo oscilón, pero esta vez del destino, me llevó finalmente a optar por el título que aparece en la portada. Perdón, pero fue algo que jamás se me habría ocurrido presentir, siquiera.

corazón y que a lo mejor las suyas sí tuvieron algo que ver con mi corazón porque más de una vez, aunque sin quererlo ella, por supuesto, yo sentí que los pies de sus piernas me pisoteaban alma, corazón y vida, aunque sin quererlo ella, por supuesto.

Y tal vez fue éste el verdadero problema, el de haber sido por supuesto siempre sin quererlo ella y queriéndonos tanto. Porque Octavia de Cádiz me adoró. Qué más prueba de ello que el lamentable estado en que me dejó ya de por vida, al casarse por primera vez y queriéndonos tanto. Sólo pensaba en una muerte como las de los viejos tiempos, cuando los héroes de las novelas o se casaban o se morían de amor. Porque a diferencia de Inés de Romaña, Octavia nunca llegó a ser Octavia de Cádiz de Romaña, ni habrá ya en el mundo niños de nombres tan lindos como Almudenita Romaña de Cádiz, sin quererlo ella por supuesto tampoco y queriéndonos tanto. Con todo lo cual Octavia me dejó abiertamente enfrentado a la otra alternativa de los héroes de las novelas de los viejos, buenos tiempos. Te adoro, Octavia, y trataré de ser muy breve y eficaz sin dolor. Qué horror, Dios mío, con qué presentimiento tan negro estoy abriendo mi cuaderno rojo de navegación.

Imprima, no deprima: Yo sigo adorando a Octavia de Cádiz, y lo peor del asunto es que nuestra historia de amor, hasta su primer matrimonio, hay momentos, ya me lo dirán ustedes, en que no pudo parecerse más a una novela que hasta de caballería no para, con batallas de amor perdidas, princesa lejana, terrible injusticia medieval, espesos muros como de convento, y por lo menos un amante del Tajo, yo, Martín Romaña, porque una noche sí que me cayeron de a montón los enemigos, y si vieran el estado en que me dejaron el cuero cabelludo, tajo y más tajo. Debí haber aprovechado para morirme entonces, por lo breves y eficaces que fueron conmigo, pero sobreviví porque aún quedaba vida y esperanza, y por que sin quererlo, por supuesto, a Octavia como que le encantaba que un hombre pudiera amarla en ese estado por ella, cualquier cosa por ella mientras no fuera el corazón, cualquier cosa mientras nada ni nadie me tocara el corazón.

—Jamás —le decía yo, siempre con ese sentimiento de culpabilidad que me dejó el haber tardado tres meses en olvidar para siempre a Inés de Romaña, aunque es tan largo el olvido, porque ella me había abandonado también para siempre y, como decía Octavia, no sin alguna razón, mientras me acompañaba a soportar a mares todos los efectos secundarios de todas las pastillas que tomaba para que los días sin Inés transcurrieran sólo con efectos secundarios, a una persona que te ha abandonado para siempre, Martín, tienes que olvidarla también para siempre.

Puse la idea en práctica, pero sin el menor resultado, o sea que lo que debía andar fallando eran las pastillas. Consulté con Octavia, y recibí la primera bofetada que me dio en mi vida.

—¡Atrévete a pensar que la que estoy fallando soy yo, Martín! —exclamó con muchísima personalidad.

Imposible ponerle la otra mejilla, dado mi estado catacúmbico, pero Octavia, con gran bondad, me dio el primer beso que recibí en mi vida después de una bofetada. Primero me dijo perdón, Martín, por lo enfermo que estaba, después sentí el calor de sus labios sobre el calor de su golpe, e inmediatamente fue tristísimo cuando los dos empezamos a llorar a mares al darnos cuenta de que su beso no había tenido ni siquiera un efecto secundario contra Inés. Octavia lloraba de dieciocho años de edad y yo de treinta y tres, lo cual, la verdad, nos conmovió bastante; a ella, por lo joven que era yo y por toda la vida de escritor que tenía por delante, y a mí por la tos espasmódica que le daba al llorar y porque si no regresaba al día siguiente qué iba a ser de mí. Así empezó nuestro amor. Es decir, el de ella y el mío. Empezó cuando yo empecé a temer que no regresara al día siguiente.

En cuanto al amor de Octavia, había empezado meses atrás en su casa y de una manera que sólo puedo calificar de real maravillosa, porque Florence, la hermana mayor de Octavia, regresó una tarde de la Universidad de Nanterre y contó que la gente se aburría bastante pero que alguien le había dicho que en el Departamento de Español había un profesor peruano tan taciturno como loco, un tal Martín Romaña que no dictaba sus clases sino que las llevaba grabadas.

—¿Estás segura que se llama Martín Romaña? —le preguntó Octavia.

—¿Por qué?, ¿lo conoces?

Octavia siempre había sido una muchacha muy alegre, pero demasiado imaginativa, excesivamente intuitiva y tremendamente sensible. Por eso su padre, que estaba escuchando la conversación, apenas si asomó la nariz por encima del periódico cuando Octavia dijo dos cosas absolutamente contradictorias.

—No lo conozco, Florence, pero sí lo conozco.

Florence, que se preocupaba siempre por la inquietud permanente en que vivía su hermana, no quiso dejar el diálogo ahí.

—¿Qué quieres decir con eso, Octavia? ¿Que lo conoces de oídas?, ¿que lo conoces a través de alguien?

—Flo —la cortó Octavia, con un suspiro de pena y de cansancio—, Flo, dejemos el diálogo ahí, por favor.

Inmediatamente después abandonó la sala y corrió en busca del teléfono. Lo desconectó, lo llevó a su dormitorio, lo conectó allí e hizo tres llamadas. Estuvo horas hablando y, cuando Florence fue a ver por qué había mandado decir con la empleada que no iba a comer esa noche, la encontró llorando de una forma realmente espantosa sobre su cama.

—¿Con quién has hablado, Octavia?

—Ya sabes con quienes he hablado, Flo.

—¿Con los tres?

—He roto con los tres.

—¡Octavia, estás loca!

—Sí, Flo. Tú sabes cuánto los quiero, cuánto los comprendo... Nunca pude darle la preferencia sólo a uno... Los adoro, Flo.

—Pero entonces, ¿por qué has hecho eso? Podrías haber seguido saliendo con ellos como siempre, como amigos... Era muy fácil, además.

—Quiero estudiar en Nanterre. Quiero aprender bien el castellano.

—Octavia, tú lo que quieres es conocer a Martín Romaña.

—Lo que quiero es ser su alumna.

—¿Entonces lo conoces ya?

—Flo, Flo... Me pasa algo muy raro... Me inquieta ese nombre. Necesito saber quién se llama Martín Romaña.

Estas cosas, así de increíbles y así de ciertas, ya verán, me las contó Octavia en mi nuevo departamento parisino, tan poco alejado del anterior que la maldad de las viejas y demás tipos de vecinos no podía haber desaparecido. Cuando me dijo el nombre y el apellido de sus tres pretendientes, el de París, el de Lisboa, y el de Milán, yo me sentí el hombre más pobre y desapellidado del mundo. Y me dio muchísima pena pensar que esa chica que había roto prácticamente con tres coronas de Europa, al mismo tiempo, estuviese ahora llorando por un hombre que había perdido una sola esposa y con tan poco cuento de hadas.

—No llores más por mí, Octavia —le dije—; esto no es más que una recaída causada por una terrible operación y seguida por la partida de mi esposa. Muy pronto las pastillas volverán a sacarme adelante.

Octavia me dio una bofetada, como siempre que le decía que eran las pastillas las que me iban a sacar adelante. Claro, pobrecita, con sólo dieciocho años y tres pretendientes menos, debía resultarle sumamente doloroso que no reconociera los esfuerzos y sacrificios que había hecho y estaba dispuesta a hacer por mí.

—Octavia —le dije, tratando de disculparme—: lo que pasa es que cuando uno sigue un tratamiento debe tener fe en él y en el médico que se lo ha prescrito.

Normalmente, después de una bofetada, Octavia me besaba en el mismo lugar, para borrar el dolor, o en la frente, para borrar el recuerdo y el dolor. En la otra mejilla jamás se fijaba, como si su ternura fuese muy anterior al cristianismo. Pero esa tarde ni me dijo perdón ni me besó ni nada.

—¿Qué te pasa, Octavia? —le pregunté, porque el hombre es un animal de costumbres—. ¿Qué te pasa? Por favor, para ya de llorar de esa manera tan desgarradora.

Pobrecita. Lloraba sobre el diván que yo acababa de comprar, y yo la contemplaba desde aquí, desde mi recién estrenado sillón Voltaire, en este mismo departamento, acabadito de alquilar, entonces, y si vieran cómo.

—Octavia —insistí—, ni yo ni mis pastillas valemos una sola lágrima tuya (2).

Quise decirle mi amor, por favor, no llores, pero pensé tan fuerte en Inés que terminé teniendo que esconderle un nudo en la garganta a Octavia, faltando aún dos horas para mi próxima toma antidepresiva. No sabía qué hacer, y los hombros le temblaban de tal manera que hasta temí que se me fuera a morir por lo delgada que era, además de menor de edad, porque entonces aún no se había dado en Francia la ley sobre la mayoría de edad a los dieciocho años. Por fin, salté del Voltaire y me arrodillé ante el diván, exclamando:

—¡No llores! ¡No llores Octavia de Cádiz tan linda! ¡No llores, Octavia, porque eres lo más maravilloso que me ha ocurrido desde que en Cádiz supe que eras toda la fantasía que le faltaba a mi vida!

Pero seguía llorando, menor de edad y alumna, y ya el asunto empezaba a preocuparme de una manera egoísta, si la oían los vecinos, si se enteraban en su casa, si mañana no regresaba a verme... Esto último me produjo un nudito en la garganta que me hizo realmente feliz.

—¡No llores, Octavia! —exclamé, alzando los brazos al cielo y siempre de rodillas, para obtener un efecto—. Me tienes con un nudo enorme en la garganta y te juro que el psiquiatra me ha dicho que conocerte es lo mejor que me ha podido pasar.

—Martín —logró pronunciar Octavia, pero la tos y el llanto le impidieron continuar.

Jamás había visto llorar a nadie tanto, y hasta pensé que sería por lo enormes que tenía los ojos, aunque la verdad es que no sé si hay algo escrito al respecto, y francamente Octavia estaba manchándome íntegro el diván con sus lágrimas maquilladas. Ver eso, cuando se marchara, podía ser muy dañino para un hombre enfermo de tristeza como yo. ¿Qué le pasaba a Octavia? Había pronunciado mi nombre con un sollozo atroz, pero seguía sin completar su frase y yo seguía en babias, ya empezaba a impacientarme. Digo esto, que puede parecer cruel, porque nuestra historia fue tan triste, y a veces tan a ocultas y arriesgada y a la carrera, que tuvimos que aprender muy pronto a sostener conversaciones completas, incluso por teléfono y a larga distancia, en medio de la tos y los llantos más espantosos. Creo que fue la única cosa práctica que aprendimos para enfrentar a tanta adversidad. Pero esa tarde, Octavia se había quedado en Martín y pasaba el tiempo sin que lograra agregar nada nuevo. Me incorporé, me arrodillé de nuevo a sus pies,

(2) Aclaro, por si acaso, que en medio de todos estos enredos presentimentales, jamás dudé de mi venerado psiquiatra catalán, en quien seguí teniendo confianza absoluta aun cuando Octavia me dejó con la alternativa no matrimonial de las historias de los viejos y grandes tiempos heroicos. Simple y llanamente opté por no molestar más a aquel médico y amigo. Eso es todo.

pero con mayor fuerza y efecto que la primera vez, y le volví a decir lo bien que me había hablado el psiquiatra de ella y que ya vería también cómo a la larga yo no podría vivir sin sus visitas de cuatro a ocho, cada tarde.

—Martín —volvió a sollozar Octavia—, ¿qué hora es?

—Es casi el fin de las cuatro de la tarde cada tarde, Octavia; ya tienes que parar de llorar.

—No puedo.

—Pero, ¿por qué?, ¿por qué?

—Porque no estoy llorando por ti sino por ellos.

Casi me mata, lo cual no era nada difícil, por aquel entonces, y caí destrozado sobre el Voltaire que la propietaria me había encargado tanto cuidarle. Esas cosas me daban rabia, porque a Octavia le importaban un repepino, y en cambio yo en medio de los peores dramas tenía que fijarme hasta en la forma en que caía destrozado sobre los muebles del departamento. O sea que estaba a punto de soltar una pequeña vengancita, mencionando a mi adorada Inés y el daño que me había causado su partida, cuando Octavia pronunció la frase más dulce que me habían dicho en la vida, hasta ese momento.

—Hoy me voy a quedar hasta las nueve, Martín —dijo, sonándose hasta la tos, para que no fuera a darme cuenta de lo sentimental que era. Después se incorporó, se acercó al sillón, y empezó a acariciar la cabeza del enfermo, con ese ataque de hipo que a mí me tranquilizaba tanto porque siempre le venía cuando por fin había cesado definitivamente el ataque de llanto.

—Te he hecho daño porque no has entendido nada, Martín —agregó.

—Te he entendido perfectamente bien y te agradezco en el alma que te quedes una hora más.

—Me quedo hasta las diez —dijo—. Voy a llamar a casa a decirles que tengo que comer donde una amiga.

—Gracias, Octavia; no sabes el bien que me hace saber que te vas a quedar dos horas más.

—No has entendido nada, Martín —insistió ella, a pesar del hip hip.

—Lo he entendido todo muy bien, Octavia. Es natural que llores por esos tres muchachos que soñaban con casarse contigo algún día. Tú misma me decías que los querías tanto que te desesperaba no poder decidirte por ninguno, y que al mismo tiempo te habría desesperado decidirte por uno y no poder hacer felices a los otros dos.

—Ya ves —volvió a insistir Octavia—, no has entendido nada, Martín. Si he llorado tanto es precisamente porque me daba una pena horrorosa estar llorando por ellos y no por ti.

Se instaló sobre mis rodillas, con hipo y todo, pero no porque tuviéramos ya tanta intimidad en nuestro trato, sino porque a un moribundo de treinta y tres años las chicas como Octavia de Cádiz, aunque no hay chicas como Octavia de Cádiz, se le instalan por cualquier parte, y me preguntó si esta vez le había entendido.

A mí el psiquiatra me había recomendado ensayar en cualquier oportunidad mi agonizante sentido del humor, a pesar de la catástrofe a la que me había conducido, o sea que le dije:

—Bueno, Octavia, esta vez creo que sí te he entendido. Tu frase, aparte de ser la tercera frase realmente conmovedora que has pronunciado en pocos minutos (la primera fue que te quedabas hasta las nueve y la segunda, hasta las diez), revela una ternura por mí que realmente no merezco...

—Sí la mereces —dijo Octavia, con firmeza y con hipo.

—No me interrumpas —le dije—; todavía no he terminado.

—¿Por qué no has terminado?

—Porque tu frase, aunque más bien debería decir tu llanto, revela que ahora ya no son tres las personas por las que sufres. Ahora somos cuatro. Sólo que los otros son de cuento de hadas y yo soy un pobre profesor de porquería, al que se le llama lector, ni siquiera profesor, quince años mayor que tú, muy pobre, y demasiado enfermo.

Octavia me pegó dos bofetadas seguidas, lo cual según su código de honor y de orgullo quería decir que se cesaba en el acto de hablar sobre un tema. Lo que no supe fue si me las pegó porque me llamé lector, viejo, pobre, y enfermo, o porque dije que ahora éramos cuatro. Después, recogió la enorme bolsa negra con la que andaba siempre y se marchó a las ocho y cuarto. Como a las ocho y media me tocaba mi antidepresivo, solté el qué importa del deprimido, y me entregué de lleno a la pena inmensa de que mi esposa Inés se hubiese marchado para siempre. Y en cuanto a Octavia, sentí también algo de tristeza, una ligera tristeza que encontré muy correcta en un hombre que tiene un profundo sentido moral de la vida, y que se habría considerado un gran ingrato, y hasta un desalmado, de no haber entristecido siquiera un poquito al pensar que esa muchacha, que llevaba varias semanas con un impresionante récord de lágrimas, hipo, y bofetadas, todo por despercudirme, por reanimarme y hacerme volver a vivir, no regresaría a tocar mi puerta jamás.

Pensé incluso que abandonaría sus clases en Nanterre, pero ahí estaba a la mañana siguiente. Ahí, en la misma sala de clases en la que la vi aparecer atrasadísima, una mañana, corriendo muy agitada hacia una silla, quitándose un enorme sombrero negro en el camino, disculpándose coquetísima porque llegaba tan tarde, mientras tomaba asiento, y mirándome, mirándome y mirándome. ¿Cómo me mira?, me pregunté, reaccionando ante algo que simplemente no podía ser, pero resultó que sí podía ser y que en efecto me estaba mirando como si alguna vez nos hubiésemos conocido milagrosamente en una playa de Cádiz.

Y ahora sí ha quedado bien abierto este cuaderno rojo de navegación.

Y a navegar se dijo. Y por estos mares de Dios. No presiento ya, sino que sé y siento muy bien lo que voy a escribir en él, instalado como siempre en mi sillón Voltaire y con esa impresión tan grande de que sólo el humor impedirá que esto sea lo último que escribo en mi vida. Lo hago por ti y para ti, Octavia, y para que quede un testimonio de que, en efecto, como tú bien lo decías, jamás se sabrá cuál de los dos habría ganado una apuesta en la que el triunfador hubiese sido aquél que tuvo la peor suerte. Y escribo, también, para acabar con todo, porque a diferencia de lo que pensaba Orson Welles en *La dama de Shangai,* yo estoy absolutamente convencido de que jamás viviré tanto como para acabar olvidándote (aunque mi padre decía, más bien, y también como Orson Welles en *La dama de Shangai,* cuando Martín empieza a portarse como un tonto, nadie puede detenerlo). Matusalem Romaña se acordaría de todo con ternura y con horror, mi amor.

Pero IMPRIMA, NO DEPRIMA será el lema de esta novela, porque ésa era la frase que usaba mi gran amigo Pepe Durand, cuando me escribía en su afán de mantenerme en vida. O sea que empecemos por el principio y el principio es sin duda mi llegada al que habría de ser nuestro principal escenario: mi nuevo departamento parisino.

MI NUEVO DEPARTAMENTO PARISINO

Era viejísimo, y quedaba, como el anterior, en el corazón del área más antigua del Barrio latino, a unos cien metros de la rue Mouffetard y de la placita de la Contrescarpe. Y, si cruzamos oblicuamente la placita que cruzaban las cabritas que le llevaban tan pacíficas su leche a Papá Hemingway, pues mi departamento quedaba a unos doscientos metros del famoso número 74 de la rue Cardinal Lemoine, donde ya todos sabemos cuál de los miembros de la generación perdida escribía de pie para crear un estilo inmortal e inventar una Ciudad Luz que le dio luz a mi vida, como dice el bolero, apagándola después, porque así sigue el bolero, mientras yo seguía con el dedo en la boca.

Pero a mí me interesa mucho más que crucemos la placita de la Contrescarpe en línea recta, y que descendamos un poco por la rue Lacépède, porque ahí vivían los propietarios de mi nuevo departamento, o mejor dicho *madame la propriétaire* y su marido que no era *monsieur le propriétaire,* porque quien había heredado el departamento, según el régimen de la no comunidad de bienes con contrato, era ella. A mí me sorprendió mucho que la pareja más católica del mundo (la verdad, no he conocido nada más católico que un católico francés), optara por esos contratos que más que nada están destinados a evitar esos problemas que surgen en caso de separación matrimonial con odio. Pero en fin, qué le vamos a hacer, sucede hasta en las mejores familias, y a veces hay que pintar al gallinazo de blanco para que parezca paloma. Y es que monsieur Forestier, que era juez, y que era, con respecto al departamento que yo iba a habitar, algo así como el príncipe consorte de madame Forestier, era también una mansa paloma. Ella, en cambio, aunque no se maquillaba porque Cristo murió en la cruz y era mucho más importante educar a nuestros hijos bajo ese modelo tan austero, se empolvaba mucho porque sin duda tenía la piel muy grasosa, aunque yo desde el primer día me di cuenta de que se empolvaba también el alma. Nunca dije nada, por supuesto.

A qué santo iba a decir esta boca es mía si venía huyendo de la maldad de *mi* anterior propietaria (sí, digo *mi*), y necesitaba a cualquier precio un lugar donde me dejaran instalarme con mi hondonada a cuestas. El departamento lo abandonaban dos grandes amigos españoles, Carmen y Alberto, porque regresaban a vivir a su país. En él, como lo he dicho por algún lado en mi cuaderno azul, se había decidido mi matrimonio con Inés, que ahora acababa de abandonarme, y regresar a las fuentes me parecía un acto mágico, simbólico, sumamente romántico, y también una manera de tirarme en mi hondonada para revisar el cómo y el porqué de un fracaso amoroso, político, literario, humano, un fracaso total, en resumidas cuentas.

Las cosas se presentaban bastante bien, porque Carmen y Alberto me contaron que el departamento estaba correctamente amueblado y que sólo la cama y el sofá les pertenecían. Se los llevarían, pues, y así podría instalarme con mi viejo somier con hondonada y colchón memorables y memoriosos. En cuanto al sofá, podría remplazarlo por un divancito cualquiera, que ellos mismos me ayudarían a conseguir antes de su partida. Los demás muebles, que eran hermosos, antiguos, e incluso valiosos, pertenecían a madame Forestier, aunque no sé qué problema había en torno al sillón Voltaire, que estaba a un lado de la chimenea. La verdad es que todo esto le entró por una oreja y le salió por la otra a un hombre que sólo deseaba un lugar en París para echarse sobre su desvencijado somier. Se hundía mucho menos sin Inés, claro, y también por la cantidad de kilos que había perdido yo, pero con dar unos saltitos tipo trapecista que cae sobre la red se podía lograr el efecto deseado, e incluso un día decidí hacer una prueba, que al principio me pareció muy estimulante, pero que luego me resultó tan triste que casi recaigo del todo de la enfermedad que tenía en el alma con increíbles efectos sobre el cuerpo, debido a los efectos secundarios de la pastilla llamada anafranil. Bueno, pero para qué me extiendo. Ustedes recordarán. Recordarán que necesitaba ponerme una inyección para poder tener una erección. El dispensario con su monjita quedaba un poquito más allá de la casa de Hemingway, que con toda seguridad jamás se puso una inyección en París, y fui. Ahí estaba la misma monjita de cuando también estaba Inés, o sea que le mostré la receta con lágrimas en los ojos, mientras ella elevaba los ojos al cielo un poco en oración y otro poco porque había que probar la jeringa. Media hora después ya estaba hecho un trapecista que ha caído sobre la red, pegando de saltos y rebotando de espaldas sobre la hondonada que ahora sí se hundía como cuando estaba Inés. Pero cuando vi que hasta la erección funcionaba como cuando estaba Inés, pegué un salto de trapecista que quiere volver a alcanzar su trapecio, que falla y cae de cara sobre la red. Yo caí de cara sobre el suelo y ahí me quedé tirado hasta mi próxima toma antidepresiva, Inés.

Claro, monsieur y madame Forestier, que encabezaban un hogar modelo que reunía, bajo el régimen de la separación de bienes, a dos hijas, un piano para las dos hijas, una educación en colegio de monjas para las dos hijas, un juez sin propiedad, y su esposa que se comportaba siempre con mucha propiedad, jamás deberían enterarse de estas cosas. Les habían dicho a Carmen y Alberto que, antes de alquilarme el departamento, que era de ella, querían verme él y ella. Me invitaron a tomar té, a las cinco y media de la tarde, o sea tres horas después de los antidepresivos de la tarde y tres horas antes de los antidepresivos de la noche. Era la hora en que normalmente tomaba conciencia de que estaba a medio camino entre dos impulsos, lo cual me hacía perder todo impulso. Pensé en llamar a José Luis Llobera, mi psiquiatra catalán, pero aparte de matarse de risa, qué podía hacer él por mí entre dos impulsos y desde Barcelona. Pensé en Maquiavelo, cuya obra leía por aquella época con la esperanza de alcanzar cualquier fin, ya que mi vida había perdido toda finalidad, y la verdad es que la idea que se me vino a la cabeza no me pareció nada mala: ir donde la monjita, media hora antes de la cita. No podía hacerme daño alguno, y en cambio pensar que podía tener una erección mientras hablábamos de precios, muebles, depósitos de garantía, el estado en que me confiaban un sillón Voltaire que, a lo mejor, no era de ellos, me pareció cosa digna de Henry Miller. Hacía tiempo que no recurría a Henry Miller, por culpa de Hemingway, o sea que fui donde la monjita y me preparé para algo así como una crucifixión rosa con una taza de té en la mano.

Pero, aunque erecto, salí deprimidísimo de casa de los Forestier. La verdad, me dije, al llegar a la calle y recordar anteriores experiencias, yo jamás entenderé en qué consiste la propiedad privada. No sé, realmente no sé, pero tiene una manera de estar siempre en contra mía, la gente se burla de mí o qué.

Bueno, el té comenzó conmigo inyectado y absolutamente Henry Miller, gracias a un esfuerzo descomunal. Me había abierto la puerta la mujer de la limpieza, que me miró con cara de ser propietaria de algo, y en seguida salió monsieur Forestier, que me dijo que salía primero, sin ser el propietario del departamento que yo deseaba habitar, porque todavía no se iba a discutir ese asunto. Cuando apareció su esposa, monsieur Forestier me la presentó como la propietaria del departamento que yo deseaba habitar, probablemente para que se me fuera quedando grabado en el alma. En seguida salieron las herederas, que me fueron presentadas como las propietarias del piano que les habían regalado en Navidad. Las dos muchachas parecían llevarse bastante bien, a pesar de que había sólo un piano, aunque la menor, que parecía la mayor, parecía también mucho más desenvuelta, por lo que casi de entrada me preguntó si yo había estado en París en mayo del 68. Negué rotundamente, y a la pobre la castigaron sin salida el sábado.

—¿Y dónde estuvo usted en mayo del 68? —me preguntó entonces madame Forestier, agregando que mis amigos Carmen y Alberto le habían dicho que hacía varios años que vivía en París.

—Estuve en París, madame, pero me abstuve por completo de mayo del 68.

—Ah... los buenos, viejos tiempos —suspiró de pronto el juez, ensuciándose todito el pantalón al tratar de limpiarse las cenizas que se le habían caído. La verdad, fumaba demasiado para ser tan católico.

—Usted probablemente no conoce bien la historia de Francia —empezó a aclararme madame Forestier—: mi marido se refiere a tiempos muy anteriores a estos tiempos en los que ya no sabe uno qué hacer.

—Sin duda, madame —le dije—: el siglo XIX... Charteaubriand que era tan católico...

—El siglo XVIII, señor Romaña —me corrigió ella—; la Revolución francesa, la verdadera, *nuestra* revolución.

Monsieur Forestier trató de intervenir, para demostrar algo así como una tardía nostalgia por Luis XVI y María Antonieta, y hasta empezó a hablar de la grandeza de Versailles, pero su esposa no parecía compartir en nada esta especie de arrepentimiento monárquico, tan extendido en algunos sectores de la sociedad francesa, y le bastó con una sola mirada para devolverlo a 1789. A estas alturas, el juez estaba ya inmundo con toda la ceniza que se le caía, aunque más que nada por tratar de limpiársela, y yo estaba de acuerdo con todo, y también el juez estaba de acuerdo con su esposa, que estaba educando a sus hijas para que estuvieran de acuerdo con ella, sin duda alguna porque ella estaba de acuerdo consigo misma. O sea que había un acuerdo general.

—Señor Romaña —proclamó entonces madame Forestier—, a mi esposo, a mí, y a mis dos hijas, nos alegra muchísimo saber que usted se abstuvo por completo en mayo del 68. Sin embargo, nos gustaría saber también si estuvo de acuerdo con la forma en que actuó la policía.

—Absolutamente, madame —le dije—. Y además pienso que fue un error que inmediatamente después no se organizara una colecta pública en su favor.

—Nosotros discrepamos, señor Romaña. Nosotros pensamos que se debió actuar con mayor firmeza.

—Mamá —intervino la hermana menor, que parecía la mayor, y que tenía una manera como estival de estarse sentadota sobre la silletita de bebe que le correspondía con unos trece años que parecían dieciocho, a pesar de, o gracias a, unos calcetincitos blancos. Tenía unas pantorrillas de lo más apetitosas la **adolescentota** sobre su silletita—. Mamá, yo quiero estudiar Farmacia algún día y no me gustaría que la policía me pegara.

—Te quedas sin salida el domingo también —sentenció madame Forestier, mientras el juez fumaba con cara de no haberse atrevido jamás a dictar una sentencia. En su casa, en todo caso.

Yo ya no me iba a enamorar más en mi vida y estaba ahí en busca de un lugar tranquilo donde instalarme con mi hondonada, pero la verdad es que entre la inyección y el martirologio al que estaban sometiendo a la pobre chica, algo me quedaba del Henry Miller que había llegado a tomar té. Me daba tanta pena, además. Cómo hacer, me preguntaba, la pobre aguanta el castigo como una santa. Pero no me atrevía a mirarla cara a cara ni a guiñarle el ojo o algo así, por miedo a quedarme sin departamento. Abstente, me dije, al fin y al cabo ya te has abstenido de tantas cosas. Y sin embargo, pobrecita, me habría gustado asumir su venganza. Ya sé, me dije, y medio erecto le pegué tremendo guiño de ojos a sus pantorrillas, después de lo cual estuve como media hora sacándome algo que se me había metido en un ojo.

El juez Forestier seguía tan distraído como siempre y bañándose en cenizas, cuando su esposa anunció que iban a traer el té para ellos dos y para usted, señor Romaña, y que las chicas tomarían un vaso de leche con galletitas porque el té es excitante. Terminado lo cual, cada una iba a tocar una pieza de música en el piano. Yo me acordé de una broma de mi abuelita, que era una mujer exquisita, aunque en el Perú no hubiese habido Revolución francesa, y me sentí con derecho a decir muy alegremente:

—La mayor va a tocar en La Menor y la menor va a tocar en La Mayor.

Mientras madame Forestier apreciaba muy discretamente el humor de mi abuelita y anunciaba que la mayor iba a tocar un preludio de Chopin y la menor un nocturno del mismo compositor, la menor se atoró con la leche y se quedó sin salida el sábado de la semana próxima. La mayor no sé qué hizo, aparte de ponerse roja como un tomate, pero habría sido igual si se hubiera persignado. El concierto terminó con las dos hermanitas tocando a cuatro manos y con el juez Forestier literalmente cubierto de cenizas. Pensé en el Ave Fénix, cuando se incorporó, pero él más bien estaba pensando en Dios.

—Sólo Dios sabe si lo merecemos —dijo, refiriéndose a sus dos hijitas y a Chopin.

—Sólo Dios, monsieur Forestier.

—Sólo Dios, señor Romaña. ¿A qué misa va usted los domingos?

—Suelo cambiar de iglesia, monsieur.

—¿No me diga que mezcla usted el turismo con la religión? —intervino madame Forestier, indicándoles a sus hijas que podían retirarse porque no tardábamos, ella y yo, en hablar de los asuntos que me habían traído a su casa. Monsieur Forestier se retiraría pronto, también, por obvias razones de propiedad.

—Señora —protesté—, yo el Louvre y la torre Eiffel los visito sólo los sábados.

Me sonrió complacida, y a su esposo le dijo que la escobilla para la ceniza estaba en el lugar de siempre. La escena familiar había terminado, pero yo seguía preguntándome cómo demonios podía vivir una familia así a cincuenta metros de la placita de la Contrescarpe, cómo podían vivir en esa zona del Barrio latino, entre hippies, punks, gochistas, clochards, y cafés poblados por una fauna cosmopolita que era todo lo opuesto a lo que ellos representaban. Luego sentí un extraño temor al recordar que hacía tiempo había aprendido que la gente que tiene razón (así se llaman ellos), puede vivir también en territorio enemigo. Pero no era el momento de entrar en profundas consideraciones, porque la verdad es que éstas se quedan siempre en la superficie. En su habitación, el bonachón y distraído juez Forestier estaría escobillándose las cenizas. Había llegado el momento de hablar de mi nuevo departamento. Increíble: había pasado el test.

—Señor Romaña —empezó madame Forestier—, sus amigos Carmen y Alberto me han dicho que usted es un hombre que se ha quedado solo.

—Muy solo, madame —completé, porque hay asuntos en los que sí detesto mentir.

—Vea usted, señor Romaña —continuó ella, como quien pasa sobre mi cadáver—, voy a serle muy franca. Yo encuentro que su soledad es algo muy conveniente para mi departamento. Un hombre solo siempre gasta menos las cosas, se sienta menos en las sillas, por ejemplo. Una persona sola camina menos que una pareja y gasta menos el parquet. Le menciono el parquet, y ya le diré qué cera tiene usted que usar para limpiarlo, porque fue colocado por mis abuelos con una relación calidad-precio que hoy sería imposible encontrar. En fin, éstos son algunos ejemplos elementales sobre los cuales estoy segura que estará usted de acuerdo.

—Completamente de acuerdo, madame.

—Sin embargo, señor Romaña, un hombre solo no tiene por qué quedarse solo toda la vida. Usted es joven. Podría rehacer su vida, desear tener un hijo con una nueva mujer.

—Madame —protesté, canalizando la energía de la inyección en esa dirección—, usted siendo tan católica parece ignorar que los católicos peruanos también dependemos de Roma para estas cosas. Yo ni siquiera soy un hombre divorciado, soy un hombre abandonado y nada más.

—Señor Romaña, mi marido es juez, y usted habrá podido comprobar el aire ausente y apenado con que vive. Pues le viene precisamente de la cantidad de divorcios entre católicos que tiene que ver en el ejercicio de su profesión.

—Madame, yo quisiera estar de acuerdo en todo con usted, pero creo que hay un punto sobre el cual no nos entendemos. Yo me he quedado solo para siempre, y en ese sentido le digo muy sinceramente que creo ser un inquilino ideal para sus muebles, para su parquet, en fin, para todo su departamento.

—Le tomo la palabra, y créame que me alegro, señor Romaña. Sin embargo, para que todo quede muy claro, le ruego que firme usted este breve documento que he redactado.

Me extendió un papel que leí asombrado.

—Madame, en este documento se me prohíbe tener un hijo porque eso dificultaría mi expulsión, pero nada se dice de soledad absoluta. Puede haber un error y yo detesto mentir.

—Es que ayer, señor Romaña, después de una larga meditación, en la cual mi esposo me fue muy útil, pensé que usted tiene derecho a recibir a sus amigos, de vez en cuando, y que entre éstos puede haber personas de ambos sexos. Eso no excluye todo lo concerniente a la soledad absoluta; simplemente evita cualquier malentendido.

—Ha dicho usted una gran verdad, madame, porque se puede estar tan solo entre la gente...

Madame Forestier volvió a pasar sobre mi cadáver y me extendió otro papel en el que se me exigía habitar muy burguesamente el departamento. No bien terminé de firmarlo, ella empezó a explicarme en qué consistía eso de habitar muy burguesamente un departamento. La verdad, me faltó una grabadora, porque madame Forestier hizo la más precisa y detallada descripción de todo lo que en París yo había encontrado aburrido, mezquino, y sobre todo tan poco alegre. Resumiendo, diré que vivir burguesamente es todo lo contrario de la forma en que en el mundo entero la gente cree que se vive en París.

—Y ahora, señor Romaña —prosiguió madame Forestier, con nuevos impulsos—, ahora tengo que hablarle de una serie de alteraciones que he decidido establecer después de la partida de sus amigos.

La miré aterrado, pensando que no me dejaría instalar mi hondonada, o algo por el estilo.

—Usted conoce el departamento, ¿no es así?

—Sí, madame, lo he visitado varias veces.

—Pues bien, he decidido que, como mis hijas son ya adolescentes y el tiempo pasa volando, cualquier día pueden desear casarse y habitar mi departamento.

—Es cierto, madame —le dije, recordando las pantorrillotas de la adolescente menor.

—Por eso mismo, no quiero que sea usted un inquilino sino más bien un guardián.

—Más bien un guardián —repetí, de lo más sonriente.

—La figura será la siguiente: yo le confío a usted el cuidado del departamento con todos sus muebles, a cambio de una suma de dinero que usted me pagará en efectivo todos los meses. Porque como usted sabe, señor Romaña, la vida está muy cara y las cargas de copropiedad de ese inmueble me resultan muy gravosas. La verdad, para que usted vea hasta qué punto todo esto es muy honesto, yo alquilo ese departamento más que nada para que no me cuesten dinero su mantenimiento y las ya mencionadas cargas. Por eso cobro tan barato, aunque a usted le voy a subir el alquiler, como es lógico, por ser usted un guardián nuevo y desconocido.

—Un guardián nuevo y desconocido —repetí, porque francamente me encantan estas cosas. Luego la miré, como diciéndole ¿y cuánto me va a cobrar?, y ahí sí que vino algo genial.

—A usted le voy a cobrar trescientos francos más que a sus amigos, pero siempre sin contrato.

—Queda claro, madame: viviré muy burguesamente en su departamento sin contrato de guardianía.

Ella lo siguió encontrando todo muy natural y como que empezó a tomarme afecto y confianza por lo bien que iba entendiendo las cosas. Quedaban, sin embargo, una o dos precisiones más por establecer.

—Mi honestidad, como usted sabrá, señor Romaña, me obliga a declarar al fisco la renta que me produce ese departamento. Claro, no declaro lo que cobro, por razones que un desconocido no tiene por qué saber, pero en cambio, y para que vea que soy una persona absolutamente honesta, ahora que usted me va a pagar trescientos francos más, yo voy a hacer un gesto y voy a declarar cincuenta francos más al fisco.

Asentí con una venia oriental, porque siempre me ha impresionado la serenidad japonesa, y pensé quién fuera escritor, mientras madame Forestier agregaba:

—¿Está todo claro, señor Romaña?

—Muy claro, madame.

—Entonces, señor Romaña, una última aclaración. Pienso, o mejor dicho he decidido ya, que en vista de que le vamos a cobrar muy barato, aun a pesar del aumento, mi departamento resulta demasiado grande para un hombre solo. No, no tema usted, se lo dejaré cuidar, con la condición, claro, de que usted salga de él no bien una de mis hijas manifieste el deseo de casarse con una persona que nosotros encontremos conveniente para ella. Bueno, a este respecto debe usted firmar también este documento. Como ve usted, para todo hay documentos, menos para el monto del alquiler que, además, ya le he dicho que tiene que ser pagado en efectivo, por las razones que he tratado de explicarle y porque ni a mi esposo ni a mí nos gusta fiarnos de gente que no conocemos. No se ofenda usted, por favor, señor Romaña, porque digo esto de una manera muy general y no sólo me estoy refiriendo a los extranjeros, ya que hay gente, como sus amigos Carmen y Alberto, que siendo extranjeros logran vivir de una manera muy similar a la de uno.

—Madame —le dije, concentrándome fuertísimo en que era japonés—, yo trataré de vivir lo más burguesa y similarmente posible. Confíe usted en su guardián.

—Sobre todo, señor Romaña, cuídeme mucho el sillón Voltaire que está junto a la chimenea. Por un asunto de herencia, no se sabe aún si me pertenecerá a mí o a mi hermano. Pero cuídelo como si fuera ya mío, porque en ese caso algún día será de mis hijas, ¿me entiende?

Yo debía ser el extranjero más inteligente que madame Forestier había visto en su vida, porque lo que es entender, lo entendía todo rapidísimo y japonés. Y le entendí también aquella última aclaración de la que ya había empezado a hablarme. Consistía en que ella consideraba que su departamento era demasiado grande para un hombre solo, y en que, por consiguiente, se iba a reservar la habitación más grande. A mí me dejaba un dormitorio, la salita-comedor en la que estaba el Voltaire y en la que instalé el diván que algún día llevaría a cuestas conmigo, como la hondonada, porque si ésta fue maravillosamente de Inés y mía, aquel diván fue maravillosamente de Octavia de Cádiz y mío, aunque es absolutamente falsa la pérfida historia que hizo circular el escritor Alfredo Bryce Echenique, según la cual desde que me quedé para siempre solo, he venido durmiendo los días pares en la hondonada y los impares en el diván, en un desesperado afán de rendirles eterno y proporcional homenaje a las dos mujeres que amé y, al mismo tiempo, de encontrar por fin justicia y paz en mi vida, aunque tropezando siempre con angustiosos problemas de elección y preferencia en los años bisiestos.

Además del dormitorio y de la salita-comedor, madame Forestier me permitía cuidarle un cuartito en el que había una gran mesa de trabajo, digna de cualquiera de los escritores del *boom*, pero que yo siempre odié por razones de lesa literatura que he contado ya en mi cuaderno azul (el asunto aquel de la novela sobre los sindicatos pesqueros que vergonzosamente escribí por encargo). En ese cuartito estaba también el teléfono, un aparato con el cual he mantenido siempre relaciones bastante extrañas, mezcla de dignidad y amargura. Jamás llamo cuando me voy a morir de soledad, por ejemplo, y jamás respondo cuando alguien me puede salvar la vida. Y esto sobre todo los domingos, un día de la semana con el cual mantengo relaciones muy similares a las que mantengo con el teléfono. En fin.

Dependerían también de mis cuidados, gracias al consentimiento de madame Forestier, el minúsculo cuartito en que estaba el wáter y otro cuartito en el que uno podía peinarse y afeitarse, porque había un gran espejo, pero en el cual fue imposible instalar un bañito porque madame Devin, la vecina de abajo, y Dora, su perra, se habían opuesto siempre a que les pasaran tuberías por su departamento. Por último, estaría a mi cargo la cocina, en la cual Carmen y Alberto habían instalado, aprovechando que allí se hallaba la única toma de agua del departamento, una ducha que funcionaba más o menos como un teatrín. Se ponía la enorme palangana en el suelo, y luego, con un sistema de poleas, se subía y se bajaba una especie de telón detrás del cual se bañaba uno. El agua venía por una manguerita que se entornillaba al caño del lavadero y se iba por otra manguerita que, en vez de echar agua, la absorbía y la vaciaba por el lavadero, gracias a un principio hidráulico que jamás llegué a entender debido a mi fuerte vocación por las letras.

Madame Forestier me explicó y yo entendí sonriente, por supuesto, que ahí terminaban mis obligaciones de guardián, aunque con el tiempo me fue haciendo saber que, gracias a su confianza, me agradecería mucho si de vez en cuando, al hacer la limpieza, por ejemplo, le pegaba una buena barrida a la habitación que se reservaba para ella. Acepté encantado, debido a ese profundo interés que tengo por el género humano, incluido yo. Y además le agradecí la enorme confianza que depositó en mí al dejar sin llave esa habitación que ella visitaba a menudo, sin duda alguna movida por la gran inquietud que le causaba saber que había un intruso en su propiedad privada, debía sentirse desposeída madame Forestier, y por eso primero empezó a visitarme porque tenía que guardar la ropa de primavera, durante el verano, la del verano, durante el otoño y la del invierno durante el otoño, el verano y la primavera. Después, empezó a traer grandes cajas de manzanas de su casa de campo, que, ya verá usted, señor Romaña, le van a dar al departamento un aroma pastoril. Y por último me trajo al propio juez Forestier, que me bañó toda la entrada en cenizas mientras ella me explicaba que en su despacho no encontraba la paz necesaria para meditar sus sentencias, aquí trabajará tranquilo, señor Romaña, no será todos los días y además no se preocupe usted, ya hemos resuelto el problema de nuestra entrada al departamento, para no molestarlo, no tendrá usted ni que abrirnos la puerta, basta con que esté atento, nosotros tocaremos el timbre tres veces, esperaremos dos minutos para darle tiempo de ponerse cómodo, en el caso de que se esté usted duchando, por ejemplo, y luego entraremos sin molestarlo en nada. Y así, también, si alguien toca tres veces y pasan los dos minutos sin que se abra la puerta, usted sabrá que tiene visita.

No me fue necesario explicarle a madame Forestier que yo tenía un reloj que marcaba minutos y segundos con la misma total precisión que el suyo, porque ella ya había comprendido lo bien que yo había comprendido todo. Pensé que lo más parecido que existe a eso de ir por lana y salir trasquilado, era entrar de inquilino y salir de guardián, pero no pude seguir tan sombrío como andaba porque para madame Forestier había llegado la hora de un pequeño brindis (acentuó mucho lo de pequeño), para festejar el habernos conocido en circunstancias tan favorables para un extranjero en París. Llamó a ese otro extranjero que era su esposo, le dijo que sacara tres copitas y que sirviera oporto, y luego hizo venir a las chicas para que se despidieran del señor Romaña. Le tendí la mano a la mayor, pero se puso roja como un tomate y permaneció estática. Bueno, me dije, probaré con la menor, ya que está tan castigada, pero a la pobrecita la dejaron sin salida el domingo de la semana próxima, también, por haber emitido tres gemiditos sonrientes y por no haber logrado permanecer estática cuando le acerqué la mano.

—La reverencia —dijo rápidamente madame Forestier, mientras el juez, entregándome una copita de oporto, le daba alguna razón de existir a mi brazo estirado. Y ahora sí, muy serias, las chicas Forestier se despidieron de mí con la única reverencia que había visto fuera del cine o del teatro.

—No sé si lo merecemos —dijo el juez, contemplando lo católicas que se retiraban sus hijas.

—Tal como está el mundo hoy, señor Romaña, hay que darle gracias a Dios —corroboró madame Forestier.

O sea que brindamos por Dios tal como está el mundo hoy, y luego me puse de pie y anuncié mi partida con gran esfuerzo sonriente, porque la verdad es que no veía las horas de estar en la calle para poder anonadarme un poquito siquiera. Pero no llegué a la calle tan pronto, y para qué seguir ocultándolo. No, no puedo seguir ocultándoles que me encerré en el ascensor, en ese mismo quinto piso en que vivían los Forestier, que me abrí la bragueta y que a punta de sobarme el pene logré una erección bastante aceptable, gracias a la monjita de mi inyección. Luego, pegué una carrerita hasta la puerta de la señora cuyo departamento iba a cuidar, a partir de la semana próxima, le bendije la casa con tres golpes de pene en la cerradura y, al grito de ¡pantorrillas!, salí disparado. Los seres humanos somos así.

Y AHORA ME TOCA CONTARLES ALGO SOBRE EL LECTOR DE NANTERRE

Cuando pienso en la universidad francesa, se me vienen siempre a la memoria los nombres de Napoleón Bonaparte y el de mi queridísimo amigo, el gran poeta español Ángel González, que, un día en Chicago, durante uno de los mil viajes que hice para poder hablar tres o cuatro horas diarias en larga distancia con Octavia de Cádiz, porque eso a ella le encantaba, a mis amigos los hacía desternillarse de risa, y a mí me hacía gastarme, con una abnegación que sólo puedo comparar con el sentimiento patrio, hasta anticipos de mi herencia, me dijo, porque íbamos ya por el séptimo whisky:

—Mi querido Martín: al cabo de tantos años en Estados Unidos, estoy convencido de que abandonaré este país sin haber comprendido absolutamente nada.

Algo muy semejante me ha sucedido a mí con la universidad francesa, que, como me dijo un día en Nanterre monsieur Mercier, uno de los profesores de literatura española que me despreciaba a muerte porque en América latina jamás se escribiría el Quijote, ya no era, ya no es, señor Romaña, el coloso que nos legó Napoleón. Mire usted, basta con ver el estado en que nos han dejado las paredes las hordas salvajes que nos invadieron en mayo del 68. Estábamos en un anfiteatro, vigilando un examen, y antes de hablarme se había colocado tres escalones más arriba que yo, por el asunto de la jerarquía, y yo me había colocado la mano en el pecho porque Octavia de Cádiz estaba presenciando la escena muerta de risa, y porque monsieur Mercier también se había colocado la mano en el pecho con profunda tristeza, aunque sin darse cuenta.

Sentí unas ganas horribles de decirle que yo había estudiado en La Sorbona, antes del 68, y que no le había encontrado nada tan colosal al asunto, más bien lo contrario, pero la verdad es que no me atreví a meterme con Napoleón, porque eso duele, y porque encontraba francamente conmovedor que un hombre que me despreciaba tanto me diera siempre la mano con muy buenos modales y me hablara del tiempo, todo el tiempo, como si yo fuese totalmente incapaz de abordar cualquier otro tema de conversación. Pero, en fin, todos tenemos nuestras limitaciones, y a mí siempre me pareció muy enriquecedor darle la mano a un profesor de literatura que negaba rotundamente la existencia de una literatura latinoamericana, por obvias razones de degeneración de las especies, que ya habían sido estudiadas por más de un sabio francés y que sin duda alguna me incluían a mí también, y por esa innata tendencia al caos histórico de países como Bolivia, que sólo una presencia naval francesa habría podido evitar. Monsieur Mercier se jactaba de ignorar todo lo que despreciaba (de ahí, sin duda, el que le atribuyera mar para la presencia francesa a Bolivia), y a ese nivel yo lo encontré siempre muchísimo más sincero que monsieur Desmond que se jactaba de ser nuestro primer especialista en historia de México, y que la única vez que notó mi presencia en Nanterre fue para decirme, delante del último grupo gochista que nos quedaba en el Departamento de Español, un verdadero tesoro eran esos muchachos, que por qué no me afeitaba ese bigote que me hacía parecerme tanto a Emiliano Zapata. A mucha honra, le respondí, para quedar bien con los gochistas, y agregué que prefería mil veces parecerme a Zapata que al general Carranza.

—¿Y quién fue Carranza? —me preguntó él, con imperdonable laguna histórico-mexicana.

Imperdonable e histórica fue también la cobardía con la que me abstuve de decirle que, en México, hasta los analfabetos sabían que Carranza fue el detestable traidor a cuya sombra se organizó el asesinato de Zapata. Le dije, en cambio, que el general Carranza era el actual presidente de Panamá, traicionando de esta manera a Zapata, al grupo gochista, el honor de mi familia, y a Panamá, pero la verdad es que a los lectores se les renueva el contrato cada año, y en Nanterre, que para mi gran desilusión, más que legado colosal parecía universidad peruana, bajo régimen militar chileno, al menos a juzgar por el Departamento de Español en el que trabajaba, una falta de disciplina tan grave como la del general Carranza podía serme fatal.

Pero no todos eran descendientes de Napoleón en Nanterre, y hasta hoy recuerdo siempre a los grandes amigos que hicieron lo indecible por mí, dentro y fuera de la universidad. Ingresé a trabajar allí de casualidad, porque un día me encontré con un amigo que estaba a punto de abandonar su puesto de lector latinoamericano y necesitaba alguien que lo remplazara. Ni pienses en mí, le dije, explicándole que estaba más muerto que vivo y que nunca sería capaz de enseñarle nada a esa juventud rebelde que poco tiempo atrás había hecho temblar al poder en Francia. A mí ésos me matan, agregué, confesándole todo lo que me había ocurrido en los últimos tiempos, cómo mi esposa me había abandonado porque yo era un sórdido rezago feudal de todo lo que tenía que desaparecer en América latina, y cómo el marxismo-leninismo peruano de París me había declarado totalmente inepto para circular por la izquierda. Pero él insistía, creo que más que nada por la pena que le daba verme en ese estado tan calamitoso, y al final logró convencerme con un argumento que encontré no sólo muy bondadoso sino de una lógica implacable, además.

—Martín —me dijo—, por lo que veo estás realmente enfermo y sin mayores esperanzas de recuperación. Pronto necesitarás más médicos, pronto necesitarás ingresar a un hospital, tal vez. Piensa que si aceptas el puesto de lector tendrás seguridad social y que ésta cubrirá los gastos de... de...

Le dije que no pasara de los puntos suspensivos, por favor, y agregué que de acuerdo, que aceptaba remplazarlo en su cargo, y que gracias a su bondad volvería a circular por la izquierda, aunque esta vez protegido por la seguridad social. Mi amigo me palmeó el hombro, cosa que me hizo un daño espantoso, porque siempre he preferido el amor y la amistad a la piedad, y me explicó que tendríamos que ir a hablar con el jefe lo más rápido posible, porque estaba a punto de abandonar Nanterre y ya por ahí le habían contado que el nuevo jefe del Departamento de Español era un antiguo comunista que, aterrado por las juventudes del 68, se había vuelto racista, fascista, mandarín, grosero, inmoral, y vulgar, aunque esto último parece que siempre lo fue.

—Y ahora que va a estar en el poder sabe Dios qué venganza tramará —continuó explicándome, pero yo le dije que esa parte de la historia de Francia me resultaba aún demasiado impresionante e incomprensible, y que por favor me explicara más bien qué era un lector.

—Es todo lo contrario del jefe, Martín —resumió, mirándome como quien regresa a un punto muerto.

Y así fui contratado por un jefe bueno y terminé trabajando bajo las órdenes de un jefe malísimo, aunque más bien debería decir bajo las amenazas de un jefe increíble. En realidad, ahora que lo pienso, nuestras relaciones fueron siempre de lo más divertidas. Se llamaba monsieur Blenet y lo primero que hizo al llegar a Nanterre fue meter las cuatro, por ser tan sincero delante de alumnos y profesores. La verdad, el pobre no se había imaginado el pánico tan espantoso e irracional que le iba a producir el último grupo de gochistas que aún nos quedaba, y se le ocurrió nada menos que ponerse a gritar delante de medio mundo que a él no le iban a meter el dedo en el culo los negros, los catalanes, los judíos, los latinoamericanos, y otras razas inferiores.

—¡Yo vengo aquí a mandar! —concluyó, chillando y señalando a monsieur Duquesne, que era negro-francés, a monsieur Feliu, un profesor catalán, exiliado, y anarquista, y al debutante lector peruano monsieur Martán Romaná, que tenía desconcertado a medio mundo porque dictaba sus cursos con grabadora y unos enormes anteojos negros, en pleno invierno, y porque lo único que parecía importarle en la vida era llegar a ser miembro de la seguridad social con cotización al día.

Para qué dijo nada monsieur Blenet. El pobre que creía ser tan macho y que ya en otra oportunidad había afirmado que la única virtud de los latinoamericanos era el machismo, así como la única de los judíos era su capacidad musical, no tuvo más remedio que terminar humillándose de terror y pidiendo públicas disculpas ante tanta gente inferior, porque también la juventud era inferior y allí había mucho alumno. Primero, la reacción fue un silencio general porque ni el grupo gochista, super dividido en diferentes tribus ideológicas, según me fui enterando, podía creerse lo que acababa de oír. Claro, ellos seguían pensando que todo volvería a empezar, como en los viejos tiempos, aunque en Nanterre bastaba con ver el parking de los alumnos para comprobar que mayo del 68 había sido un incidente divertido para las deliciosas criaturas perfumadas que llegaban en impresionante mayoría a la Facultad de Letras en unos carrazos que para qué les cuento, los de los profesores daban pena al lado de los carros de los alumnos. Dios mío, pensaba yo, cada vez que entraba a Nanterre y veía los automóviles de unos y otros, qué mal pagados están los profesores en Francia, y qué horriblemente mal pagado estoy yo que llego a trabajar en tren y que nunca podré comprarme un auto, ni siquiera un auto de profesor. Ahí me agarraba la depresión horrible, lo bajo que había caído, ya ni siquiera en la jerarquía, que ahí siempre estuve entre los de abajo, no, lo bajo y triste que era llegar en un tren donde no sé por qué siempre me tocaba viajar en un vagón lleno de niños mongólicos y después llegar a Nanterre pero la estación no se llamaba Nanterre sino LA LOCURA, y debajo de ese letrero había otro más pequeño en el que decía COMPLEJO UNIVERSITARIO.

—Se me viene el mundo abajo —les conté un día a mis queridísimos madame Chauny, monsieur Colas, y monsieur Bataille, que fueron siempre tan nobles conmigo, dentro y fuera de la universidad, y que se ganaron mi afecto incondicional desde la tarde aquella en que me ayudaron a llenar los formularios de ingreso a la seguridad social, porque yo no entendía ni papa y les había rogado que vinieran urgentemente a mi casa porque me estaba ocurriendo algo horroroso. Pobres, jamás olvidaré su bondad. Llegaron los tres aterrados y trayendo a un médico al que tuvieron incluso que pagarle, porque precisamente yo aún no tenía seguridad social.

—¿Por qué se te está viniendo el mundo abajo? —me preguntaron, ya un poco acostumbrados a que se me viniera el mundo abajo, pero siempre con la misma bondad de dentro y de fuera de la universidad.

—Porque miren el parking de los profesores y miren el de los alumnos —les dije, quejándome por lo mal pagados que estaban.

—Martín —me dijeron, interrumpiéndose al hablar, porque me querían mucho y siempre peleaban entre ellos por ser el que me había consolado—, aquí el único realmente mal pagado eres tú.

—Bueno, pero yo soy lector y en cambio ustedes sí tienen pedigree.

—Jerarquía —me corrigieron en coro, porque ellos siempre se preocuparon muchísimo en explicarme cómo funcionaba la universidad francesa, y en seguida empezaron a explicarme el mundo de los parkings. Que no era siempre así, me dijeron, Nanterre era una de las pocas excepciones porque en París y sus alrededores hasta un cierto nivel de estudios, los alumnos estaban obligados a matricularse en la universidad que más cerca quedaba del distrito en que vivían. Y Nanterre estaba rodeada de distritos de millonarios.

—Entiendo —les dije—, pero en cambio ahora no entiendo por qué mayo del 68 lo empezaron aquí unos millonarios. La verdad es que ni siquiera me había enterado de que los gochistas eran multimillonarios.

—Se ha visto casos —me explicaron—, pero en realidad la gran mayoría de nuestros gochistas viene de la comuna de Nanterre, que no es de millonarios y vota comunista.

Eso sí lo sabía, porque una tarde que estaba dictando una clase sobre las barriadas en el Perú, las hijas de presidentes-directores-generales de importantísimas compañías, de prefectos de policía y consejeros de Estado, y hasta de ministros, que eran la inmensa mayoría entre mis alumnos, sin duda alguna porque encontraban sumamente divertidas las arengas revolucionarias que yo grababa trepado sobre un banquito, en mi departamento, para obtener el efecto antidepresivo y poder obtener así el efecto revolucionario, empezaron a pegar chilliditos de horror como diciéndome qué país el suyo, monsieur Romaña. Empecé a subir el volumen de la grabadora, en señal de autoridad, pero me di cuenta de que en el Perú la miseria desafía a cualquier autoridad, cuando el volumen de la grabadora llegó al tope y la chica que tenía el auto más bonito del parking me dijo, también al tope, que en adelante sólo quería escuchar las cassettes sobre el Cuzco, Machu Picchu y la selva amazónica.

Era linda, era realmente la más linda de todas, porque Octavia de Cádiz aún no había aparecido, y para colmo de injusticias su papá era ministro y en el Departamento de Español se comentaba que hacía el amor con el más popular de nuestros líderes gochistas, cosa que pude comprobar esa tarde al ver que todos mis gochistas evitaban los anteojos negros que yo siempre usaba para dictar mis clases. Eran los más grandes y negros que se encuentran en el mercado, y me los había recomendado José Luis Llobera en una de las cartas más conmovedoras que me escribió de Barcelona, como complemento de la grabadora, que también había sido recomendación suya, anteriormente, porque no bien empecé a preparar mis clases comprendí que jamás lograría contarles a mis alumnos toda esa miseria campesina, todas esas barriadas, todos esos golpes de estado, toda esa dependencia norteamericana, sin estallar en llanto o algo por el estilo. Había probado limitarme a la mera enumeración de datos estadísticos, con ciencia y no a conciencia, pero aun así los nudos en la garganta y los desfallecimientos de la voz eran algo tan notorio que habría sido imposible comenzar siquiera una clase. Fue entonces cuando José Luis me sugirió lo de la grabadora, que resultó ser la solución ideal al problema. Grababa un poco, y cuando ya no podía más de realidad latinoamericana, bastaba con apretar el botón de la izquierda, que decía STOP, también con dependencia norteamericana, para que vean bien el estado en que me encontraba.

Me tomaba horas preparar una clase, por lo del STOP, pero siempre terminé a tiempo, gracias a ese sentido del deber que da la necesidad de dinero y a esa mezcla de angustia y emoción que me producía ser miembro de la seguridad social. Como que no lograba creerlo, y siempre sentía que estaba en falta, que había cotizado demasiado poco, no sé, pero lo cierto es que el tiempo ha terminado dándome la razón, porque si nos limitamos a la mera enumeración de datos estadísticos, parece que no hay quien salve a la seguridad social en Francia, STOP.

Me serenaba, volvía a tomar fuerzas, asumía lo del START, y así una y otra vez hasta que quedaban bien preparadas mis clases. Lo malo, claro, es que cuando escuchaba íntegra la grabación, hecha con una excelente voz de profesor de izquierda, debido a mi complejo de hombre de derecha, me surgía el problema de las lágrimas y no tuve más remedio que volver a molestar a José Luis. Total, en Nanterre, eso a los alumnos les hacía muchísima gracia, lo cual era el colmo de la indiferencia, pero yo no tenía más remedio que seguir adelante porque era la grabadora la que hablaba, e incluso con el tiempo fui perfeccionando mis clases, grabándolas trepado encima de un banquito, hasta que llegaron a ser profundamente de izquierda, debido a la reputación 68 de Nanterre, que resultó siendo de derecha, a juzgar por el Departamento de Español. Y como dice la gente, cuál no sería mi sorpresa el día en que la chica más linda y más injusta de toda la clase me gritó STOP, entre los chilliditos de las otras misses.

—STOP —la callé yo, para gran sorpresa de todo el mundo, porque monsieur Romaña jamás había pronunciado una palabra durante sus clases. Y, aprovechando el desconcierto general, procedí también a quitarme por primera vez los anteojos negros, en vista de que el asunto parecía ser cara a cara.

—¡Qué! —exclamó ella, con el mismo sentido de la propiedad privada con que se dirigía al parking, pero esta vez dirigido a monsieur Romaña, que a su vez se había dirigido a José Luis Llobera, diciéndole es la primera vez en años que en lugar de tristeza siento rabia, soy el más sorprendido de todos, José Luis. José Luis nunca me abandonó, o sea que no tuve más remedio que hacerle justicia y volver a la carga.

—¡Dice el doctor Llobera que le repita a usted STOP! —le grité, pero mi frase de loco la llenó de cordura, en vez de desconcertarla por completo.

—¡Esto es una clase en Francia y no una revolución cubana! —se desesperó la pobrecita, llena de ese resentimiento patrio que en Francia se llama chauvinismo, poniéndose en seguida de pie con extrema elegancia, además de todo, y amenazándome con correr a contarle lo que estaba ocurriendo a monsieur Blenet, el nuevo jefe tan vulgar.

—Señorita —le dije yo, aterrado por lo de mi seguridad social—, no empecemos otro mayo del 68, por favor. Fíjese usted que sería un mayo del 68 al revés.

A Mademoiselle como que le encantó la forma en que le había hecho justicia y se aprestó a dialogar con democracia.

—Señor Romaña —condescendió—, yo no he venido aquí para convertirme en profesora ni porque necesito un diploma para trabajar. Yo he venido aquí como diletante y ya estoy harta de oírlo hablar como si en América latina *todo* fuera de extrema izquierda.

—No es así, señorita —la informé—; en el Perú, por ejemplo, hay también en estos momentos un partido comunista con apoyo crítico al gobierno militar.

—Tampoco me interesa, señor Romaña. Y estoy segura de que al decir esto lo hago en nombre de una abrumadora mayoría de alumnos.

Después se volteó a mirar a la clase con un ¿sí o no?, cuya respuesta me dejó tan abrumado que no tuve más remedio que realizar una profunda autocrítica.

—Está muy bien, señorita. Siéntese y cálmese, por favor. Y trate ahora de comprender que yo he entrado a trabajar a esta universidad bastante mal informado. Poco a poco estoy adquiriendo cierta experiencia, pero cómo quiere usted que un pobre latinoamericano sepa de entrada que Nanterre no está a la altura de su reputación, sino todo lo contrario, y que el parking de los estudiantes...

—La reputación de Nanterre hemos sido siempre nosotros, señor Romaña —me interrumpió, tan linda, que casi le digo que estaba totalmente de acuerdo con ella, desde el punto de vista estético, pero eso habría sido una frivolidad de mi parte y no me quedó más remedio que continuar.

—Eso es lo que ignoraba yo por completo, señorita —me autocritiqué—. Yo ignoraba por completo que ustedes eran la mayoría o, lo que es más, la inmensa mayoría, y por eso me he dado el trabajo de preparar veintiséis cassettes de extrema izquierda.

—Pues cámbielas, señor Romaña.

—Señorita, le ruego a usted que comprenda el trabajo tan horroroso que me ha costado preparar correctamente mis clases. ¿Cree usted sinceramente que a mí me hace feliz todo lo que les he venido contando? Ah, señorita, si usted supiera que las últimas cassettes las grabé trepado sobre un banquito, en un desesperado afán de cumplir con mi deber. Usted no me entiende, por supuesto, pero yo quiero que aquí todo quede muy claro y por ello le voy a confesar algo que le ruego escuchar con toda la democracia posible, desde esa posición tan incómoda que debe provocarle el pertenecer a la inmensa mayoría.

—De acuerdo, señor Romaña: tiene usted la palabra.

O sea que me puse los anteojos negros y empecé a contar, como en el psicoanálisis, desde mi más tierna infancia, en un afán de objetividad total, y fui notando cómo, poco a poco, los alumnos iban recorriendo mi pasado con verdadera ternura infantil, hasta sentí pudor en algunos capítulos y les dije que ya era la hora y que si lo deseaban podíamos dejarlo para la próxima sesión. Pero ellos dijeron que no, por unanimidad, y no me quedó más remedio que continuar hasta que llegué a Francia y fui tan pobre y tan feliz y todo lo de Inés tan de extrema izquierda con fracaso absoluto pero sumamente honesto. En esta parte, hubo una especie de división de opiniones, porque la minoría de izquierda se manifestó por primera vez en toda la tarde, mirándome despectivamente, mientras que la inmensa mayoría, con su líder a la cabeza, seguía concediéndome la democracia que yo les había rogado para conmigo. Pobrecita la chica más linda, me dije, cuando llegué en mi autocrítica hasta el punto de confesar lo enfermo que estaba, que por ello traía mis cassettes grabadas, y que por ello había aceptado ingresar a la seguridad social, a cambio del riesgo que representaba para mí entrar a trabajar en Nanterre, ya que tendría que volver a circular entre una juventud de izquierda. Sí, pobrecita la chica más linda, porque primero había apoyado los codos sobre la mesa, hundiendo la cabeza entre los brazos para observarme y escucharme muy objetivamente desde ahí, pero a medida que me fui acercando a ese desenlace que califiqué de nadie sabe para quién trabaja, porque había provocado el malentendido izquierda-derecha-izquierda grabada, su mirada fue pasando de la objetividad a la más sincera emoción y al final terminó por transformarse en la más diáfana expresión de un miembro de la Sociedad Protectora de Animales.

—Claro —agregué, mirando a la chica más linda con picardía de demócrata peruano—, lo que sí puedo hacer es alterar el orden del programa, y si quieren en la próxima clase puedo hablarles de la oligarquía peruana. Prometo incluso preparar una nueva cassette sobre este tema, y enfocarlo desde el punto de vista de mi familia, cuyos miembros, en su totalidad, me decían siempre Martín, quien te ha educado y quien te ve.

—Sometámoslo a voto —intervino, para mi sorpresa, un maoísta, en vez de reírse como la chica más linda y sus subordinadas del parking.

Para qué gané. Qué horror, la trifulca que se armó cuando apreté START y empezó a escucharse una voz que nada tenía que ver con la que ellos ahora consideraban la voz del verdadero monsieur Romaña, porque otra vez volvía a ser el verdadero monsieur Romaña en cassette y eso sí que las chicas del parking, con líder y todo, no estaban dispuestas a soportarlo más, ¿me estaba burlando de la mayoría o qué?, porque la verdad es que ahí ya nadie sabía por quién había votado, como sucede a menudo en las democracias latinoamericanas.

—STOP —gritó la chica más linda, tan furiosa que no me quedó más remedio que apretar el botón y decirle pero señorita, ¿qué es lo que pasa?

—¡Borre usted esa cassette inmediatamente! —me gritó, como si estuviéramos en su parking.

—Señorita —me estacioné yo también, dispuesto a responder a la agresividad con agresividad, porque ése era el sueño dorado de José Luis Llobera—. Señorita —repetí, quitándome los anteojos con agresividad porque se me estaba ocurriendo una muy buena—. Para empezar, aquí se ha votado a favor de esta cassette, a cambio de que en la próxima clase me ocupe de la oligarquía peruana desde un nuevo punto de vista, que dicho sea de paso es el viejo. Y para continuar, por más que usted y yo borremos un millón de veces esta cassette, jamás lograremos borrar la realidad peruana... Ya quisiera yo, señorita. Y, por último, señorita —me atreví a decir, al ver que la minoría de izquierda estaba por fin a punto de darme un voto de aplauso—, por último debo decirle que yo en la vida estoy dispuesto a soportarlo todo, hasta que se me abandone, como a usted le consta por lo que he contado antes, pero lo que sí no estoy dispuesto a aceptar, porque Inés a mí me abandonó pero jamás me gritó, ya sabe usted que ella ni siquiera hablaba, es que nadie me grite nunca jamás. Me pongo muy agresivo, se lo confieso, señorita. Y ahora, con su perdón, voy a apretar START.

Se armó la gritería padre, porque mi frase sobre la realidad peruana borrada realmente había impactado, y ya no faltaba ni quien me acusara de ser un habilísimo agente castrista que les había contado todo un largo pasado, sólo para volver a poner su cassette, agregando luego que, aunque subjetivamente había sido bastante sincero, objetivamente los había engañado a todos. Total, mírenme ahí convertido hasta en agente de la Habana y pensando cosas tan tristes como nadie sabe para quién trabaja, ya quisiera el pobre Fidel tener agentes tan objetivos como yo, y por último recordando a Inés y queriéndole cantar, porque aún no había aparecido Octavia de Cádiz, que se hubiera desternillado de risa al verme en esa situación, *ella que siempre reía y presumía de que rompía los corazones,* pues aquí me tienes, Inés, mira a tu oligarca podrido removiendo las masas en Nanterre... Pero con el corazón hecho pedazos, dirán ustedes, por supuesto, y también que me estoy repitiendo porque esto parece nuevamente cosa de mi cuaderno azul, pero amigos, ya lo dijo Neruda, que es Nobel, es tan largo el olvido. Y vuelvo a repetir: aún no había aparecido Octavia de Cádiz.

Dejé de pensar en el olvido, por largo, y porque tenía que enfrentarme a la mayoría, con el apoyo de la minoría, lo que ya es mucho en casos como el mío. O sea que subí el volumen y justo entonces grité trepado sobre mi banquito la parte en que venía toda la descripción del tipo de vivienda que suelen levantar los habitantes de una barriada, cuando recién invaden un terreno.

—¡Borre, cretino! —gritó uno que yo siempre había sospechado ser de raza superior, a pesar de sus excelentes modales en la mesa de clases.

—¡Cierra el pico! —le gritó otro que era miembro del Partido Comunista Francés, porque cotizaba, como yo a la seguridad social.

—¡Sí, borre! —gritó la segunda chica más linda, porque a la primera le había dado por el silencio más digno y abnegado del mundo. Y tanto, que en un momento de verdadera debilidad, que pudo haberme costado muy caro, le hice con los índices la señal esa de tápate los oídos, pobrecita, no estás obligada, ya basta de abnegación, por favor. Pero el colmo fue lo de la fea del parking, cuando me gritó ¡borre usted eso!, anteponiendo un ¡meteco inmundo!, que fue la primera nota de mal gusto en toda la reunión.

Recordé a Bryce Echenique, que, sin el menor escrúpulo, había contado un día cómo cada año, al llegar el verano, era capaz de pasarse horas al lado español de un puesto de frontera, desde que decidió buscar en el diccionario el significado de la palabra meteco, en vista de lo mucho que se empleaba en París. Hay que ser tan cretino como Bryce Echenique, claro, pero lo cierto es que se pasaba horas instalado en la frontera franco-española, gritándole meteco inmundo a cada automóvil con placa francesa que entraba en España, basándose para ello en el acuerdo de doble nacionalidad que tenemos los peruanos con la madre patria, y en una aplicación muy estricta del principio de la relatividad. Yo soy totalmente incapaz de semejante estupidez, o sea que me limité a responderle amaros los unos a los otros, señorita, en espera de una mejor oportunidad.

Don Miguel Ángel Asturias, ese gran maestro, asumió mi venganza, aunque la verdad es que yo hubiera preferido que no se exaltara tanto, y sobre todo que no me hiciera testigo y cómplice de sus ideas, por el asunto de la renovación de mi contrato. Pero fue maravilloso oírlo hablar al viejo. Monsieur Blenet lo había invitado a dar una charla sobre su obra, sin duda alguna porque quería arrancarle algún favor, aunque también, justo es reconocerlo, porque había sido embajador en París y premio Nobel de literatura y eso blanquea, como el dinero en América latina. Don Miguel Ángel, que veía a través del alquitrán, se dio cuenta muy pronto del lugar en que se había metido, y a la mitad de la charla no pudo contenerse y se arrancó con una exacerbada defensa del indio, desde el punto de vista higiénico. Para qué, debo confesar que yo he visto indios en un estado deplorable de inmundicia, pero don Miguel Ángel sólo los recordaba bañándose en ríos y riachuelos cristalinos de su adorada Guatemala. ¡Y qué se han creído ustedes!, gritó, de pronto, alzando los brazos, qué se han creído los europeos cuando fueron ellos quienes inventaron el desodorante para disimular esa pestilencia del Metro de Londres, ¡o el de París! Aquí no se baña nadie, aquí se esconden manos inmundas bajo ridículos guantes cuyos colores son algo realmente miserable si los comparamos con los indelebles colores con que nuestros indios ornamentan ese mundo natural y puro y limpio, limpio, sobre todo, ¡limpísimo!, señores y señoritas, y no como aquí donde nadie se baña, y si no pregúntenle a ese joven latinoamericano que está parado allá al fondo, ¿cómo se llama usted, joven?, ¿de cuál de nuestros países viene usted, joven?, ¿no es cierto que nuestros indios se bañan varias veces al día en sus cristalinos ríos?, ¿no es cierto que nuestros ríos son límpidos cual manantiales y no ríos podridos como los de Europa?, ¿no es cierto, joven, que nuestros indios lavan su ropa diariamente hasta en el más pequeño arroyuelo?

—Me llamo Martín Romaña, don Miguel Ángel, y soy peruano y soy lector.

Esto último se lo dije para que no me pusiera tanto de testigo, pero la verdad es que las palabras del viejo en Nanterre me habían emocionado lo suficiente como para asentir en todo, y hasta había aplaudido un poquito, sin hacer ruido, en un momento en que la fea del parking me miró en un estado de verdadera desolación, porque ya les decía que lo de ser embajador y Nobel blanquea, y porque ni monsieur Blenet, con toda su vulgaridad, se atrevía a interrumpir a don Miguel Ángel, con quien me di el abrazo del siglo, al terminar la charla, en nombre de los pueblos indígenas de Guatemala y el Perú.

El viejo me terminó de joder el puesto, pensé, no bien se fue don Miguel Ángel, porque ya la fea del parking le había contado a monsieur Blenet quién era yo, cómo dictaba mis cursos, cuáles eran mis ideas, y cómo les había impuesto hasta el final una cassette castrista sobre las barriadas peruanas. Y monsieur Blenet ya me había amenazado con expulsarme, no bien se graduara el último gochista del Departamento de Español. Les tenía pánico a los gochistas, desde el día en que lanzó su diatriba contra las razas inferiores, y éstos le respondieron colocándole una enorme caricatura de Hitler, con esvástica y todo, en la puerta de su oficina. Pobre monsieur Blenet, desde aquella tarde terminó para él la tranquilidad del poder, y constantemente se le descubría cambiando a escondidas la cerradura de su puerta o mandando pintar las paredes en las que alguien había escrito alguna burla dirigida a él, porque llevaba esvástica. Era gordo, barrigón, y jamás pudo aprender a usar correctamente una corbata, cosa que lo desesperaba hasta el punto de que a veces parecía que se nos iba a ahorcar en su afán de hacerse el nudo como los demás profesores, dejándonos sin jefe.

Pero lo peor de todo es que era un tipo bastante inteligente, y cuando preparaba bien una clase era capaz de convencer a medio mundo, con lugares comunes y frases llenas de prejuicios, pero muy bien cosidas unas con otras, de que América latina tenía las taras que se merecía, la miseria que se merecía, y los gobiernos que se merecía, sobre todo cuando éstos eran dictatoriales. Según monsieur Blenet, los latinoamericanos éramos gente que corría, que corría sin saber adónde iba, pero que corría y corría. Lo obsesionaba la imagen de millones de latinoamericanos corriendo hacia su perdición, e incluso un día me puso a mí de ejemplo porque me vio pasar como un rayo por la puerta de su clase, ahí tienen, dijo, así corren los latinoamericanos, y la verdad es que esa vez resultó muy cierto porque yo estaba corriendo como un loco en busca de Octavia de Cádiz, que fue mi perdición.

Madame Chauny, monsieur Colas, y monsieur Bataille, entre otros, se encargaban de dar la versión contraria, o sea que a ese nivel, en Nanterre había para todos los gustos. Pero monsieur Blenet no podía soportar esa situación, y sobre todo no podía soportar que yo fuera el agente castrista que había comparado a Francia con América latina, cuando el escándalo de la cassette sobre las barriadas. La verdad, yo sólo quise ser ilustrativo, al terminar aquella clase, y en vista de que no tenía diapositivas de barriadas peruanas, les dije a los alumnos que miraran por la gran ventana del aula, porque el campus de Nanterre estaba rodeado de barriadas mil veces más crueles que las de Lima, ya que las de Nanterre tenían la enorme desventaja del clima, porque aquí nieva y llueve y en verano se puede uno morir de calor, por lo que a toda esa miseria peruana, que tanto los ha escandalizado, le pueden agregar ustedes las inclemencias climatológicas que sufren los obreros árabes, negros, y portugueses, en esa especie de Perú empeorado que están contemplando, señores y señoritas.

El parking entero me gritó ¡chauvinista!, la fea salió disparada a contarle a monsieur Blenet, y la chica más linda porque aún no había aparecido Octavia de Cádiz me dijo enfurecida que hablaría del asunto con su padre que era ministro. La conversación tuvo efectos muy positivos, sin duda alguna, porque muy poco después se empezó a erradicar esa lacra peruana de Nanterre, y se construyeron en su lugar modernos edificios, por lo que creo que mi nombre merecería figurar en la historia del urbanismo francés, o en la expulsión con policía de los obreros.

Pero eso a monsieur Blenet ni se le ocurrió, siquiera, y en cambio sí quedó completamente convencido de que yo era un peligroso agitador universitario, un agente de la Habana, un líder de líderes entre los gochistas del Departamento, y qué sé yo cuántas atrocidades más que se creía al pie de la letra, porque a un tipo como él jamás le habría contado yo la historia de mi vida, y porque lo cierto es que desde el incidente de las barriadas quedé convertido en una especie de ídolo popular entre nuestros gochistas, lo cual fue para mí la mejor terapéutica posible para volver a desarrollar mi sentido del humor, mi escepticismo positivo, alegre, emotivo, y hasta enamorado, si es que todo esto quiere decir algo, y una verdadera esquizofrenia sartriana, ya que para mí el infierno era la derecha, cuando estaba entre la derecha francesa, también la izquierda, cuando estaba entre la izquierda peruana, y el paraíso era la izquierda, cuando estaba entre la izquierda de Nanterre.

Pero monsieur Blenet quería expulsarme del paraíso y no me quedó más remedio que comentarlo en los pasillos del Departamento. Madame Chauny, monsieur Colas, y monsieur Bataille acudieron en mi auxilio, como siempre, y no encontraron mejor solución para ayudarme dentro de la universidad, evitando así tener que ayudarme si iba a dar a la calle, que la de sugerirme que me hiciera miembro del sindicato que agrupaba a todas las fuerzas progresistas de la universidad francesa. Me preguntaron si tenía alguna experiencia sindical, y no se pueden imaginar la alegría con la que me miraron cuando les dije que muchísima experiencia, que había escrito una novela entera y de izquierda sobre los sindicatos pesqueros en el Perú, y que incluso soñaba con poder escribir algún día otra novela sobre las condiciones tan exageradas de izquierda en que yo había vivido aquella época.

Los franceses, por más confianza que exista, serán siempre un modelo de discreción para nosotros los latinoamericanos, por más discretos que seamos, y por consiguiente mis tres grandes amigos se limitaron a preguntarme, en su afán de ayudarme también fuera de la universidad, esta vez, si era un exilado político peruano. Me dio pena defraudarlos, pero les dije que no, porque ni quise ni pude mentir en un asunto tan grave, cosa que sí hacen muchísimos latinoamericanos, debido a que soy descendiente de anglosajones por parte de madre.

Quedó, eso sí, mi reputación de escritor sindical, y pocos días más tarde, para desesperación de monsieur Blenet, Martín Romaña, nada menos que Martín Romaña, era elegido secretario sindical del Departamento de Español. Corrí al correo, le envié a Inés el cuarto telegrama que quedó sin respuesta, y en sobre aparte le envié mi carnet de miembro del sindicato, como prueba de que no exageraba un ápice, por lo que tres semanas más tarde tuve que contar en nuestra reunión semanal que se me había extraviado el carnet y que necesitaba otro, pues realmente me era indispensable para mi estado de ánimo, a corto plazo, y para la afirmación de mi personalidad, a plazo más largo. Se anotó mi pedido con la discreción que caracteriza a los franceses aun en las reuniones sindicales.

Pero en la práctica los gochistas me resultaron muchísimo más útiles que el militantismo sindicalista, aunque sí quisiera aprovechar las páginas de esta novela para darle mi eterno agradecimiento a las fuerzas más progresistas de la universidad francesa, por haberme otorgado siempre plena confianza, por haberme permitido ser secretario de algo en la vida, y por haberme tratado como jamás se me trató en la izquierda peruana de París. Y conste que digo esto sin la más mínima intención de transmitirle mensaje alguno a la Humanidad, ya que como dijo no recuerdo cuál famoso novelista, cuando le preguntaron de qué mensaje eran portadoras sus obras, no hay que confundir a los escritores con el cartero. Mi eterno agradecimiento, también, a los gochistas en vías de extinción en Nanterre, por haber logrado que monsieur Blenet, a pesar de sus amenazas, me renovara varias veces el contrato, y ello sin haberme pedido jamás explicación alguna sobre mi enloquecido romance con Octavia de Cádiz, que, hasta que llegó a Nanterre, jamás en su vida había visto un gochista, aunque hay que reconocer que siempre los trató con la misma coquetería que al mundo entero, para mi desesperación, pero ella seguro que lo hacía por lo de mi contrato y aun en esos detalles fue una mujer maravillosa, para mi desesperación y perdición.

Decía que en la práctica los gochistas me resultaron más útiles que el sindicato, y esto sí creo que vale la pena de ser contado. Empezó una tarde cuando madame Chauny, monsieur Colas, y monsieur Bataille, me dijeron que me asegurara ante los servicios administrativos de la universidad, de que monsieur Blenet había escrito la carta de reglamento, pidiendo la renovación por un año de mis servicios como lector. Él había anunciado que ya la había escrito, pero con monsieur Blenet nunca se sabía y en cambio con los servicios administrativos siempre se sabía, porque hasta por ahí detestaban a monsieur Blenet en Nanterre. Averigüé, y por supuesto que no había escrito nada, en espera de que se venciera el plazo para mi renovación, debido a uno de esos *lamentables* errores suyos, de los que uno se enteraba tres meses más tarde, al regresar de las vacaciones de verano. Total que había una empleada de la administración que hacía el amor con uno de mis gochistas, y le contó lo que ya yo sabía y estaba a punto de informar en una próxima reunión sindical. Ni hablar, me dijo el gochista, eso déjanoslo a nosotros, el hijo de puta ese de Blenet nos debe ya varias y creo que un telefonazo anónimo a las cuatro de la mañana no le hará ningún daño.

—No te preocupes, Martín: basta con que lo amenacemos con una bombita en su oficina y te renueva en el acto.

Me quedé aterrado, pero debo confesar que asentí, más que nada por sentimentalismo, ya que todo lo de mayo del 68 como que se iba extinguiendo demasiado rápido, y en Nanterre nuestros gochistas simple y llanamente se estaban quedando sin mensaje. Pero conmigo cumplieron, transmitiéndole a monsieur Blenet aquel mensaje, dentro del plazo fijado por la administración, y después festejamos la renovación de mi contrato con una borrachera llena de anécdotas de aquel viejo mayo, llena de recuerdos de aquel viejo mayo, y llena de nostalgia de aquel viejo mayo. Los años siguientes las cosas sucedieron de la misma manera, y monsieur Blenet siempre me advertía, al reiniciarse las clases en octubre, que no bien se acabaran los gochistas él acabaría conmigo.

Pero aunque logró largarme de Nanterre, monsieur Blenet no pudo acabar del todo conmigo, porque lo que él realmente quería era verme en la calle y bien muerto de hambre, y en cambio fui contratado por esa especie de refugio universal de mayo del 68 que era la Universidad de Vincennes, y además con una importante promoción, pues ingresé con la categoría de asistente asociado, que es lo mismo que ser lector pero con doce meses de sueldo, ya que los lectores sólo cobran nueve sueldos al año, salvo cuando piden cobrar doce y en la administración se acepta pagarles en doce meses la misma suma que antes cobraban en nueve. Mejoré, pues, para desesperación de monsieur Blenet, aunque también en Vincennes se procedió de entrada a un equívoco total en cuanto a mi persona, debido a la forma en que se negoció mi pase de un club al otro.

En Nanterre, la relación de fuerzas con monsieur Blenet se había alterado por completo, debido a la tan temida extinción de nuestros más radicales gochistas, y no me quedaba más remedio que atenerme a sus consecuencias. Pero él exageró tanto la nota, que al final no logró salir del todo con la suya. Resulta que el muy burro se había puesto de acuerdo con otro profesor, uno que se llamaba algo así como Ananás, para proceder a mi humillación definitiva, y no se le ocurrió nada mejor que preparar la bromita aquella que escandalizó no sólo a los profesores de izquierda, sino también a los de derecha bien educados, cosa con la cual no había contado. Estábamos en plena reunión del Departamento, y monsieur Blenet se había sentado a mi lado para probarme que era muy macho, ahora que ya no quedaban casi gochistas y me había anunciado que me largaba. Ananás, o como sea que se llamara, llegó tarde a la reunión, porque siempre llegaba tarde, porque siempre se había bebido unas copas de más, y porque se había puesto de acuerdo con Blenet para entrar en un momento en que no quedara ningún asiento libre.

—¿Hay algún asiento libre? —preguntó, no bien abrió la puerta, guiñándole el ojo a monsieur Blenet.

—Sí —le respondió éste, feliz, porque ésa era más o menos su edad mental—, el asiento de Romaña está vacío.

La que se armó en mi defensa, aquella tarde, porque ahí hasta los que sufrían de dolor napoleónico se sacaron la mano del pecho para levantarla y protestar, y algunos incluso para que se intercediera por un nuevo puesto para mí, en Vincennes, ya que en esa universidad sí merecía trabajar debido a su mala reputación. O sea que se hicieron los contactos por la derecha con el Departamento de Español de Vincennes, y ustedes jamás podrán imaginarse lo pésima que era mi reputación de derecha cuando debuté en mi nuevo empleo de izquierda. No hay caso, Sartre tenía toda la razón: el infierno son los demás. Pero cómo no afirmar, tras haber conocido a Octavia de Cádiz, que los demás son el paraíso, también, aunque sean tan sólo el paraíso perdido y ello me haya llevado a perder la razón.

EL PARAÍSO TAMBIÉN...

IMPRIMA, NO DEPRIMA: La vi aparecer atrasadísima, una mañana, corriendo muy agitada hacia una silla, quitándose un enorme sombrero negro en el camino, disculpándose coquetísima porque llegaba tan tarde, mientras tomaba asiento, y mirándome, mirándome y mirándome. ¿Cómo me mira?, me pregunté, reaccionando ante algo que simplemente no podía ser, pero resultó que sí podía ser y que en efecto me miraba y me miraba como si alguna vez nos hubiésemos conocido en una playa de Cádiz.

Yo estaba sentado, como siempre durante mis clases, en una banca que había a la derecha del estrado sobre el cual se hallaba el pupitre, en señal de autoridad, porque desde ella podía mirar a los alumnos de frente, gracias a mis anteojos negros, pero sin tener que hacerlo de arriba abajo, como en los viejos tiempos. Nos encontrábamos, pues, a un mismo nivel, según las costumbres establecidas en mayo del 68, aunque la grabadora sí tenía que ponerla encima del pupitre porque era eléctrica y el cordón sólo alcanzaba hasta el enchufe colocándola ahí. A Octavia como que le encantó aquella instalación, a pesar de que nunca antes había asistido a una de mis clases, y continuó observándome sonriente mientras yo seguía disimulando todo lo que estaba ocurriendo dentro de mí, y como siempre tocándome bastante obsesivamente los cinco bultitos que tengo en el cuello, porque mi amigo Enrique Álvarez de Manzaneda falleció de un bultito en el cuello, a pesar de la incredulidad de que hizo gala tan tercamente Inés.

Había algo que sólo puedo calificar de doble, sí, algo doble había en el parecido de la muchacha que acababa de entrar con la muchacha que yo había visto una vez en la playa, en Cádiz, cuando Inés me mandó a pasear un rato porque acababa de surgir la primera tensión real entre nosotros. Las dos muchachas tenían la misma edad, ahora, a pesar de los años transcurridos, porque Octavia de Cádiz debía tener dieciocho años, y la chica que yo llamé Octavia de Cádiz, aquella vez, debía tener dieciocho años, entonces, y además las dos tenían todo lo de entonces ahora y todo lo de ahora entonces y yo estaba sintiendo el escalofrío más largo y más fuerte de mi vida porque la muchacha que acababa de entrar seguía siendo también la misma Octavia de cada vez, la misma que apareció en los peores momentos de mi vida, aquéllos de la enorme carencia de algo, de mucho, de todo, y la misma que me hacía decir extrañamente Octavia de Cádiz cada vez que me olvidaba de algo, cada vez que me quemaba, cada vez que me tropezaba o algo así.

Pero esa mañana yo estaba dictando una de mis primeras clases de literatura latinoamericana, y nada podía hacer porque la grabadora continuaba hablando del escritor uruguayo Juan Carlos Onetti. O sea que no tuve más remedio que seguir adelante con el análisis de su libro *El pozo*, poseído en cuerpo y alma por aquel escalofrío que empezaba a durar tanto que ya parecía pulmonía. Estaba lo que se dice *helado*, cuando la cassette llegó a su fin con unas frases de Onetti que los alumnos, con excepción de Octavia de Cádiz, escucharon sin mayor profundidad porque no eran más que unos baratos diletantes, o aprestándose a partir, porque ya era la hora, y en ambos casos porque eran unos cretinos incapaces de apreciar el esfuerzo que había tenido que hacer para grabar frases como El amor es absurdo y maravilloso... pero la gente absurda y maravillosa no abunda, en el estado en que me hallaba, ni mucho menos las frases mismas. Les di la espalda, mientras guardaba la cassette y desenchufaba la grabadora, porque también yo sé ser diletante, cuando lo deseo, pero la verdad más que nada porque allá atrás se había quedado Octavia de Cádiz guardando miles de cosas en su enorme bolso negro y yo no sabía qué hacer con ese reencuentro tan inesperado y feroz, porque era un reencuentro y así lo comentamos nosotros días más tarde en mi departamento y ella me abrazó muy fuerte como si todo lo supiera de antemano cuando le conté que había sentido un escalofrío de muerte al verla.

Pero Octavia me dijo monsieur Romaña, desde el fondo de la clase, y yo recordé, sin saber entonces por qué, aquellos versos de Vallejo: ¿qué me ha dado, que vivo?, ¿qué me ha dado, que muero?, y volteé a mirarla y vi que se estaba sonriendo y que desde tan lejos se había fijado en mis cinco bultitos, porque los estaba señalando y porque yo sabía que era eso lo que Octavia de Cádiz estaba señalando. Después comprendí que no sólo se había fijado en los cinco bultitos, sino que además se había fijado en *todo* lo de los cinco bultitos, porque lo primero que me contó, mientras seguía señalándolos, fue que llevaba lentes de contacto porque era muy pero muy miope. Yo le sonreí, también, entonces, y Octavia empezó a reírse muchísimo de mí, o de la situación, aunque esa risa era otra cosa además. Tardé varios días en darme cuenta que Octavia era la primera persona en el mundo que había visto reírse así, con la más profunda ternura, con la más profunda atención. Podía estarse riendo a carcajadas, con los ojos cerrados, o mirando a otra parte, pero siempre se estaba fijando en los demás, siempre sabía qué pensaban, qué sentían los demás, siempre estaba observándolo todo. ¡Y qué alegría!

Su risa era una fiesta, una invitación a la vida que yo acepté porque jamás había visto a nadie amar tanto la vida como a Octavia. Pero una mirada al vacío (hacia la eternidad, me corrigió ella, en Udine... Escuchábamos el tañir de unas campanas), una mirada al vacío la fue invadiendo poco a poco, cuando también para ella la realidad empezó a ser muy diferente. Tanta y tanta tristeza, Martín, me decía, entonces, y que no había estado preparada para tanto sufrimiento, que la habían protegido demasiado. Pero no por eso me habría sido imposible protegerla aún más, no, no por eso sino porque los dos sabíamos que había sido ella quien me enseñó a amar la vida de esa manera imposible ya.

—Le he traído mi ficha de inscripción, señor Romaña —me dijo, rogándome coquetísima que la aceptara en mis cursos, porque llegaba con varias semanas de atraso.

—No veo más inconveniente que el de la miopía —le dije, forzando la más serena sonrisa, aunque no creo que lograra ocultarle en nada el asombro que me produjo leer su nombre: Octavia Marie Amélie. Su apellido, como el de otros tres o cuatro alumnos más, me resultaba imposible de retener, por largo, aunque la verdad es que nunca en mi vida había visto un apellido *à particule* con tanta *particule* como el de Octavia de Cádiz. Al lado, había escrito su dirección y, abajo, que no sabía muy bien por qué se había inscrito en el Departamento de Español pero que las frases de Onetti le habían encantado. Quise decirle que así no se llenaban las fichas de inscripción, por más linda que fuera su letra, pero ella se me adelantó y me ofreció llevarme desde el parking de los estudiantes hasta mi casa.

—Vivimos muy lejos, señorita. Su ficha dice que usted vive por el Bois de Boulogne y yo vivo en el Barrio latino. Nada menos que la margen derecha y la margen izquierda del Sena.

—El puente Alejandro III me encanta. Déjeme cruzarlo con usted, por favor.

—La verdad, señorita, no me siento muy bien, y para mí como que todos los puentes son pardos de día y de noche...

—No insista, señor Romaña —me interrumpió ella, justo cuando yo iba a decirle que no insistiera, por favor, pensando en Inés.

Fue así como me encontré sentado por primera vez en el carro de Octavia, hablándole de usted y evitando todo el asunto de los bultitos, porque simplemente no tenía por qué ser verdad para ella también. El loco era yo y ella era la alumna, aunque una semana más tarde no tuve más remedio que rendirme ante la evidencia: Octavia me traía siempre hasta la plaza del Panthéon, con el pretexto de que le encantaba cruzar todos los puentes del Sena y de que quería leer un rato en la Biblioteca de Sainte Geneviève, que quedaba al lado del Panthéon y muy cerca de mi departamento. Pero me traía casi siempre a horas en que la biblioteca estaba cerrada y, si estaba abierta, me decía que en el camino se le habían quitado las ganas de leer. Yo, por mi parte, no tuve más remedio que aceptar, la única tarde en que no llevaba sus pantalones negros de terciopelo, que me había pasado todo el recorrido desde la universidad observándole disimuladamente las piernas mientras ella manejaba.

Llevaba ese día una falda escocesa y botas negras, pero me bastó con ver lo que se podía ver de sus piernas, entre las botas y la falda, para saber que ésas eran las piernas más divertidas del mundo. Eran preciosas y muy delicadas, pero tenían además algo que me hacía muchísima gracia, y mientras las observaba muy a la disimulada les descubrí el secreto: eran unas piernas lindas, realmente preciosas, pero se parecían a las de mi abuelita, que fue la mujer más divertida que conocí en mi vida. Entonces tomé conciencia, también, de que Octavia caminaba como mi abuelita, de que caminaba como si estuviera cansada, como si su enorme bolso le pesara demasiado, como si estuviera haciendo un esfuerzo sobrehumano, pero sin perder jamás esa elegancia alegre y divertidísima, esa elegancia risueña y traviesa y simplemente divertidísima que era el secreto de la coquetería más adorable del mundo. Octavia, me dije, será también una viejita linda, una viejita adorable, alegre, juvenil y traviesa. Y no bien me dije eso, me di cuenta, porque nuestros ojos se encontraron un instante, que desde el comienzo se había fijado en lo mucho que me estaba divirtiendo con sus piernas, mientras ella trataba de probarme que París era la ciudad más maravillosa, sí sí, la más maravillosa de todas las ciudades.

—Lo debe ser para una muchacha como usted —le dije, al bajarme del carro, en la plaza del Panthéon.

Después caminé hacia el departamento, cargando mi pequeña grabadora y pensando que había terminado un día más de clases, sin pena ni gloria, porque a diferencia de aquella muchacha que me traía siempre en su carro y se alborotaba con cada detalle, cada matiz de cada color del cielo de París, que notaba hasta el más mínimo de sus cambios, yo vivía en París sin pena ni gloria. Minutos más tarde ya había arrojado mi viejo abrigo sobre el sillón Voltaire, había dejado la grabadora en su lugar, y estaba tirado como siempre sobre mi vieja camota. Pero esta vez estaba pensando además que realmente no sabía por qué vivía en París.

Orgullo de escritor frustrado, me dije, levantándome con gran esfuerzo porque alguien estaba tocando el timbre insistentemente. Era Octavia, y antes de que pudiera saludarla siquiera, me dijo que había estado llorando por mí desde que me bajé de su auto, y se siguió de frente hasta el diván.

—Tú crees que no me doy cuenta de nada, Martín, y perdóname que te tutee pero tú crees que soy una frívola y está bien, lo soy, si quieres, pero no soporto verte metido en un trabajo en el que nadie te entiende. ¿Cómo puedes trabajar con esos profesores tan grises, tan vulgares, tan inferiores a lo que tú eres?

—No me gusta nada lo que acabas de decir. No todos en Nanterre son así, aunque sí es verdad que trabajo porque necesito el dinero, eso es todo.

—Pero, ¿por qué te sientes tan mal todo el tiempo? ¿Qué te pasa? Yo me había sentado aquí, en el Voltaire, y noté que me estaba costando demasiado trabajo entenderlo todo. Además no recordaba los nombres y apellidos que Octavia había escrito en su ficha de inscripción. Había puesto tres nombres, pero yo sólo había retenido Octavia, por increíble.

—¿Cómo te llamas? —le pregunté, excusándome por haberla tuteado, y pensando que era un sentimental de mierda porque se me había hecho un nudo en la garganta debido a la fuerza con que deseaba tutearla.

—Octavia Marie Amélie, Martín. ¿Cuál de los tres nombres te gusta más?

—Octavia, definitivamente, pero ésa es otra historia.

—¿Qué historia, qué historia, qué historia, Martín?

Supe que estaba pensando que yo había amado muchísimo a una mujer llamada Octavia. Y supe que estaba sufriendo por eso y supe que había venido a consolarme por eso. Pero, ¿por qué diablos había venido a consolarme por eso?

—Dime cómo te llamas, cuál de los tres nombres usas. ¿O usas los tres?

—Nunca. Me llamo Octavia.

—Octavia no es un nombre francés.

—Mi abuela materna es italiana y mi mamá adora Italia. Por eso todos en mi casa me han llamado siempre Octavia.

—¿Conoces bien Italia?

—No, no he ido nunca, pero sé que adoro Italia.

—Yo viví un tiempo en Perusa —le dije, y que había visitado otras ciudades italianas.

Sí, recuerdo que le dije eso, pero recuerdo también, con la precisión del que vuelve a sentir exactamente lo mismo, porque lo estoy sintiendo, recuerdo que estaba profundamente conmovido, inexplicablemente conmovido ante la idea de hacer un viaje con ella a Italia. Nunca me provocaba nada, por entonces, y esa tarde, sentado ahí, o mejor dicho aquí, en el Voltaire, encontré realmente inexplicable que me provocara hacer algo con esa muchacha. Y también recuerdo que volví a fijarme en lo de sus piernas tan divertidas y capté que los otros días, al verla con sus pantalones de siempre, los de terciopelo negro, ya me había dado cuenta de esa manera enternecedora que tenía de andar cansada y entrañable, sí, entrañable. La miré, y Octavia era preciosa. Preciosa y tierna y generosa y comprensiva como Octavia de Cádiz. Es ella, me dije, porque así lo sentí, porque sentí que era ella, y porque sentí que me estaba pasando de nuevo lo mismo que en aquella playa de Cádiz, cuando una muchacha me hizo salir huyendo a contarle a Inés que me había ocurrido algo muy extraño pero muy comprensible en la playa, algo que entendí mejor todavía cuando Inés rechazó aquel intento mío de explicarle un hecho tan importante y me dijo que me dejara de tonterías, que a qué tanta alharaca cuando lo único que había ocurrido es que por primera vez en mi vida había deseado tirarme a una española guapa. Desde entonces comprendí que Octavia de Cádiz sí existía y la guardé para mí, la guardé para mis silencios, y la guardé conmigo para que sólo existiera eso que yo había sentido tan diferente a lo que me dijo Inés.

Y ahí, aquí, aquella tarde, volví a sentir lo mismo, pero había una muchacha sentada en el diván, frente a mí, pensando y sintiendo exactamente lo mismo que ahora sé que fue verdad: que nosotros podíamos ser Octavia de Cádiz y Martín Romaña porque ella había existido en Cádiz y por nada en este mundo aquella escena de la playa era lo que Inés me había explicado que era. Después pensé que la vida no podía ser así, y me limité a decirle algo sobre Italia, porque ella había hablado de Italia, y también lo que yo había pensado siempre de Italia y de España, para que la mención de España tuviera algo que ver con lo que yo había estado pensando y sintiendo.

—A Italia se le adora, y a España se le ama con pasión.

—¿Y cuál de las dos cosas es mejor, Martín?

—Las dos juntas.

Ella sin duda estaba pensando que yo no deseaba hablarle de Octavia, la mujer que había adorado, la mujer que había amado con pasión. No se equivocaba. En aquella época yo era totalmente incapaz de hablar de Inés con nadie, y no tenía por qué decirle a esa muchacha que por primera vez ponía los pies en mi departamento, tu único error, Octavia, es haberle cambiado de nombre a Inés. Nos habíamos quedado sin tener gran cosa que decirnos cuando Octavia abrió su enorme bolso y sacó dos paquetes.

—Son para ti —me dijo, pero en vez de entregármelos los puso a su lado, sobre el diván, y volvió a cerrar el bolso.

Hasta hoy no sé por qué no me incorporé para cogerlos, abrirlos, y agradecérselos. Sólo recuerdo que entonces como que no se me ocurrió que podían ser dos regalos para mí. No me atreví a que fueran dos regalos para mí. No quería que fuesen dos regalos para mí. Y cuando Octavia me dijo que tenía que irse, hasta pensé que iba a recoger los dos paquetes y los iba a meter de nuevo en su bolso. Sí, eso pensé, y que podía haber escuchado mal, a lo mejor ella no había dicho que esos paquetes eran para mí. También recuerdo que entonces me fijé mucho en ella, aprovechando que estaba ocupada en guardar sus cigarrillos y luego en ponerse el enorme sombrero negro que usaba siempre.

Podía estar en el fondo de la peor depresión, de la más grande tristeza, de la insoportable ausencia de Inés, pero Octavia era morena y preciosa y tenía esa sonrisa tan alegre y esa inquietud permanente por todas las cosas que yo podía estar pensando, imaginando, sintiendo.

De esto me di cuenta, y también de que se iba a ir sin que le hubiera hablado de la mujer que había adorado y amado con pasión. Sí, Octavia se iba a ir muy triste porque yo estaba mal, tan mal que era incapaz de hablarle de las cosas que pensaba o sentía, y porque me había negado casi a conversar con ella. Para qué, para qué si después me iba a quedar solo y todas mis energías tenía que guardarlas para quedarme completamente solo y comer algo y luego arrojarme nuevamente sobre esa cama vacía de la que jamás podría hablarle. De pronto, Octavia hasta me pareció una intrusa, su visita me pareció una indiscreción, una de esas libertades que se tomaban a veces mis alumnas con cualquiera porque eran bonitas o millonarias o simplemente traviesas. Pero volví a mirarla en un instante en que ella también me miró.

—Nunca he visto ojos tan grandes y...

—No es necesario, Martín —me interrumpió, incorporándose—. Aquí te dejo tus regalos.

—Acompáñame a abrirlos y después yo te acompaño hasta tu carro.

El paquete grande era un disco de Vinicius de Moraes, que hoy me resulta imposible escuchar, y el pequeño era un finísimo bolígrafo de oro con el que inmediatamente traté de escribir Octavia de Cádiz sobre un trozo de papel, pero que fallaba y fallaba hasta que nos dio risa el chasco. Octavia se lo llevó para cambiarle de carga, porque sin duda alguna ésa tenía alguna falla, pero al día siguiente regresó con una nueva carga y volvió a fallar, a pesar de que lo había probado en la tienda. A Octavia le dio un verdadero ataque de risa verme insistir e insistir y terminar enfureciendo porque el maldito bolígrafo continuaba negándose a pasar de la palabra Octavia. Garabateábamos y garabateábamos, ella primero y yo en seguida, pero no bien lográbamos que escribiera algo, yo trataba de agregar de Cádiz y terminaba maldiciendo y ella tenía que calmarme con la promesa de que al día siguiente me traería una nueva carga. Eso sucedió varios días seguidos, y fue así como de pronto las visitas de Octavia empezaron a convertirse en algo indispensable para mí, porque ella siempre se las arreglaba para que ocurrieran cosas como la del bolígrafo y ahí mismo empezaba a desternillarse de risa de esos colerones de viejo regañón que me agarraban a mí.

Regresábamos juntos de la universidad, los días que yo tenía clases, y los demás días empezaba a echarme abajo la puerta a las cuatro en punto de la tarde y yo le abría sin saber que la había estado esperando y ella se seguía de largo hasta el diván con cara de estar de paso por el Barrio latino y de que se le había ocurrido subir un ratito. Una tarde, el bolígrafo escribió por fin Octavia de Cádiz y yo le expliqué que mi esposa se llamaba Inés y ella me dio un beso en la frente cuando le entregué el trozo de papel en el que por fin decía Octavia de Cádiz.

—No es necesario, Martín.

—No conozco a otra Octavia de Cádiz, Octavia. No hay otra Octavia de Cádiz. ¿Me crees, Octavia Marie Amélie?

Guardó el trozo de papel como si se tratara de algo muy importante también para ella, y cuando me disponía a darle mi primer beso en la frente, con toda la ternura del mundo, me sorprendió con una bofetada, seguida de inmediato por un beso.

—Perdón —me dijo—, pero es terrible todo lo que emana de tu esposa. Me aterra, Martín, y yo necesito no sentir miedo jamás para poderte seguir viendo.

¿Por qué había dicho eso Octavia? ¿Por qué había dicho que necesitaba no sentir miedo jamás para poderme seguir viendo? ¿Qué quería decir seguir viéndome? ¿Acaso no venía a verme cada vez que lo deseaba?

No hablamos de eso aquella tarde, porque para ella, pobrecita, ya éramos Martín Romaña y Octavia de Cádiz. Y no hablamos de eso porque en medio de tanta y tan inesperada ternura, yo había vuelto a sentir, feroz, la ausencia de Inés.

—¿Sabes que yo soñaba con ser escritor? —traté de contarle, para que no le fuera tan insoportable el silencio.

—No es necesario, Martín. No te preocupes, ya van a ser las ocho.

A esa hora la acompañaba yo siempre hasta la puerta y allí nos despedíamos sin decirnos nunca que al día siguiente nos íbamos a volver a ver. Después, yo venía a sentarme un rato aquí en el Voltaire, o iba a arrojarme de frente a la cama. Pero aquella noche me asomé a la ventana para verla caminar hacia su automóvil, y recuerdo que la llamé y que no me oyó. No habría sabido qué decirle si me hubiese oído y hubiese volteado. ¿Que por qué necesitaba no sentir miedo jamás para seguirme viendo? Imposible, porque ésos eran nuestros primeros días y yo ni siquiera sabía que esperaba sus visitas cada tarde. No sabía nada, entonces, y tardaría aún tres meses en aceptar definitivamente lo que Octavia Marie Amélie había aceptado desde la tarde aquella en que guardó para siempre en su bolso el trozo de papel en que yo había escrito Octavia de Cádiz: que era absolutamente necesario que fuéramos Octavia de Cádiz y Martín Romaña, que ella era Octavia de Cádiz porque me adoraba y me amaba con pasión y porque no habría podido seguirme viendo con su verdadero apellido. Por eso era maravilloso que yo no me hubiese ni siquiera fijado en su verdadero apellido, por eso era maravilloso que desde el comienzo hubiese sabido que tenía otro nombre para mí, y por eso era más que maravilloso que yo hubiese logrado escribir Octavia de Cádiz cuando hasta el bolígrafo se negaba y se negaba.

Fuiste maravilloso, Martín, me repetía Octavia tres meses más tarde en un hotelucho de Bruselas, y yo le pedía mil veces perdón por haber tardado tanto en darme cuenta que ella me adoraba y me amaba con pasión. Pero ella seguía insistiendo: había sido maravilloso, todo es maravilloso y tú eres maravilloso, Martín, porque para ti siempre he sido Octavia de Cádiz, dime, dime que es verdad, Martín, dime que soy Octavia de Cádiz, la misma de la playa, la misma que siempre te acompañó en tus peores momentos, dime, dime, Martín. Y yo entonces insistía en pedirle perdón y no cesaba de repetirle que ella no sólo era Octavia de Cádiz sino además Octavia de Cádiz solamente y Octavia de Cádiz sólo para mí y que eso no lo iba a tocar nunca jamás nadie porque yo la adoraba y la amaba con pasión y que gracias a ella había vuelto a ser Martín Romaña y que gracias a ella iba a llegar a París por primera vez en mi vida porque ella era Octavia de Cádiz sólo y solamente y nosotros éramos los héroes de las más bellas y antiguas historias de amor, sólo que reales, Octavia. Que es cuando a mí realmente se me empezó a mezclar la realidad con la ficción...

...

IMPRIMA, NO DEPRIMA es lo que mejor viene al caso en estos casos tan dolorosos de puntos suspensivos, y heme aquí, pues, señoras y señores, escribiendo sobre la ficción que fue realidad, qué maravilla, no se imaginan, y sobre la realidad que fue ficción, qué horror, no se imaginan. El primer aviso de la realidad vino de un príncipe que no se volverá a repetir, en Bélgica, y vino tan rápido que ni la misma Octavia se dio muy bien cuenta. Creo, francamente, que era a ella a quien le correspondía darse cuenta, por haber consistido ese aviso en la cara de asombro con que nos miró Su Alteza Serenísima Príncipe Leopoldo de Croÿ Solre, durante un almuerzo en su casa, y nada menos que al día siguiente de la noche del párrafo anterior, en aquel hotelucho de Bruselas de cuyo nombre y dirección no quiero acordarme, aunque lo estoy viendo.

Pero aquí viene lo más increíble, algo tan increíble que sólo podría calificarlo de sanchopancificación de Octavia de Cádiz y de quijotización de Martín Romaña, si es que corresponde a la realidad, porque ya les decía que aquí andamos en plena confusión entre ésta y aquélla, que es la ficción, porque mi vida jamás dejó de ser bastante exagerada. Octavia de Cádiz se había enamorado realmente, a lo mejor, de un Martín Romaña que a lo mejor había empezado a enamorarse realmente de la Octavia Marie Amélie del apellido prohibido, por haber tenido ésta la enorme bondad de enamorarse del Martín Romaña de la Octavia de Cádiz de Cádiz. Los dos tendríamos circunstancias atenuantes, en este caso, aunque no quisiera que por lo intrigante del asunto y por esto de las circunstancias atenuantes piensen ustedes que voy a caer en el género policial, ni tampoco por la cantidad de policías que se nos meten luego.

No, no trato de investigar nada. Sólo quiero contarles que estoy escribiendo con el mismo bolígrafo que primero se negaba y se negaba a escribir Octavia de Cádiz y después las cartas a mi madre y a mis mejores amigos, ya que hasta hoy sigue falla que te falla el condenado, a pesar de todas las cargas que le compro con sentimiento y con resentimiento, al mismo tiempo, porque no hay que dejarse arrancar las últimas migajas de ilusión. Escribo con el mismo bolígrafo para hacerles justicia a la realidad y a la ficción, pues ambas me hicieron feliz, aunque con circunstancias agravantes, también, como por ejemplo la vez aquella en que intervino la policía y me dejó muy grave. Escribo con el mismo bolígrafo para que sepan ustedes lo difícil y duro que aun hoy me resulta escribir sobre Octavia de Cádiz y sobre Octavia Marie Amélie, la del apellido tan largo y valioso que había que contarlo en dólares, aunque su familia habría preferido que fueran libras esterlinas, por razones de arsénico para mí y de encaje antiguo para ella. Y escribo con el mismo bolígrafo porque es desesperada la lucha de un hombre que tiene que recuperar el humor con una historia tan triste como ésta. Y con la mirada aquella de Su Alteza Serenísima Príncipe Leopoldo de Croÿ Solre (que no se volverá a repetir), ya para siempre encima.

II. LA MIRADA DEL PRÍNCIPE

Sabemos contar nuestros sueños, pero ya no sabemos vivirlos.

YVES NAVARRE, *El jardín de aclimatación.*

DONDE SE HABLA POR PRIMERA VEZ DEL MÁRTIR PERUANO DANIEL ALCIDES CARRIÓN

—Amor...

—Dime, dime por favor qué te pasa, Martín.

—Mi amor...

—Dime, dime por favor en qué estás pensando, Martín.

—Pienso... pienso, mi adorada Octavia, que tal vez sería mejor empezar este capítulo en el siguiente capítulo. Algo así como no dejarse arrancar las últimas migajas de ilusión, aunque de ilusión óptica, en este caso, porque ya ves, Octavia, tú ya no estás, ya no hablas, ya no me respondes ni me preguntas nada, ya sólo yo en este sillón Voltaire y este instante que he tenido de ilusión óptica porque por nada de este mundo hay que dejarse arrancar las últimas migajas de ilusión, Dios mío.

¡Dios mío! Pensar que estábamos en ese tren rumbo a Bruselas. ¡Dios mío!, hoy, porque ya nunca volveré a tomar un tren con Octavia de Cádiz, y ¡Dios mío!, entonces, porque a quién se le iba a ocurrir que Martín Romaña sería capaz de embarcarse con alguien que no fuera Inés de Romaña en un tren rumbo a una fiesta, nada menos que a una fiesta en Bruselas. Bueno, pero qué importa Bruselas. Sebastopol habría sido Bruselas, igualito, exacto, qué diferencia ya para Martín Romaña entre Sebastopol o Bruselas, da lo mismo decir Sebastopol y además ya lo he dicho. Lo que importa es la fiesta. ¿Una fiesta, Martín? ¿Tú, una fiesta, Martín? ¿Tú? ¿Tú?

—¡Martín *es* una fiesta —exclamó Octavia, completamente de Cádiz, completamente de aquella playa de Cádiz, completamente su lectura de las obras completas de Hemingway.

—¡Soy una fiesta movible! —exclamé yo, completamente de Octavia de Cádiz completamente. Sí, eso exclamé yo, antes de tiempo, por supuesto, en aquel andén de madera, para poderlo tocar todo el tiempo, delante de todos los amigos que partían con nosotros a la fiesta de madera de Bruselas. Y que nos miraban, por supuesto, con cara de ilusión óptica. Martín, ¿una fiesta, tú? Una fiesta, sí. ¿Martín, tú? Demonios, pensaba yo, si hay un andén de madera, ¿por qué todos tienen que mirarnos como si fuéramos una ilusión de migajas? Y les explicaba, dando saltitos de felicidad sobre el andén de madera de la Estación del Norte. Y así, de esta madera tan linda, perdón, de esta manera tan linda, tan alegre, tan divertida, tan Octavia de Cádiz, tan París era una fiesta, traducción al castellano de *A moveable feast*, otro saltito y hasta un paso de baile, pésimo mi paso de baile, como siempre, claro, pero aquí tienen fiesta y movimiento, queridos amigos, inolvidable tren de madera, por dentro y por fuera, que aquella mañana me hacía explicarles a los amigos que Octavia era así y asá y completamente de Cádiz como la madera. Y explicaba, les explicaba a los amigos, entonces empecé a explicarles a los amigos y al mundo entero y fue también entonces, porque ahora que estoy además mezclando este capítulo con todos los capítulos siguientes, me doy cuenta que fue también entonces cuando empecé a convertirme en el hombre que hablaba de Octavia de Cádiz. Pero he dicho *hablaba* y he dicho *explicaba*. Bueno, pues precisamente porque se me mezclan los capítulos de nuestra historia de amor mío y Martín por favor comprende amor mío, y tiene que existir entre los amigos y entre la gente, aquel día, aquel capítulo de esta historia en que se me empezó a escuchar sin pedírseme explicación alguna, déjenlo que hable nomás, porque quien lo ha visto y quien lo ve: desilusión óptica.

Pero había una vez una ilusión óptima, muy útil para la correcta cronología de esta historia, y el tren abandonó la Estación del Norte a las diez y treinta en punto de una mañana de madera. Era el tercer día de la primavera, pero claro, por tratarse de París, todo seguía igual que a principios del otoño, que fue cuando empezó el invierno. En cambio yo no seguía igual que a principios del otoño, que fue cuando empezó para mí el infierno, porque Octavia de Cádiz se me había aparecido durante una de mis clases en Nanterre, y ahora debo reconocer que, desde aquel había una vez, la primera de todas, simple y llanamente no permitió que las cosas siguieran igual para mí. Fueron, primero, sus lágrimas en los ojos; luego, fueron, primero, sus bofetadas; después, fueron, primero, sus ataques de llanto y de hipo y, en medio de todo aquello, fueron, primero, sus ataques de risa y mis bultitos de madera (todo lo que tocábamos Octavia y yo era de madera. Fuimos de madera), y su andar tan alegre y tan divertido como sus piernas, y fueron, primero, en medio de todo aquello, este bolígrafo del demonio con el que tanto trabajo me costaría escribir siempre, y en medio de todo aquello aquel disco que sólo lograba escuchar con ella, en medio de todo aquello, y en medio de todo aquello, sus eternos dime, dime en qué estás pensando, Martín. Todo esto sucedía a diario, pero cada día más, y siempre empezaba a las cuatro en punto de la tarde, pero más y más cada tarde, y terminaba a las ocho en punto, pero cada noche peor, también.

Cada día, cada tarde, cada noche, todo aquello, hasta que empecé a preocuparme y le escribí al psiquiatra diciéndole que, mil gracias a su tratamiento, me sentía mucho mejor, pero con inmoralidad. Se trata, José Luis, escribí, de aquella muchacha que una vez vi en Cádiz y que era tan maravillosa porque era tan de novela y tan de verdad. Inútil decirte cómo apareció, jamás me lo creerías, aunque siendo tú especialista en estas cosas tal vez logres comprender que simple y llanamente Octavia llega cada tarde como Daniel Alcides Carrión, un mártir de la medicina, conocidísimo sólo en el Perú, como todos los mártires peruanos, porque nadie daba con el remedio contra la verruga, Daniel Alcides Carrión tampoco, y la gente se moría como hormigas hasta que él decidió inocularse el mal e ir anotando síntoma tras síntoma, día tras día, hasta terminar de mártir con la verruga. Octavia es así, José Luis, porque con su terrible dime, dime en qué estás pensando, Martín, dime, dime por favor qué te pasa, Martín, tarde tras tarde, al cual me veo yo obligado a responderle inoculativamente que Inés fue así y asá, y que yo fui así y asá, y que nuestra maravillosa hondonada fue así y asá, también, pero no sufras, Octavia, eres muy jovencita, no te vayas a envenenar con mi mal, por favor, Octavia. Y entonces, José Luis, ya no tengo fuerzas para más y recurro por ejemplo a San Juan de la Cruz: Octavia, le digo, para abreviar y ser sincero, para serle sincero abreviando, y para, abreviándole, serle lo más sincero que puedo. En fin, todo al mismo tiempo porque se lo merece, se lo merece, José Luis, te lo mereces, Octavia...

—Dime, dime en qué estás pensando, dime qué te pasa, por favor, Martín.

...Entonces, José Luis, le abrevio vía San Juan de la Cruz, por ejemplo, a quien ella no conoce ni en pelea de perros, porque recién empieza sus estudios de literatura hispanoamericana y anda enloquecida con Onetti y con Borges, pero resulta que Octavia entiende perfectamente bien cuando le digo *entréme donde no supe,* Octavia, *y quedéme no sabiendo,* Octavia, *toda ciencia trascendiendo,* Octavia. Tú no te imaginas, José Luis, la trascendencia que ella le da a mis abreviaciones. No sé, es como si además de entender a San Juan de la Cruz me entendiera a mí también, y luego, para colmo de males, se inyectara mi verruga. No sé qué hacer, José Luis, yo sé que el olvido es largo, y, en el fondo, interminable, pero lo que jamás imaginé es que, de pronto, desde hace unos días, no quisiera tener que olvidar interminablemente a Octavia, también, porque con el primer olvido me va bastante mejor, gracias al tratamiento, lo cual complica un poco las cosas, porque a veces realmente no sé cómo tratar a Octavia de Cádiz, y sobre todo cuando se trata del tratamiento. Octavia de Cádiz simplemente no tolera el anafranil, José Luis, le produce ataques de celos, de orgullo, de llanto, de hipo, y luego se arranca con unas bofetadas que a mí, en el fondo, debo confesarlo, me encantan, porque son el único contacto que tengo con sus manos, y porque hay ocasiones en que a pesar de su orgullo sucumbe a la mejilla cristiana que, en su caso, es la misma de la primera bofetada, pero vuelta a visitar por Octavia que me dice perdón, Martín, porque estoy muy enfermo, y después me da un beso que infaliblemente me hace pensar en Daniel Alcides Carrión. En fin, qué más quieres que te diga, José Luis, yo puedo con todo menos con la muerte de Octavia...

—Dime, dime por favor qué te pasa, en qué estás pensando, Martín.

...Los síntomas son atroces, José Luis. Tose con los ojos, llora con los pulmones, le dan ataques de hipo en su chompita negra, y el pantalón, José Luis, el pantalón es un caso nunca visto de hipersensibilidad y terciopelo negro. No puedo más, José Luis, y esto hace que ella tampoco pueda más, lo cual resulta una inmoralidad en un tipo de treinta y tres años, porque yo, cuando tenía los dieciocho años de Octavia, ni siquiera soñaba con conocer a Inés ni en ser tu paciente ni nada. Octavia no puede empezar conmigo porque yo más bien tiendo a estar acabando, ¿me entiendes, José Luis? Octavia tiene dieciocho abriles, frágiles como las rosas rojas y francesas que mi madre le encargaba cuidar a Serapio, un jardinero indígena que, según me he enterado por mis lecturas socio-políticas posteriores a Serapio, al jardín de mi madre y a las rosas (llegaban preciosas de París, hasta se me ocurre decirte que llegaban hipersensibles, hipersensibles a las manazas de Serapio, claro), ignoraba la idea de país, nación, y hasta de general Chile, porque una vez le pregunté, asombrado al ver que en *El mundo es ancho y ajeno*, una novela del escritor peruano Ciro Alegría (en fin, todo esto es anterior a Vargas Llosa, o sea que no tienes por qué conocerlo), nuestros indios iban a la guerra del Pacífico creyendo de combatientes que Chile era un general más, me imagino que enemigo del cura, el juez, y el subprefecto que, también según mis lecturas posteriores a los discretos encantos de mi madre y las rosas francesas, resulta que han sido lo peor que le ha podido pasar al indio desde la llegada de Pizarro con sus segundas intenciones y sus tres calaveras. Serapio, José Luis, ignoraba también la noción de continente. No pude contenerme, pues, y le pregunté: ¿Y París de Francia, Serapio?, ¿y París, el lugar al que me quiero ir?, ¿y Francia, Serapio, el lugar donde nacen estas rosas?

—Deferente a la papa nomás pues se coltiva, neño —me respondió Serapio, José Luis, porque así hablan los indios que hablan castellano.

Y yo me quedé helado, porque aún no había leído los libros posteriores a Francisco Pizarro, que era analfabeto, y según los cuales el problema del indio es el problema de la tierra, el de la madre tierra, José Luis, y no el del jardín de mi madre. Total, el pobre Serapio cultivando rosas francesas, y todo por culpa del cura, el juez, y el subprefecto, y por supuesto también de Francisco Pizarro con sus segundas intenciones y sus tres calaveras...

—Dime, dime por favor en qué estás pensando, Martín.

...Perdóname, José Luis, por escribirte una carta tan larga. Y no creas que me estoy poniendo pedante al dejar filtrarse en ella el continente latinoamericano de las clases que dicto en Nanterre. No, nada de eso, y más bien todo lo contrario, porque ando peor que en el bolero ese que decía permíteme igualarme con el cielo, que a ti te corresponde ser el mar. He recurrido, con lágrimas en los ojos, a la imagen de las rosas francesas y de Serapio, porque Octavia, con sus dieciocho años a lo Daniel Alcides Carrión, por decirlo de alguna manera, es pura, purísima rosa roja y abril (dejemos de lado la nacionalidad, que en todas partes se cuecen adolescencias), y yo purito Serapio y anafranil, también, claro. Pero no porque el destino me haya privado de la madre tierra, sino lo que es peor, en mi caso, porque me ha quitado a Inés, mi tesoro de la Sierra Madre. Y estoy conciente y continente de todo, créeme, José Luis, créeme que soy un Serapio, sí, una víctima, sí...

—Martín, dime por favor qué te pasa, en qué estás pensando.

...Pero si soy una víctima es porque he sentido el peso de mi peso sin el peso del peso del cuerpo y el alma de Inés en la hondonada vacía. He llegado, pues, a la última lectura. Soy un herido hiriente de treinta y tres años (si supieras hasta qué punto espero que lleguen pronto los treinta y cuatro para terminar de una vez por todas con esta ridícula coincidencia), un herido tan torpe como lo fue siempre Serapio con las rosas de mi madre. Pero un herido, a diferencia del pobre Serapio, que conoce su mal y que está sometido a un tratamiento que empieza a dar síntomas de buen resultado. Y en esto, precisamente, consiste la inmoralidad: Octavia existe y yo no soporto la idea de herirla con una doble vida.

En fin, después me despedí de José Luis, en unas veinticinco páginas más, porque nunca me olvidé de darle recuerdos para su esposa. Él me respondió siempre a vuelta de correo, lo cual me hacía sentirme sumamente orgulloso y, no bien terminaba de fechar su carta, iba de frente al grano: *Mi querido Martín Romaña,* seguido de una coma. El resto se lo leía yo a Octavia, para que viera lo mal que estaba y lo bien que me estaba haciendo el tratamiento de José Luis, en ausencia de Inés. Casi siempre me caía una bofetada, con su rapidísimo perdón y su beso *ad hoc,* porque Octavia también iba de frente al grano: Mi adorado Martín Romaña, seguido de mi estado de coma, porque la verdad es que yo no me daba cuenta de nada. Y sin embargo, y sin embargo... Y sin embargo hoy sé que aquel momento llegó en que el pobre José Luis, sin que yo me diera cuenta de nada, claro, empezó a recibir cada día más cartas, y yo, como es lógico y a vuelta de correo, empecé a recibir cada día más respuestas, de tal manera que las bofetadas iban aumentando y también el perdón maravilloso que pronunciaba Octavia de Cádiz antes de proceder con invencible rapidez a la ternura de su beso, además. Y yo, sin embargo, nada. Pero el otro sin embargo, sin embargo, continuaba, y ahora me doy cuenta de la infinita bondad de José Luis al contestar aquellas cartas monotemáticas fingiendo que no se daba cuenta absolutamente de nada.

Martín, me decía, refiriéndose a lo de Octavia y la inmoralidad por doble vida mía, tómatelo como un mal necesario. Y hoy, desde este sillón Voltaire, me atrevo a decirte, mi querido José Luis, que no sabes hasta qué punto tu frase fue profética. Me drogadicté a Octavia, necesariamente. Pero, en fin, todo a su debido tiempo. Estábamos en que a Octavia debía tomarla como una frase profética, aunque por aquella época la cosa era definitivamente al revés, porque ella desempeñaba el papel de Daniel Alcides Carrión, que no sé por qué me tiene tan obsesionado esta noche en mi sillón. ¿Nostalgia infinita del Perú? ¿Patriótico deseo de otorgarle a un mártir peruano el lugar que se merece en la medicina mundial? ¿Tendencia a comparar a Octavia de Cádiz con un ser extraordinario? ¿Tendencia a comparar a Daniel Alcides Carrión con un ser maravilloso? Como cantaban Los Platters: *You'll never know*, porque yo tampoco lo sé. Lo único que sé es que esta mañana tuve que llamar a Patrick Rosas y Lalo Justo, dos amigos peruanos, para preguntarles cómo se llamaba ese tal Carrión que se inyectó ni sé qué virus. Yo había estado a punto de escribir José Faustino Sánchez Carrión, pero resulta que ése fue un prócer de nuestra independencia y cómo diablos compararlo en estos momentos con Octavia de Cádiz que más bien fue un mal necesario. Y así, esta novela podría dividirse muy bien en tres partes:

1) Octavia de Cádiz o el Daniel Alcides Carrión de Martín Romaña.
2) Daniel Alcides Carrión sobrevive a la verruga, o de la felicidad de Octavia de Cádiz y Martín Romaña.
3) El mal necesario o la vida es así, mártir don Daniel Alcides Carrión.

Más un desenlace que sería como un gran homenaje a Daniel Alcides Carrión. Pero retomemos el hilo, aunque según Nietzsche, el hombre laberíntico no busca el hilo, busca a Ariadna, o sea que abandonemos por completo la idea de un Octilo de Cádiz, porque yo además quisiera decir: Había un millón de veces, Octavia... Había, sí, las cartas de José Luis y por ejemplo lo mucho que te reíste cuando le pescamos una falta de atención. Yo le había escrito aquello de Francisco Pizarro con sus segundas intenciones y sus tres calaveras y el pobre José Luis me había respondido que el de las tres carabelas fue Cristóbal Colón. En lo de las segundas intenciones sí estoy de acuerdo, decía luego. Y yo, amor mío, te expliqué que José Luis se equivocaba. Acababas de darme la bofetada, el perdón, y el beso, después del ya casi diario *Mi querido Martín Romaña* y la coma. Y yo, yo que sé muy bien por qué, ahora, pero cómo iba a saberlo entonces, sentí que te merecías una imperfección de José Luis. Mira, Octavia, te dije, claro que Colón fue el de las tres carabelas, pero yo de quien estoy hablando es de Francisco Pizarro, al cual le han encontrado ya creo que hasta tres calaveras en la catedral de Lima. Les da de lo fuerte a nuestros historiadores por las calaveras de ese gran calavera.

Y tú captaste el humor y fuiste feliz porque lo habías entendido todo: Colón, Pizarro, carabelas, calaveras, un calavera. Y fuiste más feliz porque yo me estaba riendo de la falta de atención de José Luis y me habías dado el beso y como siempre yo estaba comprobando que bofetada, perdón y beso llegaban con invencible ternura y rapidez. Sí, así era y así fue siempre: Octavia jamás me dio tiempo para ponerle la otra mejilla. Ni siquiera cuando recuperé íntegros el humor y la salud, ni siquiera cuando recuperé hasta el amor que jamás recuperé y con el tiempo logré convertirme en el pistolero más rápido del lejano oeste, con la otra mejilla, ni siquiera entonces pude ganarle a la ternura de Octavia. Y al final ya ni lo intentaba porque había comprendido hasta qué punto detrás de esa ternura estaba siempre su orgullo y cómo todo aquello jamás tuvo nada que ver con el humor ni con el mal humor ni con la buena ni la mala salud, no, ni siquiera con el lejano oeste tenía que ver, porque miren ustedes lo que pasó una vez.

UNA VEZ

Haciendo un esfuerzo sobrehumano y sonriente, le dije una tarde a Octavia que en un cine del barrio estaban pasando un viejo western, *Martín Romaña in Apachelandia,* en el que Burt Lancaster mataba hasta al director de la película. Me encantaría volverlo a ver, agregué sonriente, por segunda vez en mi vida, más o menos. Octavia se incorporó feliz, corrió a ponerse el abrigo, y cuando regresó resulta que tenía mi abrigo puesto de a verdad con lágrimas en los ojos, lo cual era siempre un lío porque usaba lentes de contacto y ya sabemos lo pesado que es eso cuando se le mete a uno alguna cosita en el ojo o cuando se le salen las lágrimas. Y, además, en el caso de Octavia se trataba de un llanto que manchaba hasta las manchas, debido a la impresionante cantidad de maquillaje que se ponía en torno a los ojos. Había que limpiarlo todo, para lo cual tenía que sacarse las lentillas, primero, y parar de llorar de una vez por todas, por favor, Octavia, primero, también. La operación tenía lugar en el diván, que era mío, felizmente, o sea que a las manchitas negras que iba dejando Octavia yo les llamaba angelitos negros, como en la canción bonita. La verdad, no sé cómo les habría llamado si hubiesen caído sobre el sillón Voltaire que madame Forestier tanto me había encargado cuidarle. Otro gallo cantaría, desde luego, aunque casi desde el comienzo Octavia me había regalado, para estas situaciones, un gran frasco con el quitamanchas más eficaz de Francia. Eso no lo olvidaré nunca, porque estuvimos bastante rato riéndonos de lo enorme que era el frasco, y después estuvimos un rato más tratando de reírnos aunque sea un ratito más de lo increíblemente enorme que era el frasco, hasta que por fin ya no pudimos más de angustia y estuvimos horas tratando de enfrascarnos en cualquier conversación para que ahí nunca hubiera pasado nada.

Usamos varios frascos más y cuántas veces nos amamos con desesperación y con ese maravilloso olor a bencina. Hoy me sirve para escribir, sobre todo cuando al bolígrafo le da por fallar demasiado. Otros escritores recurren al alcohol o a las drogas. Yo abro mi frasco e inhalo en cuerpo y alma a Octavia de Cádiz. Inhalo su voz, su risa, su ternura, sus piernas, un montón de bencina, en fin, y no saben hasta qué punto inhalo los ojos más bellos que he visto en mi vida, hasta en las fotografías de su pasaporte eran los ojos más bellos los ojos de Octavia, con lo mal que sale uno siempre en esas fotos. Tenían la forma de una lágrima puesta horizontalmente y eran enormes y demasiado inquietos para ser tan miopes, aunque con mucha frecuencia la sonrisa los salvaba de ser tristes. Desde la mañana, Octavia los maquillaba como quien desea acentuar su intensidad, como quien subraya su mirada al mundo. Se desfiguraban, se deshacían, cuando Octavia lloraba. De esas dos enormes y acentuadas lágrimas que eran sus ojos, brotaban otras lágrimas diferentes que nublaban las primeras, hasta hacerlas desaparecer. Era algo muy extraño porque sus ojos eran como una pena infinita y general, un llanto por todos y de todos. Y por eso, cuando lloraba, al mismo tiempo era como si hubiese dejado de llorar. Un llanto había remplazado a aquel otro llanto que podía incluso reír, reír a carcajadas, dejarle esa tristeza general al intenso maquillaje y nada más. Surgían entonces lágrimas como las de aquella tarde en que yo quería ver un viejo western con Burt Lancaster y ella se apareció con mi abrigo puesto de verdad.

—Estoy lista —me dijo—, y adoro a Gary Cooper.

—Pero si esta película no es con Gary Cooper, Octavia.

—Tú cállate, Martín, y mira lo fuerte que parezco con tu abrigote.

Alzó y dobló los brazos para mostrarme los bíceps gordos de mi abrigo. Estaba llorando y se dejó caer sobre el diván. Yo, a veces, cuando no entendía nada, me iba de frente a buscar el quitamanchas mientras ella empezaba a ocuparse de sus lentillas. Eso siempre le hacía mucha gracia, y al cabo de unos instantes ya estaba diciéndome que así le gustaba que fuera: decidido, eficaz, implacable.

—Estoy lista —me volvió a decir—, y adoro a Gary Cooper.

Ya no le discutí, porque la película, estaba segurísimo, era con Burt Lancaster, y porque durante el camino ella se iba burlando de que yo estuviese muerto de frío y tuviese aspecto de todo menos de hombre del lejano oeste.

—No te metas con eso —le dije—. Soy un fanático de los westerns porque creo que son la única posibilidad de hacer epopeya en nuestro tiempo. La epopeya es un género que ha sobrevivido gracias al western.

—Me encantan las cosas que se te ocurren cuando estás muerto de frío, Martín —me dijo Octavia, divertidísima—; pareces un intelectual. Pero cuéntame más, cuéntame todo sobre los westerns.

—No sé más. Los hay buenos y los hay malos. Eso es todo.

No miró las fotografías de Burt Lancaster, cuando entramos al cine, y para el resto de su vida aquel western se llamará *Martín Romaña in Apachelandia.* Yo lo pasé muy bien con mi vieja película, y al salir estaba dispuesto a contar todo lo que Octavia quisiera sobre el lejano oeste. Y empezaba a hablar, cuando una bofetada, el perdón y el beso me hicieron recordar por fin que años atrás yo había gozado mucho viendo esa película con Inés. Casi le digo Octavia, tú no sabes hasta qué punto tú eres Octavia de Cádiz, pero nuevamente iba a quedar como un imbécil porque en el fondo de su enorme bolso negro estaba el papelito en que todo eso había quedado escrito con este bolígrafo de mierda.

—Caminemos, Octavia —le dije—. Quiero caminar mucho rato contigo.

Pero ella me pidió que la acompañara hasta su automóvil, aunque antes deseaba pasar por una juguetería que quedaba por ahí cerca. Más que acompañarla, la estuve siguiendo hecho un imbécil hasta que nos despedimos. Y fue peor todavía cuando entre mil juguetes se compró un vaquerito de plomo que era Gary Cooper tal como ella lo había visto en *Martín Romaña in Apachelandia* y tal como debe aparecer en esta novela. Un beso, quise darle un beso. Y hasta pensé en darme la bofetada más rápida de Apachelandia, para luego sorprenderte con el beso más rápido del mundo, Octavia. Pero hacía horas que ella sabía que al final yo iba a intentar besarla y por eso inclinó de esa manera la cabeza para guardar a Gary Cooper en el fondo de su bolso y de paso sacar las llaves del auto.

—Mañana vengo a las cuatro en punto a devolverte tu abrigo —me dijo, mientras yo comprobaba que al vaquerito no lo había dejado en el fondo del bolso sino que lo había vuelto a sacar con las llaves. Lo tenía bien sujeto contra el timón, cuando encendió el motor. Después, abrió la ventana y me repitió que al día siguiente vendría con mi abrigo—. No voy a dejar que te mueras de frío, Martín —agregó, para que nos pudiéramos despedir con una sonrisa.

El automóvil desapareció con Octavia de Cádiz y Gary Cooper. Adiós Daniel Alcides Carrión, le dije al espacio que había quedado vacío, porque así le gustaba a Octavia que fuera yo: decidido, eficaz, implacable. Pero estas cualidades eran mucho más suyas que mías, y tal vez por eso, cuando empezó a surgir en mí el hombre que hablaba de Octavia de Cádiz, o sea cuando de Octavia de Cádiz no me quedó más que hablar y hablar de Octavia de Cádiz, la primera vez que fuimos al cine juntos fue a ver un western con Gary Cooper y, aunque nadie me crea, la película se llamaba *Martín Romaña in Apachelandia* porque la ternura de Octavia era demasiado rápida y demasiado intensa para toda aquella epopeya y para todo y para todos. Y porque la ternura de Octavia no se dio jamás antes de Octavia ni se dio tampoco después. Y esto por la sencilla razón de que la ternura de Octavia jamás tuvo nada que ver con este mundo. Dios mío, qué horrible es hablar cuando ya nadie le pide a uno explicaciones... Bueno, pero todo esto es lo que pasó una vez y ahorita retomo el hilo.

ARIADNA EN BRUSELAS Y MUCHO MÁS, ANTES Y DESPUÉS

—Cristóbal Colón descubrió América el 12 de octubre de 1492, con *La Pinta, La Niña,* y *La Santa María,* sus tres carabelas, Octavia...

—De Cádiz —agregó ella, desde el diván hasta el sillón Voltaire.

Y a un lado de la pequeña habitación, sobre la gran mesa redonda de madame Forestier, contra la cual uno se estrellaba todo el tiempo, como si fuera madame Forestier, se hallaba el enorme frasco para casos de angelitos negros y la caja de anafranil para casos como yo. La caja de anafranil estaba muy llena, pero era la última. El frasco, en cambio, estaba casi vacío, pero es que era el primero.

—De Cádiz —repetí yo, desde el sillón Voltaire hacia el diván. Y continué, porque acabábamos de recibir la carta con la falta de atención de José Luis—. Mira, Octavia...

—De Cádiz —agregamos los dos al mismo tiempo, del diván hacia el Voltaire y viceversa. En fin, esto no sé muy bien cómo contarlo, pero así fue porque ya estábamos en plena falta de atención y, en lo que a mí respecta, porque había mucho olor a bencina, también.

—Francisco Pizarro —continué—, conquistó el Perú con segundas intenciones, esto es indudable, y le llevan encontradas ya creo que hasta tres calaveras en la catedral de Lima. Les da de lo fuerte a nuestros historiadores...

Esta vez tampoco pude terminar porque Octavia pegó un salto desde el diván hasta el Voltaire y se instaló cómodamente sobre las rodillas del enfermo para matarse de risa. Lo había entendido todo pero quería volver a entenderlo todo otra vez y me arranchó la carta de las manos para volver a entenderlo todo otra vez. La verdad, en mi vida había logrado hacer feliz a una mujer y la taquicardia era tan atroz hasta en mis piernas que Octavia no tuvo más remedio que aplastarme el corazón con una mano para poder seguir leyendo y matándose de risa con la otra.

En fin, esto tampoco sé muy bien cómo contarlo, pero así fue porque la pobre Octavia llegó a perder el equilibrio de felicidad en el momento en que más latió hasta el sillón Voltaire.

—¿Sabes lo que es un calavera, Octavia? —le pregunté, justito antes de ese momento.

—Francisco Pizarro —me contestó, muerta de risa—. Francisco Pizarro fue un gran calavera porque conquistó el Perú con pésimas intenciones. ¿He adivinado? ¡Dime, dime que he adivinado, Martín! Un calavera en castellano quiere decir...

Y seguía matándose de risa y explicándome y encontrando sinónimos en francés, hasta que perdió el equilibrio, por mi culpa, pero felizmente logró aplastarme más el corazón, a tiempo, y no llegó a resbalarse de felicidad.

—Eso no es adivinar —le dije, pensando que hasta a Burt Lancaster lo había adivinado con Inés y conmigo en Apachelandia—. Eso es simple y llanamente ser Octavia de Cádiz.

Entonces ella giró un poco más hacia mí, extendió bien los brazos, y puso ambas manos sobre mis hombros. La imité, y quedamos en esta absurda posición: como protegiéndonos el uno del otro, como alejándonos de algo con los brazos, y al mismo tiempo sabiendo que nunca habíamos estado tan cerca en la vida y que a mí nunca nadie me había mirado con tanta ternura y que tampoco yo había mirado nunca a nadie con tanto agradecimiento. Un beso, quise darle un beso, pero Octavia recogió una de mis manos con las suyas, la acarició tres veces, muy ligeramente, con sus mejillas, y me la devolvió con un beso en la palma, que aquí lo tengo todavía y sangra. Insistí, acercando de nuevo mi mano a su cara, y ella me permitió que le acariciara ambas cejas. Lo hice con los ojos cerrados y con la maravillosa convicción de que estaba realizando el más viejo deseo de mi vida.

—Son las ocho, Martín —dijo Octavia, apoyándose sobre mis muslos para ponerse de pie—. Tengo que irme ya.

—Son las ocho —repetí yo, mirando cómo guardaba la carta de José Luis en su bolso negro. Con Gary Cooper y el documento en que constaba su nombre, eran ya tres las cosas que guardaba para siempre. Y con el tiempo fueron miles, como si a Octavia, de la felicidad, sólo le interesaran los recuerdos. Hoy la comprendo, claro. La comprendí desde el día en que dejé de verla para siempre, por un tiempo, y me encontré con el departamento repleto de pequeños objetos que ella me traía de sus andanzas por París, por otras ciudades y países, porque nuestros encuentros nunca dejaron de ser felices, incluso mientras ella estuvo casada fueron felices, y es que yo ya me había convertido en el hombre que hablaba de Octavia de Cádiz y había asumido en cuerpo y alma la teoría del mal necesario, para sobrevivir y seguir hablando, mientras esperaba que algún día viniese a visitarme con otro cachivache más inolvidable que el anterior. Están todos cubiertos de polvo, porque el polvo, según Octavia, es el terciopelo de la vida, aunque yo siempre pensé que sus cejas espesas y oscuras eran el terciopelo de mi vida. Más que su pantalón negro.

A veces uno de esos objetos se me cae de la mano y se rompe, porque me he ido volviendo muy tembleque de tanto recuerdo en la mano. No importa, Recuerdo, le digo, te voy a dejar como el día en que Octavia te trajo. Entonces corro al cuartucho en que me afeito y me peino, y traigo un tubo de un pegalotodo excelente. Ya ves, Recuerdo, le digo, al terminar la delicadísima operación tembleque, has quedado como el primer día. Pero es mentira y los recuerdos lo saben. No piden explicaciones, claro, porque hemos vivido ya demasiado tiempo juntos. Y al final se limitan a contemplarme mientras regreso y dejo el tubo de pegalotodo sobre la mesita en que están la loción para después de afeitarse, el frasco de lavanda, catorce recuerdos de Octavia, y el quitamanchas, que también es recuerdo de Octavia. Confieso: no miente el pérfido Bryce Echenique cuando jura y rejura que cada día estoy más para novela porque me ha visto y olido llegar a varias reuniones apestando a bencina y hablando de Octavia de Cádiz.

Bueno, pero hablando de Octavia de Cádiz, eran las ocho y tenía que irse y yo le había tocado las cejas. Lo que pasa, claro, es que ahora estaba loco por tocarle también el pantalón de terciopelo para comparar. Le rocé un muslo, con gran disimulo, porque tengo los brazos muy largos, pero ella se dio cuenta de todo porque el roce fue también con gran taquicardia.

—¿Quién gana? —me preguntó feliz.

—¿Quién gana en qué? —le pregunté yo, logrando apenas asomarme entre los latidos.

—En terciopelo. ¿Quién gana en terciopelo, Martín?

—Todos salimos ganando —le dije yo, agilísimo por una vez en mi vida, por tratarse de Octavia de Cádiz, claro. Y, además, ni me sentí en una del oeste ni me sentí Burt Lancaster agilísimo ni nada. Sólo la taquicardia.

—Gary Cooper —me dijo ella, ajena a toda sospecha, encantadora.

—Humphrey Bogart —le dije yo, para mantenerla encantadora a toda sospecha, ya que el asunto iba rapidísimo por lo complicada que es la vida.

—También me gusta —me dijo ella.

—Escoger es imprescindible en estos casos, *mademoiselle* —le dije yo, tan ágil, otra vez que tuve que jurarle que no estaba haciendo trampa. Y fue horrible, porque inmediatamente sentí que había caído en una trampa con gato encerrado y todo.

—Me voy —dijo Octavia, y en efecto, agregó—: me voy para que puedas tomar tu anafranil en paz. Me voy porque *eso* es lo que te está haciendo bien. Y no te olvides de responderle a José Luis. Aquí tienes su carta, si quieres.

Pero no me la dio. Pobrecita, tuvo tanto miedo de que se la aceptara que se puso el abrigo como pudo y salió disparada sin haber hecho siquiera el ademán de sacarla del bolso. La oí resbalarse en la escalera y me odié al pensar que habría sido capaz de aceptarle esa carta. Corrí hasta la ventana, y abrí para asomarme y verla salir a la calle.

—Octavia —le dije, cuando apareció allá abajo.

—¡De Cádiz! ¡Como nunca de Cádiz! —gritó ella, pero sin detenerse.

—¡Octavia, por favor! ¡Me había olvidado de una cosa! ¡Tengo un disco de un trío mexicano llamado Calaveras!

Ya adivinó esta cojuda que era de Inés, me dije, al verla desaparecer en la esquina, de lo contrario me hubiera hecho siquiera adiós. Cerré la ventana, busqué el disco, escuché tres o cuatro canciones de Inés, tomé el anafranil, mandé al diablo la idea de comer algo, y me instalé a escribirle una carta a José Luis. Resumiendo al máximo, fue esto lo que le dije: cada día me siento mejor, José Luis, gracias a tu tratamiento, pero tú no te imaginas lo mal que la está pasando Octavia. Yo no puedo dejar que se me muera como Daniel Alcides Carrión, porque no se enteraría nadie, y cada día los síntomas son peores. Ya no puedo soportar más tanta inmoralidad. No puedo soportar más tanta doble vida, José Luis... Y así sucesivamente hasta que el teléfono sonó en la parte en que empezaba a despedirme de su esposa.

—Aló —dije, con voz de central telefónica, para que se notara lo acostumbrado que estoy a que me llamen día y noche del mundo entero.

Me respondió un piano, y desde un bar muy concurrido, sin duda alguna, porque a duras penas lograba escuchar la voz negra del pianista que cantaba *Dinner for one, please James,* igualito a Nat King Cole la primera vez que me enamoré en mi vida y me fue pésimo con música de fondo. En cambio a Octavia se le oía perfecto, pero hablando con otra persona, o sea que volví a decir aló, aunque con suma curiosidad esta vez.

—¡Espérate, Martín...! ¡No cortes...! Es que por traer el teléfono hasta el piano se me ha atracado el cordón con la pata de una mesa y el banquito del pianista... Es que quería que oyeras esta canción...

—Si quieres te la canto yo, Octavia.

—No seas aguafiestas, Martín. Espérate un instante que quiero llegar hasta el micro con el teléfono... Ya se está desenredando el banquito... Perdone, señor... Aló, Martín.

—Aquí estoy, Octavia. Pero tú, ¿dónde estás?

—Junto al micro, Martín, pero ya se acabó la canción... ¡No...! ¡No se ha acabado, Martín! ¡Dice el pianista que la va a tocar de nuevo! ¡Oh, mil gracias, señor!

—¿Dónde estás, Octavia?

—Primero dime tú qué estabas haciendo cuando llamé.

—Me estaba despidiendo de la esposa de José Luis.

—¡Quéeee...! Oh, perdone, señor...

—Nada, Octavia, te decía que me estaba despidiendo de la esposa...

—Martín —me interrumpió Octavia, ya perfectamente sincronizada con la música de fondo—, ¿a qué hora empezaste a escribir esa carta?

—No sé, no me fijé en la hora.

—Calcula, por favor, Martín.

—Pero para qué, Octavia.

—Calcula, por favor.

—Bueno, después que tú doblaste la esquina sin hacerme adiós...

—O sea hacia las ocho y cinco.

—Sí, hacia las ocho y cinco cerré la ventana y puse el disco del trío Calaveras.

—¿A qué hora lo quitaste?

—A las ocho y media, porque ya era hora de tomar mi cápsula.

—¿Y cuánto tiempo estuviste tomando el anafranil, Martín?

—Bueno... Una media hora, más o menos... Octavia, no te molestes, por favor... Ya tú sabes que lo contemplo un ratito...

—¿Comiste, después?

—No, no tenía hambre.

—¿Leíste, después?

—No. No tenía ganas de leer ni de acostarme.

—Bien, Martín... ¿Qué has hecho entonces desde las nueve? ¿Qué has hecho desde que *terminaste* de tomar el anafranil?

—Me vine aquí, al cuartito del teléfono, y empecé a escribirle a José Luis.

—¿Sabes qué hora es, Martín?

—No, ni idea.

—Son las tres de la mañana —dijo Octavia, sollozando, y colgó.

Colgué yo también, pero la voz de central telefónica ya como que no me salía cuando empecé a repetir adiós, Octavia, adiós, Octavia de Cádiz... Y tampoco lograba retirar la mano del teléfono. Eres un asesino, Martín Romaña, me dije. ¿Por qué no le cuentas a la esposa de José Luis que eres un asesino? ¿Por qué no le cuentas que pudiste reaccionar más ágilmente y evitarle a Octavia el dolor de saber que llevas seis horas escribiéndoles a ellos? ¿Por qué no les confiesas que eso a Octavia la puede matar de pena y de celos? ¿Y por qué no les confiesas que ni siquiera insististe en saber qué hacía en un bar a las tres de la mañana, si estaba sola, si estaba acompañada?

Martín Romaña, me confesé, eres un hijo de la gran puta. A ti lo único que te interesa es que esa chica te alegre tus clases en la universidad y te ayude a matar cuatro horas al día, cada tarde... No, Martín Romaña, me defendí, no eres un hijo de puta. A ella le haces gracia. No todo es doloroso en la relación que tiene contigo. Sus piernas te hacen sonreír. Sus ojos te preocupan de verdad. Su tos te agota más que a ella. Su llanto te ha conmovido siempre. Su inteligencia te deslumbra. Pero claro, en el fondo, tú prefieres quedarte donde te encontró y terminar con todos tus males de una manera más racional. ¿Y si te estuvieras defendiendo de ella, Martín? Sabes que Inés nunca volverá y a lo mejor temes... No, tampoco es eso. Es tu indiferencia. Tu enorme indiferencia y ese interminable decaimiento. No estás sano, todavía, y no logras ver sino instantes de esa muchacha que te llama a las tres de la mañana para decirte que no vayas a tener miedo, para que sepas que si hoy se fue furiosa y celosa, mañana volverá a las cuatro en punto porque no ha pasado nada, nada, Martín. No ha muerto en ti el hombre sensible, la persona capaz de interesarse, de sentir cariño por la gente, por todo lo que pasa a tu alrededor. ¿Acaso no te conmovió la canción que te hizo escuchar Octavia? Búscala, por ahí debes tener todavía ese disco. ¿Y por qué no ponerlo desde ahora? Prepárate. Esta tarde la recibes con esa canción y la haces feliz.

Del dicho al hecho. Y a las cuatro de la mañana empecé a recibirla esta tarde con esa canción, para lo cual lo primero que hice fue desempolvar mi viejísimo disco de Nat King Cole. Era la última canción del lado A, pero lo puse desde el comienzo para irme acercando con enorme ternura al final feliz. Y, en efecto, el asunto me estaba saliendo de maravilla porque una tras otra iba recordando aquellas canciones que bailé con mi primer amor, y cómo a Teresa no le importaba que yo bailara realmente pésimo ni que la pisoteara toda ni le preocupó tampoco cómo le di el primer beso de mi vida, pésimo también, aunque jamás haya vuelto a dar un beso tan inolvidable, y aunque ella al final me dejara plantado por Juanacho Gutiérrez y su automóvil rojo y amarillito, nada menos que en la puerta de su casa y el día de su santo y con el disco de Nat King Cole que yo le traía de regalo en la mano, para seguir bailándolo el resto de la vida con ella, y que después no sé cómo vino a dar conmigo a París y ahora ya estaba llegando a la canción que fue música de fondo de mi primer amor. En fin, por llegar al futuro, que era esta tarde a las cuatro en punto, acababa de llegar al pasado, que fue hace como veinte años. Lo que sí te juro, Octavia, es que terminé aferrado al frasco de quitamanchas, inhalando bencina como loco.

Y a ti te consta, porque a punta de inhalar, de inhalar como loco realmente, o como un imbécil parado frente a tu diván, esa madrugada volviste a aparecer sabe Dios dónde. Lo que sé es que volvió a sonar el teléfono y que al oír tu voz solté un aló tal, que luego tuve que carraspear varias veces para que jamás fueras a adivinar que acababa de responderle a mi primer amor como veinte años después, en cuerpo y alma, aunque en realidad debería decir en cuernos y alma, por culpa del carro rojo y amarillito pornográfico de Juanacho Gutiérrez. Normalmente, a estas horas la gente pide que la dejen dormir en paz, pero yo le juré a Octavia que no me estaba despidiendo de la esposa de José Luis.

—No he vuelto a despedirme de nadie, Octavia, te lo juro.

—Martín —me dijo ella, con el carnaval de Río por música de fondo.

—Habla más fuerte, Octavia. Sólo se oye el estruendo.

—Espérate —me dijo, jadeando como una loca.

—¿Dónde estás, Octavia? ¿Por qué estás así? Parece que te estuvieras ahogando.

—Espérate, Martín. Voy a cerrar la puerta de la cabina telefónica.

—Bueno, pero ¿dónde está esa cabina telefónica?

—No sé... En un cabaret, creo.

—¿Con quién estás? Dime, por favor, con quién estás.

—Escúchame, Martín...

—Pero qué te pasa, ¿te sientes mal? ¿Quieres que vaya a buscarte?

—No, no, Martín... Escúchame, por favor...

—Sí, Octavia, te estoy escuchando.

—Mañana me voy de París por una semana.

—¿Por qué no me lo dijiste antes?

—Para eso te llamé a las tres, Martín.

—No, digo antes, aquí, esta tarde...

—No lo sabía. Te lo juro, Martín, que no lo sabía. Mis padres me lo dijeron recién esta noche durante la comida. Me llevan a esquiar a Suiza.

—Te voy a extrañar, Octavia —le dije, sintiendo que la iba a extrañar.

—Dentro de tres días es tu cumpleaños, Martín.

—Sí, lo sé, por una vez me acuerdo. Y es que por fin cumplo treinta y cuatro años.

—Martín, no te preocupes, por favor. Volveré dentro de una semana. Iré corriendo a verte. No te dejaré nunca, Martín. No quisiera tener que dejarte nunca.

—...

—Mientras estés enfermo y triste no te dejaré, Martín.

—...

—Martín...

—Sí, dime, Octavia...

—La nieve... El frío... La tristeza... La pena... El absurdo... La nada...

—¿Estás sola, Octavia?

—Estoy contigo, ¡estoy contigo, Martín!

—¿Con quién estás, Octavia?

—Con la gente que me lleva a esquiar.

—¿Pero no eran tus padres los que te llevaban a esquiar?

—Mis padres y otra gente, Martín. Un grupo de gente.

—...

—Tengo que irme ya, Martín. Voy a colgar.

—Podríamos vernos un rato antes de tu partida, Octavia.

—No, no es posible. Tenemos que tomar el tren muy temprano.

—Si quieres voy a la estación un rato antes.

—No, Martín.

—Pero si puedo ir...

—Tengo que irme ya, Martín. Voy a colgar. Cuídate. Te juro que volveré. —Estaba llorando cuando colgó.

Octavia Marie Amélie, me dije, mientras regresaba a sentarme en el sillón Voltaire. Empecé a mirar el diván, su diván, como ella le llamaba. Era un mueble estrecho, duro, e incómodo. Apenas una plancha de madera con cuatro patas, sobre la cual yo había puesto un delgado colchón de camping, que luego había cubierto con una tela color beige. Ahí se sentaba Octavia cada tarde, ahí colocaba siempre, a un lado, su enorme bolso negro, y ahí había recibido yo muchas de las bofetadas que me había dado. Mirando al diván, me pregunté por qué, después de colgar el teléfono, la había llamado Octavia Marie Amélie, y no Octavia de Cádiz, como siempre. Y después estuve preguntándome horas quién era esa muchacha eternamente vestida de negro, quién era esa muchacha que todas las noches desaparecía a las ocho en punto y que, de pronto, me había llamado dos veces en la madrugada, sin haberme logrado o querido decir de dónde me llamaba, con quién estaba, de qué estación partía horas más tarde. Curiosamente, jamás me había preocupado por saber de dónde llegaba, día tras día, a las cuatro en punto. Me había conformado con saber que era mi alumna y que se había matriculado en mis cursos, un poco por azar, otro poco por curiosidad. O, como decía ella, porque nos habíamos conocido una vez en Cádiz, ¿o no, Martín?

Y sin embargo, había ese otro dato, real también, según el cual todo había empezado a raíz de una conversación con su hermana. Florence había pronunciado mi nombre y Octavia había sentido la imperiosa y dolorosa necesidad de conocerme. Sí, ésas fueron las palabras que usó la única vez que quiso explicarme y explicarse a sí misma por qué había aparecido en Nanterre una mañana. Y por qué, después, había empezado a traerme en su carro y por qué, días más tarde, tocó la puerta por primera vez y me dijo que había estado llorando por mí. Hacía más de dos meses de eso, y ahora, de golpe, sentado en el sillón y contemplando su diván, empezaba a tomar conciencia de que en esas pocas e insuficientes explicaciones nos habíamos quedado. Y de que Octavia, casi siempre, me hacía hablar a mí de Inés, de mis antiguos amigos, de mi familia en el Perú, de mi fracaso en las cosas que más había anhelado en la vida, de mi frustración como escritor, que ella jamás aceptó, y de mi enfermedad. Es cierto, todo aquello me hacía bien y nadie se podía quejar además de recibir una visita tan agradable en momentos tan difíciles de la vida. Eso era cierto, y también que, a menudo, había considerado a Octavia como una especie de compañera de camino. Pero ni la indiferencia, ni la tristeza, ni el dolor de la ausencia de Inés, ni esa especie de letargo en que vivía, me impidieron ver desde el comienzo que Octavia era algo más y, por momentos, muchísimo más. Dos veces ya, había querido besarla. Más de una vez la había acariciado. Cada tarde había gozado de la ternura que ponía en todos sus actos, en todo lo que decía.

Pero no, no era eso lo que me estaba preocupando por primera vez aquella madrugada, mientras ella, seguro, había regresado a dormir unas horas antes de tomar el tren. Lo que me preocupaba era que Octavia Marie Amélie, sí, Octavia Marie Amélie, la muchacha del apellido difícil de retener, hubiese impuesto sus horarios de visita, sus temas de conversación. Ella se enteraba cada día de mil cosas de mi vida, sin que yo supiera más que las dos o tres cosas que me había contado al comienzo. Sus tres novios, por ejemplo, como que hubiesen dejado de existir para siempre. Su hermana, su padre y su madre, ¿por qué jamás hablaba de ellos? ¿Por qué jamás contaba algo que había ocurrido en su casa? ¿Por qué hablaba tanto y se reía tanto y contaba tan poco? ¿Por qué siempre le contaba yo mucho más a ella? ¿Por qué se la llevaban a esquiar a Suiza? ¿Por qué no *iba* a esquiar a Suiza, como tanta gente? ¿Por qué cuando uno le preguntaba dónde estás, a las tres y a las cinco de la mañana, respondía estoy junto al micro o voy a cerrar la puerta de la cabina telefónica? ¿Por qué lloraba hace un momento en el teléfono? ¿Y por qué había dicho no quisiera tener que dejarte nunca, Martín? Yo me había quedado callado, desconcertado, como diciendo no es para tanto, Octavia, pero entonces ella había añadido que mientras estuviera enfermo y triste jamás me dejaría. ¿Quién era Octavia Marie Amélie? Tenía dos respuestas, bellísimas las dos, para esta pregunta: era Daniel Alcides Carrión y era Octavia de Cádiz. Y, no sé por qué, la semana que transcurrió sin verla me convenció de que esas respuestas eran más que suficientes para mí. No pedía más. No me interesaba saber nada más. Lo único que quería era que se cumplieran los siete días de su ausencia porque jamás pensé que la iba a extrañar tanto.

Ni pensé tampoco que el día de mi cumpleaños recibiría esos seis telegramas desde la nieve. Los seis decían lo mismo, repetían aquellas extrañas palabras que Octavia me había dicho en el teléfono: La nieve... El frío... La tristeza... La pena... El absurdo... La nada... Luego, se despedía deseándome toda la felicidad del mundo, con besos gigantes, con besos de Tarzán. Temí que no volviera más. Temí, cómo decirlo, temí que Daniel Alcides Carrión se hubiera inyectado finalmente mi mal y que se estuviese muriendo en una estación de esquí. Coincidía, todo coincidía: desde su partida, sin darme cuenta siquiera, me quedaba dormido cada noche sobre su diván. Y deseaba vivir el resto de mi vida con sus cejas y sus besos y su piel morena. Con sus piernas tan divertidas y sus pantalones negros y otra vez con sus besos y su piel morena. Y con su bolso enorme y con su enorme sombrero negro. Y sin bofetadas y sin anafranil. Y deseaba vivir sin que se fuera todos los días a las ocho. Porque deseaba vivir con Octavia. Con Octavia de Cádiz y sin tratamiento alguno.

De ahí viene en realidad mi doble vida, José Luis, empecé a escribir mentalmente. Octavia no soporta que seas tú la persona que ha terminado con todos mis males. A sus brazos tengo que lanzarme solo. Solo, y gracias a ella, José Luis. Tú has hecho ya tu parte y ahora ella se desvive por hacer la suya. De ahí viene mi inmoralidad y mi verdadera doble vida. Tres cápsulas al día y cuatro horas de Octavia. De ahí viene ese desgarramiento que ella no soporta. Pronto, muy pronto, José Luis, habrá que terminar con esto. Iré a visitarte y conversaremos y me verás sano, si quieres. Pero antes, muchísimo antes, Octavia tiene que estar en mis brazos. Y yo en los brazos de Octavia muchísimo más y muchísimo antes, si esto es posible.

Pues lo fue, desde aquel viaje a Bruselas, aunque el príncipe Leopoldo ese del demonio no paraba de mirarnos. ¿Qué le pasa? ¿Por qué nos mira así?

—Octavia, por favor —le dije en voz muy baja—, dile a Su Alteza Serenísima que no sea tan indiscreto. ¿O se dice indiscreta con concordancia? Éste es un mundo que no conozco, mi amor.

—Yo tampoco conozco tu mundo pero te adoro y adoro a los amigos que te han traído y adoro al príncipe Leopoldo. Y ahora brindemos otra vez pero antes dame un beso.

La besé, entre los aplausos de los amigos y bajo la mirada muy atenta del príncipe. Luego, brindamos por Bruselas, la ciudad de madera con hoteles de madera, y Octavia me dijo:

—Te adoro y te amo con pasión, Martín Romaña. Y seremos siempre tan felices como anoche y como ahora, ¿no es cierto?

—Ya lo creo que es cierto, Octavia —le dije, aunque había algo que realmente me preocupaba en la forma como nos miraba el príncipe.

Pero Octavia no parecía o no quería darse cuenta de nada. Y ahora pienso que, aunque sabía mucho más que yo sobre lo que estaba ocurriendo, la felicidad que habíamos descubierto juntos era algo que no estaba dispuesta a perder. Allí, a mi lado, durante aquel casual almuerzo en casa de un príncipe que pude no haber conocido jamás, nuevas ideas y nuevas decisiones estaban pasando por su mente. Y Octavia se sentía optimista, feliz y muy optimista. Y confiaba, ahora sí, ciegamente en mi amor por ella. Y yo, ni que decir. Yo era un hombre marcado por Octavia. Marcado por una muchacha que se había aparecido en Cádiz, años atrás, en Nanterre, meses atrás, y siempre en momentos muy difíciles de mi vida. Pero el prodigio, el verdadero e increíble prodigio que marca a un hombre para siempre, había tenido lugar la noche anterior en un hotelucho de Bruselas. José Luis se mató de risa cuando le conté, poco después, que sin monjita ni inyección alguna, Octavia de Cádiz había logrado triunfar sobre todos los efectos secundarios del anafranil. Son cosas que dejan huellas, José Luis...

COSAS QUE DEJAN HUELLAS

Cómo se pasa la vida y cómo se viene la muerte. Tan callando. Pero yo no. No, yo no, Octavia. Mi alma, Octavia de mi alma, mi alma es una bestia recordando despierta y dormida. Recordarte dormido es arrojarme agotado sobre el diván del insomnio total y seguir hablando totalmente sólo de ti. Las palabras y el humor, Octavia, luchan por conservar intacta esta historia que mil y una noches terminaría contando por calles y plazas y bares de París y el mundo. ¿Te acuerdas cuando llegamos a Bruselas? Era un mundo de madera, ¿te acuerdas? A él habíamos llegado en un tren de madera, ¿te acuerdas? A ver, ¿quién recuerda que al bajar del tren yo le dije a Octavia que habíamos llegado a las Islas Maderas?

Nadie, por supuesto. Y después dicen que son artistas. Y lo son, por supuesto, ya que son los mismos amigos que decidieron invitar al pobre Martín Romaña a Bruselas. Los estoy viendo: Carlos, Roberto, y Perico: escultores; César, Basilio, Miguel, y Ramos: pintores. Todos muy amigos, todos con sus esposas, todos latinoamericanos. Se habían enterado de mi existencia gracias a la bondad de Julio Ramón Ribeyro, el escritor peruano. Él les había contado lo de Inés y mi estado de ánimo, pero resulta que ahora me presentaba con Octavia y con otro estado de ánimo. No podían creerlo. Miren a Martín Romaña: ¡increíble! Y miren la chica que se ha sacado al diario: ¡totalmente increíble! Se acercaban, se presentaban a Octavia, me pisaban los pies para presentarse a Octavia y desde entonces comprometerla para unos cuantos bailecitos en la fiesta de Bruselas. Octavia de Cádiz les pateaba las canillas, en broma, para liberarme, y gritaba feliz que sólo bailaría con Martín: ¡Martín *es* mi fiesta en París y en Bruselas! ¡Es una fiesta movible! ¡Un hombre nuevo, no es cierto, Martín!

Julio Ramón Ribeyro se rascaba la cabeza, como diciendo adiós trabajos, qué nuevas desventuras terminará contándonos Martín Romaña. Era también de la partida y por fin se acercó a saludar a Octavia. Viajaban otros escritores latinoamericanos. Todos congeniaban con Octavia y ella los encontraba divertidísimos, tan llenos de fantasía, Martín, tengo que leer sus libros, tengo que ver sus esculturas, tengo que ver todos sus cuadros, tengo que conocer tu mundo, Martín. Viajaba también Alfredo Bryce Echenique, desgraciadamente, porque de él saldrán luego tantas bromas pesadas, tantas pérfidas historias, tantas versiones de esta historia que deforman completamente la mía. Sí, fue él quien dijo siempre que yo exageraba, que lo de Octavia de Cádiz no había sido para tanto, que todo había sido fruto de mi total incapacidad para escribir. Por eso hablaba yo tanto. Cretino.

Porque quién supo lo del milagro esa noche en Bruselas. Quién se fijó en nada durante aquel viaje en tren. Quién se fijo en aquel momento de tensión que vivió Octavia. Todos se la pasaron bebiendo cerveza o vino en el corredor del tren, y haciéndome gestos: abrázala, dale un chupetito. Bombón, eres un bombón, Octavia, le decía a cada rato Basilio. Y tú, Martín, ¿qué esperas para abrazarla? Octavia acababa de contarme que se había escapado de su casa. En fin, no es que se hubiese escapado pero sí había inventado toda una coartada para poder venir. Sí, sus padres sabían que se iba a Bruselas por un par de días, pero no con esta banda de locos encantadores. Creen que voy invitada por unos primos belgas y que estoy viajando con dos amigas más. Estaba pensando: es cierto, Octavia es menor de edad, cuando me dijo:

—No te preocupes, Martín. Y, por favor, no me preguntes por qué lo he hecho, porque sabes perfectamente bien que lo he hecho para estar contigo.

La noté muy tensa, durante un buen momento. Pero los amigos, nada. Seguían con sus bromas y esos gestos que me empujaban a tomar una decisión. Quería abrazar a Octavia, que me daba la espalda y fingía mirar la campiña por la ventana del tren, pero que en realidad me estaba ocultando su preocupación. Y los otros dale y dale: abrázala, bésala, un chupetito siquiera, Martín Romaña. Por fin decidí alzar los brazos, rodearla con ellos, y apretarla fuertemente contra mi pecho. Gritaron tanto los otros que Octavia dio medio vuelta y se encontró con que yo me había quedado con los brazos en alto.

—Pareces el Papa saludando en San Pedro, Martín —me dijo—, y tus amigos son realmente unos bebes. Vamos un rato al siguiente vagón.

Era una maravilla cuando llegamos a Bruselas. Octavia se había olvidado de todas sus preocupaciones y mis amigos habían empezado a tomarla muy en serio, aunque siempre bromeando con ella. La esposa de Basilio me felicitó. Es linda Octavia, me dijo. Por detrás escuché murmurar a Ribeyro y a Bryce Echenique.

—Parece educada para gustar —dijo el primero.

—A lo mejor la han educado sólo para eso —dijo, pérfidamente, el segundo.

Fernando Cárdenas nos estaba esperando en la estación de Bruselas. Fernando había vivido largos años en París, pero después se había instalado en Bruselas y esa noche era el vernissage de su primera exposición en esa ciudad. Además, acababa de conseguirse un excelente atelier y terminado el vernissage lo inauguraba con una gran fiesta. Todos ahí querían mucho a Fernando, y el desplazamiento masivo obedecía a una vieja costumbre de amigos. Cada vez que algún escultor o pintor exponía en una ciudad europea, los demás llegaban corriendo para mantenerle la moral alta. Era la ley. Y era también la oportunidad para reunirse y festejar por lo menos un par de días juntos. Para mí, gracias a Julio Ramón Ribeyro, que me había acoplado a ese grupo de gente mayor que yo, era la primera vez. La acogida fue estupenda. El grupo me incorporaba, me había incorporado ya desde que subimos al tren. O, mejor dicho, había incorporado a Octavia de Cádiz que parecía ser la mejor carta de presentación que un hombre podía tener en esta vida. Pero de cierta manera, Octavia y yo formábamos también un dúo aparte en aquel grupo de locos que ella encontraba tan divertidos.

—Me encantan tus amigos —fue lo primero que le dijo a Fernando Cárdenas.

—Hay más —le respondió Fernando, besándola en ambas mejillas—. Los más ricos vienen en automóvil y los más pobres en auto stop.

—Ésos también me van a encantar, Fernando. Y no veo las horas de estar mirando tus cuadros.

Educada para gustar, debía estar pensando Ribeyro, porque, en efecto, Fernando Cárdenas se quedó conmovido con la forma en que Octavia pronunció su frase. Era algo que me fascinó siempre en ella. En medio de cualquier alboroto sus palabras parecían tener siempre una urgencia total. Era imposible no detenerse en ellas, en la ternura con que manifestaba el más mínimo interés por algo. Ese viaje a Bruselas fue para mí la revelación definitiva de la emotividad que Octavia ponía en todo. Y hasta hoy recuerdo la extraña sensación que tuve al verla metida entre ese grupo de latinoamericanos. Se la veía extremadamente frágil y sus palabras parecían las de una persona que incesantemente se está exponiendo a algo. Y el esfuerzo que hacía por verlo todo, por comprenderlo todo, por conocer mi mundo, como decía ella, me parecía por momentos el de una persona que vive siempre como si se fuera a morir mañana.

Fernando Cárdenas me llamó a un lado para explicarme que había un pequeño inconveniente con Octavia y conmigo. Ya lo había adivinado, le dije, cuando me contó que, en realidad, jamás se le había ocurrido que yo pudiese venir acompañado.

—He reservado un cuarto para ti y Miguel, que también ha venido solo... en fin, que también... Bueno, ¿adónde metemos a Octavia de Cádiz, Martín?

La verdad, creo que ahí se me escapó la oportunidad de mi vida. La oportunidad de que mis amigos se enteraran de lo que realmente sucedió aquella noche. Del milagro. Del milagro. Estuve a punto de decirle, de confesarle a Fernando que, aunque Octavia me había hecho jurarle que pasaríamos cada noche en Bruselas en la misma habitación, nada deseaba yo menos en el mundo que meterme en un cuarto de hotel con ella. Pero cómo empezar a explicar todo lo del anafranil. Cómo contarle a nadie que me había traído tres libros de Pío Baroja y cuatro de Hemingway para mis noches con Octavia. Lo pensé un instante, pero había tal alboroto en la estación, entre lo de los taxis, entre lo del hotel, entre lo de cómo se llega a ese hotel, cómo se llama ese hotel y bromas y más bromas. Imposible contar nada. ¿Qué hacía? ¿Cómo hacía? Vi que Octavia se acercaba, y estuve a punto de salir disparado, pero también oí que Octavia me llamaba y no me quedó más remedio que no salir disparado.

—¿Qué pasa? —le dijo Octavia a Fernando, como si supiera que yo era totalmente incapaz de resolver problema alguno.

—Mira, Octavia —le dijo Fernando—, hay un cuarto reservado para Miguel y Martín y...

—Es culpa mía —dijo Octavia—; recién anoche le dije a Martín que venía. No le he dado tiempo para avisarte. Pero ya todo está resuelto.

—¿Cómo? —le preguntó Fernando.

—A mí no me importa dormir con Martín y Miguel.

Fernando besó a Octavia, porque definitivamente resolvía todos los problemas de este mundo, y yo estuve a punto de darle un beso volado a Miguel, porque definitivamente resolvía todos los problemas de este mundo. Octavia se estaría quietecita esta noche en mi cama, gracias a Miguel, y yo me estaría quietecito con Octavia en mi cama, gracias al anafranil. Y sin embargo, me dije, aquí tengo la receta. Una monjita belga, un farmacéutico belga, tienen que existir. Bastaría con preguntarle a Fernando. Cobarde, me dije: te atreves a pensar eso ahora que sabes que Miguel dormirá con ustedes.

Minutos después, en el taxi que nos llevaba al hotel, empecé a pensar un poco mejor las cosas. No era cobardía, lo mío: Octavia conocía perfectamente bien el problema. Jamás se nos había presentado juntos, claro, porque jamás la había tenido en mis brazos. Pero en las partes de mi historia con Inés que le había contado, el anafranil, con todos sus efectos secundarios, era un personaje de primera importancia. ¿Qué pasaba, entonces? Pues pasaba que no iba a pasar nada porque Miguel iba a estar en la cama de al lado y la caja de anafranil sobre la mesa de noche. Era un poco como en el taxi, en esos momentos: Miguel estaba sentado a la derecha de Octavia y yo tenía mi caja de anafranil en el bolsillo izquierdo del saco. No pasará absolutamente nada, me dije por última vez, creyendo que eso me iba a dejar aliviadísimo, pero en cambio lo que sentí fue unos deseos enormes de tomar a Octavia entre mis brazos. Los alcé en el instante en que el chófer detenía el carro y nos anunciaba que ése era nuestro hotel.

—Pareces el Papa en San Pedro —me dijo Octavia.

En mi vida me he sentido más ridículo e impotente. Bueno, sí, dos veces más y al cabo de unos minutos solamente.

Para congraciarme con el género humano, había subido mi maleta, la de Octavia y la de Miguel, mientras ellos terminaban de llenar los formularios de admisión y esperaban que les entregaran la llave del cuarto. Era en un segundo piso viejo y azul. La puerta también era azul, pero más vieja que el segundo piso. Y el número 216 también era azul, pero más oscuro y más viejo que la puerta. Definitivamente, Fernando había pensado en todo al escogernos un cuarto en ese hotelucho. Miguel, según los amigos, era un genio, un gran pintor, pero se ganaba la vida pintando casas. No era, pues, precisamente un artista de éxito, y yo era precisamente lector en Nanterre. Fernando había pensado en todo menos en Octavia, claro, aunque años más tarde sigue disculpándose y diciendo, con justa razón, primero, que a él nadie le avisó que Martín Romaña venía con una muchacha como Octavia, y segundo, que ni el mismo Martín Romaña sabía a quién se había traído ni el lío en que se iba a meter.

La llave del cuarto no era azul pero sí era lo más viejo de todo el hotel. Y ahí fue cuando, por segunda vez en pocos minutos, en mi vida me he sentido más ridículo e impotente. La habitación azul tenía un tabique en el medio y una cama a cada lado del medio. Traté entonces de explicarle a Miguel que podía escoger la cama que deseara, pero lo mismo hizo Octavia con Miguel y Miguel con Octavia y al cabo de un ratito los tres seguíamos en el mismo plan, la que tú quieras, Miguel, la que ustedes quieran, por favor, la que tú quieras, Miguel. Miguel rompió el impase cuando nos hizo recordar algo que ya nos había dicho en el tren.

—Lo que pasa es que andan ustedes tan juntitos que uno no se atreve ni a hablarles y desde el tren no hemos intercambiado una sola palabra.

Esto fue lo que nos explicó Miguel tras habernos hecho recordar que era sordo como una tapia. O como un tabique, me dije yo, para mis adentros, mientras Octavia, con una mezcla de ansiedad, ternura y optimismo realmente excesivos, empezaba a buscar algún objeto que pudiera servirle de recuerdo de nuestro maravilloso viaje a Bruselas.

—Ni busques —le dije, tratando de calmarla un poco y de guardar la calma—, no creo que haya nada en este hotelucho que valga la pena llevarse de recuerdo.

—¡Sí! —exclamó ella—. ¡Este cenicerito!

—No te olvides que yo fumo, Octavia. Lo voy a necesitar.

Octavia dejó el cenicerito sobre la mesa de noche, atravesó, por decirlo de alguna manera, el tabique, y llegó corriendo donde Miguel. Dio un par de gritos, Miguel le respondió que no fumaba, y regresó a poner el cenicerito de Miguel sobre mi mesa de noche y mi cenicerito lo metió rapidísimo en su enorme bolso negro. Nunca la había visto tan feliz, o sea que me dejé caer sobre la cama porque siempre he pensado que echado se odia mejor. Y desde ahí empecé a mirarla mientras iba sacando un traje tras otro de su maleta. Quería que escogiera yo, además de todo, y me los iba mostrando uno por uno, el rojo, el azul, el verde, el naranja.

—¿Cuál te gusta más, Martín? —me preguntaba, alzando ambos brazos para que los viera tal cual eran y pudiera escoger entre los trajes más bellos que había visto en mi vida.

—Pareces el Papa en San Pedro —le dije, preparándome para una bofetada, el perdón, y mi beso.

Pero no, no fue así. Fue simple y llanamente que Octavia me dijo que en su vida me había visto tan ridículo e impotente. Luego se trasladó a la otra mitad del cuarto y empezó a decirle a Miguel, a gritos, para que yo sufriera mucho más todavía, ¡escoge, Miguel!, ¡el verde!, ¡el azul!, ¡el rojo!, ¡el naranja!... Me metí al baño, para vomitar todo el anafranil que había tomado en mi vida, pero sólo logré arrojar celos, puros celos, nada más que celos. Cuando salí, Octavia se estaba probando el vestido naranja que yo había escogido sabe Dios dónde y cuándo, porque así era Octavia y por eso dan ganas de llorar cuando uno escribe.

—Era éste, ¿no Martín? —me preguntó, acercándose para que se lo cerrara por detrás.

—Sí, éste, éste, Octavia.

Terminé de cerrarle el traje. Desapareció la piel morena de su espalda jamás vista hasta esa tarde. Oí su voz que me agradecía, la manera en que todas sus frases las terminaba diciendo siempre Martín, y dije, para mis adentros, besarte y después morirme. Pero no quería morirme, como antes. No, ya no. Ahora lo que quería era adorarla y amarla con pasión. Ser de ella. Atreverme a decirle que un hombre puede regresar. Nada más que eso. Que un hombre puede regresar en un mundo de madera a un mundo de fiesta y de verdad. Y al regresar de verdad, mi amor, tal vez atreverme a decirte que te quiero hace siglos.

El vernissage de Fernando Cárdenas fue todo un éxito, como el de todos mis amigos, porque asistieron todos mis amigos, o es que yo no entiendo nada de vernissages. Copa de vino o vaso de whisky en mano, los artistas que habían venido desde París se gastaban bromas entre ellos, coqueteaban con una Octavia absolutamente feliz y catalogaban a cada una de las personas que iba entrando: ése es de los que chupan gratis todas las noches en un vernissage; ése es un belga despistado; ése es un posible comprador; ésa es una buena hembra; el que acaba de entrar es un pelotudo a la vela, ya lo he visto antes; ése es un crítico, no está nada mal que haya venido. Mientras tanto, yo aprovechaba cada oportunidad para aislar a Fernando de los demás y preguntarle por una farmacia donde él conociera a alguien que pudiera ponerme una inyección.

—¿Y por qué no vas tú solo? ¿Qué problema puede haber, si dices que tienes la receta?

—Es una receta extranjera y un poco vieja, Fernando. Y tengo miedo de que dentro de poco cierren todas las farmacias de Bruselas.

—Mira, Martín —me dijo Fernando, ya bastante harto de mi insistencia—, hace por lo menos veinte años que no me enfermo y no conozco un sólo farmacéutico en todo Bruselas. Si al menos se tratara de un bar... Anda tómate un trago y olvídate de tu inyección hasta que llegues a París. Con un trago se arregla todo siempre.

Ya para qué explicarle que tomarse un trago podía ser fatal con el anafranil, beberse un whisky era como beberse diez, más o menos. Había dejado a Octavia conversando con la esposa de Basilio y otras mujeres, pero ahora no lograba encontrarla entre tanta gente. Empecé a recorrer las tres salas de la galería, y por fin la vi conversando con un hombre de unos cincuenta años, alto, muy distinguido, de pelo y gran bigote blanco.

—Es una pena que hayas desaparecido hasta ese punto, Leopoldo —le estaba diciendo Octavia, cuando me acerqué.

—He sido lógico conmigo mismo, mi pequeña Petronila —le dijo él, mirándome como quien se pregunta y este señor quién puede ser.

—Es... es Martín Romaña, un... un lector... un escritor peruano que he encontrado en casa de... de...

—Y *esa* casa, mi pequeña Petronila, ¿dónde queda? ¿En París o en Bruselas?

—Eres muy malo conmigo, Leopoldo.

—Sólo estoy tratando de ser lógico, mi pequeña Petronila; malo jamás. Y ahora, joven, permítame que me presente, en vista de que nuestra amiga tan querida no logra dar con sus datos concretos. Mi nombre es Leopoldo de Croy Solre.

—Sus datos concretos son: Alteza Serenísima Príncipe Leopoldo de Croy Solre —intervino Octavia y, visiblemente nerviosa, agregó—: No dirás nada, ¿no Leopoldo? Leopoldo, por favor, no digas nada.

—No te preocupes, mi querida Petronila —dijo el príncipe, mirándonos muy sonriente, primero a Octavia y luego a mí—. Seré lógico conmigo mismo. Pero ahora quisiera saber el nombre y la nacionalidad de este artista latinoamericano. A ver quién me lo puede decir, por fin.

—Martín Romaña, señor —le dije, agregando—: encantado.

—Siempre he sido lógico conmigo mismo, aunque ésa es otra historia —me empezó a decir el príncipe, con voz triste y afable, al mismo tiempo, pero un ataque de tos le impidió continuar durante unos minutos.

—¿Por qué te llama Petronila, Octavia?

—Es un primo de papá —me explicó ella, aprovechando la sonora e importantísima tos del príncipe—. Es un primo de casi toda mi familia y me ha llamado Petronila desde que era niña. Hacía siglos que no lo veía, y francamente todo se me ocurrió menos que pudiera aparecer en el vernissage de un pintor peruano.

—¿Y si el pintor es bueno? ¿O no pueden haber pintores peruanos buenos?

—Martín, por favor, sabes perfectamente bien que no he querido decir eso. He mirado uno por uno los cuadros de Fernando y es un pintor maravilloso. Lo que estaba tratando de decir es que...

La frase de Octavia desapareció entre la tos de su Alteza Serenísima. En realidad, tosía como pocas veces he visto toser en mi vida. Era algo largo y agónico, algo que merecía respeto y silencio. Y era, también, un verdadero despliegue de finísimos pañuelos. Francamente, se notaba que el hombre sabía toser y al final terminé profundamente concentrado en Leopoldo y pensando que si bien en mi vida me había tocado ver algún príncipe de cerca, ésta era la primera vez en mi vida que me tocaba ver a un príncipe tosiendo de cerca. Tenía unos cincuenta años bastante bien llevados, cuando le empezó el ataque, y sesenta a sesenta y cinco cuando por fin terminó.

—Perdón, fue la guerra —dijo, mientras guardaba todos sus pañuelos y Octavia lo contemplaba con lágrimas en los ojos.

Después agregó que se sentía mucho mejor, que probablemente ya no volvería a toser hasta mañana, porque había sido educado en Oxford, y que su querida Petronila *and her young peruvian artist friend,* deberían presentarle a los demás artistas latinoamericanos.

—Porque sabe usted, *jeune homme* —dijo, dirigiéndose a mí—, yo salgo muy poco ya, porque he sido lógico conmigo mismo, aunque ésa es otra historia. En fin, lo que quiero decirle, *jeune homme,* es que en mi vida he visto muchos vernissages y he conocido artistas sumamente respetables. Sin embargo, esta noche, aquí, delante de nosotros, se está dando un espectáculo muy poco usual. Los artistas, y los pintores, en especial, no suelen *quererse* mucho. Más bien todo lo contrario. El mundo del arte y los celos van a menudo juntos, *jeune homme.* Por eso esta noche estoy francamente conmovido al ver que todos ustedes son excelentes artistas y excelentes amigos, al mismo tiempo. El hecho de que se hayan desplazado desde otro país para acompañar al amigo que expone es realmente conmovedor y muy poco común. En fin, *jeune homme,* yo le rogaría a usted que tuviese la extrema amabilidad de presentarme a sus amigos. Presumo que van ustedes a festejar este espléndido vernissage en las horas que siguen, pero francamente sería para mí un gran placer recibirlos mañana en mi casa, a la hora del almuerzo.

—Anda, Martín —me dijo Octavia—, dile a tus amigos que vengan a saludar a Leopoldo.

El vernissage estaba a punto de acabar, se había terminado el vino y el whisky, y la mayor parte de los hombres que Leopoldo deseaba conocer andaba ya con un par de copas de más, por lo menos. Además, todos hablaban de trasladarse cuanto antes al atelier de Fernando: más whisky, más vino, y pisco sour: la fiesta prometía. César, Basilio, Julio Ramón, Ramos, Carlos, y los que habían llegado más tarde en auto o en auto stop, en fin, todos empezaban a hablar del famoso arroz con pato que preparaba Fernando Cárdenas.

No fue, pues, nada fácil explicarles que ese señor (Leopoldo había regresado a sus cincuenta años muy distinguidos), que conversaba con Octavia de Cádiz y que era príncipe y alteza serenísima, cosa ésta cuya significación todos ignorábamos, deseaba felicitarlos e invitarlos por ser tan buenos muchachos. Yo era bastante más joven que ellos y bastante nuevo en el grupo, pero nada impidió que en efecto me soltaran la carcajada cuando les conté la historia.

—¿Y si compra? —dijo Perico.

—Yo ya he comido una vez donde un príncipe —lo interrumpió Basilio—, se come realmente pésimo. Parece que es tradición.

—La buena comida es asunto burgués —dijo Carlos.

—¿Desde cuándo tú tan culto? —se burló Fernando.

—Pero a lo mejor compra —se rió la esposa de Basilio.

—Que compre pero que no invite —insistió Basilio—. Mi príncipe también compraba, pero viejo, cuando te invitaba a comer el asunto era una mierda.

—Bueno, vamos —dijo Carlos—; vamos, le vendemos un cuadro, y mañana nadie aparece a la hora del almuerzo.

—De todas maneras es gratis —dijo Manuel, que había venido en auto stop.

Las bromas cesaron cuando Mónica, la esposa de Basilio, dijo que le parecía la cosa más incorrecta tener a Octavia y a ese señor esperándonos.

Media hora más tarde, en el atelier de Fernando, todos lamentábamos la ausencia del príncipe. Nos había conmovido con su discurso sobre la amistad, con las palabras tan pertinentes que le dijo a Fernando sobre sus cuadros, con los piropos tan finos y perfectos que le había dicho a cada mujer, y con el interés tan sincero que había manifestado por ver la obra de cada uno de los artistas y leer los libros de cada uno de los escritores. Y además, claro, a Fernando le había comprado dos cuadros. Total, ceviche y arroz con pato, esta noche, y mañana almuerzo donde Su Alteza Serenísima, era la voz general.

—Aunque comamos mierda —comentó Basilio.

La fiesta había empezado y nuevamente todos me empujaban a tomar a Octavia entre mis brazos. ¿Qué esperas?, me decían al oído, cuando pasaban a mi lado, la hembrita está que se derrite por ti, apúrate Martín, no vaya a ser que otro... Julio Ramón me alcanzó un whisky, y no tuve el coraje de explicarle que me estaba totalmente prohibido beber. Se lo acepté como si nada y me lo tomé también como si nada cuando vi que Bryce Echenique estaba invitando a Octavia a bailar. Bien hecho: ella le dijo que no, pero yo ya me había bebido íntegro el whisky y ahora esperaba aterrado y arrepentido sus consecuencias.

Fueron maravillosas. Fueron todo lo contrario de lo que había esperado. Fueron que con otro whisky en la mano me acerqué al tocadiscos y puse un bolero que se remontaba casi a mi infancia. Octavia me había seguido sonriente, me había quitado el vaso, había bebido un sorbo, y lo había dejado luego sobre la mesa. Toña la Negra cantaba en ese preciso instante:

Noche tibia y callada de Veracruz
cuento de pescadores que arrulla el mar
vibración de cocuyos que con su luz
cubre de lentejuelas
la os-cu-ri-daad...

Nunca había temblado tanto en mi vida en la oscuridad. Los amigos enmudecieron mientras Octavia me llevaba de la mano hacia el centro de la sala.

—Tú has puesto el disco, Martín —me decía—, invítame a bailar, por favor.

—Bailo pésimo, Octavia.

—Quiero bailar pésimo contigo, Martín.

La miraba, mientras empezábamos a bailar pésimo, mientras Toña la Negra nos susurraba, más que cantaba:

Noche que se desmaya sobre la arena
mientras la playa canta su inútil pee-na...

Nos mirábamos, como muy pocas veces nos volvimos a mirar, mientras yo le contaba, mientras yo le pedía por favor que me creyera que toda la vida, toda la vida (Sí, Martín), toda la vida, Octavia, había soñado con volver a bailar ese bolero con ella. ¿Lo recuerdas, Octavia? (Sí, Martín), ¿Octavia de Cádiz? (Sí, Martín)...

Y apenas escuchaba sus respuestas escondidas en mi pecho ahora que la abrazaba con todas mis fuerzas para que ella supiera todo lo que le debía, desde hacía tantos años, desde aquella vez en Cádiz, y para que ella supiera el arrepentimiento enorme que sentía de haberla hecho esperar tres meses antes de atreverme a decirle que la adoraba y la amaba con pasión.

—Te he querido siempre, Martín —me dijo ella, cuando terminó la música y volví a apartarla de mí para ver bien su cara sonriente y saborear con ambas manos el maravilloso cuerpo que cubría su traje naranja.

—Perdóname, Octavia... Hace tres meses...

—Sí, Martín —ha sido muy duro y muy largo, pero ahora bésame y haz feliz a todos tus amigos. Y ayúdame, por favor, a ser más fuerte que Tarzán.

La música empezó nuevamente mientras los amigos me palmeaban el hombro o le decían a Octavia que a ver si por fin lograba que me pusiera a escribir algún día.

—Martín no sólo es un artista como ustedes —les respondió Octavia, tratando de mostrarse amable y divertida—; Martín es el único artista artístico que he conocido en mi vida.

Luego, se dirigió al bar y me pidió que le sirviera una copa de vino. Me atreví a servirme otro whisky, para brindar con ella, y durante horas nos besamos detrás de una puerta. Octavia se prendía de mí y temblaba. Había algo, en medio de toda esa felicidad, que parecía darle mucho miedo. No sé, para mí era todo lo contrario; era como si desde que la abracé por primera vez, el miedo hubiera desaparecido para siempre de mi vida. Adoraba a Octavia y me encantaba el hecho de poderla llamar siempre Octavia de Cádiz. Ella era Octavia de Cádiz para mí. Mi suerte, mi mente, mi cuerpo, mi pasado, todo lo que yo era me hacía estar plenamente convencido de que mis sentimientos correspondían exactamente a cada partícula de la realidad. Entonces la vi llorar.

—No, no es nada, Martín. Abrázame. Abrázame y todo pasará.

—¿Qué es, Octavia...? ¿Por qué esas palabras? ¿Por qué la nieve, el frío, la tristeza, la pena, el absurdo, la nada? ¿Por qué me dijiste eso una vez? ¿Por qué todos esos telegramas el día de mi cumpleaños?

—Martín, dime una cosa: ¿Qué te pareció Leopoldo?

—La verdad, Octavia, no entiendo nada cuando dice que ha sido lógico consigo mismo. Pero aparte de eso me ha parecido un hombre encantador.

—*Es* un hombre encantador, Martín, y créeme que ha sido lógico consigo mismo.

—¿Cómo? No entiendo bien, Octavia.

—Martín, te quiero. Te quiero como jamás te quiso tu esposa. Perdóname. Sé perfectamente bien que fue una mujer maravillosa, y créeme que he podido sentir en carne viva todo lo que emana de ella. Y es horrible, Martín. Pero yo te quiero más que ella. Te quiero como no voy a volver a querer en mi vida. Y por favor no te rías al pensar que esto te lo está diciendo una muchacha de dieciocho años.

—Yo puedo decirte exactamente las mismas cosas y tengo treinta y cuatro años, Octavia.

—¿Me juras que es verdad, Martín?

Le besé la frente y los párpados, mientras le juraba, y luego la besé en la boca.

—¿Me ayudarás a ser fuerte como Tarzán?

—No sé qué es lo que te preocupa tanto, Octavia, pero créeme que te ayudaré. Tú me has ayudado, ¿no? Bueno, pues si algún día es necesario yo seré tu mártir Daniel Alcides Carrión.

A Octavia le encantó esa frase. Se tomó otra copa de vino, mientras yo me tomaba mi tercer whisky, sin que me pasara absolutamente nada.

—Ya ves —le dije—, tú eres capaz hasta de terminar con los efectos secundarios del anafranil.

A Octavia realmente le encantó esa frase. Regresamos a la sala, donde se comía, se bebía, y se bailaba marinera. La fiesta había llegado a su mejor momento y las parejas surgían entre amigos de tantos años en Lima, Buenos Aires, en Madrid, en París, y ahora en Bruselas. Nadie se atrevía a sacar a bailar a Octavia, nadie quería separarnos. Formábamos parte de la fiesta, y así nos lo hacían sentir todos con sus sonrisas, sus elogios, o sus deferencias, pero al mismo tiempo como que deseaban, Dios sabe por qué extraña intuición, que disfrutáramos interminable e inseparablemente de la única fiesta realmente alegre a la que asistiríamos jamás en la vida. El único que trató de interrumpirnos, aunque tal vez sin mala intención, ahora que lo pienso bien, fue el escritor Bryce Echenique. Hacia el final de la noche, se acercó a nosotros y le preguntó sorprendentemente a Octavia:

—¿Cuál es tu verdadero nombre, Octavia? En mi vida he visto nada más francés ni más bonito que tú, y simplemente me niego a creer que te llames Octavia de Cádiz.

Octavia lo despachó diciéndole que se llamaba Octavia Marie Amélie de Cádiz y que si no lo creía me lo preguntara a mí. Después me dio un beso y me dijo que nos estábamos quedando entre los últimos, ya era hora de regresar al cuarto azul.

—No puedo —le dije, pensando nuevamente que me las iba a ver negras en el cuarto azul—. No puedo, Octavia —le mentí—, le he prometido a Fernando que lo voy a ayudar a limpiar un poco todo este desastre.

—Bueno —me sonrió—, pero yo te prometo que dentro de un minuto estoy de regreso y que Fernando me habrá prometido liberarte de tan asquerosa tarea.

Volvió muy sonriente y me dijo tarea cumplida.

—Octavia, me encantaría tomarme un whisky.

—¿Con un anafranil?

—Lo tomé en el vernissage. Sabes perfectamente bien que me toca a las ocho y media.

—¿Y la caja? ¿La tienes ahí?

—Sí, tuve que traerla porque salimos del hotel a eso de las siete.

—Dame dos anafraniles, Martín.

—¡Estás loca, Octavia!

—¡Dos y hasta tres, Martín!

—Pero, Octavia...

—Esta noche nos terminamos esa caja, Martín. Hace tiempo que me vienes diciendo que es la última, o sea que ya debe quedarte poquísimo.

—Sí, muy poco. Para un par de días más.

—Pues dame un par de anafraniles y tráeme una copa de vino. Y sírvete tú un whisky, si quieres.

Así fue. La vi tomarse dos cápsulas, mientras yo sorbía mi whisky, y momentos más tarde la llevaba rumbo al hotel en un taxi, aplastada contra mi cuerpo, profundamente dormida. Nos amábamos con pasión, no cabía la menor duda, y yo la adoraba mientras el taxi recorría las calles de Bruselas y le iba besando la frente, los párpados cerrados, otra vez la frente, una mano dormida. Daniel Alcides Carrión, le susurraba, jamás te dejaré ser un mártir, pero desde luego, ya eres una santa. Mira lo que has hecho por mí: te has dormido con dos anafraniles y yo apenas si estoy un poco copeadito con cuatro whiskies. Te has dormido para que yo no sienta vergüenza al llegar al cuarto azul, para que te suba cargada, para que asuma como un caballero todas las responsabilidades del caso. Daniel Daniel Daniel... Alcides Alcides Alcides... Carrión Carrión Carrión... Soñabas con una noche de amor en el cuarto más feo que debes haber visto en tu vida y ahora ni siquiera vas a poder ver tu cuarto azul. Lo has hecho por mí, te has tomado, te has inoculado dos cápsulas por mí, eso jamás lo olvidaré, mi amor. Pero ya vas a ver. Ya vas a ver quién es tu artístico artista Martín Romaña. No bien estemos arriba, no bien te haya puesto tu pijamita, no bien te haya acostado, no bien me haya instalado a tu lado, voy a encender la lámpara y te voy a leer las páginas más hermosas de Baroja y de Hemingway. Tú dormirás plácidamente mientras yo te leo y te leo para que duermas en la mejor compañía del mundo y te despiertes con las palabras más lindas del mundo.

La verdad, todos fuimos la mejor compañía del mundo aquella noche. Octavia, Baroja, Hemingway, Miguel, simpatiquísimo cuando a eso de las cinco de la mañana suspiró que nuestro amor había logrado lo que jamás nadie había logrado: despertar a una tapia en pleno sueño (nos importó un pepino), en fin, todos fuimos la mejor compañía del mundo aquella noche, modestia aparte.

Modestia aparte y humilde servidor, también, porque no bien hube entrado a Octavia Carrión cargadita y con los brazos dormidos rodeándome profundamente el cuello anafranilizado, me juré que a la mañana siguiente, no bien se despertara, le traería de donde fuera un desayuno Gran Hotel, si eso existe, para acompañar las palabras más lindas de Pío Baroja y de Hemingway con el buenos días, mi amor, y los sorbos de café bien calientito más enternecedores del mundo. Y en ésas andaba, tendiendo sobre la cama azul el cuerpo más bello y más dormido, dejando reposar sobre una almohada el rostro más bello y más dormido, susurrándole Danielita Danielita, desayunito Gran Hotel, cuando empecé a notar que por nada de este mundo me soltaban los brazos más dormidos de este mundo. Seguían rodeándome el cuello, profundamente, o sea que no tuve más remedio que mantenerme inclinado, prácticamente doblado en dos sobre el rostro de Octavia, con todo el amor del mundo y cierta incomodidad.

Un cuarto de hora más tarde, mi amor seguía durmiendo dormida, pero ahora con los ojos abiertos como duerme alguna gente, según dicen, y profundamente clavados en mi insoportable incomodidad doblada. Me juré por tu amor, Octavia, permanecer así, e incluso arreglármelas para leerte a Hemingway y a Baroja así. Lo único difícil, claro, era ir hasta donde estaba mi maleta y sacar los libros. Qué hacía, cómo me desdoblaba, cómo lograba escaparme un ratito de unos brazos que me doblaban cada vez más. Hasta me sentía culpable de tener que hacer semejante cosa ante la vista y paciencia de Octavia, sí, ante la vista y paciencia de la pobre Octavia, porque lo cierto es que seguía mirándome profundamente, profundamente dormida, como duerme alguna gente, según dicen. ¿Y si me está viendo? ¿Y si se trata de un efecto secundario del anafranil que yo desconozco? ¿Y si se estuviera muriendo de amor?

Pero existe el destino, como todos sabemos, y el destino, más un fuerte dolor en la cintura, en pleno éxtasis, me empujaron a escaparme del éxtasis, tras un breve forcejeo con los brazos de Octavia, fuertemente dormidos alrededor de mi cuello, que también formaba parte de mi cuerpo doblado, después de todo. Luego, para poder actuar impunemente, le cerré los ojos, no sin cierta macabridad, aunque me tranquilizó mucho el que hubiese mantenido los brazos en alto, como el Papa en San Pedro, esperando mi retorno. Corrí en punta de pies hasta mi maleta, aproveché para sacar impunemente mi pijama y la escobilla de dientes, y saqué también en punta de pies a Hemingway y a don Pío. Volteé a mirar a Octavia y, humano muy humano, me alegré tanto de que siguiera bajo los efectos totales del anafranil. Uno es así de mierda, me dije, corriendo a ponerme el pijama y a lavarme los dientes en punta de pies, pero luego sentí cierto alivio y consuelo al pensar que Octavia lo había hecho todo por mí, como Daniel Alcides Carrión.

Sí, porque ésta era la noche en que ella había aceptado el martirologio de quedarse dormida como un tronco, sin dejarse siquiera tiempo para cerrar los ojos, en vez de gozar del cuerpo y el alma del hombre que adoraba y amaba con pasión. Y todo porque el hombre que la adoraba y la amaba con pasión era, sin su inyección, palabras, alma pura, purita alma, palabras con lágrimas en los ojos, palabras como las que ahora estaba pronunciando en punta de pies ante un espejo, con una escobilla de dientes en la mano, con la boca llena de espuma y con un pijama recién puesto y pensando: Octavia de mierda, por qué demonios no me avisaste antes que ibas a venir a Bruselas, el dispensario de la monjita estaba cerrado esta mañana, por qué demonios no me avisaste antes para llamar a José Luis, con toda seguridad él me habría enviado donde algún médico belga que lo habría resuelto todo, Octavia de mierda...

...Pero no es culpa suya, Martín, cómo podía saber la pobrecita que iba a poder venir, hasta el último momento no lo supo, tuvo que inventar toda una historia increíble para poderte acompañar a tu primera fiesta en siglos, no olvides que es menor de edad. Anda, apúrate, agarra los libros, ponle los brazos en una posición más cómoda, pobrecita, quítale los zapatos, por lo menos, cúbrela un poquito para que no se vaya a enfriar, hazlo todo en punta de pies para que no se vaya a despertar, échate a su lado y empieza a leerle un libro de Hemingway y otro de Baroja al mismo tiempo, para que vea que tu amor es capaz de obrar milagros por ella. Y así, mañana, cuando despierte, te encontrará diciéndole dos veces al mismo tiempo las palabras más lindas del mundo y le habrás enseñado que eres capaz de todo por ella y además ya le habrás traído el desayuno Gran Hotel, si eso existe...

...Bueno, y ahora a la cama de los efectos secundarios, a la cama sin efectos, a la cama de una noche de lectura al pie de la chica más linda del mundo envenenada para mi mayor solaz y esparcimiento.

Santa, santa, declamó Martín Romaña al salir en punta de pies del bañito azul. Del dicho al lecho hay un solo trecho, se dijo, por fin, en punta de pies, y se odió.

Se odió mucho más todavía cuando Octavia le dijo, soñando en voz alta, Martín, por favor alcánzame el pijama turquesa que está al fondo de mi maleta. Y se había odiado como jamás se había odiado en la vida, cuando ella, con los ojos profundamente cerrados, le había pedido que se lo pusiera, por favor. Logró desnudar y contempló a Octavia desnuda, como en un sueño dentro de una horrible pesadilla, y luego logró ponerle el pijama turquesa, como en una pesadilla dentro de un sueño maravilloso. Nunca había temblado tanto, nunca se había sentido tan triste, nunca se había sentido tan solo y tan triste. Pensó que necesitaba un anafranil, aunque no era la hora, y se tomó dos, como la pobre Octavia con su pijama turquesa. Se metió a la cama llorando, le besó la frente, y empezó a contarle que de Baroja había escogido *Zalacaín el aventurero*, en su honor, porque un aventurero a veces tiene que soportar cosas peores que ésta, mi amor, aunque no hay cosas peores que ésta, mi amor, créeme. De Hemingway, mi amor, he escogido *A través del río y entre los árboles*, porque me muero de vergüenza y hasta he sentido deseos de cruzar el río que sea y desaparecer para siempre entre los bosques de Bruselas, y porque además, para que comprendas un poco cómo me siento, quiero leerte algunas escenas nocturnas entre las contessina Renata y el viejo coronel USA Richard Cantwell, allá en Venecia, donde se conocieron y se adoraron y se amaron con pasión y sólo les quedaba hablar día y noche en hoteles y bares porque ella tenía dieciocho años y él tres días de vida.

—*Il colonnello* —soñó Octavia, acomodándose para escuchar horas de lectura, y porque conocía perfectamente bien el libro y recordaba que en él todos le llamaban *colonnello* al coronel USA Richard Cantwell en Venecia.

—Muy pronto, Octavia —le dije, con todo el amor del mundo—, muy pronto estaré sano y le inventaremos una historia a tu familia y nos amaremos en Venecia como en mis viejos tiempos... Ay, perdón, Octavia —dijo Martín, al darse cuenta de que había metido la pata en los viejos tiempos de Inés. Y empezó a leer, primero una frase de Baroja, luego otra de Hemingway, y todo habría sido perfecto, en la medida de lo posible, si no es porque al otro lado del tabique azul Miguel había empezado a roncar.

—Muy pronto, Martín —volvió a soñar Octavia, introduciéndole ambos brazos bajo el pijama y acariciándole suavemente el pecho, con todo el amor del mundo—, muy pronto estarás sano y ya le habré inventado una historia a mi familia y nos amaremos como en nuestros viejos tiempos de Cádiz.

Pobrecita, se decía Martín, al escucharla incomodísimo porque Octavia se le había metido dormida entre los brazos y durmiendo le había abierto el pijama y le estaba besando el pecho y al mismo tiempo el vientre y al mismo tiempo los muslos mientras con las manos lo tocaba todo al mismo tiempo y él apenas si lograba seguir leyendo con los brazos estirados por detrás del cuerpo de Octavia que lo tocaba cada vez más al mismo tiempo por todas partes, obligándolo a estirar terriblemente el pescuezo porque los libros estaban ya prácticamente al otro lado de la cama de tanto estirar los brazos y últimamente le estaba fallando la vista de lejos y así era dificilísimo seguir intercalándole frases de Zalacaín y el colonnello. Pobrecita, sueña, se repitió Martín Romaña, en voz alta esta vez, porque Octavia, ya sin lugar a dudas, hasta oía dormida.

—Sueña, sueña, Martín —soñó Octavia, nuevamente—; deja los libros un instante, por favor, y sueña como yo estoy soñando.

—Imposible soñar lo que tú estás soñando, mi amor. Ni que estuviéramos soñando.

—¿Cuántos anafraniles has tomado hoy, mi amor?

—Cinco. Hace un instante tomé dos de yapa porque me estaba muriendo de amor.

Como en un sueño, Octavia me soltó un ratito, cogió la caja de anafranil, y se tomó tres cápsulas, para que el asunto fuera cinco a cinco. Nunca dudé que era la persona más orgullosa del mundo.

—Te envenenas, mi amor...

—Cuando regresemos a París, si quieres, Martín. Pero no aquí, y sobre todo no esta noche en Bruselas.

Esto último lo dijo con una especie de seguridad médica que, la verdad, me tranquilizó bastante. Lo que no me tranquilizaba nada, en cambio, era que se volviera a quedar dormida. No sé, de pronto como que había empezado a extrañar sus caricias. A extrañarlas como caricias caricias. A extrañarlas dentro y fuera del alma. O sea también en el cuerpo. O sea en todo el cuerpo. O sea algo totalmente imposible.

—Octavia —le dije, temeroso de no sé qué, no bien la tuve nuevamente a mi lado—, ¿y si te duermes otra vez?

—Sueña otra vez que estoy dormida, Martín.

Llevado por el amor, por el destino, y por la absoluta seguridad de que todo había sido un sueño, me entregué nueva e instintivamente a la lectura de Hemingway y Baroja intercalados. Octavia se volvió a dormir despierta, pero valgan verdades, se durmió despierta mucho más rico que la primera vez. Me costaba un trabajo terrible intercalar las frases de Zalacaín con las del colonnello y, lo que es peor, o mejor, mejor dicho, es que las frases que la contessina Renata le decía al colonnello me sonaban a jamonada en lata comparadas con la maravillosa frescura de la única frase que Octavia me decía a mí.

—Te deseo, Martín. Te deseo.

—Duérmete, mi amor, que es imposible desearme.

—Te deseo, mi amor.

—Duérmete, mi amor.

—Duérmete tú, Martín. Lee todo lo que puedas hasta dormirte.

—Pero es que quisiera despertarte con las palabras más lindas...

—Te deseo, mi amor... Te deseo, mi amor... Te deseo, mi amor... Duérmete, Martín, mi amor, que te deseo...

—Octavia —le dije, nunca sabré si proféticamente—, tú no eres de verdad.

—Te deseo, mi amor.

—...

—Te deseo, Martín.

—Octavia, amor mío, siento... siento como en un milagro, no sé...

Solté los libros y desperté con las palabras más lindas que había oído en mi vida. Al lado, despertó Miguel, quien reconoció hidalgamente, algunas horas después, que en su vida nada ni nadie había logrado despertarlo de noche. Parecían locos, dijo, pasaban de Hemingway a Baroja, de Baroja a Hemingway, de ahí a decirse que se deseaban como locos, de ahí pasaban a saciar su deseo como locos, de ahí nuevamente arrancaban con Baroja y Hemingway como locos, como si la literatura fuera un afrodisíaco, de ahí otra vez se deseaban como locos y Martín lloraba de felicidad, me imagino, y ella le decía soy tuya aunque me maten y también lloraba de felicidad, me imagino, y después él arrancó a leer las frases de *Zalacaín el aventurero* y ella las de un tal colonnello Richard Cantwell, un personaje de Hemingway, me imagino, y después, como a las diez de la mañana, oí, porque gritaban como locos, confiando en mi sordera, me imagino, oí que empezaban a tomar unas cápsulas llamadas anafranil, que, me imagino, debe ser un afrodisíaco, porque sobre la marcha él le decía a gritos que la deseaba como loco y ella como que lo mataba con su deseo pero él como que lograba sobrevivir *in extremis* y volvía a leer de puro deseo, me imagino. Amigos, esos tipos se adoran y se aman con pasión. En fin, cómo decirlo, no sé, pero nunca he visto cosa igual ni la veré tampoco, me imagino. Y de lo único que estoy seguro es de que no llegarán al almuerzo del príncipe Leopoldo no-sé-cuántos, porque hace un instante que logré salir, sin bañarme siquiera, para no interrumpir, y seguían en las mismas y él como que deliraba porque hasta parece haber olvidado que está en un hotelucho cualquiera y me gritó que le enviara rápido un desayuno Gran Hotel.

Eran más de las dos de la tarde cuando, por fin, alguien logró abrir la puerta del cuarto azul. Hacía más de una hora que, a cada rato, el administrador del hotel subía y tocaba indiscretamente para avisarnos que en la recepción nos esperaba una llamada telefónica. Sí, sí, decíamos, pero nos resultaba realmente imposible bajar.

—La culpa la tiene Fernando Cárdenas —le susurraba yo a Octavia—, a quién se le ocurre meternos en un hotelucho donde ni siquiera hay teléfono en las habitaciones.

Pero ella me susurraba que ése era el hotel más lindo en que había estado en su vida y que jamás olvidaría ese cuarto azul y que nuestra cama era azul como el cielo azul de la Costa Azul y entonces yo empezaba a tararearle la canción aquella *nel blu dipinto di blu* y el administrador se hartaba de tocar y volvía a bajar. Total que a eso de las dos de la tarde se nos apareció al pie de la cama un adolescente de porte muy distinguido y sonriente.

—Prima —le dijo a Octavia—, con tu perdón.

Luego, tras haberse inclinado ligeramente al decirme *monsieur*, procedió a explicarnos por qué y cómo había tenido el atrevimiento de presentarle sus credenciales al administrador del hotel, para obtener de esta manera el duplicado de la llave de nuestra habitación. Era el príncipe junior Emanuel.

—Encantada de conocerte, primo —le dijo Octavia, explicándome que en Europa todo el mundo era primo en su mundo.

—Prima, he tenido que decirle al administrador que venía a buscarlos de parte del Rey. En fin, cualquier cosa porque en casa papá y unos treinta españoles de América se están muriendo de hambre por esperarlos. Si no les importa, los espero abajo para llevarlos.

Se había bebido más de la cuenta cuando llegamos a una mansión de cuatro pisos, en cuya puerta el príncipe Leopoldo se abalanzó sobre la mano de Octavia, besándola prácticamente sin llegar a besarla, aunque besándola en la práctica, que es como se le besa la mano a una dama, según aprendí esa tarde. Casi le digo primo, para sentar una pica en Flandes, pero eso habría sido falocracia y preferí dejarle todos los honores a la prima Octavia, en honor a la verdad. Luego, Leopoldo le dijo a Emanuel que por favor nos hiciera pasar al salón de los artistas, excusándose durante unos minutos porque le iba a dar un ataque de tos por culpa de la guerra.

—Oye —me dijo Fernando Cárdenas, al verme entrar con Octavia y como quien habla en nombre de la concurrencia—. Aquí ya lo sabemos todo.

—No hay peor sordo que el que no quiere oír —agregó Basilio, palmeándole el hombro a Miguel.

—Les juro que yo... —empezó a decir Miguel.

—Les juro que sí —lo interrumpió Octavia, besándome tierna y orgullosamente.

La adoré. La adoré porque sólo ella y yo sabíamos lo que realmente había ocurrido en aquel hotelucho azulejo, de azul, de Bruselas. No sé, era como si una persona hubiese hecho feliz a la persona más feliz de la tierra. Formábamos parte del grupo, pero al mismo tiempo, esa tarde, nos sentíamos fuera de él, fuera de todo, fuera de la realidad, podría decir hoy.

Y también podría decir, hoy, que es extraña y maravillosa la sensación de estar fuera de la realidad en un mundo que, entonces, empezaba a parecerme totalmente irreal. Todo me parecía increíble: aquella mansión, Leopoldo y su hijo precipitándose lentamente (cómo decirlo de otra manera), y cual verdaderos prestidigitadores para encender al mismo tiempo cada cigarrillo que aparecía en el aire. La manera en que se ponían de pie, él y su hijo, cada vez que una mujer se ponía de pie. Nos acomplejaron a todos con sus perfecciones de otra época que, en ellos, resultaban de una actualidad total, sinceras, verdaderas, reales. Y hacia el atardecer, hasta nosotros nos poníamos de pie cada vez que una de las mujeres del grupo se iba a *lavar las manos.* Basilio estuvo genial cuando, de pronto, delante de todo el mundo, soltó que la próxima vez vinieran todas bien meadas porque ya estaba harto de tener que pararse a cada rato. Ya durante el almuerzo, sentado de espaldas a un cuadro de Velázquez, le había palmeado el hombro a Leopoldo (pero se lo había palmeado con una pierna de pollo), y lo había felicitado por lo pésimo que se comía en su casa. Y aquel duque que nadie olvidará nunca, creo, aquel duque que Leopoldo le presentó a Julio Ramón:

—Primo —le dijo—, tengo el honor de presentarle a un gran escritor peruano.

—Lo felicito, señor —le dijo el duque a Julio Ramón, agregando—: ah, peruano, ¿no? Pues yo una vez al año voy a España a cazar jabalíes con El Caudillo.

Sigo viendo a Julio Ramón encender un cigarrillo tras otro en charla tan amena como absurda con el duque del Caudillo.

Nunca volví a esa gran casa, pero supe que algún día estuvo llena de cuadros y esculturas de Basilio, de Miguel, de Fernando, de casi todos los que estuvimos en el almuerzo. Supe que Julio Ramón y Bryce Echenique habían enviado las traducciones al francés de algunos de sus libros. Supe que todos habían regresado muchas veces. Y que un día regresaron diciendo que había desaparecido el cuadro de Velázquez. Que después ya no podía alojarse uno en esa casa porque se habían ido alquilando poco a poco los pisos superiores. Los doce cuadros de la escuela flamenca desaparecieron como por encanto. Después Basilio regresó al Perú y Miguel falleció en aquel trágico accidente de aviación. Un día, me presentaron a Guy Posson, un simpático periodista belga, y le pregunté si conocía a Leopoldo.

—Fue un hombre lógico consigo mismo.

Esa parte la sabía, pero dejé hablar al periodista porque parecía bastante bien informado.

—Bueno —me dijo—, hacia el final de su vida creo que tuvo un período feliz. No sé cómo, un día, su casa empezó a llenarse de artistas latinoamericanos (como yo no era un artista latinoamericano, a Guy Posson no se le ocurrió jamás que habría podido...). Iban y venían de París, se alojaban en su casa, allí comían, bebían, dormían, y organizaban las juergas más sensacionales del mundo, según cuentan por ahí. Leopoldo rejuveneció, pero en cambio empezó a dejar de trabajar. Se cuenta incluso la anécdota de que el príncipe amaneció un día con la firme determinación de regresar a su despacho, y que se encontró con la puerta del edificio cerrada porque era domingo. Otra historia realmente fantástica que llegó al periódico fue la del príncipe Carlos, el hermano del Rey. Es un hombre bastante alto y que según alguna gente sufre de graves dolores en los pies. Leopoldo lo invitó a una fiesta y el príncipe Carlos se presentó vestido con un impecable smoking negro y botas rojas de caucho. Por nada del mundo se quiso sentar, alardeando que a él jamás le había dolido nada. Se bebió más de quince whiskies con agua caliente, que es como le gusta el whisky a Carlos, según cuenta la gente, y al final se largó indignado al ver que un compatriota tuyo, un tal Basilio, creo, bailaba *cheek to cheek* con la princesa Paola. Y aquí viene lo mejor de todo. Antes de subir a su automóvil, Carlos recorrió toda la calle en que vivía Leopoldo y fue detectando uno por uno a todos los guardias que secretamente aseguraban su protección. Le dio la mano a cada uno, no se equivocó con el nombre de ninguno, y a todos los dejó pasmados cuando les preguntó por sus esposas y por la educación de cada uno de sus hijos. Pero ésa debió de ser una de las últimas fiestas que dio Leopoldo. O, en todo caso, una de las últimas a las que asistió algún miembro de la familia real. Leopoldo fue castigado, ¿sabes?

—No, ¿cómo?

—Hacía ya algún tiempo que la gente de su mundo lo había ido marginando. Nunca le perdonaron el haberse presentado a unas elecciones parlamentarias como candidato de un partido de izquierda. En fin, de izquierda... Llamémosle ligeramente de izquierda. Parece que se lo advirtieron pero él llegó a la conclusión de que un hombre tenía que ser lógico consigo mismo. Recuerdo los afiches de su campaña. Leopoldo llamaba nada menos que al pueblo belga a votar por él. Y era sincero, Martín. Lo que Leopoldo ignoraba totalmente, y sin duda porque era un verdadero príncipe, es que los pueblos siguen creyendo en cuentos de hadas. Ignorar este hecho fue el gran error de su vida. Su lógica, su sinceridad consigo mismo, lo llevaron a romper con lo que él mismo representaba ante los ojos de la gente y terminó estrellándose contra su propia imagen ante un espejo. Entre él y los cuentos de hadas, la gente escogió la miseria de sus propios sueños. Leopoldo se estrelló contra Leopoldo, Martín, pero al mismo tiempo logró salvar la imagen que tenía de sí mismo. En fin, yo pienso que fue un gran hombre.

—Y el final cómo fue.

—No lo sé muy bien. Hay gente que dice que fueron los latinoamericanos los que acabaron con él. Otros dicen que no, que al contrario, que esos artistas lo divirtieron mucho en la época en que ya nada le divertía. La pena, claro, es que no lo acompañaran hasta su muerte. Porque Leopoldo odiaba a la burguesía, y la gente de su medio, e incluso de su familia, lo había abandonado por completo después de esas elecciones. Lo hicieron poco a poco, pero al final lo abandonaron por completo. ¿Qué le quedaba, entonces? ¿El proletariado? Ya te he explicado que la gente lo que quiere es un príncipe y no un amigo. La gente quiere a un ser lejano, a alguien que se materialice sólo en las fotografías con las que hoy se ilustran los cuentos de hadas de las revistas más vendidas. Y, además, ¿cómo habría podido Leopoldo encontrar un proletario en Bélgica? Imposible, porque al igual que en Francia, Holanda, o en otros países europeos, los proletarios son ahora pequeños burgueses, los pequeños burgueses se han convertido en burgueses, los burgueses se la dan de grandes burgueses, y los nobles son los grandes burgueses, cuando pueden...

—Y al fin de cuentas todos tienen alma de porteras parisinas —lo interrumpí, basándome en ciertas experiencias que había tenido, pero que no venía al caso evocar con mayor amplitud en ese momento.

—Total que el único amigo que habría podido tener Leopoldo es Chaplin. Y eso porque Chaplin era pobre pero todavía no era proletario, como explicó muy bien Roland Barthes en su libro *Mitologías*.

—Sí, me imagino que así fue.

—Así fue, Martín. Y precisamente por eso es que creo que Leopoldo fue feliz al descubrir a aquel grupo de artistas latinoamericanos. Eran divertidos, porque era gente de talento, pero tan diferente, tan marginal, tan extravagante en países como el mío, que, al final de cuentas, resultaban bastante parecidos a Chaplin. Leopoldo no sólo los ayudó a vender cuadros, sino que además les compró muchos cuadros y esculturas, vendiendo para ello más de una gran obra de arte que tenía en su casa. Y después, cuando esa gente empezó a desaparecer, sabe Dios cómo, empezó a vender también esos cuadros. Claro que entonces ya había liquidado Solre, su última gran propiedad. Solre quedaba en Francia, y existía mucho antes de que existieran Bélgica o Francia... Pero, ¿cómo demonios sabes tú de la existencia de ese príncipe?

—Por una chica que lo conoció —respondí, tratando de contenerme. Pero segundos después ya estaba hablando de Octavia de Cádiz, de la forma en que nos miraba Leopoldo, la única vez que estuve en su casa, y de Solre, donde también estuve una vez, y donde aprendí a quererlo como pocas veces he querido en mi vida. Porque fue él quien tristísimamente me enseñó a ser lógico conmigo mismo (1).

(1) Durante nuestra conversación, el periodista Guy Posson me dio también algunos datos históricos sobre la familia Croy. Los reproduzco aquí, pues casi todos ellos se refieren a España, tierra que realmente amo con pasión.

Bajo el Reinado de Carlos V, cuando un español obtenía un doblón de oro, solía decir: «Por fin un doblón que los Croy no tendrán.» Y es que por esta época, Guillaume de Croy, Señor de Chièvre, era padrino, educador, ministro de relaciones exteriores, etc., de Carlos V, y dirigía íntegramente su política. Guillaume de Croy desapareció en Worms, en 1521, asesinado muy probablemente por un cardenal (¿Caracciollo?), debido a lo violentamente que se opuso a las guerras de religión. Un sobrino suyo, llamado también Guillaume de Croy, fue Cardenal Primado y Duque de Soria, a los dieciséis años, si la memoria no me falla. En todo caso, murió de sífilis a los 21 años.

SOLRE

Maravilloso sábado de mierda. Imposible recordarte o hablar de ti de otra manera. Habíamos perdido el tren en que regresaban casi todos los amigos y continuábamos leyendo a Baroja y Hemingway y yo me llamaba colonnello y ella Zalacaín la aventurera. Disponía de dinero para quedarnos un día más o sea que podíamos quedarnos toda la vida más. Jamás se han comportado de otra manera los amantes al borde del abismo. La realidad era dos novelas leídas por dos personajes de novela en el cuarto azul de un hotelucho azulejo en una ciudad de madera. O sea que estábamos muy bien. O sea que no había problema alguno. O sea que éramos felices, leyendo felices, haciendo el amor felices. O sea que el pijama turquesa de Octavia se había convertido ya en esa prenda de vestir cuyo color haría insoportable la existencia de todos los demás colores en mi vida. O sea que eso se tenía que acabar muy pronto.

Creí que lograría impedirlo. Creía que siendo lógico conmigo mismo lograría impedirlo todo. No, no logré impedir nada. Leopoldo tampoco logró impedir nada. Y Octavia de Cádiz, cuyo aroma sólo encuentro en un frasco de bencina, como el feto de un gran amor, tampoco logró impedir que frases como ésta destruyan mi vida en las horas de rabiosa soledad. No digo nada, claro, pero siento que pronto llegará el día en que no pueda más, el día en que pierda todo control y me ponga a hablar y hablar y hablar.

—Llévate tú el pijama turquesa, colonnello. Quiero que se quede para siempre en tu casa.

Estábamos haciendo las maletas y ella se llamaba nuevamente Octavia. Quiero decir que ella ya no respondía al nombre de Zalacaín pero en cambio quería que yo siguiera respondiendo siempre al nombre de colonnello. E incluso unas veces, porque las penas más atroces están también llenas de detalles cotidianos, me llamaba Richard, y otras me llamaba Richard Cantwell o colonnello o colonnello USA. En fin, detalles cotidianos.

Habíamos hecho las maletas y habíamos guardado las novelas y ya estábamos bañados y vestidos y en la puerta del hotel. Ella no quería oír hablar del color azul y yo no quería oír hablar del turquesa. El cielo estaba muy gris o sea que tampoco queríamos oír hablar del color gris. A lo mejor ni siquiera del rojo, porque Alberto y Tita, dos de los amigos que habían venido a Bruselas en automóvil, acababan de llegar a buscarnos en un carro rojo porque habíamos perdido el tren a París. Los amigos se acordaron de nosotros a último momento y les pidieron por favor que se ocuparan de ese par de locos.

—Gracias —dijo Octavia, clavándome las uñas en la palma de la mano, cuando le cogí tiernamente la mano para decir gracias al mismo tiempo que ella. Tenía que parecer que realmente les estábamos dando las gracias.

Bruselas. No hay nada más que decir acerca de Bruselas. O tal vez sí. Tal vez decir que en Bruselas, desde que regresamos al hotel, después del almuerzo en casa de Leopoldo, ese almuerzo en el que tanto y tanto nos había mirado y querido mientras nosotros nos adorábamos, Octavia había insistido en ser ella la que leía todo el tiempo *Zalacaín el aventurero*. A duras penas si de rato en rato lograba colocar yo alguna frase del colonnello y sus tres días de vida por culpa del corazón enfermo y de la guerra. Y tal vez decir también que ella habló a cada rato de la fuerza necesaria de Tarzán y contar además la forma tan espantosa en que lloró desde el momento espantoso en que puso un pie en ese espantoso automóvil rojo. Mi nombre era, más que nunca, colonnello. El de ella, más que nunca, Octavia Marie Amélie Nunca. Puedo decirlo ahora.

Pero la vida tiene cosas divertidísimas en sus peores momentos. Y de eso, me imagino, viven los humoristas. Y de eso, definitivamente, vivimos mucho tiempo Octavia y yo. Pero en esta islita soleada, situada exactamente en el fondo del valle de lágrimas, ella siempre ocupó un solar de mayor solaz y esparcimiento. Me explico: Octavia tenía esas piernas tan hermosas pero también tan alegres y tan divertidas. Sus piernas me hacían pensar en las de mi abuelita. Viviría mucho, pues, como mi abuelita, cuyo andar por este mundo, durante mi infancia y adolescencia, le alegraron la vida a un hombre que, según mi madre, refinada y exquisita señora que adoro y que habla también portugués, llegó a este mundo con una profunda cara de *saudade* y lloró por primera vez sólo a los cinco meses de vida. Después, empezó a caminar mucho antes que los demás niños, pero de pronto un día dejó de caminar cuando los demás niños empiezan a caminar. *Les pieds d'un fin de race*, fue la explicación del pediatra francés que consultaron mis padres en francés. En fin, unas piernas muy poco divertidas al andar porque lo de los pies repercutía en las rodillas y lo de las rodillas a lo mejor hasta en la *saudade*. El niño había llegado agotado a la minoría de edad.

Pero creció y aprendió que la vida tiene cosas divertidísimas en sus peores humoristas y en sus peores *saudades*. Y siguió adelante porque el carro rojo de Tita y Alberto seguía adelante con gran dificultad.

—Yo creí que las autopistas las construían sin neblina —dijo Alberto, que era de origen humilde, pero que últimamente se había llenado de plata con unas esculturas realmente maravillosas y se había comprado un carro rojo, entre otras cosas y casas.

—A París no llegamos nunca —le dio la razón Tita.

—Perfecto —celebré yo.

Llegamos a la frontera, que era toda de neblina, más o menos a la hora en que deberíamos haber llegado a París. Octavia, que había parado de llorar y de mancharme íntegra la camisa, abrió la ventana para que también el auto se llenara de esa neblina que hacía que la autopista Bruselas-París nunca llegara a París. Después, cuando Alberto y Tita desaparecieron entre la neblina, en el asiento delantero, empezó a besarme, me imagino que en un desesperado esfuerzo por probarme que nosotros jamás desapareceríamos entre la neblina. Lo logró, porque la vida tiene cosas divertidísimas en sus peores momentos, y por eso cuando Alberto y Tita, preocupadísimos, me preguntaron cómo, dónde, y por qué había desaparecido Octavia de Cádiz, yo les respondí:

—Miren, la última vez que la vi, y estoy seguro de que la vi, la vi perfectamente bien.

Pero claro, eso no arreglaba las cosas. Nada arreglaba las cosas, porque Octavia realmente había desaparecido. Sus últimas palabras, pronunciadas entre la puerta abierta del auto y un restorán que quedaba muy cerca de la autopista, todo entre la neblina, fueron: Hago pipí en un segundo y regreso. Y la prueba de que pensaba regresar en un segundo fue que no nos dejó ni bajar a tomar una copa en un segundo.

Llevábamos media hora en el bar del restorán y habíamos tomado tres copas en demasiados segundos con taquicardia, y yo seguía preguntándole a cada persona que aparecía si no había visto por casualidad a Octavia de Cádiz.

—Para qué dices Octavia de Cádiz —intervenía a cada rato Alberto, sin duda alguna porque era de origen humilde—. Di simplemente cómo era y cómo estaba vestida.

A la quinta copa y en poquísimos segundos nos convencimos Alberto y yo (Tita la estaba buscando entre la neblina, porque las mujeres siempre han sido mucho más sensatas e inteligentes que los hombres, aparte de que beben menos, en general), de que a ese restorán no había entrado jamás Octavia de Cádiz ni tampoco una muchacha sin nombre pero con chompa, pantalón, sombrero y bolso, todo negro.

Tita, con una enorme linterna, logró abrir la puerta del restorán justo cuando nosotros salíamos en busca de la luz de su linterna. Se puso a llorar, al vernos la cara iluminada, y confesó que habían bastado menos de cuarenta y ocho horas para que le tomara un cariño inmenso a esa chica tan linda. Me sentí pésimo, porque a mí me había tomado tres meses llegar a lo mismo, o sea que le arranché la linterna y me lancé, iluminando como loco por todas partes, en busca del tiempo perdido.

Fue la primera vez en mi vida que sentí la ausencia real de Octavia, por culpa de la neblina, y créanme que es algo realmente espantoso tener que buscar lo que se acaba de encontrar entre el tiempo perdido. Éste es el punto del no retorno, me dije, al llegar al lugar desde el cual ya no se lograba escuchar el llanto muy fuerte de Tita. ¡Alberto!, grité, pero ni Alberto ni Tita ni Octavia me respondieron. La linterna, pensé, de ahora en adelante ya sólo podrás hablar con la linterna. En efecto, hablamos mucho rato y aquí la tengo ahora en mi museo octaviano y, hasta hace algún tiempo, cuando Octavia aún venía a visitarme de Italia, la encendí siempre al abrirle la puerta. La encendía de día y de noche, y me consta por lo tanto que siempre iluminó el rostro feliz de Octavia llegando a visitarme de Italia. Que nadie diga lo contrario. Que Bryce Echenique jamás se atreva a decir lo contrario.

Eran las once de la noche, cuando con dos linternas prestadas y tres tipos más con sus propias linternas, Alberto y Tita iluminaron mi linterna temblando ante un letrero que decía AULNOYE. Lo había divisado desde una prudente distancia, y Octavia, que había divisado mis cinco bultitos desde una distancia prudente, también, jamás me perdonó que la hubiese confundido con un postecito con cabeza de letrero, por más neblina que hubiera. Flacuchenta, flacuchenta, le decía yo, tiempo después, muerto de risa.

—Creí que era ella... Creí que era ella... Divisé algo y creí que era ella —temblaba yo, tiempo antes, mientras cinco personas me llevaban hacia el carro rojo en horrible procesión de linternas sin suerte.

—Jamás debiste alejarte tanto —me decía Alberto.

—Los llamé desde el punto del no retorno —temblaba yo.

—Amor, no tiembles, amor —me consolaba Tita, llorando.

—Amor, no llores, amor —la consolaba yo también, pero refiriéndome a Octavia de Cádiz.

Encontramos el carro rojo, gracias a los tres tipos con linterna, que resultaron ser los especialistas locales en neblina para linternas.

—Hasta que despeje —nos dijeron, con ese pesimismo detestable de la gente con experiencia.

Los odié, y quise emprender el retorno hacia el letrero en que decía AULNOYE. Por lo menos era algo que se parecía a Octavia, pero triunfó la detestable voz de la experiencia: Si la muchacha no estaba bien de los nervios... Bien podría haberse tendido en la autopista para... Se ha visto casos... ¿Por qué no avanzan un poco por la autopista con los faros...?

—Jamás —dije yo—. Octavia es inmortal.

—Nadie es inmortal —dijo un experimentado.

—Octavia de Cádiz sí —sollocé, detestándolo.

—¿Quién? —preguntó no sé cuál de los experimentados, porque ahí no iba a despejar nunca.

—Martín —intervino la linterna de Alberto, que también era de origen humilde, como Alberto—, Martín, no te olvides que estos señores sólo saben que se trata de una muchacha vestida de negro.

—Van a pensar que se trata de dos muchachas —agregó la linterna de Tita.

—¿Dos muchachas? —se oyó que decía una linterna detestable.

—¡La única! —aullé yo, y partí la carrera hacia el letrero. No pasé del suelo, por supuesto, y minutos después ya me habían metido de cabeza en el carro rojo como mil linternas que salieron del restorán para prestar ayuda. Los odié, también, porque la ayuda no se presta, se regala, pero en fin, nunca vi tanta luz en mi vida y sobre el asiento había un papelito que lo explicaba todo pero que no aclaraba nada. Ya ven, les dije, yo tenía toda la razón, yo sabía que ese letrero... por algo quería correr hacia ese letrero. Y les leí el papelito.

> *Te adoro y te amo con pasión, Martín. Sé que vas a pasar un mal rato entre la neblina, pero es la única manera de hacer esto. Ven a buscarme a la estación de Aulnoye. Pregunta bien, por favor, no te vayas a perder. Yo de ahí voy a llamar a Leopoldo, que está pasando el fin de semana en Solre. Queda muy cerca. Leopoldo es la única persona que nos puede ayudar. Ven, no te pierdas, por favor. Diles a Tita y Alberto que me perdonen, pero para nosotros ésta es la única manera de hacer algo. La única esperanza. Y si no te entienden, mándalos al diablo si es necesario, pero júrame que no te vas a perder en mil explicaciones. Ya es hora de que aprendas a mandar al diablo a tu mundo como yo estoy dispuesta a hacerlo con el mío. Ven rápido, por favor, Martín. Te adora y te ama con pasión,*
>
> *Zalacaín.*

—¿Y qué tiene que ver Zalacaín con Octavia de Cádiz? —me preguntó Alberto.

—Vete al diablo —le dije, jurándole a Octavia que no me iba a perder en mil explicaciones.

—Esta gente va a creer que se trata de dos muchachas, Martín —me dijo Tita.

—Que se vayan al diablo. Y ahora, por favor, pregúntales cómo se llega a la estación de Aulnoye.

Había que llegar al letrero, por supuesto, y cien metros más allá había que torcer a la derecha, luego a la izquierda, en fin, como siempre que uno está perdido. Lo único malo es que esta vez hacía horas que estábamos perdidos y seguro que Octavia había perdido la fe en mí y, harta ya de esperar, lloraba desconsoladamente en los brazos de Leopoldo.

Fue y no fue así cuando llegamos a la estación de Aulnoye, cuyo reloj marcaba las dos en punto de la mañana sin campanas, felizmente.

—Me quedo con la linterna —les dije a Tita y Alberto, porque ahí no había un alma y la estación estaba completamente cerrada.

—Bueno —me dijo Alberto, entregándome la maleta de Octavia y la mía—, tú sabes lo que haces.

—Llámanos —me dijo Tita—. Llámanos no bien llegues a París.

Maravilloso domingo de mierda. Empezó no bien desapareció el automóvil rojo. Y empezó, también, cinco minutos más tarde, cuando los faros de un Land Rover me iluminaron sentado entre dos maletas y apoyado en la puerta cerrada de la estación. Era el príncipe junior Emanuel, y en efecto, Octavia hacía horas que estaba en Solre, llorando desconsoladamente en los brazos de Leopoldo.

—¿Pensó que no venía? —le pregunté a Emanuel.

—No te preocupes —me respondió—; al final papá logró convencerla de que era culpa de la neblina. Después le metió un somniferazo tal, que no pudo ni llegar a su cuarto. Tuve que cargarla y acostarla yo, porque papá está un poco cansado con tantas impresiones, y además le dio el ataque de tos por culpa de la guerra, ¿sabes?

La neblina, la oscuridad, y los siete whiskies que me bebí con Leopoldo, mientras me contaba con precisión de detalles en qué consistían los planes de *sa très chère* Petronila, me impidieron ver Solre aquella noche. Amanecí pésimo, me lavé pésimo, porque así se lavaba uno en la Edad Media, y empecé a bajar una escalera que llevaba a lo que bien podría llamar hoy el nuevo mundo de Martín Romaña un ratito. Me tranquilizó mucho ver que todos estaban temblando ante una enorme chimenea Robin Hood, a pesar del fuego y una nueva botella de whisky casi tan grande como la chimenea. Octavia me miró con desconfianza, por culpa de la neblina de anoche, mientras Leopoldo me ofrecía un café o un whisky o las dos cosas al mismo tiempo, si quieres, y Emanuel partía rumbo al arroyo cristalino, en busca de agua para el whisky y el pastís de la hija del alcalde, según se me explicó también.

—¿La hija del alcalde? —pregunté, terminando de bajar esa escalera que se caía con uno.

Nada menos que la hija del alcalde. Sí. Pero vamos por partes, porque recién estoy en la parte de Solre en que acabo de aparecer en lo que daré en llamar el comienzo de mi visita a la Edad Media, porque es tan fácil mirar las cosas con la lupa que les pone el tiempo y la distancia. Los escritores latinoamericanos que viven en París, mueren casi siempre testando que desean ser enterrados en el cementerio de su ciudad natal. De lo cual se encargan sus viudas, otra vez con lágrimas en los ojos, y las embajadas que despachan el asunto con gravedad y corbatas de Christian Dior, y allá en el país natal lloran juntas la izquierda y la derecha, como si ambas fueran de centro izquierda y centro derecha, y se detiene un ratito en el Senado la reforma agraria o algo así, salvo en casos de dictadura, claro, porque las dictaduras no tienen momentos nacionales ni reforma agraria de ningún tipo. Yo no sé si soy escritor, o sólo un río hablador, pero a mí, como a Jorge Negrete, que me entierren en Jalisco, o sea en Solre.

Y ahora, lupa. Porque *estoy en el rincón de una cantina, oyendo una canción que yo pedí.* Y *ahorita han de traerme mi tequila* (whisky y café al mismo tiempo), y *ya van mis pensamientos rumbo a ti,* Solre. Por supuesto que también entonces Octavia emprendió la fuga, al notar que Solre y la Edad Media me habían impresionado antes que ella, mientras bajaba tratando de que no se me cayera la escalera, pero por fin había despejado con resolana y ya no podía desaparecer entre la neblina. Además, ya estábamos en Solre. Todos los caminos llevaban a Solre aquella mañana, y eso debió comprenderlo hasta la orgullosísima Octavia porque por el mismo camino que se fue regresó solita a Solre. Nos besamos como locos, ante la mirada de Leopoldo y Emanuel, que ahora también nos contemplaba como principito asombrado, porque ya estaba al corriente de todo, igual que yo, pero tan diferente a mí.

Porque yo era, ahora que todos estábamos al corriente de todo con un vaso de whisky en la mano, entre cuatro altos muros de piedra húmeda que se desvencijaban, bastante parecidos a Leopoldo cuando le daba el ataque de tos, aunque en este caso por culpa de la guerra del tiempo, yo era, sentado y adorando a Octavia, Leopoldo, y Emanuel, que también estaban sentados sobre unos muebles que se desvencijaban por culpa de la tos, yo era.

—¿Puedo servirme otro whisky para entender, por favor? —pregunté, porque yo era.

—*Help yourself* —me respondió Leopoldo, empujando el botellón desde Oxford, más o menos.

—¿A qué hora llega la hija del alcalde? —pregunté, porque era otro domingo más, muy ancestral, como todos los domingos en Solre.

—Ya no tarda en llegar —me respondió Leopoldo, colocando una botella de pastís junto al botellón que me impedía ver la chimenea.

—Miren, ya sé que soy —les dije, pero simplemente no lo puedo creer.

Visto con lupa, una vez más, y aunque yo era (todavía era yo), pasaba lo siguiente: Solre era un molino, no de viento, porque no podía hacerle daño a nadie, era una propiedad, la última que le quedaba a Leopoldo, y quedaba en la comuna comunista de Solre, en Francia y en el siglo XX. Todo esto tenía algo que ver con el hecho de que yo era, claro, pero no tanto. Tenía en todo caso mucho más que ver con lo que Leopoldo sí era y ya no era, desde que su familia empezó a decaer por culpa de la segunda Cruzada.

Octavia se defendía bastante bien en ese medio ambiente. Parecía incluso moderna, muy adaptable al siglo XX, a pesar de haberle tocado también en suerte un silloncito desvencijado como a todo el mundo.

La espantosa modernidad del dinero, me subrayó Leopoldo, horas más tarde, mientras discutíamos mi lógica en larga caminata por sus tierras alquiladas. Pero claro, Octavia no era culpable, la prueba era que estaba ahí, desvencijándose como todo el mundo, por amor a mí, que era. No sé, debe ser que soy muy impresionable, tal vez, pero de pronto empecé a detestar tanto era, Detestar = destetar, monologué interiormente, pero Sherlock Holmes se había quedado con la lupa y seguí siendo era.

Por lo cual puedo contarles que la hija de don Juan Alva llegó a la una en punto de la tarde, porque era domingo medieval, y no se había metido a monja. Motivo por el cual, perdiéndome en la *prima nocte* del tiempo en que Leopoldo era derecho de pernada, nada menos, siempre los domingos llegaba la hija del alcalde de la comuna, desde mucho tiempo antes que existieran comunas (y también pastís), para servir la mesa del señor feudal. La hija de don Juan Alva cocinaba, primero, servía la mesa, después, y después se iba porque ya había terminado de lavar los platos, desde la época en que no había platos.

Por lo cual puedo contarles además que, a la una en punto, yo era, mientras la hija del alcalde comunista de Solre bajaba de un precioso BMW, que ya quisiera Leopoldo, y que como los tiempos cambian, también, debido a la espantosa modernidad del dinero que hizo que Octavia ni se asomara por la cocina, Leopoldo y Emanuel fueron a la cocina y abrieron la puerta que daba a la parte más vieja del molino e hicieron pasar a la hija del alcalde. Esta señorita, rosada, bustosa, redonda, y con una cuenta de ahorros que para qué les cuento, bastaba con ver el BMW, dejóse servir democrático pastís en la cocina, aceptó agua del arroyo cristalino, expresamente traída fresca fresquita porque no había hielo porque no había refrigeradora, por el principito, que también le dio la mano, sonrió, sorbió, volvió a sorber, y terminó su pastís mientras Leopoldo le explicaba al piloto del BMW que por ahí había algo que comer y que tratara de prepararnos algo que comer porque tenía invitados y en Solre nunca había gran cosa que comer. Esta señorita, más rosada y redonda que nunca, porque yo ya llevaba mucho botellón adentro, sirvió la mesa bustosa y gustosa y me fue presentada y, la verdad, Octavia, jamás te perdoné que no la saludaras por la espantosa modernidad del dinero y el fantasma del comunismo. Perdónenme: ya no sabía lo que era yo.

Pero no tardaron en recordármelo. Yo era, precisamente, el máximo exponente de todo lo que Octavia no era. Aunque puesto así, no tenía la menor importancia, por supuesto. O sea que nos servimos otro whisky para ponerlo todo al revés, y Leopoldo expuso: Octavia era, al revés, el máximo exponente de todo lo que yo no era.

—*To be or not to be* —citó el principito, pero lo perdonamos por la falta de edad y el exceso de whisky.

—Y por eso es que Octavia propone una fuga —concluyó Leopoldo, porque siempre había sido lógico consigo mismo, aunque ésa era otra historia y empezó a toser.

—Por culpa de la guerra —volvió a meter la pata el principito, por interrumpidor.

—Por culpa de la guerra —volvió a concluir Leopoldo, tosiendo y mirando furioso al heredero de Solre.

—Creo que mi madre —dije yo, porque mi padre había muerto hace años—, creo que...

—Tu madre qué —me interrumpió Octavia.

—Mi madre no sé, Octavia... Mi madre y la Embajada del Perú podrían tal vez hacerle saber a tu padre...

—Martín —me imploró Octavia—, mis padres jamás querrán aceptar...

—Aceptar qué, mi amor.

—Aceptarte a ti, mi amor.

—A ver, mi amor, revisemos bien este asunto: ¿Quién soy yo?

—Un árabe de mierda, mal afeitado y todo —interrumpió el principito, con esa falta de todo que caracteriza a la gente que ha bebido más de la verdad.

—Por Dios santo —dije yo, sin exclamar, porque era una conversación en voz baja.

—Una más y te vas a acostar —le tosió el príncipe al principito, con las justas.

La conversación quedó momentáneamente interrumpida por culpa de la guerra.

Y me puse a pensar. Me puse a pensar en cosas que Octavia sabía de paporreta. Todo se lo había contado a Octavia. Ahora sí que ya se lo había contado todo. Entre Zalacaín el aventurero y el coronel Richard Cantwell, que a ella le gustaba tanto tanto, se lo había terminado de contar todo en Bruselas:

—Mi amor, Inés me abandonó porque yo era algo así como tú en Francia: un oligarca, una mierda, un oligarca podrido, si quieres, pero definitivamente no lo que tu familia piensa de paporreta de mí, mi amor...

—Martín, trata de comprender...

Comprendí a su familia, y le dije:

—No, no me vengan con ésas, ahora. No me vengan con que los latinoamericanos de París somos todos guerrilleros, o escritores revolucionarios, más el buen salvaje que es un indio de mierda. Estoy harto de tanto Clichy, perdón, estoy harto de tanto cliché, mi amor. No puede ser que una familia rica y culta como la tuya...

Maximus, me había llamado ya ella en Bruselas, sin duda alguna para limpiar la basura de todo lo que ella no era. O sea que éramos hacía rato, como ustedes pueden ver. Pero nadie ha escuchado jamás la ternura de la palabra Maximus pronunciada por Octavia de Cádiz. Perdí la lupa, perdí el sendero. Después vino la neblina. Y después llegué a Solre. Y mientras el príncipe terminaba de toser, cargué varias veces el botellón hasta mi vaso de whisky.

—Soy como me dejaron —anuncié, no bien terminó la guerra.

Y después traté de contarles que en todas partes se cuecen habas.

—Miren —les dije—, en Lima, en mi medio social totalmente podrido con monjas norteamericanas desde kindergarten, el norte de África, que ya es una mierda, limita por el horrible país de Mauritana con el África de Tarzán.

—Martín sí que sabe de geografía —me interrumpió el principito.

—Mira, Emanuel —le aclaré—: no se trata precisamente de geografía. Se trata de que me he pasado media infancia y adolescencia dando plata para las misiones del África en el colegio más caro del imperialismo yanqui. En fin, algo así. O sea que no soy un árabe de mierda ni un negro que barre el Metro de París. Y además, cuando quise serlo, por amor a mi ex esposa, a los árabes y a los negros, no me dejaron serlo, porque no podía serlo, o algo así. Octavia sabe todo lo que me ha pasado en la vida, Emanuel.

Casi agrego: y también lo que me está pasando, pero consideré que era prematuro, porque siempre he detestado la lucidez, por pesimista.

—Maximus, mi amor —intervino Octavia, con ese poder detrás del cual se ocultaba, sin duda alguna, toda su familia.

—Maximus qué, mi amor.

—¿Qué vas a hacer conmigo, Maximus?

—Octavia, un hombre es lo que siente, y en este instante me gustaría quedarme el resto de mi vida contigo en Solre.

Pero siempre hay un instante terrible, antes del resto de la vida, y en ese instante una mujer no entiende todo lo que ha querido decir un hombre. Y después hay otro instante terrible, antes del resto de la vida, en que un hombre tampoco entiende todo lo que ha querido decir una mujer. Y nadie se da cuenta de nada. O sea que los cuatro alzamos nuestra copa de champán por lo que yo iba a hacer con Octavia con otro whisky en la mano.

—Entrar por la puerta principal de su casa —anuncié.

—Imposible, Martín —dijo Octavia, llorando, porque ustedes no saben lo rápido que pasa el tiempo—. Te ruego que me creas que es totalmente imposible.

—¿Tú crees que es realmente imposible? —le pregunté a Leopoldo.

—Sírvele más whisky a Martín —le respondió Leopoldo al principito.

Creo que nunca me han explicado tan claramente las cosas, pero eso, por supuesto, recién se lo puedo explicar yo a ustedes ahora. ¿Y qué les podría explicar Octavia? Podría contarles mucho, es cierto, pero en lo que a mí se refiere no podría explicarles nada. ¿O es que aquél fue para mí el instante terrible antes del resto de la vida? La claridad no es sublime, ¿saben?

—Martín, para mi familia tú no eres más que un escritor latinoamericano...

El cretino del principito brindó por el premio Nobel.

—¡A la cama! —gritó Leopoldo.

Casi me incorporo para regresar al hotel azul madera de Bruselas, a la cama.

—...Un profesor universitario —continuó Octavia.

—Un lector, Octavia. No quiero mentir porque eso se cuenta en francos.

—Esos francos no cuentan nada...

—La espantosa modernidad del dinero —intervino Leopoldo, pero esta frase sólo se la entendí más tarde.

—...Un hombre que puede hacerme mucho daño...

—¿Cómo, mi amor?

—...Volviéndome loca, dice mi papá.

—¿Y qué dice tu hermana?

—No dice nada. No quiere decir nada.

—¿Y qué dice tu madre?

—Un hombre mayor y casado...

—¿Y el divorcio?

—...Un hombre mayor y casado y divorciado y escritor...

—¿Y la Academia francesa?

—Latinoamericano y revolucionario seguro y mayor y casado y divorciado y lector y... y...

—La espantosa modernidad del dinero —trató de concluir Leopoldo.

—¿Y Tarzán? —seguí yo.

—Tarzán soy yo, Martín.

—Ah no, mi amor. Tarzán soy yo. ¿En qué quedamos, por fin? Ya no tomo anafranil, ya hago el amor, ya bebo whisky, ya no tardo en triunfar sobre el mal en la selva. Y todo por ti, mi amor, y gracias a ti, por supuesto, mi amor.

—Te adoro, Martín.

—A un hombre que se adora se le cree en la selva, ¿o no, Leopoldo?

—Lo que Octavia quiere decir ya me lo dijo, Martín. Y ahora, por favor, llévatela a la selva, perdón, a California, antes de que sea demasiado tarde. Eso es lo que ella quiere, eso es lo que ella ha planeado. Y yo los voy a ayudar.

—Maximus —me dijo Octavia, pero la verdad es que no sé muy bien qué es lo que dijo después, porque siempre que me decía Maximus se me olvidaba todo lo demás. Y me entraban esas horribles fuerzas de ser exacto a Tarzán.

—Estoy enamorado, Leopoldo —concluí.

—Siempre he sido lógico conmigo mismo —comentó Leopoldo, acercándose el botellón de whisky y mirando al pasado, que era él y que era yo mirándolo a él, ahora que lo pienso bien.

—Pues yo también —dije, mirando la puerta principal de la casa de Octavia con un orgullo que sin duda alguna me viene de mis antepasados, porque definitivamente no me viene de mí.

—California —dijo Leopoldo.

—California —imploró Octavia.

—Whisky —pedí yo.

Y vi, porque uno es bajamente materialista, además de orgulloso, vi todos los trajes que Octavia me había mostrado en el hotelucho azulejo, de azul latinoamericano, en Bruselas, esta vez, antes de que yo escogiera el naranja sabe Dios dónde y cuándo porque ella se lo puso sin consultarme pero era ése.

O sea que me puse sentimental, además de materialista y orgulloso, y proclamé azul príncipe que en este mundo de mierda no tenía un centavo para seguirle comprando los mismos trajes a Octavia. Y mucho menos en California que debe ser carísimo, agregué. Era tan sólo una metáfora, claro, porque en realidad no tenía ni siquiera para los billetes a California en charter. Y así lo hice saber, también, al cabo de unos minutos, para que no todo quedara en ropa de Octavia y porque existía además el problema de la alimentación francesa de Octavia. Por mí, para mí pan y cebollas, aclaré, por último, al cabo de nuevas reflexiones, pero en este caso se trata del Danubio Azul.

—Entiende, Martín —empezó a explicarme nuevamente Leopoldo—: se trata tan sólo de los billetes de ida y de la nobleza francesa. Una vez que estén ustedes allá, la familia se encargará del hecho consumado y de los billetes de regreso. No les quedará más remedio que aceptar lo de la ida.

Era una oferta tentadora, es la verdad, pero por ahí detrás seguía existiendo el problema de mis antepasados, que es un problema de regreso, más bien. Y además, demonios, estábamos en Solre. Eso se notó inmediatamente porque Leopoldo empezó a meter primero unas manos, después las otras, en toditos los bolsillos de todititos sus sacos, hasta la Edad Media, y por fin, entre pañuelos, plumas fuentes antiquísimas, tarjetas de visita añejas, y alguno que otro cachivache, logró sacar un cheque en blanco.

—Es el último que me queda —le dijo al botellón, debido al orgullo de mis antepasados. Leopoldo no quería herir a nadie, ¿saben?

A mí me hirió para siempre, pero de otra cosa, y Octavia se le fue encima porque él acababa de herirse de muerte. Y todo eso lo comprendo ahora, Leopoldo, porque dos enamorados siguen siendo lo más lindo que existe en el mundo.

No, mierda, del mundo no. De Solre, basta con Solre. Y que me entierren en Jalisco, si algún día llego a escribir algo hermoso sobre Solre, con la puerta de la casa de Octavia cerrada de par en par, o sea al revés de todas las puertas que se abren de par en par a los hombres que han sido lógicos consigo mismo. Quiero decir que, en el fondo, mi orgullo lo heredé de Leopoldo. De par en par.

Y por eso fue tan hermoso, tan canallamente hermoso y hasta divertido, a ratos, aquel paseo que hicimos por las viejas hectáreas alquiladas de Solre. Solre no era un castillo. Era solamente un molino, aunque yo no vi el molino por ninguna parte. Vi sólo la casona de piedra y tiempo, en cuyo desvencijado salón (no, ya no quiero llamarlo desvencijado), todo se había decidido, por la espantosa modernidad del dinero. La casona tenía un primer piso de piedra, algo de un segundo piso de piedra, y piedras de algún tercer piso, quién sabe, tumbadas arriba.

Adentro, habíamos dormido a Octavia, porque así es en los cuentos de hadas, y ahora nos paseábamos Leopoldo y yo con dos vasos de whisky por esta novela. Llegamos al arroyo cristalino, y mientras le añadíamos un poquito de agua a nuestros whiskies en la mano, oí por primera vez en mi vida la voz de un príncipe en hectáreas alquiladas.

—No olvides nunca que te ha llamado Maximus.

—¿Y por qué le llamas tú Petronila?

—Por su abolengo medieval, Martín. En fin, es una broma de cuando era una niña. Me alegra mucho que la recuerde, sin embargo. Yo nunca tuve una hija llamada Petronila por culpa de la guerra.

Seguíamos avanzando por sus hectáreas alquiladas. Todo era verde. Y todo seguía siendo verde cuando volvió a hablar.

—Nobleza vieja del sur de Francia...

—¿Te refieres a la familia de Octavia?

—Sí. Desgraciadamente, te rechazará. Te rechazará brutalmente. Jamás te aceptará. No los veo hace mil años pero los conozco y sé cómo son, desgraciadamente.

—Pero, ¿acaso tú no me has aceptado tal cual soy? —dije, en uno de esos instantes que tiene uno.

—Hay dos clases de hombres, mi querido Martín: los sentimentales y los hombres de negocios. Tú y yo podemos contarnos entre los primeros, pero el dinero en manos de la familia de Octavia tiene algo que no sabría bien cómo explicarte. Una espantosa modernidad, es lo único que se me ocurre decir. Y probablemente ya está decidido que debe casarse con un hombre realmente poderoso. Y, por supuesto, de nobleza anterior a Versailles. La verdad, todo esto sólo me importa por ti.

Nobleza anterior a Versailles, me repetí, para mis adentros, tratando de ser histórico, pero no di con el año de Versailles, y como siempre se me vino a la mente 1821, que fue el año de la independencia del

Perú. O sea que seguí caminando en silencio por Solre porque era una bestia.

—Realmente quisiera ayudarte —me dijo Leopoldo, al cabo de un rato.

—Lo sé, lo sé, Leopoldo. Y créeme que también yo quiero ayudarme y vivir algún día en paz con Octavia. Pero fugarme ahora con ella sería incluso un delito.

(Claro: ahora pienso que no fugarme con ella, entonces, es el único delito que he cometido en mi vida).

—¿Por qué, Martín?

—Porque es menor de edad.

—No lo recordaba. Octavia me ha ocultado eso. No lo ha mencionado en ningún momento. Pero no se lo critico, y ahora que lo sé, la encuentro mucho más divertida.

—Yo no quiero que ella rompa con nadie, por mí. No quiero que tenga problemas con sus padres ni con su familia ni con nadie. La quiero como es, y con todo lo que tiene detrás. Y quiero que siga siempre tan divertida.

—¿Cómo piensas arreglártelas?

—Siendo quien soy. Siendo quien soy y nada más. Que su familia me conozca, me dé una oportunidad. Que se entere algún día que me negué a fugarme con su hija porque no encontré en mí nada que me obligara a hacerlos pasar un mal rato. Creo que esto jugará a mi favor.

—Nada jugará a tu favor, Martín. Eso te lo aseguro.

—Pues entonces me convertiré en nobleza incaica —le dije, recordando una increíble historia que me habían contado en París—. Me convertiré en Inca, Leopoldo. Ya se ha dado un caso, ¿sabes? Y todo por culpa de familias como la de Octavia.

Y empecé a contarle la increíble historia de un pintor peruano que se enamoró de una nieta del marqués de Sade, o algo así. La oposición de la familia fue realmente sádica, según me contaron. Hasta que un día, un diplomático peruano bastante liberal le sugirió al pintor que se hiciera Inca.

—¿Que se *hiciera* Inca? —me interrumpió Leopoldo, encantado con el asunto.

—Inquísima —le aseguré—. El diplomático le extendió un documento, oleado y sacramentado por nuestra embajada en París, según el cual el pintor descendía en línea recta de Atahualpa, el último Inca del Perú.

—*Beautiful* —dijo Leopoldo, recordando en su mirada los viejos tiempos de Oxford.

—No creas que fue tan lindo —le dije.

—¿Por qué?

—Pues por la maldita modernidad del dinero, me imagino. Diría que los Sade son parientes de la familia de Octavia.

—No, no lo son.

—Lo digo por el dinero. Al pobre pintor peruano lo aceptaron por ser Inca, pero luego le aplicaron un contrato matrimonial que para qué te cuento, un contrato de raza vencida, verdaderamente. No tenía derecho a participar en la herencia del castillo familiar, ni en los demás bienes de la familia. Pero en cambio la familia sí tenía derecho a participar en sus cuadros, hereditariamente. Y además, el castillo sólo lo podía habitar en enero, el pobre pintor peruano, porque en enero nadie de la familia iba por ser el mes más frío.

—Y porque el castillo no tenía calefacción —me participó Leopoldo.

Y empezaba a soltar la carcajada ante el castillo del pobre Inca, cuando divisó la laguna del pobre Leopoldo.

—¡Mierda! —exclamó—. ¡Ven! ¡Ven y mira esto!

O sea que fui a mirar esto:

Alrededor de la gran laguna, y prácticamente escondidos entre los árboles que la rodeaban, unos quince hombres empezaban una cacería de patos. Eso era, en todo caso, lo que yo podía ver. Pero Leopoldo volvió a exclamar ¡mierda!, porque él podía ver mucho más que yo.

—¡Cobardes !¡Cobardes de mierda! Colocan patos de plástico o cualquier cosa que pueda atraer a los pobres patos despistados. ¡Terminarán cazando patos de plástico!

—Patos de plástico —me atreví a comentar.

—Todo lo que flota sobre el agua es de plástico, Martín.

—Sí —le dije.

—Agua de plástico, Martín.

—Agua de plástico, sí, Leopoldo.

—Y cuando llegue algún pobre plástico despistado...

—Entonces dispararán, Leopoldo.

—No disparan, Martín, son unos maricones...

—No disparan, Leopoldo, son unos maricones...

—Sí disparan, Martín, pero como unos maricones...

—Que disparen, entonces, Leopoldo, si son tan maricones como para disparar...

Dispararon, y Leopoldo pronunció una frase que nunca he podido olvidar:

—Así cazan los burgueses, amigo querido.

Y después de repetir que así cazaban los burgueses, amigo querido, para que nunca se me olvidara, exclamó:

—¡Pensar que mi padre se arruinó en una sola partida de caza! ¡Vámonos de aquí, mierda!

O sea que empezamos a irnos.

—¡Terminaré vendiéndolo todo, Romaña! ¡Terminaré vendiéndolo todo!

Y seguíamos yéndonos cuando se me ocurrió preguntarle, porque soy un bestia:

—¿Pero por qué se mete toda esa gente en Solre?

—No se mete, Martín, no se mete. Es que está todo alquilado. Todo, menos la casa y un par de hectáreas que la rodean. Es el precio que se paga por haber sido lógico consigo mismo. Pero, en fin, ésa es otra historia.

Y le dio el ataque de tos. Uno fuertísimo, esta vez, por toser con tanta cólera. No lograba ni siquiera sacar sus pañuelos, por culpa de los burgueses. Traté de que se apoyara en mí, pero él prefirió un árbol, sin duda alguna por motivos genealógicos, y empezó a ponerse viejísimo otra vez, en pleno atardecer, porque estas cosas siempre suceden en pleno atardecer, aunque mi única referencia cultural es *El Gatopardo* de Tomasi de Lampedusa, cuyo árbol genealógico no conozco. En cambio sí conozco el de Leopoldo, pues muy a menudo se refirió a su ramificación, entre espasmo y espasmo, y resulta que lo habían plantado el año 76 d.C.

La resistencia que tienen estas familias, me dije, al ver que volvía con renovados bríos de muchísimo antes d.C. que la independencia del Perú. Tardó horas, es verdad, pero volvió con un proyecto que él consideraba genial. Ya todo estaba decidido, además. No bien regresara a Bruselas, organizaría una gran recepción e invitaría a los más ricos comerciantes de Amberes. Eso mismo. A los que contaran con la más espantosa modernidad del dinero de todo Bélgica. Luego, invitaría a todos los pintores y escultores latinoamericanos que acababa de conocer, les pediría que tuvieran la extrema amabilidad de instalar sus obras en su casa, y los otros caerían como patos sobre cuadros y esculturas, sólo porque él, Su Alteza Serenísima Leopoldo de Croy Solre, los había colocado en su casa.

No mencioné la palabra plástico porque no suelo meter la pata cuando lloro.

—Y nos permitiremos una pequeña broma, mi querido Martín —agregó, porque había regresado realmente rejuvenecido de su árbol d.C.—. Nos permitiremos una pequeñísima broma: guardaré todos mis muebles y alquilaré otros que no sean más que burdas copias. Ya verás lo felices que se sientan en mis sillas, ya verás cómo alaban cada estupidez.

Se mataba de risa, Leopoldo. Y caminaba con paso firme y seguro mientras continuaba mostrándome la maravillosa campiña verde que rodeaba su molino. Volvía a ser el señor de Solre. Y parecía no haber alquilado nada en su vida. Y se reía y me decía Martín, no sabes cuánto gusto me ha dado tenerte aquí y que seas como eres aunque te rompan el alma después. E incluso en un momento dijo que ya no iba a alquilar más Solre, que jamás volvería a alquilar esa propiedad que había pasado a manos de su familia en el siglo XIV, gracias a una alianza matrimonial.

—¿Una agencia matrimonial? —lo interrumpí yo, por esa cosa de periodista frustrado que tienen todos los escritores. Quería saber todo sobre el origen de las agencias matrimoniales y de los escritores.

—Una *alianza* matrimonial, Martín —me corrigió Leopoldo, y no tuve más remedio que disculparme, explicándole que me había distraído un rato, cosa que además era cierta porque me había puesto a pensar muy seriamente que me iban a romper el alma después.

Emanuel nos esperaba en la puerta del molino, para anunciarnos la visita del señor obrero, que yo creí ser un señor que se apellidaba Obrero, pero que resultó ser un amigo húngaro de Leopoldo y obrero. Me fue presentado como señor, obrero, y húngaro, y a juzgar por su cara parecía haber perdido por KO todas las peleas en que participó dentro de la categoría de los pesos pluma. Pero tras un breve sondeo, resultó que jamás había sido boxeador, sólo obrero y nada más que obrero, o sea que debía haber participado en numerosos accidentes en calidad de obrero.

—Sírvase un whisky, señor obrero —le dijo Leopoldo.

—Primero usted y sus invitados, señor príncipe —le dijo el obrero, que, a pesar de sus años obreros, que parecían ser mil, fue el único que logró alzar el botellón con una sola mano de obra. Nos sirvió a todos, y le pidió permiso al señor príncipe para servirse una copa en Solre.

—Sírvase, señor obrero —le dijo Leopoldo, cerrando así el protocolo de la primera rueda.

Íbamos por la tercera rueda y ya Leopoldo y el señor obrero se habían remontado, como parecían hacerlo todos los domingos, a juzgar por los bostezos del principito, al origen de su vieja y dominical amistad. Se habían conocido en una prisión repleta de prisioneros, por culpa de la guerra, y luego, al terminar la guerra, Leopoldo lo había ayudado a llegar con documentos de identidad a Bélgica. Desde entonces el señor obrero había venido reparando todo lo que se venía abajo en Solre por culpa de la guerra y la tos.

—La semana próxima empiezo con la escalera —me estaba contando, en el momento en que Octavia apareció en el salón. Nos pusimos todos de pie, y Leopoldo le presentó al señor obrero de su misma generación y guerra. Luego, le hizo un gesto negativo con la cabeza, y Octavia se me acercó, me dio un beso (me habría encantado que tosiera), y se sentó a mi lado. Leopoldo le explicó al señor obrero que Octavia y yo éramos novios y que estábamos terminando una breve visita a Solre.

—El próximo tren parte dentro de dos horas —dijo Emanuel—, yo los llevaré a la estación.

—Los voy a llevar yo, Emanuel —le dijo Leopoldo—. Tú te quedas para hacerle compañía al señor obrero.

—Si molesto me marcho, señor príncipe.

—No, señor obrero. Por el contrario, su compañía me será particularmente grata esta noche.

—¿No nos podríamos quedar hasta mañana? —intervine.

—Martín —me dijo Octavia—, en mi casa me esperaban ayer. Trata de comprender, por favor. En Solre no hemos debido estar más que unas horas. O estoy en mi casa o estamos en California. Entiende, por favor, Martín.

—¿Los señores tienen pensado viajar a California? —preguntó el señor obrero.

Nadie respondió a esa pregunta y Leopoldo propuso otra rueda.

Tres ruedas más, bastante silenciosas, y había llegado el momento de ir a la estación. Nos despedimos de Emanuel y el señor obrero, y una vez más me tocó partir de un lugar en el que habría deseado vivir el resto de mi vida. Recuerdo mi última mirada. Ese húngaro, que debía ser la única persona con la cual Leopoldo realmente conversaba. Emanuel, ayudándonos con el equipaje, despidiéndose de su prima Octavia. Una enorme botella muy vacía. Un príncipe muy triste. Una terrible sensación de vacío. Y Octavia aferrada a mí para decirme en voz muy baja que comprendía y que me agradecía tanto tanto todo lo que yo era capaz de hacer por ella. Porque todo lo has hecho pensando en mí, Martín.

Leopoldo nos acompañó hasta que anunciaron la partida del tren. Su última pregunta ya no venía al caso. Pero la hizo de todos modos. Yo sé por qué la hizo.

—¿Y ahora qué vas a hacer, Martín?

—Entrar por la puerta principal de su casa.

Me dio el abrazo de despedida más fuerte que me han dado en mi vida. Uno de esos abrazos que, no puedo negarlo, me haría hablar así, algún día, de Octavia de Cádiz...

EL HOMBRE QUE HABLABA DE OCTAVIA DE CÁDIZ

Llegamos a la misma estación de la que habíamos salido, pero ya no era la misma estación porque ya no era de madera. Octavia trató de convencerme de que todo se debía a que partimos de día y estábamos regresando de noche pero luego enmudeció porque en efecto era de noche y además ya no era la misma estación. La acompañé hasta su casa en un taxi y en otro y en otro hasta que fueron todos los taxis del mundo porque ya no era la misma estación. Y al llegar me dijo que no me bajara del auto porque ella ya no era la que estaba en el auto. O sea que cargó sola su maleta y la vi atravesar un jardín, desaparecer un momento entre los árboles, ser otra persona, abrir una reja y avanzar hasta una puerta blanca que no era la de Solre. Entró sin voltear para hacerme adiós pero sí me hizo adiós, señores.

—Al Barrio latino —le dije al taxista.

Y mientras atravesaba París aquella noche, para llegar a la otra margen del Sena, empecé a sentir la misma total seguridad que había sentido horas antes, cuando me negué a fugarme con Octavia de Cádiz. Sí, señores, nada menos que con Octavia Zalacaín Marie Amélie de Cádiz. Porque yo era el colonnello Maximus Richard Martín Cantwell Romaña. Un hombre que había necesitado de todos esos nombres para adaptarse a una nueva ternura, para reconciliarse plenamente con un nuevo amor. Nada podía detenerme ya. Me casaría con Octavia. Viviría una vida entera con Octavia de Cádiz. Recordaría todo lo visto y vivido en Bruselas y en Solre. Me enfrentaría al futuro con alegría, ternura, y buen humor. Me reiría con Octavia de Cádiz hablando de Mark Twain. Él había escrito *Un yanqui en la corte del rey Arturo*. Pues yo escribiría *Un peruano en la corte del rey Leopoldo*. Que es Solre, señores.

Pero lo que ignorábamos Octavia de Cádiz y yo, aquella noche, es que Mark Twain también había escrito *Recuerdos de Juana de Arco*, un libro en el cual presentaba a la doncella de Orleáns como la víctima de un sistema social y moral tan podrido como el propio infierno. Y cuando leí ese libro, que Octavia nunca leyó, comprendí que ya había vivido aquel instante terrible del que les hablé hace un rato. Aquel instante terrible en que una mujer no entiende todo lo que ha querido decir un hombre. Y que viene seguido de aquel otro terrible instante en que un hombre tampoco entiende todo lo que ha querido decir una mujer. Después viene el resto de la vida, señores...

III. EL RESTO DE LA VIDA

Al primer paso en falso, París empieza a observar.
YVES NAVARRE, *Jardín de aclimatación.*

Porque no tengo carrera
Tu padre a mí no me quiere
En mi casa tengo un galgo
Manda por él cuando quieras
Que yo pa' correr no valgo.
Copla flamenca.

BREVE POEMA EN HONOR AL CUADERNO ROJO Y EL SILLÓN VOLTAIRE

Imprima, no deprima,
con un bolígrafo del diablo
un gran frasco de bencina
y la mirada del príncipe
para siempre encima.

Éste es el único poema que he logrado escribir en mi vida. Lo firmaré con el nombre de Maximus, porque así me llamaba muy a menudo Octavia de Cádiz, en un alegre pero, a la larga, tristísimo y desesperado esfuerzo por evitar la palabra Minimus, que fue la que en realidad me correspondió para el resto de la vida, por culpa de sus padres y los excesos que cometieron por culpa de su excesivo sentido del abolengo medieval, que yo no tenía por culpa de América latina, aunque todos descendamos del mono y nos portemos a veces como unos animales por culpa de Darwin. Me excedo, lo sé, en el uso y abuso de la palabra culpa, pero es que hasta el excelso exceso, modestia aparte, traté siempre de compartir algo con aquella familia, compartir cualquier cosa para compartir algo siquiera. Jamás logré hablar con los padres de Octavia, por supuesto, pero en cambio ella sí que les rogó, les imploró: algo, papá, un alguito, mamá, por más minimus que sea.

MAXIMUS

Perdí a Octavia exactamente por las mismas razones por las que perdí a Inés, sólo que al revés. Y créanme que éstas son las cosas que lo dejan a uno sin saber muy bien dónde ni cómo está parado, motivo por el cual ahora me paso la vida bien sentado en mi sillón Voltaire, y pensando a menudo que si uno se muere de algo, en el caso que sea de amor, uno en realidad se muere de la más terrible injusticia con o sin abolengo medieval. Porque, definitivamente, no es nada, pero lo que se llama nada, dar la vida por alguien. Pero, en cambio, perder la vida sí que lo es todo. Ya ven, en el fondo termina uno muriéndose de una terrible injusticia. Y la que a mí me tocó en suerte tuvo la maravillosa idea de aparecer en mi departamento, al día siguiente de nuestro regreso de Solre, pero no a las cuatro de la tarde sino a las dos, o sea dos maravillosas horas antes.

—¡Octavia! ¡Qué idea tan maravillosa! —exclamé, tomándola, sano ya para siempre, para siempre entre mis brazos, porque también hay gente que se muere de una idea maravillosa.

—¡Maximus! ¡Maximus! ¡Maximus! —exclamaba ella.

Pobrecita (Sillón Voltaire, diez años más tarde).

—¿Entonces aceptan hablar conmigo?

—¡Maximus! ¡Maximus! ¡Maximus! —exclamaba la pobrecita.

—¿Nos podremos casar, entonces?

—¡Maximus! ¡Maximus! ¡Maximus! —exclamaba la pobrecita.

—¡Cuéntame! ¡Cuéntame todo, por favor, Octavia!

No voy a seguir con las exclamaciones de Octavia porque realmente me parten el alma, diez años después. Me limitaré, pues, a contarles que Octavia exclamaba siempre Maximus cuando yo le hacía alguna pregunta que se refería a nuestro inexistente futuro como pareja normal. Y les adelantaré, también, que si algo llegamos a ser, alguna vez en la vida, fue la pareja más abstracta del mundo. También sobre esto le pregunté a menudo muchas cosas muy concretas, pero ella se limitó a exclamar Maximus, cada vez más abstraída y abstractamente. Por eso terminé hablando yo tanto: lo concreto, queridos amigos, nada puede contra lo abstracto. Pero en fin, ahora que escribo voy a tratar de ser muy concreto para que el asunto les resulte a ustedes menos abstracto.

Y así resulta que la muy abstracta de Octavia se dirigió de mis brazos a la ventana, cerró la cortina para preparar el amor, y se tendió sobre el estrecho diván del amor, mejor todavía que en el hotelucho de Bruselas.

—Octavia —le dije, sin saber que algún día iba a tener que escribir estas cosas—, Octavia, seamos concretos. Al otro lado (el otro lado era el dormitorio abandonado), hay una cama enorme... Con hondonada, lo sé, pero en fin, lo suficientemente amplia para que quepamos los dos sin caernos, mi amor...

Terminé, por supuesto, trayendo el frasco de bencina de mi único poema, y quita y quita manchas del diván, por culpa de la hondonada ineseana, mientras Octavia me manchaba íntegro el sillón Voltaire al cual se había trasladado con orgullo al ver que yo iba de un lado a otro con un trapito empapado en futuros recuerdos. Después le vino el ataque de hipo, que felizmente no se limpiaba, y por fin logré cargarla en peso y en dirección a nuestro diván para toda la vida, mi amor, perdóname por favor, lo cual me permitió limpiar el Voltaire por culpa de Madame Forestier, propietaria del departamento.

Quedamos agotados, pero la cortina seguía cerrada y comprendimos, cada uno a su manera, que ahora sí. Mi manera de comprender fue que no me había dado mi bofetada porque ya era mi novia, y la de ella, que ya era mi novia, que jamás me daría una bofetada, en la medida de lo posible, porque yo nunca jamás llegaría a ser su esposo. Y mientras tanto, el diván, el mejor amigo que tuvo nuestro amor, crecía y crecía. Creció hasta convertirse en el océano Pacífico, aquella tarde.

—Maximus... Octavia... Colonnello... Zalacaín... Martín... Marie Amélie... Hemingway... Baroja...

Inenarrable, y ya yo había muerto de amor cuando Octavia estertorizó con una alegría increíble que le había entrado un hambre espantosa, de comer, felizmente, a eso de las diez de la noche.

—Comerás —le dije, y luego, para que supiera que aun en ese estado lograría levantarme, vestirme, y llevarla fuertemente abrazada a un restorán, en fin, para que nunca perdiera la fe en mí, le cité, con voz de altoparlante, al poeta peruano José María Eguren:

—Un muerto es una pasión que perdura, mi amor.

Octavia me dijo que era el piropo más hermoso que había escuchado en su vida, pero en vez de reír o de besar al muerto perdurante, soltó, de entre sus ojos-lágrimas, unos tristísimos lagrimones, asegurándome, eso sí, que no iba a ensuciar nada porque yo estaba demasiado cansado para tener que limpiar además de todo. Le pregunté por qué lloraba, pero como siempre su respuesta fue exclamar Maximus tres veces. Ya cadáver, la abracé fuertísimo, y la pasión y la ternura y el amor y el goce de tocar sus piernas tan divertidas me habitaron plenamente mientras le iba repitiendo el piropo más hermoso que había escuchado en su vida y ella lloraba cada vez más, manchándome íntegro, ahora sí, sin que ninguno de los dos se diera cuenta de nada, aunque ahora que escribo me doy cuenta de que ya entonces ella sabía perfectamente bien cuál era mi destino y que las palabras de José María Eguren no sólo eran bellísimas, eran proféticas, además. Y Octavia, besándome como ella besaba, tendida sobre mi cuerpo que la recibía con una pasión que perdura, sensible, imaginativa, asociativa, inteligente, angustiada, torturada como era, no pudo no haber pensado en la palabra necrofilia.

Porque perduro, luego escribo. O escribo, luego perduro. No lo sé. No importa no saberlo. Nada tampoco habría ganado con preguntárselo entonces. ¡Maximus! ¡Maximus! ¡Maximus!, habría exclamado como siempre. O peor, todavía, peor como aquella vez en que llegó contándome que ayer había pasado un día maravilloso. ¿Qué hiciste, mi amor?, le pregunté, besándole la frente. No me acuerdo, Martín, me respondió, cada vez más abstracta. Entiéndanme, por favor, cuando digo que Octavia se fue volviendo cada vez más abstracta. Creo que incluso yo la ayudé a volverse así. Porque pronto, demasiado pronto, tal vez, me convencí de que no se pregunta nada en el amor. Quisiera culparla, a veces, quisiera culparla y odiarla y acusarla de todo, a veces, pero mil tardes y mil y una noches (en calidad, porque en cantidad casi me mata su familia mucho antes), fuimos aquel acto de amor en el que nos bendecíamos con los nombres más tiernos que conocimos: Maximus, Octavia, Colonnello, Zalacaín, Richard, Cádiz, Martín, Baroja, Hemingway... Y entre estos nombres, siempre, ella repetía la palabra California mientras yo continuaba a la deriva sobre las olas gigantes del Pacífico, que era el diván más grande del mundo.

O sea que lo más probable es que a fuerza de bendiciones, ella haya vivido toda esta historia conmigo en California. Como si se hubiera fugado con otro Martín Romaña, aquél de los muchos nombres, porque yo me negué a fugarla conmigo a California con nuestros únicos nombres. Sí, definitivamente fue algo así. Lo malo, claro, es que el fugitivo terminé siendo yo, con el tiempo. Todo el mundo corría detrás de mí para golpearme. Y yo corría pésimo detrás de Octavia para estrellarme a cada rato con la mirada del príncipe.

La familia de Octavia, que era un búnker, vivía en un búnker, de discreta arquitectura francesa, femenina, moderna, y burguesa, cuya puerta principal era un búnker. Leopoldo habría odiado el asunto, pero Leopoldo ya me había mirado, hasta me había advertido. ¿Cómo explicarlo? Así, sí: todos hemos conocido a las horribles porteras parisinas. Pues bien, ahora hay que imaginárselas con abolengo medieval. Fríos y en voz baja, los padres de Octavia me odiaban en el búnker. Pobrecita Octavia. Se le acababan las fuerzas en salir de su mundo-búnker. Pero yo, que no estaba deprimido sino combatiente, le había regalado una foto mía que Octavia ponía siempre delante de ella en su automóvil, para tratar de alcanzarla todo el tiempo. Y con sus piernas tan divertidas aceleraba, embragaba, se pasaba los semáforos rojos, tosía, hipaba, cruzaba los puentes del Sena con su chompita negra nerviosa, excitada, y conmigo-el-de-la-foto, el inalcanzable, y llegaba al departamento de madame Forestier que a menudo tocaba el timbre tres veces, pero esta historia viene más tarde, y con las justas alcanzaba a cerrar las cortinas para tenderse sobre el océano Pacífico, con el cual limitan, al igual que California, el Perú, Chile, Ecuador, y qué sé yo. Un latinoamericano la esperaba vivo, la esperaba siempre, la había estado esperando siempre y era el mismo tipo que le decía a cada rato:

—¡Qué maravillosa idea, Octavia! ¿Has hablado con tus padres? ¿Nos podremos casar, Octavia de Cádiz?

—¡Maximus! ¡Maximus! ¡Maximus! —exclamaba la pobrecita.

Surgía, pues, la abstracción, que ahora comprendo, vista desde otro punto de vista, para que ustedes comprendan también. Y un paso al más allá, en mucho menos de lo que canta un gallo, Octavia en California y yo hecho una pasión que iba a perdurar.

Cronología, por favor, Martín, que se te está escapando el hilo.

EN BUSCA DEL HILO PERDIDO

—¿Siempre tienes hambre de comer felizmente, mi amor? —le pregunté, al cabo de un rato, aquella primera vez después de Bruselas, porque también el muerto empezaba a morirse de hambre.

—¿Tienes plata para invitarme, Martín?

—Esta mañana vendí Solre por ti, prima.

—¡Maximus! ¡Maximus! ¡Maximus!

Solre, prima, era mi sueldo de lector de Nanterre. Y como durante varios meses me lo gasté íntegro en llevarte a comer, creí que tus padres habían cedido...

¡Imbécil! ¡Creer una cosa así! ¡Infimus infinitesimal! ¡Perdurante cretinus! Y luego: ¡Pobre de mí! (un disco de Bola de Nieve en el tocadiscos. Sillón Voltaire, diez años más tarde. Perduración plena, en plena perduración, mientras Bola sigue: ¡Tengo las manos tan deshechas de apretar! Y mientras yo sigo con la mano derecha agotada de apretar. ¡Bolígrafo de mierda! ¡Cierra el paréntesis y cierra el cuaderno por hoy!)

MAÑANA CON EL CUADERNO CERRADO

Se cansa Bola de Nieve en el tocadiscos, descansa mi mano derecha, pero en cambio se aviva el seso tan despierto y contempla cómo, ya desde hoy, mañana será un día exacto al que murió hace diez años... Mañana, mi amor, yo creía que tus padres habían cedido... Octavia, mi flacuchento cronopio cumplidor de su deber, mi heroína preferida que Corneille nunca escribió... ¿Y las cartas que te escribía por haber creído, a partir de mañana, que tus padres habían cedido? ¿Las recuerdas? Yo tendré que recordarlas todo el tiempo, mañana. Recordar frases como: Aún está conmigo la comodidad aterciopelada de tus cejas incorruptibles... En realidad, esto te lo escribí para que olvidaras, de una vez por todas, lo mucho que me había afectado que te depilaras un trozo tan importante de nuestros días más felices. Te lo había dicho, te lo había advertido:

—Así se empieza, Octavia. Se empieza por las cejas y después... Lo que están tratando es de depilarte el alma, mi amor. Tratan de corromperte.

Y tú, como siempre, defendiste furiosa a tu esposo, cosa que yo nunca quise advertir por conveniencia propia y gran espíritu de parche, como te expliqué una vez. Recuerdo que me preguntaste:

—Maximus, ¿qué es gran espíritu de parche?

—Es evitar que se le infecten a uno las heridas, Octavia.

¡Dios mío, qué tan bofetadón! Y sin besito ni perdón (1). Y empecé a pensar, aunque nada te dije de eso, que además lo que te estaban haciendo era irte transformando poco a poco, para que yo, a mi vez, me fuera convirtiendo ante tus ojos ya transformados, por supuesto, en aquel corrupto y detestable individuo que te había ido dejando de querer poco a poco, a medida que los dos íbamos cambiando. Y me convencí de eso cuando te rompieron las dos piernas en pedacitos, en aquel «accidente» de esquí que tuviste en Suiza, según la versión oficial que quedó totalmente desmentida por el telegrama que me enviaste de Ginebra, no bien despertaste de la primera de tus cinco operaciones. Cinco en cada pierna. Acuérdate:

> MAXIMUSKI: NO PODRÉ VERTE EN SIGLOS. HASTA LAS REINAS SE ROMPEN LAS PIERNAS. STOP. ME LAS VAN A LLENAR DE CLAVOS. TE RUEGO ENCONTRARLAS SIEMPRE DIVERTIDÍSSIMAS. STOP. TODOS MIS BESOS. STOP. VOLADOS. STOP. OCTAVIA DE CÁDIZ. NON STOP. STOP.

Lo leí y me debatí. Nunca me he debatido tanto en mi vida. Me debatí extremadamente y esa tarde descubrí que en efecto todos los extremos son malos. Por un lado, deseé, como nunca he deseado nada en la vida, salvo volver a verte lo más pronto posible, hace diez años y mañana cuando vuelva a abrir mi cuaderno, deseé tener en casa un aparato de rayos X para verle el corazón al telegrama. De ese imposible extremo pasé al otro y quise ser grafólogo para que la letra del telegrama me dijera qué le habían hecho al carácter de tu alma con esta nueva transformación. Pero los telegramas, aunque entren con sangre, tienen todos letras de telegrama y carácter uniforme. Me debatí más, a cabezazos contra la pared, pero sólo logré que ladraran madame Devin y Dora, su perra. Bueno, entonces decidí ser un hombre razonable con un telegrama

(1) Desde que se casó, Octavia nunca volvió a besarme. Me daba besitos. Y cuando me daba besos, eran besos volados, al alejarse en sus despedidas. Eso sí, la ternura duró hasta el fin. Y también la tortura, claro.

en la mano, para lo cual volví a leer el telegrama. Recuerdo que lloré lo siguiente: Me ha llamado Maximuski porque debía andar aún bajo los efectos de la anestesia y en esos casos uno suelta cualquier cosa y seguro que ella ha soltado todita la seguidilla de Zalacaín y el colonnello en una sala azul suizo de operaciones en Bruselas y de regreso a su habitación en Ginebra todavía le queda ternura y anestesia y de ahí que Maximus se haya convertido en ese tiernísimo diminutivo Maximuski que resulta ser el primer diminutivo aumentativo de la historia de la gramática puesto que quiere decir todo lo contrario de Minimus. ¡Bravo, Octavia! Tienes alma de Tarzán, rey de la selva, y yo sin duda tengo alma de Chita, reina de estos gemidos de animal con que sigo analizando tu telegrama. La frase NO TE PODRÉ VER EN SIGLOS me hizo y me sigue haciendo demasiado mal o sea que pasémosla por alto. HASTA LAS REINAS SE ROMPEN LAS PIERNAS STOP estuvo a punto de lanzarme nuevamente contra la pared, de cabeza, pero siempre te he sido incondicional y la palabra STOP me hizo detenerme en el aire, aunque también, debo confesarte, no quise molestar más a madame Devin y a Dora, por miedo a que se molestaran más. ME LAS VAN A LLENAR DE CLAVOS, fue una frase clave, pues desde ese instante no me cupo la menor duda: empezaron por tu chompa, tu sombrero negro, tu bolso, tu pantalón negro, después por ponerte trajes anchos y ajenos, después por las cejas y el pelo, y ahora resulta que son las piernas. ¿Qué nos va a quedar de Octavia de Cádiz a Octavia y a mí?, me pregunté, mientras sacaba el bolígrafo y me disponía a escribir el siguiente juramento, porque a mí jamás me iba a cambiar nada ni nadie:

> JURO SOLEMNEMENTE ENCONTRAR SIEMPRE DIVERTIDÍSIMAS LAS PIERNAS DE OCTAVIA. HASTA CON MULETAS. NON STOP.

Sí, eso iba a hacer, con estilo de telegrama pero con letra de carta de amor para que Octavia sí pudiera examinar grafológicamente el estado de no transformación en que se hallaba mi perra vida en París, pero el bolígrafo de mierda se pegó tremenda atracada y, como desde que ella me lo regaló me había jurado no escribir jamás una sola línea con otro bolígrafo, en mi casa sólo había un par de lápices y no saben ustedes la desesperación que me entró al pensar que la pobrecita iba a recibir un juramento que fácilmente se podía borrar.

Volví al telegrama, desesperado, y descubrí para mi desesperación una falta de octografía, como le llamaba yo, con gran espíritu de parche, a las faltas de ortografía que cometía Octavia: DIVERTIDÍSSIMAS con doble ese. Se lo atribuí a la anestesia, para calmarme un poco, pero los superlativos en castellano, mi querida Octavia, se escriben con una sola ese. Tu esposo era italiano. Empezabas a olvidarte de mi idioma...

¿Podrás leer un libro mío, hoy, tú que tanto me empujaste a escribir?

—Y ahora, Gran Lalo —le dije, horas después, al último amigo que me seguía escuchando atentamente en París. Ahora, por favor, lee el final del telegrama y dime si esta parte no ha sido dictada por Octavia cuando ya se le habían pasado los últimos efectos de la anestesia. Mira: TODOS MIS BESOS. Luego, un STOP, y sólo entonces VOLADOS, para disimular. Lo mismo al final: OCTAVIA DE CÁDIZ NON STOP, seguido de un STOP, también para disimular. Este telegrama ha sido escrito en clave, Gran Lalo. Esa chica me sigue adorando y la están matando.

—Mira, Martín, lo del telegrama sólo te lo podrá explicar la misma Octavia.

Y te lo pregunté, Octavia, la primera vez que te vi con tus piernas tan remendadas y tan divertidas. ¡Maximus! ¡Maximus! ¡Maximus!, exclamaste, y yo nada te dije porque nada puede lo concreto contra lo abstracto. Y tal vez por eso esté recordando esta noche que mañana hará diez años que sentí una vez más la imperiosa necesidad de hablar de ti. Pero la mala suerte quiso que me encontrara con Bryce Echenique y todo un grupo de españoles y latinoamericanos en aquel café de Saint Germain des Près y les soltara a chorros, por enésima vez, los desastres de tu ausencia, los horrores a los que te estaban sometiendo, la macabra conspiración que la espantosa modernidad del dinero había puesto en marcha para terminar hasta con la abstracción de nuestro amor. Les conté, horas estuve explicándoles que en el fondo lo que deseaban era que te fueras transformando poco a poco en otra persona, sin que nadie se diera cuenta, y así hasta que llegara el día en que tocaras a mi puerta y yo ni cuenta me diera de que eras tú, mi amor.

—Típico caso de mujer objeto —explicó un español, y tuvieron que sujetarme entre diez—. ¡Repite eso y te mato! —gritaba yo mientras el tipo decía que bueno, que retiraba sus palabras. Es increíble, mi amor, uno sale a denunciar un verdadero crimen y mira con lo que te sale la gente. Y ni qué decirte de Bryce Echenique.

—Martín —me dijo—, con todo el respeto del mundo debo decirte que hay millones de mujeres que se depilan las cejas.

—¿Y el telegrama? Lee bien este telegrama. Es la primera de las cinco operaciones. Cinco en cada pierna. Terminarán por ser las piernas más tristes del mundo.

En fin, Octavia, ya te he contado cómo acabó el asunto del telegrama. Eras tú quien debía aclarármelo todo. Pero cómo podías tú aclararme algo sin tu sombrero negro, con un brillante en la mano que a mí mismo me cegaba, con el pelo corto, con un traje de esos que yo nunca había visto, depilada y remendada. La soledad que sentí, mi amor. No, no había nada que hacer en aquel café. O sea que probé en otro y terminé saliendo como con diez años más de soledad. Nadie me creía, nadie me hacía caso, hasta me tomaban por loco cuando te daba la palabra, imitando tu voz brasileña (mierda, les explicaba, si hay voces argentinas, por qué no las va a haber brasileñas), para que tú misma, en vista de que siempre estabas ausente, les dijeras que en todo estabas de acuerdo conmigo y que todo era verdad, para lo cual hipaba y tosía, incluso, igualito a ti, sí, sí, exacto, y te juro que a veces lo hacía tan bien que me entraba una alegría frenética por lo presente que estabas y por las cosas tan concretas que lograbas decir aun estando ausente. Pero la gente, nada, la gente más maravillosa tampoco nada, y diez, veinte, treinta años más de soledad al salir del café.

Recuerdo que cada cien años de soledad cambiaba de café, después de ciudad, porque París sólo tiene veinte distritos, y después de país. Europa es toda cartesiana, mi amor, y a menudo en Praga tuve la sensación de estar entrando en un café de París. La gente se ha olvidado por completo de sus novelas de caballería, de su Edad Media, y de mí estoy requeteseguro que se olvidaban no bien abandonaba un lugar con la cuota de cien años, porque a todos, mi amor, les daba equitativamente cien años. Después, al diablo, cretinos, me voy a respirar aire puro, y ni se les ocurra que voy a venir a darles una segunda oportunidad sobre la tierra. Y digo la tierra, mi amor, porque la verdad es que ya me estaba quedando corto de países. Claro, siempre me faltó Italia, pero en Italia estabas tú y qué sacaba con caerte una tarde hablando de Octavia de Cádiz con Octavia de Cádiz al lado.

Podían dolerte las cosas tan concretas que decías cada vez que te daba la palabra, podía dolerte que yo tosiera, hipara y llorara mejor que tú, podía dolerte que te encontrara en la ciudad en que te habían depilado por primera vez, podía dolerte estar bajo los efectos de la anestesia y que yo te escuchara soltar la seguidilla de Zalacaín y el colonnello, pobrecita, mi amor: tú, diez operaciones y mil clavos en tus piernas; yo, diez países y mil cafés desde los cuales te escribía miles de cartas y te enviaba decenas de poemas y cuentos de escritores españoles y latinoamericanos para que siguieras leyendo en castellano y no me contestaras que mi última carta, la de Palencia, había sido divertidíssima con dos eses. Palencia...

Palencia: última etapa del hombre que hablaba de Octavia de Cádiz. El asunto se había ido volviendo peligroso. En Marruecos me habían pegado. En la India me botaron a patadas de un bar cuando declaré a gritos, en una sucia juerga, que era un intocable. Se lo creyeron, Octavia, imagínate el estado de verosimilitud en que andaría para que me lo creyeran. *Untouchable,* grité, en inglés, porque yo de hindú no sé ni una palabra. Y felizmente que me creyeron porque fue la única manera de librarme de un tipo que, cada vez que arrancabas a hablar tú, se arrancaba a meterme mano como Dios manda: no llores, no tosas, Octavia, me decía, imagínate el estado de travestisimilitú en que andaría, amor mío.

O sea que me fui a descansar a España, con meditación trascendental e hindú, porque había que ponerle freno a ese asunto tan extraño y peligroso. Juré no hablar con nadie y mis amigos me encontraron antipatiquísimo. Uno de ellos hasta se ofendió cuando le dije, tratando de responder muy seriamente a su pregunta ¿por qué andas tan ensimismado, Martín?, que andaba tan ensimismado porque estaba dos veces ensimismado, una por ti y otra por mí, Octavia. Dicho lo cual me ensimismé de tal manera que no me quedó más remedio que dejar Madrid para no ofender a mis amigos y luego evitar todas las ciudades españolas en que tenía amigos. Consulté el mapa, y en Palencia no conocía a nadie.

Mi llegada a esa ciudad coincidió con la existencia de un bar abierto aquella negra noche que empezó tan bien, terminó tan bien, y me hizo tanto pero tanto bien. Entré, me senté en la barra, y estaba empezando a ensimismarme cuando se me acercó una tristísima mujer de la vida alegre. Comprendió, mucho mejor que mi amigo de Madrid, cuando le dije ando doblemente ensimismado, señorita, por favor respete. Luego se acercó el barman, con el cual sólo quería intercambiar dos palabras.

—¿Qué desea beber, señor?

—Dos whiskies.

—Querrá decir un whisky doble, señor...

Lo miré hindú, trascendental, y sobre todo sumamente cansado. Era un buen barman y me trajo primero tu whisky con mucha agua, mi amor, como a ti te gustaba, después el mío, siempre en las rocas, ¿recuerdas? Luego, como de costumbre, cumplí con la obligación de escribirte una linda carta de amor abstracto. Palencia, Octavia, te debo haber contado, es inolvidable por su románico, qué iglesias, qué claustros... En fin, algo así, algo que siempre sacaba de las guías que compraba para poderte contar lo que en realidad era cada ciudad. Ahora que la verdad era otra. La verdad es que yo siempre buscaba el lugar más apropiado para hablar de Octavia de Cádiz. Esa noche, sin embargo, no quería hablar con nadie y empecé a beber en silencio contigo. Sólo contigo. Contigo y solo. Solo y contigo, Octavia.

Palencia y sus tristísimas mujeres de la vida alegre... Recién ahora me doy cuenta que digo tristísimas porque fui yo mismo quien las dejó tristísimas. Pero jamás sabré en qué momento alguna de ellas logró arrancarme de la barra y trasladarme a un saloncito que había al fondo del local. Son tan profesionales estas mujeres, mi amor, que sin darse uno la menor cuenta termina instalado en un saloncito de lo más apto para menesteres. Pedían champán y yo les invitaba champán y venían más mujeres y nuevamente se pedía más champán en mi nombre. Cerraron el local porque se hizo de día y volvieron a abrirlo cuando se hizo nuevamente de noche y ahí seguíamos cuando volvió a amanecer y eso que el champán era pésimo. A veces traían algo pésimo de comer pero yo no comía porque tenía que seguir hablando ahora que por fin alguien me escuchaba con verosimilitud.

Cerraron nuevamente el local y ahí seguíamos cuando lo volvieron a abrir. Ellas me habían puesto una sola condición, como buenas profesionales que son: que bebiera de una sola copa. Costaba trabajo, diablos si costaba trabajo, Octavia, pero ¿sabes?, esas mujeres trabajaban en lo que se ha dado en llamar el oficio más antiguo del mundo y yo trabajaba en lo que debe ser el segundo oficio más viejo del mundo: contar una historia y que te hagan caso. Por más triste que sea. Además, a menudo, todos terminábamos desternillándonos de risa y yo sentía que por ese camino había que seguir con la historia tan triste de cómo perdí a Inés para poder encontrarte por fin a ti y para que luego también tú, cambiando de besos a besitos, me convirtieras en lo que definitivamente será el título de esta novela: *El hombre que hablaba de Octavia de Cádiz.*

Claro, no todo es tan fácil, porque esas maravillosas mujeres de Palencia a lo mejor jamás habían leído un libro pero sabían escucharlo hasta el punto de que fueron ellas quienes me enseñaron para siempre que conmigo no había más que una copa, la mía, y que allá en Italia tú tenías tu copa, la tuya, y que juntos, maravilloso, y que separados, tristísimo, pero que revueltos, locura, Martín Romaña. Esas maravillosas mujeres me arrancaron el juramento, amor mío, el juramento de que volvería a casita a París y me sentaría a escribir, solo pero no revuelto sino resuelto, sobre Inés y sobre ti.

Y así ha sido hasta ahora, por lo menos, pero con matices sumamente enriquecedores. Modesto apártate, mi amor, porque quien escribe sobre ustedes escribe sobre mí y así resulta que sobre mí escribe sobre ustedes o, lo que sería tal vez lo mismo: escribo estando en mí mientras que antes hablaba estando fuera de mí o, lo que sería tal vez lo mismo: antes moría porque sólo hablaba y ahora no muero porque sí escribo. Razón de ser, por consiguiente, y por consiguente razón de ser de tanta teoría, también, amor mío, perdona, pero es la falta de práctica.

Y esas mujeres maravillosas, amor mío, me sugirieron un título que realmente les encantó por horrorosa unanimidad: *El cuento de hadas más feo del mundo.* Bueno, no les vas a pedir que además de todo tengan buen gusto. Pobrecitas. Me pagaron la cuenta y todo. Pobrecitas. Y si digo tanto pobrecitas es porque estas hijas de la gran pepa a cada rato me tocaban la cabeza y me decían pobrecito con el índice de la locura y pedían más champán para el pobrecito que llegó tan ensimismado y ya lleva tres noches hablando... Desternillamiento general de putas...

...JA JA JA JA JA JA...

Ha regresado a París el hombre que hablaba de Octavia de Cádiz, andaba diciendo por calles y plazas el pérfido Bryce Echenique, ignorando por completo que me había dado así el título para lo que algún día sería esta novela. Primero tenía que escribir otra, para calmarme un poco. Sí, primero escribiría *La vida exagerada de Martín Romaña.*

—¿Y dónde anda ahora Martín Romaña? —le preguntaban sus amigos a Bryce Echenique.

—Sentadito en su sillón Voltaire y dicen que escribiendo.

También él estaba escribiendo. Y publicó un nuevo libro el día mismo en que se casó Octavia de Cádiz. Se llamaba, pérfidamente, claro está, *La felicidad ja ja.*

MI FELICIDAD JA JA

Se acerca la madrugada, Octavia. Ya debo dormir un poco porque dentro de unas horas tengo que seguir con todo esto encima, aunque recién ande por el capítulo aquel en que yo creía que tus padres habían cedido ja ja... ¿Recuerdas las cartas que te escribía? Todo lo del maldito telegrama se me vino a la memoria y mis recuerdos se fueron haciendo mil caminos al andar. Unas horas de sueño en tu diván y volveré a la cronología. Esto no es más que una nota que escribo con lápiz en un papel aparte. De alguna forma me servirá después, se irá filtrando en otros capítulos. Esta frase, por ejemplo, de una de mis cartas: El reposo de tu frente donde iba a reposar la mano de mi sensibilidad alterada... Era cierto... Gran Jefe Patitas Rotas... Era cierto... Nunca se quedan solos los que salen del tiempo convencional de los hombres para entrar en el tiempo del amor incondicional... A veces era cierto; otras, las más, no, mi amor... ¡Cuándo un loco ha estado solo...! Falso: me lo enseñaron las putas de Palencia... *My little big woman...* Te iba a decir que no era cierto, pero sí, sí lo era... Octavia, mi amor, soy un insistente que tiene miedo de insistir, por temor a molestarte. Un tímido que te ama como un extrovertido. Un extrovertido condenado a amarte en silencio. El ladrón de nada al que le robaron todo... Éstas son las frases más ciertas que te escribí en mi vida, Octavia... ¿Estás ya en el tren a Milán? Amor, tren buen viaje... Te encantó esta frase. Recuerdo que me parecía escuchar tu risa en la carta en que me la comentabas. Y ahora creo que ha llegado el momento de decirte que no fue más que un vulgar plagio de un anuncio publicitario de la Red Nacional de Ferrocarriles Españoles. Y es que a veces no tenía nada que decirte, Octavia. Me obligabas a escribirte tanto... O fue a lo mejor eso que Proust llamaba las intermitencias del corazón... Te estoy viendo, Octavia... No me pongas esa cara, por favor. No olvides que necesito un poco de humor antes de volver a abrir el cuaderno rojo y seguir creyendo que tus padres habían cedido... La madrugada... Mañana ya es hoy... Tumbarme unas horas sobre tu diván y despertarme con una sonrisa tuya en estos labios que fueron míos...

HOY CON EL CUADERNO ABIERTO

—¡Maximus! ¡Maximus! ¡Maximus!

Solre, prima, era mi sueldo de lector en Nanterre. Y como durante varios meses me lo gasté íntegro en invitarte a comer, creí que tus padres habían cedido... ¡Pobre de mí...! Nuevamente el disco de Bola de Nieve en el tocadiscos. Nuevamente sentado en el sillón Voltaire, diez años después. ¿Perduración? Plena. Bueno, estaba calentando motores. Y todo parece indicar que el bolígrafo me va a dejar trabajar en paz esta mañana.

Y esa noche a las once, tras habernos lavado y vestido, entramos por primera vez al único restorán que frecuentamos Octavia y yo. Era el más barato de la rue Mouffetard y en el toldo, sobre la puerta, se llamaba Bar de las Islas Reunidas, pero todo el mundo lo llamó siempre La Sopa China porque la sopa china era el plato más barato de todos. Y el menos malo. De segundo, se pedía siempre el arroz cantonés. Lo servían también acompañado de dos brochettes de carne correcta o es que uno ahí llegaba siempre muerto de hambre. El vino no llevaba corcho sino una tapita de plástico y las paredes estaban íntegramente cubiertas de afiches de mil exposiciones y los afiches de mil exposiciones estaban íntegramente cubiertos por la grasa del tiempo. Se les pegaba hasta el humo de los cigarrillos, imagen que a Octavia le fascinaba. Pero se les pegaba, sobre todo, cada recuerdo, sin que esto quiera decir que los recuerdos se vuelvan asquerosos con el tiempo. El restorán, que siempre estaba repleto, pertenecía, hasta donde pude averiguar, a un matrimonio bastante mayor, que puedo describir como si se tratara de una sola persona, pues hombre y mujer tenían exactamente la misma mirada buena y tristona y el mismo aspecto general cansado y malhumorado y la misma forma de ser armenios sin parecerlo. Atendían sus dos hijos, y también es posible describirlos como si fueran uno, porque los dos eran altos, fortachones, sonrientes, guapos, pálidos, exactos, y sí parecían armenios.

El asunto chino lo justificaba, muy de vez en cuando, haciendo su derrotada y difícil aparición por la puerta del fondo, un chinito viejo, totalmente impermeable a Francia, a París, al Barrio latino, a la rue Mouffetard, al ambiente de La Sopa China, a los afiches de las mil exposiciones, y a la pasión de Octavia por la vida. Caminaba, eso es todo. Aunque claro, caminar, en su caso, ya era demasiado. Porque definitivamente, o tenía los pies más planos del mundo y parte de Bolivia, o asumía tras la braguetita de su minúsculo pantalón, siempre marrón, un buen par de inenarrables testículos de losa.

Octavia se desternillaba de risa al verlo y sólo su juventud y lo feliz que era y la manera en que nos adorábamos me impedía decirle que su risa era de derecha y que se callara, por favor. Y todo esto porque yo soy así y no porque Octavia fuera así. No bien algo me produce una tristeza infinita, me convierto en un hombre de izquierda. O en un enfermo de izquierda, en este caso, porque a quién se le ocurre en plena felicidad comparar al chinito impermeabilizado por la vida con la manera en que Octavia era la reina de La Sopa China, de los mil afiches, del Barrio latino y de París de Francia.

¿Que cómo fuimos a dar a ese antro? Pues buscando un restorancito barato, divertido, y cerca a mi departamento. Y porque a Octavia le encantó lo de Bar de las Islas Reunidas. Debió imaginarse plantas y platos exóticos y todo a muy buen precio de lector de Nanterre. Se lanzó sobre la puerta y se dio, con algunos años de atraso, con medio mayo del 68 adentro. Yo la tenía sujeta del brazo y no me cupo la menor duda: hasta el brazo, bajo su chompa negra, se le había fascinado. Soltó sus tres Maximus, porque yo le había contado mil historias del 68 y porque en su casa nunca nadie se había dignado contarle que algo importante estaba ocurriendo en París mientras ella se aburría disciplinada y muy traviesa en un internado de Berna.

Lo de ella fue amor a primera vista y se emborrachó por primera vez en su vida, y por primera vez en su vida, también, bebió vino con tapita de plástico. Es más, no sabía que existía semejante barbaridad proletaria y le dio una pena horrorosa por mí, mientras yo me estaba muriendo de pena del mayo del 68 del 73, y mientras éste, el del 73, era purito amor a primera vista por la Octavia de siempre. La verdad, estaban fatigadísimos los héroes, y ver entrar a una muchacha así, que con todo el mundo quería hablar, que a todo el mundo le llenaba el vaso con mi sueldo de Nanterre, fue como un Lourdes laico, porque ahí todos eran ateos, aunque creo que bastante desencantados del ateísmo también ya. Además, a la barra llegaba uno que otro clochard y un español más feo, más chiquito, y más malo que Arrabal, pero exacto a Arrabal y buscando a Arrabal porque en realidad Arrabal era él con su teatro jamás representado por culpa de Arrabal. Era conocido como Alfredo el Increíble y Octavia era feliz.

Inhalé profundamente para evitar que la pobrecita se viera mezclada en un asunto de hash, de puro feliz, pero en realidad ahí sólo olía a afiches y sopa china. Exhalé: podía dejarla ser profundamente feliz. Y podía emborracharme también yo y ver cómo vivía tanta novedad, tanta diferencia, tantas islas reunidas, tantas vidas arruinadas. Para qué explicarle nada, para qué entristecer, por qué no acompañarla siempre, sí, eso Martín, nunca dejarla sola, seguirla con más vino y pidiendo más vino para que ella distribuya más vino de 68 en 68, para qué explicarle que estos que veis aquí señores fueron de la imaginación al poder y de regreso están de algún viaje al fondo de la India y ahora, perros tristes, se instalan confortablemente en el alcoholismo francés.

Se calmaban las mesas agradecidas, desde la barra la piropeaba el clochard de la cara de bueno, Alfredo el Increíble arrabaleaba y era Arrabal, pasaba el chinito de las bolas de oro, ya eras mía, no volteabas ya a hablar con nadie, se te escapaba uno que otro colonnello mientras bebías tu vino y yo no te soltaba la mano ni cuando llevabas la copa a tus labios.

—Aquí volveremos siempre, Octavia.

—Sí, por favor, siempre, ¡Maximus! ¡Maximus! ¡Maximus!

Y para esa primera noche te guardé la sorpresa, que siempre siguió fascinándote como si fuera la primera noche, la de meses ya, atrás, la sorpresa del Rancho Guaraní. Adorabas a don Cristóbal y su guitarra y sus arpas paraguayas, adorabas a los cantantes del Che Güevará y yo no encontraba manera de hacerte pronunciar Guevara y entonces te preguntaba qué pensabas del Che y me decías que lo adorabas y entonces te preguntaba qué pensabas de un Che franchute y te matabas de risa y me decías que no y no y no mientras los cantantes del Che Güevará se te acercaban y tú abrías los brazos y la boca y los ojos para tragarte el mundo entero justo cuando llegaba aquel verso de aprendimos a quererte y mientras yo te decía Octavia Octavia, no te vayas a tragar el mundo sin mí, mira lo bien que he aprendido a quererte esta noche.

Y la misma escena se repetía noche tras noche, por primera vez, y hacia las tres de la mañana regresábamos al departamento, pero siempre, nunca falló, don Cristóbal nos invitaba una copa de champán, cogía su guitarra, y te cantaba por última vez la canción del Che Güevará, como le llamábamos ya todos a nuestro querido comandante. ¡Lo adoro!, gritabas siempre, y después *¡Vive l'Amérique latine!*, y una noche, ¿te acordarás de aquella noche?, te subiste a un taburete y te proclamaste Comandante Che y yo que había aprendido a quererte me proclamé *Monsieur le Président de la République*. ¡No, no y no!, exclamaste, bajándote rápidamente del taburete, ¡tú eres el colonnello! ¡el colonnello! ¡el colonnello y el colonnello! ¿Qué quisiste decirme? ¿Por qué empezaste a llorar inmediatamente? ¿Fue ésa tu manera de ser concreta? ¿Qué mensaje trataste de transmitirme? Nunca lo sabré. Tampoco importa. Estoy recordando únicamente y no trato de interpretar nada. Y ya ves cómo vuelvo a caer hondo en el recuerdo y veo a don Cristóbal empuñar su guitarra enemiga y te veo saltar sobre el taburete del Che y dispararle mientras él te va diciendo señorita, por favor, de mis armas, para usted, sólo sale música. Y arranca justo por esa estrofa y todo vuelve al lugar perfecto en que lo habíamos dejado y los dos te estamos cantando aprendimos a quererte, Octavia de Cádiz.

Y de ahí, como todas las noches, volvíamos al departamento. Armabas turumba en la escalera y ladraban hasta los gatos de los vecinos. Te encantaba burlarte de mí de esa manera y yo era un hombre sano, fuerte, sin temor a las iras de los vecinos (claro, porque estoy yo para protegerte, me decías muerta de risa), un hombre feliz al que le importaban un comino los vecinos y el alcalde y lo que quieras, por quién sino por ti habría subido las escaleras cantando a gritos aprendimos a quererte.

Cerrábamos la puerta y encontrábamos la cortina cerrada. Del fondo de tu bolso sacabas el pijama turquesa, poníamos ese disco de Bola de Nieve (no de Nieva, mi amor), que tanto te gustaba, caíamos sobre el diván y Zalacaín, ya qué duda cabe, mi amor, partía a California con su colonnello y su colonnello, ya qué duda cabe, se quedaba solo con Octavia de Cádiz en París. El despertador sonaba a las seis en punto y volvías a poner el disco de Bola de Nieva (no, mi amor, Bola de Nieve), y te matabas de risa porque yo tenía las manos tan cansadas de apretar (bolígrafo de mierda), que ya ni te podía sujetar. Amor mío, era tu manera abstracta de evitar todo comentario sobre las razones concretas por las que a las seis y cuarto en punto estábamos saliendo disparados rumbo a los puentes del Sena, luego Trocadero, luego Porte de la Muette, donde le pedías a un taxi de aquella estación que nos siguiera hasta tu casa para llevar al señor, después, nuevamente al Barrio latino. Bois de Boulogne, el jardín, los árboles, la reja, la puerta blanca, un rápido adiós, a veces ni eso. El mayordomo se levantaba a las seis y cuarenta y cinco.

Y lo somnolienta que aparecías nuevamente. La ducha increíble del departamento te gustaba tanto como La Sopa China, nunca habías visto una ducha armable en la cocina de una casa. *Il Piccolo teatro* la llamabas tú, *piccolíssimo* te decía yo, sin pensar que algún día detestaría tanto la doble ese. Me apoyaba en la refrigeradora y desde ahí te iba pasando las toallas y cuando la cortina (debería decir telón) subía con esas poleas que nunca supimos usar muy bien, aparecías con tu pijama turquesa. Sólo entonces tenía yo derecho a abrir la bolsa que siempre contenía dos paltas, una lechuga para la ensalada, a veces ostras, a veces langostinos y, eso sí, siempre tartas de fresa, frambuesa y melocotón. Ducha, pijama, glotonería, diván, Sopa China, Rancho Guaraní: París era la ciudad más bella del mundo. París era una fiesta alegre como ninguna hasta que nos agarraba aquel silencio al cruzar el puente Alejandro III, nuestro favorito. Y París era, también, la ciudad más cómica y ridícula del mundo, dos o tres veces por semana, cuando encontrábamos sobre la mesita de la cocina tres o cuatro manzanas medio podridas que madame Forestier le había dejado tan generosamente a su guardián para que se hiciera una compota con las manzanas que a ella le habían parecido ya demasiado podridas para la compota de sus hijitas. A veces llegaba también el juez Forestier y en esos casos las manzanas eran bastante aceptables. Por las manzanas sabíamos cuál de los dos había venido.

MANZANAS FORESTIER Y COSAS POR EL ESTILO

Para variar, fueron y siguen siendo hasta hoy, las manzanas de la concordia y de la discordia. Todo dependía, por supuesto, de con quién me encontraba madame Forestier cada vez que entraba a la habitación de su departamento que era tan suya como su departamento. Y para variar, también, otro que fue y sigue siendo yo hasta hoy, soy yo: concordia pura, guardián y cargador de manzanas. Todo empezó por el comienzo, porque así empiezan las cosas claras desde el comienzo, y el comienzo fue un domingo en que ella me llamó por teléfono desde su casa de campo, para avisarme que a las cinco (en punto de la tarde, me dije yo, para mis silencios), llegarían su esposo y ella, cada uno en su automóvil, car-ga-dí-ssi-mos, con doble ese, de manzanas con doble intención. La esperé en la puerta del edificio, desde las cuatro en punto, por temor a llegar atrasado a la cita, en caso de que ella llegara adelantada. Llegó a las seis, por culpa de los embotellamientos, y me explicó que éstos y los impuestos eran los únicos inconvenientes de tener una casa de campo los fines de semana también. Pero en fin, señor Romaña, cargue usted esta caja primero, qué no haría uno por sus hijitas, el aire puro del campo, ¿sabe usted?

—¿Y monsieur Forestier, madame Forestier?

—Debe estar embotellado, señor Romaña.

Madame Forestier sacó otra caja de manzanas, la puso en el suelo, cerró con llave la puerta de su auto, recogió la caja de manzanas, y me pidió *s'il vous plaît* que le abriera la puerta del edificio. Puse mi caja en el suelo, abrí la puerta de par en par, recogí mi caja de manzanas, y la dejé pasar primero *s'il vous plaît*. Todo iba perfecto, bajo la estrecha vigilancia del portero, que ni vigilaba ni barría los domingos, cuando madame Forestier me hizo saber que no todo iba perfecto porque había que cerrar la puerta del edificio por temor a la juventud de hoy. Puse mi caja en el suelo, cerré, recogí, y empezó la primera ascensión de la tarde. Llegamos a su departamento, puse la caja en el suelo para sacar mi-su llave del bolsillo, cuando, para mi asombro, vi que también ella había puesto su caja en el suelo.

—Señor Romaña —me explicó, asombrada, al verme llave en mano—: olvida usted ęsa cláusula de mi contrato según la cual yo debo tocar el timbre tres veces antes de entrar con mi llave, para que no se levante usted a abrir por gusto.

Tragué saliva, puse mi-su llave en el suelo, y recogí la caja mientras ella me tocaba el timbre tres veces, lo suficientemente espaciadas como para que yo tuviera tiempo de volver a bajar la caja, recoger la llave, y guardarla para siempre en un bolsillo mío que era como si fuera suyo, también, por culpa de mi-su llave. Por fin entramos *s'il vous plaît* yo detrás, mientras madame Forestier y su caja de manzanas me explicaban en la lengua de Descartes, por ser ésta la única que sabía, para su entera satisfacción, y por ser ésta la más clara, para que toda duda quedara descartada, que si el timbre lo había tocado ella y lo iba a seguir tocando en cada nueva ascensión manzanera, era precisamente porque venía tan cargada que, a punta de cerrar la puerta al salir por más cajas, podía adquirir la mala costumbre de olvidarse involuntariamente de tocar el timbre tres veces espaciadas cuando viniera a su departamento en busca de manzanas o de ropa para las chicas de la casa de campo y la pureza del aire. Comprendí, pues, que, al igual que a ella con su auto, a mí me tocaba cerrar la puerta de su departamento cada vez que saliéramos a buscar manzanas por temor a la juventud de hoy. Y así se lo hice saber, para su mayor solaz y esparcimiento, pero resultó que si bien existía, no había pensado bien.

—No, no es lo mismo, señor Romaña —pensó, primero, y luegueó después—: usted cierra mi puerta antes de *bajar* por más cajas, mientras que yo cierro mi puerta antes de *subir* con más cajas.

—Tiene usted toda la razón, madame —le dije—: es igual nomás que diferente.

—¡Pero no, señor Romaña! —se impacientó—: es exactamente todo lo contrario. Eso está clarísssimo.

Añado una tercera ese porque ya estábamos abajo y el portero asintió sonriente aunque no trabajaba los domingos. Y volvió a asentir dos o tres veces más, porque la verdad es que tardé bastante en acostumbrarme a tanta perfección, e incluso hubo una subida en que me toqué yo mismo el timbre, aunque con atenuantes, según le expliqué a mi dueña, porque si bien he tocado, y hasta espaciado, madame, no he llegado a sacar su llave del bolsillo (recuerdo claramente que olvidé el *mi* de bolsillo). Madame Forestier quedó momentáneamente desconcertada y yo viví uno de los momentos más felices de mi vida humana. A las ocho de la noche, sin embargo, había accedido a la perfección. Y habíamos terminado. Y llegó el pobre juez Forestier con una impresionante cara de embotellamiento y necesidad de ayuda. Llegó más distraído que nunca, pensando más que nunca en una sentencia, y lo primero que hizo tras haberme saludado y respondido ah, señor Romaña, sólo Dios sabe si las merecemos, cuando le pregunté por el aire puro de sus niñas, fue confesarle a su esposa que se le había perdido la llave de su departamento.

—¿Y dónde piensas que puede estar, Jean?

—No sé... Creo que la última vez que la vi fue durante el embotellamiento... Podría estar entre las manzanas...

Ahora sí que me jodí, pensé, habrá que buscarla caja por caja y el portero no trabaja los domingos, ¿qué hago?, ¿invento una cita a las nueve?, ¿me desmayo? La respuesta fue casi un verdadero desmayo durante el cual madame Forestier me explicó que el eterno surmenage de su esposo se debía a que sus sentencias tenía que meditarlas en medio de mil personas que lo interrumpían en su despacho. Luego, se dirigió a él:

—Jean, es realmente indispensable que vengas a meditar tus casos en el cuarto de las manzanas. Pero antes tienes que encontrar la llave de mi departamento.

Casi me desmayo definitivamente al ver que lo que había visto y no creído, la primera vez que lo vi, era cierto: yo tenía una llave en el bolsillo y la llave del juez la tenía en la mano. Cartesianamente, me las he robado, pensé, y estuve nuevamente a punto de inventar una cita a las nueve, pero pobre juez, a mí siempre me partió el alma y me invitó cigarrillos. ¿Qué había pasado? Pues que monsieur Forestier me había dado la mano y, como estaba pensando más que nunca en una sentencia, ahí me dejó la llave sin darse cuenta de que yo tampoco me había dado cuenta. Éste no se da cuenta de nada, me dije, y en efecto se la deposité tranquilamente en el bolsillo del saco, porque madame Forestier ya había empezado a buscar como loca entre las nuevas manzanas y el portero no trabajaba los domingos.

Monsieur Forestier encontró la llave no bien le dije que volviese a echar una miradita en sus bolsillos, y ahí sí que empezó la odisea de las nuevas cajas de manzanas. Las subíamos entre él y yo, porque aunque era domingo, el portero accedió a recibir a madame Forestier, interesada como siempre en la conducta del guardián de su departamento, en su ausencia, en vista de que ella tenía otros deberes de igual y aun mayor importancia, en vista de que no siempre tenía tiempo de venir por manzanas y...

—Y en vista de que no sólo de manzanas vivirá su familia —trabajó el portero en domingo. Luego, amabilíssssimamente, abrió su puerta, e invitó a madame Forestier a entrar en su portería en domingo. Madame aceptó y, tras de haberle agregado varias heces a su sonrisa, entró en domingo a su porquería. Por supuesto que adentro hicieron las paces por tratarse de mí.

Nunca he visto un Sísifo más torpe y más distraído que monsieur Forestier. Le expliqué todo mil veces y cada vez más cartesianamente, pero él era así y qué se le iba a hacer. Perdió varias veces las llaves de su auto, las de la casa de campo, las de su departamento, y la del departamento de su esposa. A mi pregunta: ¿Por qué no las pone todas en un mismo llavero?, respondió sin embargo con gran claridad:

—Porque las perdería todas juntas, señor Romaña.

Pero luego titubeó ante mi contundente aclaración: No es lo mismo, monsieur Forestier, porque yo cierro la puerta del departamento de su esposa antes de *bajar* por más cajas, mientras que usted cierra la puerta de su auto antes de *subir* con más cajas. Ahí sí que lo agarré, monsieur, me dije. Y, en efecto, el juez encendió un cigarrillo, se disculpó por no haberme ofrecido uno, me ofreció uno, volvió a encender el suyo, procedió a bañarse en cenizas, y por fin respondió:

—Tiene usted toda la razón, señor Romaña—: es igual, nomás que diferente.

Después tocó el timbre tres veces seguiditas, entró corriendo, me cerró en las narices, y no saben ustedes la sorpresa que se llevó cuando le mandé tres toques bien espaciados y me encontró esperándolo cargado de manzanas. Jamás se lo conté a su esposa, por supuesto, como tampoco le conté jamás aquel asunto de no sé qué impuesto a la recogida de basuras, que, hasta mi llegada, ellos pagaban, y que desde mi llegada yo tenía que pagar, porque a su esposa se le había ocurrido que un guardián, en fin, que un guardián, en fin, que, en fin que...

—¿En fin qué, monsieur?

—En fin que se me ha hecho un caso de conciencia y a mi confesor, que también es el confesor de mi esposa, también se le ha hecho un caso de conciencia, señor Romaña.

—¿Y cuánto le debo a la basura? —le pregunté, con tremenda aludida, aunque eso sí con la total seguridad de que jamás se le iba a pasar por la cabeza que estaba aludiendo a su esposa. La verdad, el juez Forestier era un santo, pero yo realmente necesitaba aludir.

—Son ciento diez francos, pero tengo una idea...

—No se preocupe, monsieur, mañana mismo le llevo ese dinero a su esposa.

—Eso mismo. Y yo después se lo devuelvo a usted con... con...

Creí que me iba a decir con intereses, pero eso habría sido soñar y, en efecto, terminó diciéndome que era con dos condiciones.

—Jamás le diré nada a nadie, monsieur.

—Eso mismo, pero falta... falta algo...

—¿Falta dinero?

—No; se trata más bien de la forma en que le voy a devolver el dinero.

—Yo no le he pedido un cheque, monsieur. Ya sé que su esposa no acepta cheques.

—No, no, tampoco es eso, señor... Ese peligro ya lo evitó ella haciéndole firmar un papelito... Perdón... ¿Se acuerda?

—Sí... perdón.

—Mire, señor Romaña, de lo que se trata es de que yo no puedo dejar un hueco tan grande en mi cuenta bancaria porque mi esposa se daría cuenta.

—Ah, claro...

—Entonces, lo que voy a hacer es traerle cada semana diez francos, hasta completar la suma. Ni le tocaré el timbre, siquiera, para no molestarlo. Lo que haré será simplemente meter el billete por debajo de la puerta.

Pobre. Lo nervioso que se debía poner cada vez que llegaba con sus diez francos. Tan nervioso que no solamente tocaba el timbre, sino que a veces abría, entraba, y retrocedía, primero, y tocaba después (una vez tocó mientras conversaba conmigo). Y claro, llegó el día en que Octavia, rumbo a la ducha, se encontró desnuda con un tipo que imploraba no estar viendo nada, nada, oh por Dios, nada, oh Dios mío, nada, mientras con una mano paralítica le extendía un billete de diez francos, y que hasta hoy estaría repitiendo nada nada y Dios Dios, si no es porque a Octavia de Cádiz la perdí hace siglos y porque una implacable bofetada le hizo comprender que los timbres no se tocan con la puerta abierta, cretino. Yo acababa de aparecer, acababa de ver, y acababa de desaparecer.

Reaparecí sentadito aquí, en el Voltaire, con el silenciador en la taquicardia, concentradísimo en un poema de César Vallejo que a Octavia le encantaba, y con el índice pegado en el verso que dice *Hay golpes en la vida, yo no sé,* al pie de la letra. Pobre monsieur Forestier, pensaba, también con silenciador, de todos era el que menos se merecía ese cachetadón. Si hubiese sido su esposa, si hubiese sido el portero o madame Devin... En eso estaba pensando, cuando Octavia, que regresaba de tirar un portazo desnuda, y que me conoce mejor que tú, mamá, se me acercó, se enteró por amor a mí de que yo nunca había visto ni oído nada, me quitó el libro de las manos, y escuchó asombrada de verdad la siguiente pregunta asombrada:

—¿Cómo, pero no te estabas duchando, mi amor?

Insisto, mamá, en que la pobrecita me conoce mejor que tú, la prueba fue que respondió a mi pregunta con otra pregunta:

—¿Qué verso seguía tu índice y en qué estabas pensando y por qué?

Me besó el índice, mamá, cuando le confesé por qué, cómo, dónde, y cuándo... Y cuando firmé el contrato, Octavia, agregué, ella, y no él, me dijo que, y cuando firmé el contrato, mi amor, agregué más, ella, y no él, me dijo que, y cuando firmé el contrato, mi amor...

—¡Maximus! —exclamó la pobrecita, y yo la miré aterrado, porque siempre, desde que regresamos de Bruselas, cuando exclamaba, exclamaba tres veces Maximus. Qué horror, entré en carencia y todo. Jamás creí que me hubiese drogadictado tanto a una voz que, en el fondo, siempre había considerado más nasal y maravillosa que maravillosa y maravillosa. Me explico: Octavia no estaba desnuda: era desnuda, y también sus piernas eran, y no estaban, más divertidas que nunca, y además, por donde se le mirara, su cuerpo era el cuerpo menos nasal del mundo. Pero yo necesitaba su voz a gritos.

—¡Maximus! ¡Maximus! —exclamó la pobrecita, más fuerte que nunca.

—¡Pero si son tres! —carecí.

—¡Pero si ya te dije uno!

—¡Pero si son tres juntos! —le rogué, encarecidamente.

Entonces ella me volvió a conocer mejor que tú, mamá, y sentándose sobre mis muslos, rodeó mi cuello con sus brazos, aplastó ligeramente la nariz contra mi sien izquierda, en fin, todo de tal manera que sus labios no pudieran desembocar sino en mi oreja, y estrenó una palabra nasalmente preparada para la ocasión, mamá:

—Maximuski.

Introduje irremediablemente la mano izquierda en el bolsillo derecho del pantalón, porque Octavia me estaba apretando fuertemente la derecha con una tetita, y extraje varios metros ovillados del cordón de la cortina. Me explicó: siempre he estado contra esas incomodidades que retrasan el amor a primera vista, y nosotros teníamos que cerrar la cortina porque mi calle era tan estrecha que el edificio de enfrente quedaba casi en mi departamento y con mirones. Además, a mí me gustaba llevar a Octavia cargada hasta el diván. Y como no podía llevar ni el diván ni la cortina ni la ventana de un lado a otro del departamento, por lo chiquitito que era, y porque en el dormitorio estaba la hondonada, opté, en vista de que Octavia me mataba de amor a primera vista a cada rato y por todas partes, menos en el dormitorio que jamás conoció y que cambió de nombre (1), opté, decía, por quitarme el inconveniente de la cortina para poder llevarla cargada al diván cuando la recibía cargada en la puerta de entrada, entre otros ejemplos, como éste de la ducha, por ejemplo, y para ello compré tantos metros cuadrados de cordón de cortina cuantos metros cuadrados tenía el departamento. Lo até al incómodo cordón con que me alquilaron el departamento en el inventario, e

(1) En realidad, al dormitorio terminamos llamándole *la otra parte,* al cabo de muchas bofetadas. La más feroz de todas me cayó una noche en que le pregunté a Octavia si podía entrar un instante *al vacío.*

hice feliz a Octavia. Lo malo fue que un día, por piropearla mejor, porque el clochard de la cara de bueno la piropeaba mejor en La Sopa China, le dije que yo por ella era capaz de seguir alargando el cordón hasta La Sopa China y de ahí hasta el Rancho Guaraní.

—¡Maximus! ¡Maximus! ¡Maximus! —exclamó la pobrecita.

Y tuve que hacerlo, claro. La verdad, no me importó, a pesar de que me enredaba con personas, animales y cosas, pero mierda, hasta las monedas de oro tienen su cara y su cruz. Y así llegó el día en que Octavia estaba desenredándome en plena placita de la Contrescarpe, jala y jala el cordón que se había enganchado un par de metros detrás de mí, mientras yo trataba de avanzar, de acuerdo a sus instrucciones, cuando pasó toda una pandilla de latinoamericanos y claro, Bryce Echenique entre ellos. Bueno, el resto ya se lo imaginan: ayer vimos a Martín Romaña de perro por el Barrio latino.

—Maximuski.

Repito esta palabra, y vuelvo a recordar toda la escena que la precedió, porque francamente es la única manera de olvidar la maldad de la gente y seguir adelante en este perro mundo. La repito, además, porque Octavia no volvió a emplearla hasta años más tarde, al dictar un telegrama anunciándome que se había roto ambas piernas en un accidente de esquí en el cual yo nunca creí. La empujaron, estoy seguro, y la pobrecita cuánto debía acordarse de mí. Acababan de traerla a su habitación y ya necesitaba comunicarse conmigo. Casi enloquezco al abrir el telegrama y descubrir que me llamaba, por segunda vez en la vida, Maximuski. La anestesia, pensé, todo el amor subconsciente se le escapa con la anestesia. Me sigue adorando, concluí, porque Maximuski era una palabra concreta y en cambio sus tres Maximus, por más nasal maravillosos que fueran, formaban parte de esa criminal y forzada abstracción que acabó en besitos y besos volados. Este perro, señores, se resiste a creer lo contrario y aquí tienen ustedes una de las mil pruebas al canto de amor.

MAXIMUSKI

—Maximus —me dijo Octavia, la noche aquella en que ni salimos a comer porque le había pegado al juez Forestier y yo había aparecido con el dedo índice pegado para siempre en un verso de Vallejo. Eran las tres de la madrugada y no teníamos hambre y habíamos hecho el amor de nuevo y seguíamos sin tener hambre y no nos había importado ni que el Che Güevará nos estuviera esperando en el Rancho Guaraní.

—¿Qué. mi amor? —le pregunté yo, como media hora después.

—Le pediré perdón a ese señor Maximus.

—Imposible, mi amor. Lo conozco y es el hombre más católico del mundo. Vive incluso como crucificado a su esposa.

—¿Y eso qué tiene que ver?

—Claro que tiene que ver porque ha dicho que no ha visto nada y se trata de una persona que no miente jamás.

—Pero si yo lo he visto y hasta le he pegado.

—Eso no tiene nada que ver, Octavia. Y perdóname, pero por más desnuda que seas, él no te vio. Y como no te vio, tú no le pegaste, ¿me entiendes?

—Sí, Martín, a ti te lo creo todo.

—Pues entonces asunto concluido.

—De acuerdo. Pero ahora pasemos al otro asunto.

—¿A qué otro asunto?

—Al del portero que cuenta todo lo que haces, al de la propietaria que instala sus manzanas para vigilarte, al de la vecina de abajo que protesta cada vez que oyes música, y al de cualquier otro vecino que te moleste.

—Hay males que no tienen remedio, Octavia. Y en el departamento anterior la cosa era peor todavía. Aquí, por lo menos, puedo recibirte.

—Sí, pero lo primero que sucede es que el portero le cuenta a la propietaria que estás recibiendo a una muchacha cualquiera.

—¿Tú, una muchacha cualquiera? Já...

—Para ellos sí, Martín. Para ellos soy una muchacha cualquiera. Ando siempre vestida de negro, siempre metiendo bulla en la escalera, siempre mirándolos burlonamente, siempre en un carro que no vale un millón de dólares. ¿Me entiendes?

—Me imagino que te entiendo, pero ¿qué ganamos con eso?

—Maximus, vámonos ya. Mañana lo comprenderás todo mejor.

—¿Comprender qué, mi amor?

—Espérate y verás. Para mí todo seguirá igual, pero mañana empieza una nueva vida para ti. Y ahora necesito pensar y descansar.

Lo que empezó mañana fue algo rarísimo, algo que nunca sabré si calificar de lucha de clases, de diferentes clases de lucha, o de la lucha que emprendió Octavia en defensa mía, con gran clase y mejor estilo. Yo me había levantado, duchado, y desayunado, y estaba esperando a Octavia en la ventana, cuando sonó el teléfono. Respondí, porque me pareció notar algo nasal en la llamada. En efecto, era Octavia, llenecita de novedades acerca de mi nueva vida. De ahora en adelante, me explicó, iba a llegar los días pares en el automóvil de un millón de dólares de Mario, un joven portugués y multinacional, al cambio actual, entroncado con una rama de la familia real del trono de la ex metrópolis de Portugal y...

—Te vas a quedar sin aliento, Octavia.

Me colgó para siempre, con orgullo de clase, pero ya eso me lo había hecho un montón de veces porque en el fondo le encantaba que yo la llamara de la United States Embassy, para decirle al mayordomo que le anunciara a la señorita Octavia que el coronel USA Richard Cantwell se hallaba de paso por París, tres días, y que deseaba tomar un martini doble y seco con ella y un ramo de flores. Todo esto lo decía con un deplorable acento norteamericano que me salía tan perfecto, en francés, como el acento inglés, porque he sido educado en colegios norteamericanos e ingleses, lo cual me ha producido una acentuada esquizofrenia en inglés. Y aprovecho para contarles, mientras Octavia contesta, que algo por el estilo me está sucediendo en castellano, pues prácticamente todo lo que estoy contando lo sufrí en francés. No se imaginan lo horrible que es tener que traducir a Octavia del francés, por ejemplo, y cuando por fin logra uno encontrar la palabra acertada y nasal, juácate, se atraca el bolígrafo de mierda.

—¡Richard, *darling,* cuándo llegaste! —exclamó Octavia con santo y seña.

—Hace un instante, cuando me colgaste.

—¡Oh qué maravilla, Richard!

—Te ruego que me perdones, Zalacaín.

—¿Y hasta cuándo te quedas, Richard?

Era el santo y seña nuevamente, lo cual debía decir que algún miembro importante del búnker debía andar en las cercanías y que debía esperar una nueva llamada. O sea que me despedí y, copa de coñac en mano, seguí en amena sobremesa con el embajador de mi país en Francia.

—Coronel, ¿qué piensa usted sinceramente de la actuación del general Patton en la Segunda Guerra Mundial? —me preguntó su excelencia.

—*Well, I think* —empecé a decir, mientras me asomaba nuevamente a la ventana, bañado en esquizofrenia, por culpa de Octavia de Cádiz, de Ernest Baroja y de Pío Hemingway—, *I think that...*

Media hora después el teléfono volvió a sonarme nasal, pescándome totalmente desprevenido en inglés, por lo cual dije mierda en este idioma, primero, mierda en el mío, después, y mierda en francés, antes de descolgar.

—¡Richard! ¡Richard! ¡Richard! —exclamó la pobrecita.

—¿Cómo, sigue el santo y seña? ¿Para qué me llamas entonces?

—Perdón, Maximus, es que a veces me confundo.

—¡Olvídame pero no me confundas! —le dije furioso, porque estas frases le encantaban.

—¡Imposible olvidarte! ¡Eres un colonnello inconfundible! —exclamó Octavia, pasando por segunda vez consecutiva sobre el cadáver de Maximus, quien, a su vez, hacía siglos que había pasado sobre el cadáver de Martín Romaña. Pero en fin, era la época en que aún no lograba perderme entre tanta gente. El lío que se me hizo, en cambio, cuando empecé a hablar...

—Nos quedamos en los días pares y en Mario, Octavia —le dije, agregando que ahora sí lo recordaba todo.

Mario era uno de los tres pretendientes con que Octavia había roto porque los quería tanto que no podía romper sólo con dos, debido a su hipersensibilidad y a la parte más bonita, aunque no adinerada, al cambio actual, de su apellido interminable. Bueno, la revelo de una vez por todas: Octavia Marie Amélie de la Bonté-Même (1). Los demás apellidos de Octavia no me atrevo a mencionarlos, no por temor a la justicia, ya que conmigo se cometió una mayúscula Injusticia, sino por temor a algo que César Vallejo no supo acerca de los golpes de la vida y que yo sí sé: son en la cabeza y en la boca, primero, y luego, como en el valsecito peruano, en *Alma corazón y vida.*

—Y los días impares —me explicó Octavia, vendré con Jean Pierre.

—¿Y ése también tiene un automóvil multinacional?

—Más que Mario, Maximus, pero no es tan cabeza coronada.

—¿No es tan qué?

—Cabezas coronadas son los que pertenecen a una familia con cierto tipo de título, Maximus —me explicó Octavia, con tal naturalidad, que no me quedó más remedio que explicarle lo más naturalmente que pude que, en el Perú, por culpa de una tribu llamada los jíbaros, sólo teníamos cabezas reducidas.

Volvió a colgarme para siempre, y vuelva usted a la United States Embassy. Llamé nuevamente con santo y seña, y le pregunté, sin el menor ánimo de burla, lo juro, qué día le tenía reservado al tercer ex pretendiente, el italiano, en vista de que ya estaban reservados los días pares e impares. Con la mayor naturalidad, Octavia me respondió que ninguno, puesto que vivía en Milán. Entonces, con la mayor naturalidad, lo juro también, le pregunté qué día me correspondía a mí.

—¡El resto de la vida! —exclamó Octavia, y yo ya me estaba diciendo que eso iba a resultar algo así como un *ménage à trois* multinacional, cuando la pobrecita volvió a exclamar—: ¡Maximus! ¡Maximus! ¡Maximus!, con abstracción, y colgó.

Me abstraje completamente, como sucede siempre que uno no entien-

(1) Este nombre puede traducirse por: de la Bondad-Misma, aunque yo he optado por Octavia de Cádiz de la Bondad-Encarnada, en vista de que resulta mucho más desgarrador y por lo tanto exacto.

Arnaud Chafaujon y Bertrand Galimard Flavigny, en su libro *Órdenes y Contraórdenes de caballería* (Mercure de France, París, 1982), han encontrado entre los antepasados de Octavia a «una muy amable y digna dama», madame Agripine de la Bonté-Même, fundadora de la Orden de Caballería de la Malicia. Entre los estatutos de dicha Orden, retiene mi atención el artículo 10.°, pues estipula que entre las lecturas obligatorias de sus miembros, deben figurar, sin falta: *El travieso, El Buscón, El príncipe sin risa* y *Richard sin miedo* (sic), entre otros.

de nada, y regresé a la ventana del departamento con la copa de coñac de la embajada norteamericana, aunque ahora era en realidad una copa de vino. Pasó una hora, durante la cual pasó también madame Forestier en busca de manzanas, pero la puerta del saloncito estaba cerrada y no tuve que explicarle que no me había dado a la bebida sino a la bencina. Por fin, a las mil y quinientas, apareció por primera vez en la historia de mi calle y de mi vida, un automóvil que sólo podría describir como de colección o desfile de modas. Detúvose ante mi puerta, porque ese automóvil no se detenía, deteníase, y de él bajó un muchacho también de colección y desfile de modas que, acto seguido, cruzó íntegra la calle, porque el auto era de ese ancho, y le abrió la puerta nada menos que a Octavia vestida por primera vez de la Bonté-Même. Fue horrible mi desilusión al verla en ese estado, pero como Octavia me conocía mejor que tú, mamá, miró hacia arriba, me dio un beso volado anterior a la época de los besitos y besos volados, y procedió a sacar arrugadísimo de una cartera demasiado chiquita para ser tan cara, el pijama turquesa del santo y seña, que a veces se llevaba para que lo lavaran *chez* Christian Dior. Y entonces no sé qué pasó abajo, pero a juzgar por los forcejeos, la desilusión de Mario debió ser horrible.

—Más allá hay un parking —les avisé desde mi ventana, para que vieran que no había visto ni oído nada, y porque la verdad es que el carro llenaba íntegra la calle y no tardaba en venir la grúa.

—Es un carro anti-grúa —me hizo saber Mario, con un odio que se metió por la ventana y me salió por la otra oreja.

Quien con niños se acuesta..., pensé, porque Mario parecía casi tan joven como Octavia y era, sin duda, un niño anti-grúa también. Y ése fue, mi querido Leopoldo, el primer aviso de la terrible modernidad del dinero. Por fin, Octavia empezó a echar abajo la puerta, como siempre, y yo corrí a abrir, flexionando muchísimo las piernas, en mi carrera, porque había que estar en forma. Y es que Mario era, en efecto, irascible como pocos y celoso como ninguno. Lo malo, claro, es que yo en el fondo lo comprendía, como comprendí a todos los hombres que adoraron a Octavia de Cádiz, en mi afán de poder seguir siempre a su lado, aunque sea con otro hombre al lado. Entonces, yo, treinta y cuatro años, nuevamente futuro escritor, porque así se lo había jurado a Octavia, pobre, porque era joven (aunque claro, comparado con los otros...), y por lo tanto feliz en París, que era una fiesta con Octavia, llamé a este tipo de amor el amor alado. Y hoy, claro, por haber tenido una cabeza tan jíbaramente reducida y poco coronada, este tipo de amor ha cambiado de nombre y se llama el amor delado.

Pero volvamos a Mario, antes que empiece a matarme. Eran las siete en punto de la noche, cuando él ya me había preguntado de qué vivía yo y Octavia le había respondido que me ganaba la vida con la noche, la luna y las estrellas, y mis primeros libros sobre la noche, la luna, y las estrellas, mientras con un trocito de papel color turquesa, símbolo del pijama, me hacía señales de amor y paz, por favor, sin que Mario la viera porque le estaba bastando con una miradita al departamento para llegar a la conclusión de que yo era el escritor más fracasado del mundo.

—Hay escritores con estrella y otros que nacen estrellados —me dijo, sin aludirme en absoluto; más bien se trataba de demostrarme que dominaba perfectamente bien el castellano.

Shakespeare le contestó, en perfecto inglés y con medido esnobismo, que eran las siete, hora de los caballeros, es decir, hora de tomarse un *drink*, queridos amigos. Y la bestia de Octavia volvió a sacar íntegro el pijama turquesa de la carterita que lo arrugaba. Nunca la adoré tanto, pero, la verdad, exageraba.

—*¿What will the drink be?* —me cagó Mario, porque el acento y la flema eran perfectos, a pesar de la furibundez.

—*Octavia's cup of tea is red wine with* tapita de plástico —le devolví la pelota, con perfecto revés, rasante y cruzado.

Increíble lo bien que puede enseñarnos a jugar tenis un psiquiatra, me dije, al ver que como nunca, subía a la red, retrocedía, volvía a atacar, y todo con una serenidad que le disimulaba hasta la taquicardia a Mario, que también estaba jugando con taquicardia, aunque no a Octavia, que me conoce mejor que tú, mamá, y que también conoce a Mario mejor que su mamá, mamá, porque ya no tardaba en matarme cuando ella dijo que, en efecto, su *drink* favorito era el tintorro con tapita de plástico, cosecha La Sopa China 1968, y Mario gruñó que el suyo también, con lo cual perdió ese punto porque el vino era pésimo y además era lo único que tenía para invitar.

Pero, aunque me lo propuse, porque yo siempre comprendí a los hombres que adoraron a Octavia de Cádiz (más bien no entendía lo contrario), no llegamos juntos a La Sopa China. No sé, fue una de esas mezclas de nervios y de mala suerte. Yo estaba abriendo la segunda tapita de plástico, cuando ésta saltó como si fuera champán, y fue a caer mojadita y manchadora en el pantalón de Mario. A Octavia le consta: qué no hice por evitarlo, empecé a silbar *Lisboa antigua* y todo, pero me quedé muy al comienzo debido a una estrangulación en el suelo. Octavia le pegó una feroz patada a Mario, logró sacármelo de encima, y se puso en su lugar, gritando:

—¡Para matarlo a él tendrás que matarme a mí primero!

La estaba besando, aun bastante estrangulado, cuando escuchamos el llanto a mares de Mario, porque si no no lo habríamos escuchado. El pobre se había arrojado desconsoladamente sobre el diván de Octavia y realmente lloraba a mares para que lo pudiéramos escuchar.

—Levántate de ahí inmediatamente —le dije sobradísimo, porque Octavia y yo hasta nos habíamos puesto de pie besándonos.

Pero en menos de lo que canta un gallo, Octavia ya me había pegado una feroz patada a mí y se había tendido cuan grande era sobre Mario para consolarlo desconsoladamente. Pobrecita Octavia, a juzgar por la ternura de su voz, por lo débil que le salía, por lo nudo en la garganta que hablaba, parecía ser la que más sufría en ese momento. ¿Qué hago, Leopoldo? Bueno, lo que importa es lo que hice, con mecanismo de defensa. Me serví otra copa de vino, me vine aquí al Voltaire, y comencé a imaginarme que el que estaba en el diván con Octavia era yo, gracias al vino. Ahí nunca se había tumbado nadie más que Octavia y yo. A Octavia podía verla y oírla perfectamente porque estaba encima y ésa era su voz. Yo no podía verme a mí mismo porque estaba debajo y boca abajo. Y en ésas andaba, defendiéndome como un león, gracias al vino, cuando Mario estiró una pierna y se notó la enorme diferencia de calidad entre la tela de su pantalón y la del mío. Horror. La cortina estaba cerrada, no pude más, saqué el cordón, y la abrí de un sólo jalón.

Octavia pegó el salto de su vida y me miró sorprendidísima, realmente aterrada. Luego miró sorprendida a Mario, realmente aterrada, también. Y me volvió a mirar y también Mario y yo nos miramos y miramos a Octavia sorprendidos y aterrados. Tremendo *quid pro quo,* pensé, y ésta en su infinita bondad es capaz de repartir el pijama turquesa entre los dos. Y le dará la parte de Mario a Martín y la de Martín a Mario. ¿Qué hago, Leopoldo? Leopoldo me había respondido meses antes: Terminarás quedándote con el símbolo del pijama, Martín.

Sonó el timbre y, por supuesto, les hice shiiii, porque no estábamos para timbres. Pero al cabo de un momento volvió a sonar. Shiii, me hizo Octavia, con el dedo. Esperamos. La persona seguía ahí. No bajaba las escaleras. Y sonó el timbre por tercera vez. No sentí pánico porque madame Forestier ya había pasado, y ni me ocupé de correr a cerrar la puerta del saloncito. Shiii, hizo Mario, con un dedo, como si por momentos siguiera siendo yo. Shiii, le respondí, para saber quién era yo. Entonces escuchamos la llave en la cerradura y Octavia empezó a conversar alegremente y a llenar las copas de vino. Madame Forestier ya estaba en la puerta del saloncito, sonreía, incluso. También nosotros la mirábamos pero sólo yo sonreía. Por fin, habló:

—No sabe usted cuánto lo siento, señor Romaña. Hace un rato vine a buscar unas manzanas y me olvidé de ponerle tres o cuatro en la cocina, como siempre.

—No ha debido molestarse, madame.

—Al contrario; detesto olvidarme de sus manzanas.

—Mil gracias, madame.

—Bueno, pero no me ha presentado usted a sus amigos.

—Ah, caramba, perdone, madame...

No tuve que mover un dedo más. Octavia y Mario se presentaron con toditos sus nombres de cabezas coronadas y hasta le ofrecieron llevarla de regreso a su casa en el automóvil multinacional.

—Mil gracias —dijo ella, haciendo mil reverencias, pésimamente mal hechas, bien hecho, porque en su vida había visto una cabeza coronada y viviente y mucho menos en casa de un tipo de cabeza reducida. Además, yo no hacía reverencias, yo era amigo de tamañas cabezotas—. Mil gracias —repitió—, pero mi automóvil está detrás del suyo, monsieur. Porque el que está abajo es su automóvil, ¿no, monsieur?

—¿Quiere usted que lo saque para que pueda usted pasar?

—No, no, no se moleste, por favor. Saldré retrocediendo. La esquina está apenas a unos metros.

—Mil gracias, señora —le dijo Octavia, extendiéndole la mano.

—¡Señor Romaña! —exclamó madame Forestier, dando un primer paso atrás, porque también se fue retrocediendo—, ¡el departamento está impecable!

Mil gracias, Octavia, me dije, mirándola con eterno agradecimiento. Por fin lo había entendido todo. A ella le gustaba andar en un automóvil pequeño y modesto y a mí me gustaba que anduviese siempre vestida como una muchacha cualquiera. Y hoy, hoy el portero había llamado a madame Forestier, que acababa de pasar, y madame Forestier lo había escuchado atentamente y había salido disparada para ver y creer. Y ahora acababa de bajar disparada para decirle al portero que el señor Romaña debía ser un Inca o algo por el estilo, usted sabe que lo perdieron todo cuando la conquista española, no la francesa, monsieur, y ahora madame Forestier iba a correr hasta su casa a contarle a sus hijitas, y ahora el juez Forestier iba a decir distraidísimo nada nada y Dios Dios.

Y ahora, por último, volvíamos a ser tres e inmediatamente había desaparecido tanta cordialidad. En su reemplazo, un silencio total. Mario y yo no tardábamos en volver a hablar en inglés, nuestro idioma del odio. Octavia decidió ser muy muy justa.

—Mira —le dijo a Mario—, anda hasta la rue Mouffetard y pregunta por un restorán que se llama La Sopa China. Y espérame ahí.

Mario obedeció obedientísimo y se fue feliz a buscar La Sopa China.

—¿Y yo?

—Tú me esperas en el Rancho Guaraní. Después iré a buscarte ahí, sola.

—Pero Octavia, La Sopa China es nuestro restorán.

—Comprende, Maximus, por favor.

—Claro que comprendo, pero es que me pides cosas imposibles.

—¡Maximus! ¡Maximus! ¡Maximus! —exclamó la pobrecita.

—Maximus qué.

—Comprende que Mario me quiere y que yo siento una enorme ternura por él, que me gusta verlo. Comprende que ustedes dos no pueden estar juntos sin matarse. Apenas bebieron unas copas y casi se estrangulan. Cómo será si siguen bebiendo.

—Te juro que no beberé una gota más.

—Imposible, Maximus, no les tengo confianza.

—No volverá a pasar, te lo juro. Déjame ir...

—Pasa siempre, Maximus.

—Pero si es la primera vez que veo a Mario, Octavia.

A Octavia se le hizo un nudo en la garganta cuando me explicó por qué había dejado de salir con sus tres pretendientes. Nunca pudo escoger uno, porque le daban una pena terrible los otros. Y jamás pudo conservar a los tres, porque se buscaban de un país a otro, de Francia a Italia, de Italia a Portugal, y de Portugal a Francia, para matarse.

—Por eso sé que te quiero más a ti. Y por eso sé que el día que escuché tu nombre supe... quise verte... conocerte...

—Rompiste con los tres... Sigue sigue, mi amor.

—¡Maximus! ¡Maximus! ¡Maximus! —exclamó la pobrecita, con tal abstracción, esta vez, que tuve que salir corriendo por el frasco de bencina.

Octavia estaba abriendo la puerta, cuando regresé. Falsa alarma. No lloraba. Le dije que con ese traje podían hasta insultarla en La Sopa China. Me respondió que el clochard de la cara de bueno la piropearía más que nunca.

¿Han sentido ustedes alguna vez celos de un clochard? Pues yo sí. Horribles. Y Octavia se dio cuenta.

—No te preocupes, Maximus —me dijo—: comeré rápido y llegaré al Rancho Guaraní no bien abran. Y con una sorpresa, además: Tengo mi pantalón y mi chompa en el carro de Mario.

—¿Y te vas a desnudar delante de él?

—Me voy a *cambiar* en su carro, Maximus. Y basta ya, por favor.

—¿Y el bolso y el sombrero?

—¡Maximus! ¡Maximus! ¡Maximus! —exclamó la pobrecita, escaleras abajo.

En la puerta del edificio la esperaba el portero. Le abrió de par en par, y se inclinó lo más que pudo, a su edad.

Al día siguiente le tocó a Jean Pierre con el mismo automóvil pero de otra colección o de otro desfile de modas, en fin, yo no entiendo nada de automóviles. Y tampoco de trajes, porque Octavia apareció con uno que me gustaba mucho más que el de ayer pero muchísimo menos que su pantalón, su chompa, su bolsa y su sombrero negros. Desde la ventana, le pregunté si los traía en el auto, y ella me respondió tranquilízate, con una seña, y abrió una de las puertas posteriores del carro. Demonios, me dije, al ver que aparecía un perrazo de lujo, Jean Pierre viene armado.

—¿Te gusta? —me preguntó Octavia, desde la calle—. Es un galgo ruso.

—Bueno, aún no lo sé, pero ya me iré enterando.

El galgo le ladró al edificio, por no ser de su condición social, luego a la inclinación del portero a su edad, luego a la edad de la escalera, por no ser ni de época ni de estilo, luego a mi puerta, por ser mi puerta, total que Octavia tuvo que pegarle un grito porque también le estaba ladrando al escritor que nació sin estrella y estrellado. Lo saludé en inglés, pero Octavia me prohibió terminantemente burlarme del perro de sus padres. Con razón: ya yo había sentido un ligero olor a búnker.

—Creí que era de Jean Pierre —dije, dejando de husmear, saludando a mi nuevo amigo multinacional, y colocándome al otro lado de Octavia, con la comprensión que me caracterizaba entonces.

Jean Pierre no me dejó con la mano estirada, felizmente, pero en cambio nos tasó al departamento y a mí juntos, en tiempo récord, y a pesar del sillón Voltaire, que sí era de época y de estilo, según madame Forestier y el inventario que yo firmé. Saqué una botella del tinto de la casa, y el galgo ruso le ladró a la tapita de plástico. ¡Sentado y callado!, le gritó Octavia, o sea que también Jean Pierre y yo nos sentamos calladitos. Y hasta hoy no sé en qué momento pasamos del mutismo a las manos.

Pero en esta oportunidad la estrangulada era Octavia, por ser Jean Pierre el más hipersensible de sus pretendientes, y entonces yo, ni tonto ni perezoso, aproveché para instalarme cómodamente detrás de él y proceder a una estrangulación rápida, precisa y eficaz, para que Turgueniev, el galgo ruso, continuara callado y sentado, de acuerdo a las instrucciones recibidas y a lo acostumbrado que estaba a ver cómo este amigo de la familia intentaba matar a la hija menor de sus amos, mientras otro hombre intentaba matar al señor que me ha sacado a pasear en carro.

Pobre Octavia, Jean Pierre realmente la estaba matando, sin que yo lograra aún encontrar la cantidad adecuada de estrangulación. Y es que el tipo la adoraba, a gritos se notaba que la adoraba, no había manera de que se despegara de Octavia. Decidí ponerle fin al incidente, en vista de que ella, *noblesse oblige,* ni se defendía siquiera en su afán de que fuera yo quien le había salvado la vida, e invité a Jean Pierre a invitar a Octavia a La Sopa China sin mí. Pero él, estrangulado y todo, *noblesse oblige* bis, me dijo que con una condición.

—¿Cuál, Jean Pierre? —aflojé un poquito, porque apenas se le entendía.

—Invitar a Octavia al Rancho Guaraní después y que tampoco vengas tú.

Octavia, que seguía sin defenderse, por las razones antes evocadas, metió con las justas la mano por el escote de su vestido tan elegante, y me anudó la garganta de emoción al extraer del lado izquierdo, como quien dice del corazón, el papelito color turquesa símbolo.

—De acuerdo —dije, pero con una condición.

—¿Cuál, Maximus? —me preguntó Jean Pierre.

—Yo sólo me llamo Maximus para Octavia —aclaré, porque eso sí ya era demasiado.

—De acuerdo, pero entonces no sé tu nombre.

—Me llamo Martín Romaña y lo que quiero es que esperes abajo y me dejes hablar un rato a solas con Octavia.

—No.

—Sí —intervino Octavia, por primera vez y con las justas.

Y el pobre Jean Pierre nos dio a todos una verdadera lección de hipersensibilidad: no sólo la soltó, lloraba incluso. Lloraba con el más grande refinamiento que he visto en mi vida. Increíble el tipo. Se mojaba los dedos con sus propias lágrimas, y con ellas, y los dedos también, claro, acariciaba el maravilloso cuello que segundos antes había tratado de exterminar. Cada cabeza coronada que me toca ver, pensé, pero definitivamente no era el momento para convertir mis pensamientos en opinión pública.

—Basta ya, Jean Pierre —le ordenó Octavia, aunque con voz muy tierna—. Baja y espérame en la calle unos minutos.

No bien se fue Jean Pierre, Turgueniev se incorporó para morderme, probablemente porque Octavia no podía quedarse sola con un tipo como yo. Increíble, pensé, me gruñe a mí y en cambio Jean Pierre puede estrangular a Octavia sin que éste se digne mover una oreja. Realmente increíble, el tal Turgueniev, debe descender de una rama de perros entroncada a los de la familia de Jean Pierre. Sí, eso, ya lo iba entendiendo todo, y Turgueniev no tardaba en despedazarme. Octavia le dio un manazo en el hocico, lo agarró del collar, lo sacudió fuertemente, y lo amenazó con castigarlo muy severamente si volvía a molestarme. Turgueniev, sin duda, tenía deberes sagrados que cumplir e insistió en sus gruñidos. Pues bien, le dijo ella, nada me habría gustado menos: te vas inmediatamente a la *otra parte*. Abre la puerta, Maximus. Obedecí, Turgueniev entró pegándome un último gruñido cabizbajo, vio mi antigua cama, y de un salto se instaló en el lugar que antaño me tocó ocupar. Cerré con una fuerte descarga de pasado encima, y procedí a ponerme hipersensible pero con miras al futuro, gracias a la rapidez de mis reflejos emocionales.

—¿Y ahora qué, Octavia?

—Trae bencina, Maximus.

—Inmediatamente, mi amor.

Pensé que Octavia se iba a desinfectar el cuello, o algo así, pero cuando regresé estaba llorando a mares tendida sobre el diván. Lloraba y me contaba que esto no podía seguir así.

—Pero si recién empezó ayer, mi amor, ¿por qué te preocupas tanto?

Como verán, yo era capaz de cualquier cosa por consolarla, pero Octavia seguía llorando.

—Maximus, Jean Pierre es peor que Mario.

—Espérate un instante, mi amor; me he olvidado del trapito de la bencina.

Volví al instante.

—Jean Pierre está muy mal, Maximus. Peor que Mario.

—Bueno, digamos que tienen estilos diferentes.

—No me entiendes, Maximus. Creo que es capaz de matarte. De matarnos a los dos antes que vernos juntos, ¿me entiendes? Yo creí que me iba a ayudar, porque realmente quiero que vivas tranquilo. Mario, por lo menos, hizo todo lo que yo le había pedido.

—Sí, Octavia, pero no bien termina uno de darles la mano a tus amigos, empiezan a estrangular todo lo que ven. Yo no estoy acostumbrado a pelear con la gente. Y siento... No sé... Siento como si me estuviesen entrenando para algo.

Ésta es la frase más profética que he pronunciado en mi vida. Y Octavia, que me conoce mejor que tú y yo juntos, mamá, ni cuenta se dio de su resonancia. Por eso me consta que ella nunca imaginó lo que podía ocurrirme. Por eso se equivocan los que afirman que jugó conmigo como se juega con un perro. Y por eso creo que moriré con la absoluta convicción de que Octavia sacrificó su vida para salvar la mía. Pero, en fin, ya veremos. Hay tiempo todavía (1).

—Mira, Maximus —continuó Octavia—, dejemos esta discusión por ahora. Y acepta, por favor, lo que te voy a decir. Me ha impresionado mucho ver a Mario y Jean Pierre, y voy a tener que consagrarles una parte del tiempo que paso contigo. Te voy a ver menos, desde hoy, pero te prometo que no va a durar mucho. De todas maneras el pijama turquesa se queda en tu departamento.

—Mira, Octavia, yo soy de la opinión de que también a ellos los ha impresionado muchísimo verte de nuevo, y por consiguiente los dos están peor que nunca. La solución sería que los juntaras una de estas tardes. Con lo que les gusta, se estrangulan en el acto y nos deshacemos del problema.

—No me gustan esas bromas, Maximus.

—¿Y tú crees que a mí me gusta todo lo que está pasando? Te has equivocado, Octavia. Lo has hecho por ayudarme, de acuerdo, pero te has equivocado. Acepta eso y haz desaparecer a estos dos monstruos de lujo.

—No puedo. No puedo por la sencilla razón de que ellos me necesitan más que tú.

—¿Por qué? Dime por qué vas a pasar más tiempo con ellos que conmigo.

—Porque estoy enamorada de ti y no de ellos, Maximus.

(1) Perdónese, por favor, esta breve digresión acotadora, pero creo que es necesaria.

Definitivamente, pensé, Descartes existe hasta en las mejores familias. Le dije, en cambio, porque la adoraba, que bajara ya, que probablemente Jean Pierre se estaba estrangulando solo ahí en la calle. Ven con ellos, ven sin ellos, ven con ellos y con Turgueniev, en fin, haz lo que quieras, Octavia.

Olía como nunca a bencina cuando Octavia abandonó el departamento con Turgueniev. Miré la botella de vino casi llena. En la cocina hay dos o tres más, pensé, e inmediatamente me convertí en el personaje aquel de la ranchera que opta por emborracharse de una vez pa' todo un año. Nunca lo había hecho en mi vida, por una mujer, y no saben la emoción tan profunda que sentí al notar los primeros tambaleos por tu amor que tanto quiero y tanto extraño, cuando me acerqué por enésima vez al tocadiscos y puse la misma canción. Ni comí, siquiera, por culpa de la mujer del disco. Sonó mil veces el teléfono, pero yo nada de responder hasta dentro de un año, porque era madame Devin, como casi todas las noches, para decirme qué se ha creído usted. Después subió y empezó a echarme la puerta abajo, y yo le respondí echándole la puerta abajo desde adentro, con gran eficacia porque estuvo como una hora diciéndole a su perra que era una imbécil, una tarada, una cretina, una perra de mierda y todas esas cosas que le decía siempre por no haberme mordido a tiempo.

Y, en efecto, Dora no me había mordido a tiempo y desde ese día madame Devin, que era más loca que mala, a veces, y más mala que loca otras, vivía debatiéndose entre una rápida mudanza para huir de mí y una nueva estrategia para terminar conmigo. Podría decir, sin temor a exagerar, y basándome en ciertos recuerdos y observaciones, que madame Devin era más loca que mala los días pares y más mala que loca los impares. Pero, en fin, esto me exigiría un gran esfuerzo de memoria histórica, y prefiero simplificar. Lo cierto es que el día que me mudé al departamento, ella estaba paradita en su puerta y ocupadísima en que Dora le ladrara con advertencia al desconocido del segundo piso. Yo, en cambio, venía con unas ganas impresionantes de vivir en paz con el mundo, en vista de que estaba en guerra con mis entrañas. Y ahí fue que me crucé con una vieja de mierda vestida de tirolesa, sombrerito de fieltro con pluma verde y todo, y un perro o perra de mierda, ni tiempo tuve de darme cuenta, que le ladraba al desconocido que carga una caja de discos.

—Debe haber reconocido la voz de su amo entre mis discos, madame —le dije, presentándome como Martín Romaña, porque aún lo era, y procediendo en seguida a acariciar la cabeza de este bello ejemplar cuyo nombre tanto deseo conocer y que tan serenamente se deja acariciar cuando usted no le jala la cola.

Esto último no lo dije, por supuesto, pero fue tal el susto que se pegó la vieja al encontrar una mano amiga hacia el final del camino de su vida, que optó por quitarse de en medio del camino de la mía, y para ello no encontró nada mejor que tirar un consabido portazo, aunque tan violento, esta vez, que la pobre Dora no tuvo tiempo de entrar. Toqué el timbre, para señalarle su olvido, con la mejor voluntad del mundo, pero ella prefirió parlamentar con papelitos por debajo de la puerta. Leí: Acepto que me devuelva a Dora, pero con la condición de que se meta usted en su departamento y cierre la puerta con llave. Firmaba Pascale Devin. Y ahora que pienso que ponía condiciones, además de todo, como Jean Pierre, me vuelve la impresión aquella de un mundo dividido estrictamente en días pares e impares, y en manzanas de la concordia y de la discordia. Le di mi acuerdo, inmediatamente, también en forma escrita, y éste fue el comienzo de una larga relación epistolar que no me quedó más remedio que mantener, sobre todo desde la primera desaparición de Octavia de Cádiz (muy concretamente, ya lo veremos, porque a cada rato reaparecía muy abstractamente, ya lo veremos también), en vista de que me sobraba tiempo libre y no podía negarle esas líneas que los dos llegamos a necesitar tanto por soleares. Y confieso: hasta le he enviado postales desde el extranjero.

«Deje a Dora donde está y empiece a subir», decía el último papelito de madame Devin, en mi primer día en el nuevo departamento. Le di un comprendido, también por escrito, recogí la caja de discos, y recordé mientras continuaba escaleras arriba, un programa deportivo que se transmitía por no sé qué radio de Lima, y que a mí me encantaba en la época de mi infancia o adolescencia, o en ambas, no recuerdo, y tampoco importa porque todo fue siempre igual e, incluso, a decir de mis padres, parece que fui mucho más adulto de niño que de grande. Uno de los locutores se llamaba Oscar Artacho, y cuando transmitía las carreras de automóviles siempre se le cortaba la comunicación en la provincia de Celendín, por ejemplo, por culpa de la provincia, naturalmente, y desde Lima todo su plantel deportivo empezaba a llamarlo como loco y a decirle dénos un comprendido, por favor, Artacho, ¿escucha, Artacho?, dénos un comprendido, por favor, ¿qué automóviles han pasado ya por esa localidad, siendo las siete y treinta y cinco de la mañana? Y Oscar Artacho a veces se pasaba horas sin llegar a dar el comprendido, a pesar de los ruegos, y a mí me daba un consabido dolor de estómago, por culpa de Celendín, que nunca llegué a conocer, porque Lima es el Perú y uno se viene a París después.

Pregón Deportivo (así se llamaba el programa), empezaba con un himno cuyos primeros versos me produjeron siempre un extraño desasosiego, que hoy puedo calificar de premonitorio, y por eso cuando puse mi caja de discos en el suelo para abrir mi nueva puerta, estaba entonando: *Un canto de amistad / de buena vecindad / unidos nos tendrá eternamente,* como en Pregón Deportivo.

Entré, metí los discos, y cerré con llave. Pobre Dora, qué no le gritaron por haberse dejado acariciar por un extraño en la escalera. Déme un comprendido, por favor Artacho, grité también yo, y lo sigo haciendo siempre en mi afán de seguir adelante por las extrañas escaleras de la vida, pero no sé, las sigo encontrando llenecitas de desconocidos y, la verdad, la única razón por la cual me encantaría ser un escritor conocido es por salir en los periódicos que compran mis vecinos.

Volvieron a echarme la puerta abajo, a eso de las dos de la mañana, pero yo ya había bebido de una vez pa' todo el año, en pocas horas, y no me dio la gana de abrir. Ya me dejará una carta, pensé, porque sólo madame Devin oía mi música, hasta cuando no sonaba, pero al cabo de un momento escuché que me llamaban Maximus a gritos, desde la calle. La estrangularon, me dije, y volé a la ventana. Abrí y cerré aterrado. No, tanto no podía haber bebido. Abrí nuevamente, para ver si estaba viendo doble, y en efecto Jean Pierre era doblemente multinacional, también su automóvil, también su hipersensibilidad, en fin, todo ahí abajo era doble menos Octavia y Turgueniev, pero es que Turgueniev no estaba. No podía ser y pregunté, para empezar:

—¿Qué es de Turgueniev?

La respuesta de Octavia me dejó más turulato todavía:

—Está en el auto de Jean Pierre, Maximus, ahora lo saco. Abre, por favor, te hemos estado echando la puerta abajo y nada. ¡Cómo es posible que a mí...!

Ya empezaba a coquetear la pobrecita, ya me iba a decir que a ella, a ella que me adoraba, etc., cuando Jean Pierre se le fue encima dos veces en plena noche. No me quedó más remedio que convencerme de que, en efecto, hasta había bebido doble porque Octavia les gritó ¡suéltame, imbécil , a los dos Jean Pierres. El problema, claro, era que Octavia, por más que la miraba, seguía siendo simple. Eché una última miradita en profundidad, porque con Descartes nunca se sabe, pero sí, seguía siendo ella: una y única. ¡Eres un ser maravilloso, Octavia!, exclamé, alzando los brazos al cielo sin estrellas, desgraciadamente.

—¡Maximus! ¡Maximus! ¡Maximus! —exclamó la pobrecita.

Era una escena doblemente maravillosa, a pesar del cielo. Ella amándome allá abajo, volviendo por su amor, regresando porque me había extrañado en La Sopa China y El Rancho Guaraní, y yo, adorándola allá arriba y bajando los brazos con las justas a tiempo un millón de veces porque casi me voy de bruces dos pisos por ella. Entonces, apoyándome fuertemente, le aposté que le iba a decir un piropo mejor que cualquiera de los del clochard de la cara de bueno. ¡Esta vez lo gano, mi amor, te apuesto que lo gano!

—¡Dímelo, por favor, Maximus!

—¡Hasta cuando veo doble tú eres única, Octavia de Cádiz!

—¡Ganaste! ¡Ganaste, Maximus! —exclamó ella, feliz, pero así es la vida y siempre en plena manzana de la concordia te lanzan una manzana como ésta:

—¡Maximus, a mí me pasa todo lo contrario! ¡He bebido demasiado y te estoy viendo completamente doble! ¡Abre pronto, por favor!

Cerré para siempre con cortina, y cuando vinieron a echarme la puerta abajo les dije que sólo aceptaba parlamentar por teléfono y con una condición: que fuera desde Vera del Bidasoa por ser ésta, Octavia, la tierra de don Pío Baroja.

Y me puse a esperar, porque caray, a mí a cada rato me mandaban a la embajada de Estados Unidos por cosas mucho menos importantes que ésa.

Después pasó algo rarísimo porque Octavia y el Jean Pierre doble seguían delante de mi puerta y, al mismo tiempo, el teléfono estaba sonando. Fui a contestar, porque todo era rarísimo, y pasó algo más extraño todavía cuando dije aló. El portero me estaba llamando, con pésimo acento, desde Verá del Bidasoá, monsieur, para decirme que la señorita y los señores lo habían enviado a la plaza de la Contrescarpe porque él no tenía teléfono y porque en el edificio, con excepción de madame Devin que estaba inquietísima, pero ella exageraba siempre, todos estaban un poquito inquietos porque el señor no le abría a la señorita y a los señores y era tardecito con ruido. Tragué saliva, colgué, y me pregunté ¿qué señores? Este cojudo bebe de noche, me respondí, de día tan malvado y tan portero y de noche viendo doble como todo el mundo. *Un mundo raro*, suspiré, porque era una ranchera que también conocía, y opté por abrir todas las veces que Octavia quisiera.

Ahí estaban y no tuve tiempo de reaccionar porque cuando cerré mi ventana para siempre, Octavia vestía de luces con escote, y ahora resulta que vestía de negro para mí. ¿Es única o no?, estaba dudando, cuando noté que Turgueniev tampoco era doble y que dos manos me estaban dando la mano pero una después de la otra, cosa que, ahora sí que sí, no tenía explicación alguna. Salvo que... Corrí a la ventana, abrí la cortina, abrí la ventana, miré el carro de adelante, miré el carro de atrás, y comprendí hasta qué punto había bebido doble y me tumbé en el diván para que Octavia me explicara, primero, y me pidiera perdón, después, por haber venido con Jean Pierre, primero y al mismo tiempo, y con Mario, después y al mismo tiempo, en día impar, el susto que me has pegado, mi amor. Pero Octavia, que además de todo se había cambiado mientras el portero corría a llamarme de Vera del Bidasoa, y que me había extrañado hasta el punto de no haber tenido más remedio que volver con los dos, me mandó al demonio, primero, y se sentó a mi lado inmediatamente después, porque era la primera vez que me trataba con tanta dureza y sólo Dios sabe cómo va a reaccionar el pobre Maximus.

—No queda más vino —reaccionó el pobre Maximus, añadiendo que estaba tan borracho como en una ranchera, harto, cansadísimo, muy viejo para estos trotes, muy triste para estas cosas, agobiado por estas cosas, soñando siempre con otras cosas, pero que eso sí, antes de ponerle punto final a estas cosas, le dijeran por favor cómo diablos había aparecido Mario cuando hoy le tocaba a Jean Pierre y todas esas cosas.

Se armó una bronca espantosa cuando Jean Pierre acusó a Mario de haber sido el culpable de todo, por haberse presentado en La Sopa China el día en que a él le tocaba. Me apresuré en guardar el Voltaire en el cuartito del teléfono, para que no lo fueran a destrozar, y volví como pude al diván para proteger a Octavia que seguía la escena temblando terriblemente. Nunca la vi tan pálida, ni vi tampoco en su rostro una expresión de tristeza e impotencia tan grande. Déjalos que se maten de una vez por todas, le iba a decir, al ver que caían al suelo y continuaban golpeándose, cuando madame Devin empezó a golpear como nunca la puerta. Corrí a abrir, era mejor que entrara, a ver si Turgueniev la mataba de una vez por todas, en vista de que respetaba tanto los escándalos de los niños multinacionales.

Madame Devin y Dora entraron, vieron, y se quedaron paralizadas. Y en menos de lo que canta un gallo, Jean Pierre y Mario se habían puesto de pie y se habían acomodado la ropa, el pelo, y el nudo de la corbata. Turgueniev tomó la iniciativa en el asunto de las presentaciones, para lo cual se incorporó y empezó a olerle todito lo de atrás a la chusquita Dora, con derecho de pernada y *prima nocte*, además, porque ya la vivísima de Octavia estaba describiéndolo como galgo, ruso, proclamado Zar Blanco en la última exposición canina organizada por la esposa del Presidente de la República en beneficio de los asilos de ancianos y ancianitas, y perteneciente a la familia de los no sé cuántos y no sé cuántos y de la Bonté-Même, mis padres, señora.

Acto seguido, procedí a recuperar el Voltaire, a instalarlo en su lugar de siempre, para que madame Devin pudiera caerse sentada, y a presentarle a mis dos amigos de cabeza coronada y mucho entroncamiento. Estaban jugando a quién tiene el castillo más antiguo, señora, le dije, porque ya todo era posible, y la invité a pasar a mi ventana para echarle una miradita a la calle de los automóviles más lindos del mundo, salvo que estos señores, entre sus muchos automóviles, escondan otros mejores. En fin, madame, concluí, esas cosas tan frecuentes que se llaman evasión de impuestos y signos exteriores de riqueza. Bueno, pero ahora le tocaba a ella. De madame Devin podía esperarse cualquier cosa y, la verdad, todos creímos que se nos iba a instalar en el Voltaire para siempre.

Pero no. Madame Devin siguió de largo hasta la parte de atrás de Dora, le aplicó tremebunda patada por haberse metido con el Zar de la esposa del Presidente de la República, se disculpó ante Octavia, lloró de emoción ante Turgueniev, nos contó que de joven había querido ser cantante de ópera wagneriana, que había estudiado canto en un pueblo del

Tirol, que había tenido un amor cantante con sombrero tirolés, y se nos arrancó a cantar con una voz que sólo podría calificar de pasada por el tiempo, mientras que a Octavia, inolvidable y tierna, se le escapaba una furtiva lágrima y yo andaba ya en pleno tango: bajo el ala del sombrero una lágrima empozada no la pude contener.

Mucho menos hipersensibles con la pequeña burguesía fueron Jean Pierre y Mario, que lograron detener el canto de madame Devin, cuya puerta estaba golpeando furiosa y equivocadamente el portero, en el momento en que se arrancaba con *Juanita Banana,* que cito en su versión tra la la la la lá, porque en este instante no se me viene a la cabeza la versión original. Octavia y yo acompañamos a madame Devin hasta la puerta y la dejamos cantando por la escalera en plena noche. Hasta hoy canta de noche, tras haber cantado todo el día, y saca a Dora a hacer el uno y el dos cantando, y no se imaginan los problemas que tiene con los vecinos. Gracias a ella y a la estrategia Maximuski de Octavia llegué a vivir en paz con todos menos con ella, precisamente, porque a veces llegaba a cantar tanto que me veía en la obligación de dejarle una carta bajo la puerta. Pero, en fin, ése es otro problema y ya les he contado que obedece también a otras razones.

Y ahora puedo contarles algo que entonces jamás sospeché, de puro imbécil, o porque Octavia usó conmigo la estrategia de la abstracción hasta que un día fue ya demasiado tarde. Había buscado a Jean Pierre y a Mario porque los quería y los extrañaba, pero los había buscado también porque cada vez le era más difícil justificar en su casa sus largas y diarias desapariciones. Ese favor les pidió: que la ayudaran a ayudarme, pero que la ayudaran también a ella viniéndola a buscar todos los días para despistar a su familia. No funcionó. Los pleitos continuaron, los celos se agravaron, y Octavia no tuvo más remedio que aceptar que se había equivocado y volver a verme sola. Todo esto me lo contó Jean Pierre un día que nos encontramos por la plaza de la Ópera. Hacía un buen tiempo que Octavia se había casado y apenas si tocamos el tema. Mario se había instalado definitivamente en Lisboa y no había vuelto a saber directamente de él. Nos despedimos. Él, con gloria, porque lo acompañaba una muchacha preciosa, y yo, con pena, porque vivía entregado al matrimonio de Octavia en Italia, esperando siempre sus cartas, tan lindas como abstractas, y sus visitas, tan increíblemente alegres como abstractas.

Pobres Mario y Jean Pierre. Dicen que el dinero, etc., etc., pero yo los recuerdo como dos seres marcados por un destino de manzana. Concordia y discordia, como yo. Jean Pierre pintaba, pero hoy debe dirigir muchos Bancos o algo por el estilo. Y ya no debe pintar. Tengo en mi casa el afiche de su única exposición. Premonitorio. Es un retrato de Octavia triste, tristísima, y mirando a la eternidad. Para mí, el hombre menos premonitorio del mundo, cuando soy feliz, era el retrato de una desconocida. Jean Pierre lo regaló una noche a La Sopa China, para que lo pusieran sobre uno de los viejos afiches, y ahí se quedó cubriéndose de grasa y humo hasta que cerraron el restorán y me dejaron traérmelo al departamento. Octavia y yo evitamos siempre hablar de él, pero después vino lo de su matrimonio y yo empecé a interrogar al afiche noche tras noche en La Sopa China. Y ahora, cuando lo miro y le hablo, pienso a veces en Jean Pierre y Mario, en lo mucho que amaron a Octavia y en lo despectivos que podían ser con todo lo que no fuera su *milieu*, como le llamaban ellos a tener esos autos, esos nombres y esos castillos que jamás visité porque jamás se les habría ocurrido invitarme (Esta noche regreso a mis tierras, decía Jean Pierre, a menudo). Pero yo prefiero un final sonriente y por eso los recuerdo siempre bebiendo, descuidadamente elegantísimos, un tintorro con tapita de plástico. Otra cosa que me encanta es imaginarlos con escudos de nobleza a media asta en sus respectivos castillos, el día del matrimonio de Octavia.

EL RETRATO DE UNA DESCONOCIDA

Estaba siempre ahí en la pared, pero el clochard de la cara de bueno jamás se fijó en él. Como tampoco volvió a fijarse en mí desde el día en que empecé a venir solo y a mirar el afiche y a no convidarle vino a nadie porque no deseaba hablar con nadie y me pasaba las horas mirando la pared. Nunca me preguntaron por Octavia y en el Rancho Guaraní don Cristóbal dejó de tocar ciertas canciones y así todo hasta el día en que desaparecí.

Digamos, simplemente, que los acontecimientos se precipitaron, aunque esta historia debo haberla contado de una y mil maneras pero siempre con el mismo resultado. Ni con humor, ni con rabia, ni con pena, logré cambiar el desenlace de esta historia, encontrarle alguna nueva explicación. Y hasta hoy ha mantenido exacto su sabor amargo, sucio, y terriblemente injusto. Jamás culparé a Octavia, tampoco, aunque lo haya intentado alguna vez. Su verdad es ésta: una vez me atreví a fugarme y fui a dar a la puerta de mi casa y por eso quise y respeté más que nunca a ese hombre que conocí con el estómago inflado de pastillas y que me hizo reír tanto que él mismo terminó sanando. Después me di cuenta de que ya no era capaz de abandonar mi mundo ni de hacer sufrir a mis padres. Pero entonces ya me había dado cuenta también de que me era imposible abandonar a ese hombre. Tomé una decisión: cerrar los ojos y sólo abrirlos cuando llegara a su casa y que eso durara una eternidad. Es el cálculo más tonto que he hecho en mi vida pero entonces era el único que podía hacer. Lo dejé durar todo lo posible desde el día en que me di cuenta que su duración no dependía en nada de mí. Enloquecí. Amanecía cada mañana en mi casa, apenas si tomaba un café, y salía disparada hacia el Barrio latino porque ahí estaba ese hombre esperándome en su casa y porque necesitaba disfrutar de mi diván hasta el último día. O sea que siempre supe que habría un último día y no me importó. ¿Fui egoísta? ¿Le mentí alguna vez? ¿Se puede destrozar a una persona de esa manera porque se le ama de esa manera? Sí lo sabía, porque a Martín lo había conocido destrozado. ¿Tenía la certeza de que volvería a amar? ¿De que volvería a ser él? ¿De que llegaría a escribir? Me di cuenta, muy pronto, de que no la tenía. ¿Tuve algún día la certeza de que lograría olvidarlo? Nunca la tuve. ¿De que lo seguiría viendo? Me lo juré. ¿Supe que, a la larga, sería peor para él que lo siguiera viendo? Sí y no. Entonces, fui terriblemente egoísta. ¿Pero acaso él no me buscó siempre? Sí, pero de mí habría dependido el que no lo hiciera. ¿Por qué no lo hice, entonces? No pude. Ahí estaban siempre París y su departamento y él esperándome. ¿Fue injusto que Martín me hiciera sentir y creer que me esperaría toda la vida? Sí y no, porque yo me había casado con Eros para toda la vida. ¿Traté de olvidarlo alguna vez? Sí, y llegué a odiarlo y a odiarme porque me era imposible. ¿Qué es lo que más me hizo sufrir? Tener que volverme abstracta, como decía tan acertadamente él. ¿Cuándo empezaste a volverte realmente abstracta? Una noche. Eros estaba de paso por París. No lo había visto desde que rompí con los tres. Regresaba a Milán al día siguiente y me pidió que saliera esa tarde con él. Por la noche fuimos a un cabaret. Una orquesta brasileña. Carnaval de Río. Me sentía realmente embrujada. Una mulata bellísima era la estrella del show. Necesité hablar con Martín. Se lo confesé a Eros y le arruiné su estadía en París. Me sentí pésimo. Pedí una botella de champán. Bebí y bebí y bebí. Me subí al estrado. Desplacé a la mulata. Me convertí en el espectáculo de la noche. Eros se largó. Corrí a abrazarlo. No lo alcancé. Volví al estrado y bailé frenéticamente hasta la madrugada. Me olvidé de Eros, de mi familia, del mundo entero, pero cuando regresé a mi casa supe que no había logrado lo que más quería en el mundo: deshacerme de Martín. Aturdirme hasta que mi vida no fuera más que ese aturdimiento. Fracasé. Al día siguiente llegué a su departamento y le dije que ayer había pasado un día maravilloso. ¿Qué hiciste?, me preguntó él, y yo le respondí no me acuerdo. Esto y mi cálculo tan tonto lo explican todo para mí. Aunque esto explica también mi cálculo. Y jamás trataré de explicarme las cosas diciendo que era demasiado joven entonces. Y es que hasta hoy siento que mi cálculo se llama vida...

Basta, amor, le dije, ya basta, por favor. Detesto que me des explicaciones porque las explicaciones no explican nada entre nosotros y porque todo quedó muy claro desde el comienzo de tu matrimonio, o sea desde la noche en que me contaste que mañana por la mañana te casabas y yo te pregunté: ¿y entonces, Octavia, qué demonios haces aquí comiendo conmigo? Te lo pregunté con un profundo respeto y comprensión por Eros y con un dolor de cabeza espantoso, aparte de la mano recién operada. Me preguntaste, cuando nos trajeron el menú, que si iba a invitar a otras chicas a La Sopa China, y yo te respondí que eso jamás, porque además qué chica te va a aceptar que la invites a La Sopa China, aquí no hay más que cadáveres del 68 y uno que otro muerto perdurante, tipo yo, que había pensado esperarte hasta el día en que se muriera Eros, pero en vista de que le llevo más de diez años, he decidido ser una pasión que perdura, cosa que sabes de antaño, además, y digo antaño porque no creo necesario recordarte que mi primera perduración tuvo lugar precisamente la primera vez que vinimos a este restorán. ¿Te acuerdas que se llamaba Bar de las Islas Reunidas y que ya estaban el clochard de la cara de bueno y Arrabal arrabaleando contra Arrabal? Ya ves, todo quedó muy claro desde el comienzo y no creo que deba darte más explicaciones acerca de si debo traer una chica en tu lugar o no. Y tú tampoco tienes que darme explicación alguna sobre mi vida. Y digo mi vida y no la tuya porque mi vida es tuya. Y no es que yo viva doble o demasiado sino que la vida me vive demasiado a mí. Y a mí eso me encanta compartirlo, Octavia, y sobre todo contigo. Aunque claro, lo admito, nada de esto debe ser muy contabilizable para la gente que crea familias y contabiliza citas de negocios. Pero cada quien con su cada quien, Octavia. ¿Me entiendes?

—¡Maximus! ¡Maximus! ¡Maximus! —exclamó la pobrecita (1).

(1). NOTA A LOS PIES DE OCTAVIA Y DE PÁGINA POR UN MARTÍN ROMAÑA IMAGINARIO E IMAGINATIVO O EL DÍA QUE CERRARON LA SOPA CHINA

Este diálogo es fruto de una elaboradísima reconstrucción histórica. Gran parte de él está basado en las miradas que le pegaba Octavia a la eternidad y en alguna que otra mirada que le pegó a Martín Romaña en momentos en que, por decirlo de alguna manera, estuvo a punto de dar de sí. Hemos puesto particular interés en la diferente intensidad de las caricias que Octavia se dejó hacer en una mejilla, en la frente, y sobre todo en las cejas, durante una visita a París, comparándolas luego con las que se dejó hacer durante otra visita. La curva fue siempre trascendente, por ambas partes. Hemos utilizado asimismo todo tipo de reacciones de Octavia a los comentarios acerca de la diversión de sus piernas que le hiciera Martín Romaña, con anterioridad y posterioridad a lo que él insistió en llamar siempre «el accidente ja já». Hemos recurrido, igualmente, a fotografías de Octavia, a sus silencios, a las partes de sus cartas escritas entre líneas, a la diferencia de intensidad que notamos entre algunos besitos y, por supuesto, también entre algunos besos volados, ya que éstos se dieron siempre en los momentos de despedida. Dos fuentes valiosísimas han sido también las palabras o trozos de palabras pronunciados por Octavia, que, con gran cautela, fueron cotejadas con las obras completas de Freud (*Eros y Tanatos* y *La interpretación de los sueños,* en particular), y la gran cantidad de verdades que, queriéndolo o no, dejó escapar Martín Romaña en la época en que hablaba de Octavia de Cádiz. Hemos tratado de consultar con la mayor cantidad de personas, entre las que lo escucharon, pero en este esfuerzo nos vimos limitados por el costo que habría significado recorrer todos los itinerarios por los que Martín Romaña fue haciendo camino al hablar. Nuestro agradecimiento muy especial, en lo que a esta búsqueda respecta, a sus amigos peruanos Julio Ramón Ribeyro y Gran Lalo, a las señoritas Catalina l'Enorme y Carmencita Brines, y a la portera de nacionalidad española Soledad Ramos Cabieses, que trabajó en el edificio en que vivió Martín Romaña, desde la muerte por inclinación y edad avanzada del portero anterior. En cuanto a madame Pascale Devin, sólo podemos decir que se negó a mostrarnos las cartas que le fueron enviadas por Martín Romaña a lo largo de los años en que fueron vecinos. Por último, nuestro agradecimiento al propio Martín Romaña por haber contado por calles y plazas de París, estando nosotros presentes en numerosas oportunidades, la desgarradora y real escena de la comida con Octavia de Cádiz, la noche anterior a su boda. La comida, en verdad, tuvo lugar en un pequeño y hermoso restorán llamado La Colombe, aunque resulta muy comprensible que Martín Romaña haya querido ocultar este hecho para despistar a la policía privada de la familia de Octavia, aunque también hay otras versiones, como la del escritor Bryce Echenique, según la cual ese primer afán de despistar le resultó muy costoso a Martín Romaña, a la larga, pues lo llevó, siempre en un afán de despiste con el cual sólo logró irse despistando cada vez más, a cambiar de bares, distritos, ciudades, hasta que de esa manera resultó pidiéndole dinero prestado a medio mundo y pagándolo luego con media fortuna de su señora madre, para seguir hablando y despistando por otros países, víctima de un verdadero delirio de persecución. El escritor peruano ve también aquí la verdadera razón de la expulsión de Martín Romaña de su trabajo en la Universidad de Nanterre, lugar que además había dejado prácticamente de frecuentar desde que Octavia de Cádiz empezó a pasarse día y noche metida en su departamento, aunque sin llegar nunca a vivir con él a tiempo completo.

No saben ustedes la borrachera que me pegué esa noche. Pero con clase, con dignidad, y sin perder en momento alguno el sentido de la autocrítica, el sentido del humor, el sexto sentido, ni el equilibrio. Cerraban para siempre La Sopa China, cosa que yo atribuiré mientras viva al deseo de los padres de Octavia de irme dejando sin recuerdos, mientras en Italia se iban encargando de dejarla a ella sin memoria. Esto jamás lo lograron, y además tuve la suerte, precisamente esa noche, la última que pasé en La Sopa China, de que Pierrot, uno de los hermanos armenios que me atendían siempre, me obsequiase finamente el afiche de Octavia para que yo pudiese seguir hablando con ella hasta llegar a mi departamento y me venciera el sueño, porque debo confesar que durante largo tiempo no me atreví a dormir en *la otra parte*, por temor a herir a Octavia, ni mucho menos en su diván, por temor a herirme yo más todavía. Hoy tengo el problema resuelto: duermo en el sillón Voltaire.

Y cuando me despierto, lo primero que hago es saludar a Octavia, triste, tristísima, y mirando a la eternidad desde la pared de enfrente. Octavia, le digo, voy a prepararme un café. Después, ya es costumbre, le repito estas palabras de bolero:

Y tú retrato calla
Por no decir mentiras
Y lo estrujo
Y lo beso
Y te bendigo a ti...

Como ven, nos hemos ido familiarizando mucho el retrato y yo.

EL RETRATO, EL HUMOR, Y YO

Tanto amor, y no poder hacer nada contra la muerte, escribió mi eternamente releído y citado César Vallejo, que al final siempre acaba teniendo razón. O sea que probemos el humor contra la muerte del amor, lo cual en el fondo no es más que una variante del imprima, no deprima, con este bolígrafo del diablo, un frasco de bencina, y ahora sí que para siempre con la mirada del príncipe encima. Y en adelante, en la medida de lo posible, cronología aunque te cueste la vida, Martín Romaña. Perdón: estaba calentando motores.

Bueno, para empezar, no crean que a Octavia la retrataron tan rápido.

Me tocó a mí posar primero, incluso, y por supuesto que puse cara de inmortalidad, por tratarse de ella, aunque el resultado fue más bien un cuadro clínico, con golpes del tipo yo no sé, porque realmente fueron de todo tipo y la paliza me la propinaron, con propina y todo, un montón de tipos. Primero vino el primer aviso, como en los toros.

Octavia y yo llegamos felices a La Sopa China, porque tanto Jean Pierre como Mario habían regresado definitivamente a sus castillos en la arena, con suspiros en el aire, que son aire, y que al fin de cuentas también van a dar a la mar, que es la Costa Azul en el caso de estas gentes. Y éramos tan felices, Octavia y yo, que desde esa noche y para siempre miramos todos los afiches menos aquel que contenía el retrato de Jean Pierre. Sí, así le llamábamos nosotros: el retrato de Jean Pierre. Y le llamábamos así porque a mí se me había ocurrido la idea y porque Octavia era tan feliz que hasta me dejaba burlarme de la gente que más quería, lo cual me permitió describir el retrato de Jean Pierre como el autorretrato de un cabeza coronada, por haber puesto en él, vía Freud, sus propios fantasmas enfermos de... Ya sé, Octavia: de neurosis, frustración, poco talento para la pintura, envidia de Martín Romaña, y una pizca de hipersensibilidad.

—¡Maximus! ¡Maximus! ¡Maximus! —exclamó la pobrecita.

Y Octavia llegó a quererme tanto, lo juro, que un día me permitió decirle, mientras tomaba su sopa china, que Jean Pierre debería haber pintado otro retrato, el de tu papá, mi amor, con Turgueniev y el resto de la familia paraditos estilo Goya, para que el cuadro resulte más podrido todavía.

—Maximus —murmuró la pobrecita, atragantándose la sopa y empezando a toser y toser.

—Perdón, mi amor —le dije—, y procedí a retirar a su hermana Florence del cuadro. Pero Octavia seguía tose y tose, o sea que retiré también a su madre. Nada, Octavia seguía tosa y tose y no me quedó más remedio que retirar también a Turgueniev. Como por arte de Goya, Octavia dejó de toser y hasta se tomó otra cucharada de sopa, tras haber vuelto a exclamar tres veces Maximus como en los viejos, buenos tiempos. Elemental, mi querido Watson, me dije, ahora ya sabemos que no todo es armonía en esa familia. ¿Han visto ustedes un Sherlock Holmes más bruto? Yo no. Porque ahí estaba tomándome otra copa de opio y pensando en problemas de armonía familiar, sin darme cuenta para nada de que el primer aviso del padre de Octavia no tardaba en llegar. ¡Mi reino por un sexto sentido! Cuando estoy enamorado, por supuesto.

Y yo no sé, Vallejo, pero de pronto hubo una noche como muy especial en La Sopa China. Arrabal no había escrito una nueva obra de teatro que el otro Arrabal, el falso, le había plagiado. El chinito de los testículos de oro no aparecía con su mirada impermeable. El arroz cantonés tardaba como nunca en llegar. Por primera vez nos sirvieron una botella de vino con corcho. Y cuando al partir hacia el Rancho Guaraní, Octavia le reclamó al clochard de la cara de bueno su diario piropo, éste, como si no la hubiese reconocido, le preguntó ¿qué piropo, señorita? Los viejos muchachos del 68 se abstuvieron hasta de mirar.

—¿Cómo, ya no se acuerda de mí? —insistió Octavia, con voz temblorosa, apretándome como nunca la mano.

Pobrecita. Lo que tuvo que oír, sabiendo lo que sabía.

—Le ruego que me perdone, señorita, pero la verdad es que esta noche me encuentro en un estado sumamente avanzado de ebriedad.

Después se apoyó nuevamente en la barra, y Octavia hizo un ligero intento de tocarle la espalda. Inútil. Sus razones tenía para saber que era inútil. Y ahí se quedó, dándole la espalda para siempre, su primer y último amigo clochard. Yo, en todo caso, nunca volví a verlo sino de espaldas.

Y en el Rancho Guaraní aprendimos a quererte más que nunca, Comandante Che Guevara, porque Octavia no paró de pedir que le tocaran otra vez esa canción, ya un poco pasada de moda, y al público hasta le molestaba el asunto pero don Cristóbal debió haber notado algo especial esa noche. ¿Te dirigías a él con un tono de voz desesperado? ¿Miraste alguna vez a la eternidad? Cómo no haberme dado cuenta de nada, Octavia, si aquella noche por primera vez me habías dicho que tenías que regresar directamente a tu casa y yo te había preguntado por qué y tú te habías limitado a exclamar Maximus tres veces.

Eran las dos de la mañana cuando llegamos a la Porte de la Muette y, como siempre, Octavia le explicó al taxista que nos siguiera hasta su casa porque después debía llevarme nuevamente al Barrio latino. Pero al Barrio latino llegué a eso de las seis y media de la mañana y en el primer Metro del día. Compré *croissants* para desayunar en mi departamento con un buen café con leche y ponerme a pensar que no era verdad. Octavia había llegado a su puerta blanca, yo estaba subiendo a mi taxi, que también era blanco, cuando me di cuenta de que el taxi que hace un instante estaba vacío, estaba ocupadísimo ahora. Un tipo adelante, dos tipos atrás, en fin, apenas había sitio para mí pero ellos insistían en que subiera yo también. Empecé a discutir, a pedirle al taxista que le explicara a esa gente, que la hiciera bajar, que yo lo había visto primero, pero resulta que también el taxista insistía en verme subir y en que yo me fijara en unas tarjetitas tipo credencial, en fin, algo que no tenía nada que ver con las tarjetas de visita ni con las cartas de crédito, sobre todo porque yo nunca había visto tarjetitas como ésas más que en el cine. Debo reconocer, en honor a la verdad, que se trataba de gente bastante bien vestida, que ninguno llevaba ese tipo de impermeable que hace juego con ese tipo de tarjetita, en el cine, y que me estaban tratando como pocas veces se me había tratado en París. Me invitaban a tomar un vaso de leche y todo. Pero tenía que subir, para lo cual tuvo que bajar uno de ellos, porque me tocaba viajar atrás y en el medio.

Llegamos a la comisaría del distrito y lo primero que vi fue policías y un retrato del Presidente de la República, sereno, sonriente, y popular, que es como salen siempre los presidentes en estos casos, porque cuando les toman la foto acaban de ganar las elecciones y están felices con su banda presidencial sobre el terno azul marino. Sólo De Gaulle era diferente en Francia con su uniformazo, y qué diferente es América Latina a Francia porque allá constantemente cambian de foto, de fotógrafo, de terno, de uniforme, y hasta de toque de queda, y el que se queda a veces se queda siglos en la foto que yo estaba mirando cuando me vinieron a avisar.

—Por aquí, por favor. Siéntese, por favor.

A la pregunta: ¿Frecuenta usted a la señorita Octavia de...?, respondí que muy frecuentemente y que a mucha honra, porque acababa de dar en el clavo. Y hasta intenté ponerme de pie porque pensé en ti, mi querido Leopoldo, pero el tipo de atrás me dijo quietecito, señor Romaña. A Octavia la imaginé durmiendo muy mal, porque hacía meses que a esa hora dormía siempre conmigo, y dije pobrecita, sin querer queriendo.

A la pregunta: ¿Por qué ha dicho usted pobrecita?, respondí con una sonrisa llena de ternura y emoción, porque con ese diminutivo realmente me sentí tan cómodo como en mi casa con Octavia.

A la pregunta: ¿Ha entendido usted mi pregunta, señor Romaña?, respondí que sí, y que la había respondido muy sinceramente y a mi manera, como en la canción de Frank Sinatra que a Octavia de Cádiz le encantaba.

A la pregunta: ¿Octavia de qué?, respondí que ésa sí que era una historia muy larga de contar y que tenía incluso la intención de escribir una novela sobre el tema, pues deseaba revisar a fondo el mundo, empezando por mi esposa.

A la exclamación: ¡Pero se ha casado usted con la señorita Octavia?, respondí que no pero que pensaba hacerlo no bien terminara con los trámites de divorcio que tenía ya iniciados con mi primera esposa.

A la sonrisa de satisfacción: ¿Y cree usted sinceramente que se podrá casar con la señorita Octavia de...?, respondí ¡Maximus! ¡Maximus! ¡Maximus!, porque era todo lo que me había dicho hasta entonces Octavia sobre el particular, pero añadí que, dado lo dispuesto que estaba a no dejarme arrancar las últimas migajas de ilusión, me casaré con ella, señores.

A la sonrisa más amplia de satisfacción: ¿Y no sabe usted que usted no puede ni debe ni se le permitirá acercarse siquiera a esa señorita?, respondí, intentando nuevamente ponerme de pie sin lograrlo, ¿por qué no?

A la risa que les produjo mi respuesta en forma de pregunta, respondí con una nueva pregunta: ¿De qué se ríen, señores?

A la asquerosa afirmación: Nos reímos de usted, señor Romaña, porque esta noche ha visto usted por última vez a esa señorita, y ya es hora de que desaparezca de este barrio y se encuentre una latinoamericanita como usted, agregué, aunque sin lograr ponerme de pie esta vez tampoco: Señores, hasta el momento, a mí francamente no me habría importado que cualquiera de ustedes se casara con una latinoamericanita, con una de mis hermanas, incluso, aunque bueno, mi familia sin duda... En fin, a lo que iba: ¿Podría alguno de ustedes casarse con la señorita Octavia de...?

Eran como las cinco de la mañana y el problema seguía sin solución, por culpa de mi última pregunta, o sea que optaron por traerme un sustancioso vaso de leche. Agradecí cortésmente, pero sin lograr ponerme de pie, dije hasta verte Jesús mío, como en México, y me mandé el vaso seco y volteao, como dicen en el Perú. Y me puse sentimental, aunque sin encontrar eco alguno a mis palabras, por lo cual puse fin a mi perorata de amor con unas palabras de Juan Rulfo que ellos interpretaron mal, a juzgar por la cara de satisfacción que pusieron. Les repetí las palabras, para que entendieran de una vez por todas, pero nuevamente pusieron cara de satisfacción. Y entonces dije, por tercera vez, realmente no se puede contra lo que no se puede, y también yo les puse la más cortés, valiente, e irónica sonrisa de satisfacción, preguntándoles en seguida dónde estaba el papelito que tenía que firmar. Ninguno, señor Romaña, no tiene usted que firmar ningún papelito. Todo ha quedado claro, gracias a su amable cooperación, y ahora puede usted salir, tomar su Metro tranquilo, vivir tranquilo, buscarse una muchacha tranquilo, porque como usted mismo ha dicho, no se puede contra lo que no se puede.

Me despedí con ligeras inclinaciones y ya me disponía a cruzar el umbral de la puerta que daba a la sala del Presidente de la República de la foto, cuando alguien me llamó la atención sobre el hecho de que me fuera tranquilo, pero no hasta el punto de llevarme el vaso. Perdón, les dije, dejándolo sobre una mesita con un cuarto y definitivo no se puede contra lo que no se puede. Sus palabras no podrían ser más precisas, oí que decían, como quien me hace adiós alegremente. En la calle, inhalé, exhalé, y le di las gracias a Juan Rulfo por sus palabras de aliento y por el aire puro de las cinco de la mañana.

Terminé de desayunar y lo único que era verdad es que no hay nada más rico que un *croissant* y un buen café con leche a las siete de la mañana. ¿Qué hacer? En Leopoldo no quería ni pensar, o sea que armé la ducha y estuve cantando bajo la lluvia en el Piccolo Teatro del Mundo. Después me fui a tumbar sobre el diván de Octavia, pero ni por contagio logré soñar que era rey. Nada, ni siquiera logré dormir. Diez de la mañana. Pasaban horas pero por nada de este mundo lograba que fueran las once de la mañana. ¿Sabrá o no sabrá Octavia? A las doce decidí, por fin, llamar de la embajada norteamericana, pero el acento me salió tan mal que hasta el mayordomo estuvo a punto de decirme la señorita no está para usted, coronel. Lo noté en su voz. Octavia acababa de salir. Y una media hora después, Octavia acababa de llegar como si nada.

—¡Octavia! ¡Octavia! ¡Octavia! —exclamé con santo y seña.

Si responde, es porque lo sabe todo. Pero si lo sabe todo, ¿cómo demonios ha logrado escaparse? Eso es lo que estaba pensando cuando Octavia, abriendo enormes los brazos, me soltó su tres veces ¡Maximus!, dejándome turulato, motivo por el cual abrí también los brazos, hasta que me sonó un huesito en la espalda, y opté por un santo y seña mucho más eficaz:

—Quien mucho abarca, poco aprieta, mi amor, ¿me entiendes?

—¡Maximus! ¡Maximus! ¡Maximus! —me entendió perfectamente Octavia, porque ella sabía muchísimo más que yo, pero al mismo tiempo no sabía nada.

O sea que procedí a contarle todo lo que ustedes ya saben, tras haberle dicho mi amor, baja los brazos y para la oreja. Me escuchó bien sentadita en el diván, mientras yo hablaba desde aquí, desde el sillón, y terminaba preguntándole exactamente las mismas cosas que le estoy preguntando aquí.

A la pregunta: ¿Cómo me llamo?, Octavia respondió: te llamas Martín Romaña, tras haberlo pensado un ratito.

A la pregunta: ¿Sabes o no que tu padre es un cabrón?, Octavia respondió: ¡Maximus! ¡Maximus! ¡Maximus!, tras haberse sujetado la mano de las bofetadas.

A mi exclamación: ¡Mi nombre es Martín Romaña Parkingson y a mucha honra!, Octavia respondió arrojándose a llorar en mis brazos y depositando en ellos todos los Maximus del mundo.

La habitación olía profundamente a bencina cuando me convenció, a punta de asegurarme que estaba totalmente convencida de ello, que su padre era totalmente incapaz de semejante cosa. Sí, era cierto que en su casa le habían prohibido hasta pensar en mí. También era cierto que ella se había estado escapando desde que regresamos de Bruselas. También era posible que se hubiesen dado cuenta de todo. Pero Martín, créeme, por favor, Richard, júrame que me crees, Maximus, júrame que me crees y que jamás me volverás a decir que mi padre es un cabrón.

Cerré la cortina del amor, y juré. Y qué no juré, instantes después, mientras nos íbamos desnudando y quedamos en que ella, seguro, había hecho ruido al entrar; en que el mayordomo, seguro, se había asustado al salir; en que el mayordomo, seguro, se había tranquilizado al ver que me iba en un taxi blanco; en que los policías, seguro, formaban parte de la guardia privada del Barón Dandy, cuya mansión quedaba un poquito más allá, entre los árboles; en que los policías, lógicamente, sabían quién era ella; en que los policías, lógicamente, no sabían quién era yo;

en que los policías, lógicamente, decidieron averiguar quién era yo; en que claro, si no cómo se explica lo del vaso de leche; y en que el verdadero cabrón, en el fondo, era el mayordomo que, seguro, ya te había visto muchas veces y te conoce muy bien y habría podido correr a avisarme, Maximus, y...

—En efecto, mi amor, no hay nada más reaccionario que un mayordomo de familia reaccionaria. Ése es el verdadero cabrón.

Tras haberme hecho jurar que reaccionario y cabrón no eran sinónimos de padre, Octavia y yo quedamos completamente desnudos, pero el diván, no sé, como que no nos hacía caso, y a mí me dio un escalofrío terrible. Y ahora, perdónenme, pero me está sucediendo algo rarísimo. Un moscón me ha estado volviendo loco hace rato. No cesaba de pararse sobre mi cuaderno. Por fin, se instaló en la página anterior, agarré como pude un libro que tengo aquí al lado, sobre una mesita, y logré enviarlo al otro mundo tras haberle gritado ¡cabrón! y pegarle tremendo librazo. Ha quedado una manchita roja, para el que quiera pruebas. Un profundo escalofrío, que sólo puedo calificar de increíblemente retrospectivo, me ha probado que se trata de un verdadero caso de reencarnación con piel de gallina, porque ese moscón apareció exacto en aquellos momentos en que Octavia y yo contemplábamos la indiferencia del diván. Tratamos de espantarlo mil veces, pero volvía y volvía con el mismo zumbido desesperante del que acabo de matar. Por fin decidí agarrar el mismo libro que ahora, porque lo estoy releyendo, y le di a la primera y al grito de ¡cabrón!

—¡Maximus! ¡Maximus! ¡Maximus! —exclamó Octavia, totalmente convencida de la identidad del cabrón, y en un santiamén había abierto enormes los brazos sobre el diván. Yo abrí los brazos hasta que me sonó un huesito en la espalda, y me dejé llevar por el diván.

Por la noche apareció muerto el portero con una rendijita de la puerta abierta y sin robo. Quise mostrar algún tipo de solidaridad humana, pero la junta de vecinos me hizo comprender que no siendo yo propietario sino inquilino, y tirando más a guardián, no tenía vela en ese entierro. En realidad, lo que deseaban era que madame Forestier, por su mayor experiencia en estos menesteres, participara en la junta especial que examinó las nuevas candidaturas. Eran millones, según me enteré por monsieur Forestier, una triste tarde de mucha lluvia. Con cuatro manzanas en las manos y una infinita tristeza en el rostro, se explayó:

—Dios perdone a Francia, señor Romaña. La llaman la hija predilecta de la Iglesia y mire usted: cada año más vocaciones de portero y cada año menos vocaciones sacerdotales.

—Dios nos perdone a todos, monsieur Forestier —le dije, tratando de animarlo. Y al cabo de un ratito tristísimo, agregué—: ¿Y sus hijas, monsieur?, porque realmente no lograba animarlo con nada.

De portero salió elegida, en vista del alcoholismo de los demás candidatos, la portera española Soledad Ramos Cabieses, que ya tendrá su capítulo, pero que de entrada terminó con la querella acerca de la muerte de su predecesor. Unos decían que fue un infarto; madame Devin opinaba que lo habían asesinado por no tener un perro; otros afirmaban que fue de puro viejo. Y cuando fui consultado por madame Forestier, le dije que había muerto en el cumplimiento de sus deberes de portero, pues ha expirado con la puerta observadora apenas entreabierta, madame, cosa que a ella le encantó, por fina, por alejada de las menudencias del edificio, y por digna de mis relaciones sociales. A Octavia de Cádiz también le encantó, pero por lo ingeniosamente que me había cagado en los muertos de madame Forestier. Soledad Ramos Cabieses llegó, puso sus maletas en el suelo, abrió, miró, y exclamó: ¡Esto me lo desinfectan hoy mismo! ¡Aquí basta con abrir y mirar para saber que el anterior era un cabrón!

Hablando de cabrones, digamos que la vida seguía adelante y que Octavia continuaba llegando cada día más temprano y que nadie me había vuelto a molestar por acompañarla cada mañana a su casa, no bien sonaba el despertador. Pero no era así, Octavia, y ahora quiero que sepas cómo y por qué hubo por lo menos un par de semanas en que tú y yo vivimos exactamente las mismas cosas. Con una diferencia, lo reconozco, tú tuviste que ver para creer que tu padre era un verdadero cabrón. Yo, en cambio, lo supe desde que supe quién eras tú. Desde la tarde aquella de mi larga caminata con Leopoldo, en Solre. Tú dormías mientras él me explicaba el asombro de su mirada cuando nos vio juntos en Bruselas. Aparte de eso, que es enorme, el resto fue igual para los dos. A mí me había llamado el embajador del Perú para contármelo todo. Segundo y afectuoso aviso, tras las veladas amenazas de tu padre, cuando fue a preguntar por mí y el embajador lo encontró tan grosero que le dijo, textual, Martín Romaña es un peruano que honra a su país. Pero a mí me tuvo que advertir. No se puede contra lo que no se puede, embajador, le respondí, y me despidió con palmadas de afecto en la espalda: cuídese, Martín.

No me cuidé, mi amor. No me cuidé porque era horrible verte llegar cada día más alegre, más abstracta, más doble, y porque era desgarradora la manera en que lo hacías todo como si fuera la última vez. El diván, Octavia, no cesabas de decir mi diván, mi diván, mi diván, y a veces, cuando hacíamos el amor, te aferrabas a ese mueble de porquería como si el mueble fuera yo. Y el último día, ¿coincidencia?, llegaste a las diez de la mañana y me despertaste diciéndome hoy he venido más temprano que nunca porque necesito disfrutar más que nunca de mi diván. Nunca te comprendí más. Si yo quería tanto a mi esposa, cuando tú apareciste, por qué no ibas tú a querer también a tu familia cuando yo aparecí. Mi esposa se fue para siempre y qué importancia tenía entonces que en lo más hondo de mí continuaran vibrando los viejos recuerdos, ya ni buenos ni malos, sólo tiernos recuerdos de una muchacha que estornuda en Brasil y yo sueño que ha estornudado en París. Eso era problema mío. Problema tuyo y mío era que tu familia sí existiera. Entonces yo te propuse lo que tú me habías propuesto ya. Fugarnos. Que escogieras, ahora que por fin yo había terminado de comprenderlo todo. Pensé: si me deja, será porque hay gente que me acusa de ser exactamente todo lo contrario de lo que decidieron Inés y un grupo de gente. ¿Cuál de los dos soy? Pero estos argumentos los dejé de lado cuando te propuse fugarnos. ¿Por qué los dejé de lado? Porque yo no tuve que escoger, Octavia. Fui escogido, por decirlo de alguna manera. Escogido por Inés, primero, y por tu familia, después. Todos estos argumentos los dejé de lado porque no quise influir en nada en ti, aunque te confieso, sí, te confieso que te propuse fugarnos cuando como nunca te vi aferrada al diván.

—¡Maximus! ¡Maximus! ¡Maximus! —exclamaste.

¿O suplicaste?

—Entonces no sé quién soy —murmuré.

Y gracias, amor mío, por no haberme dicho Maximuski en aquella oportunidad. La Sopa China. El Rancho Guaraní. Ya nada era lo mismo. Y tu relación con el diván se convirtió en algo realmente desgarrador. Bencina. Un par de días más. Verdaderas carcajadas y bencina. Es lo que recuerdo. Y nuestra estrategia: regresabas sola a tu casa. ¡Qué maravilla! Y hasta cuándo creías que iba a durar todo eso. ¿Una eternidad? Dos días, mi querida Octavia, y tu padre es un cabrón.

Yo acababa de acompañarte al auto de Jean Pierre. Al auto de Jean Pierre sin Jean Pierre. Mierda, Octavia: eras realmente enternecedora. Y por ser tan enternecedora le habías pedido prestado su carro a Jean Pierre, te habías vestido de luces con escote, me habías dejado manejar a mí, habíamos paseado sin rumbo fijo por París, me enseñabas cada estatua, cada ventana, cada jardín. Fabuloso todo. Llegamos al parque Monceau. Te propuse caminar. Una banca. Nos estábamos besando. Un *voyeur* en la banca de al lado. Te crispaste todita. Vámonos. En casa te ibas a aferrar al diván. Pero antes, de lo que se trataba era de llegar en ese auto, tú con ese traje, yo llevándote del brazo, impresionar a Soledad Ramos Cabieses, la nueva portera. Ya le daremos su lección. Martín Romaña será respetado por lo que tiene, en vista de que nadie lo respeta por lo que es. ¿Quién es, qué tiene, Martín Romaña? A Soledad Ramos Cabieses le importó un repepino. Su total indiferencia me hizo una gracia increíble. A ti no te hizo la menor gracia, Octavia. El diván. La Sopa China. El Rancho Guaraní. Tímidamente, pediste que te cantaran tu canción. Aprendimos a quererte. Me sonó terriblemente a canción de despedida. ¿A ti también?

El diván. El despertador. La acompaño hasta el automóvil de Jean Pierre. La noche aún está en la calle. Hacemos cualquier cosa menos aferrarnos. En realidad, lo que hacemos es estirar los brazos, poner cada uno las manos sobre los hombros del otro y mirarnos hasta estallar en carcajadas. Qué lejos y qué cerca estamos. Te beso, te pido que no te olvides, mañana, de traer tu pijama turquesa. Ya debe estar limpio. Sí, Maximus, sí, Martín, me dijeron que para mañana me lo tenían listo. Te abro la puerta del auto. Cierras. Me inclino para acariciar tus cejas por la ventana. Me traen suerte, te digo, como siempre al despedirnos. Tratas de encender el motor. No enciende. Te has olvidado de algo que hay que soltar o que apretar. Estos juguetes de lujo, comentas. Estos juguetes de lujo, repito. Adiós.

Las persianas de Soledad Ramos Cabieses aún están cerradas. Te veo voltear la esquina y me empujan por detrás. Reacciono: tercer aviso. Avance. Y como deje de avanzar... ¿Una pistola? Tufo de alcohol. Avanzo. En la esquina hay una furgoneta con el motor encendido. Me hacen subir por atrás. Adentro hay tres hombres sentados en una banqueta. Huele a licor. Botellas vacías en el suelo. El tipo que me ha traído cierra la puerta y dice ya. El tipo que maneja voltea, me mira y arranca. Empiezan los golpes y caigo al suelo de espaldas. Trato de ponerme bocabajo, de cubrirme la cabeza con los brazos. Veo cómo me dan un botellazo.

Es todo lo que supe de este asunto, desde que reaparecí tirado en una cama del hospital Cochin, y hasta hoy. Lo demás fueron un par de detalles burocráticos y una carta de Octavia. Primero vino la carta, por supuesto, porque la burocracia siempre es lenta. Faltaba todavía una radiografía de la cabeza. Faltaban aún varios días de oscuridad y reposo, por lo de la conmoción cerebral. Faltaba todavía una semana para que me quitaran los puntos. Treinta en total. Más de diez en la cabeza. Tres en una ceja y dos en la otra. Varios más en los labios y cinco en la mejilla interior derecha. Me sorprendía tener la nariz intacta y me la tocaba a cada rato, en vez de los bultitos. ¿Quién fue? Sólo el padre de Octavia lo sabe. ¿Por qué fue? No se necesitaba leer la carta de Octavia para saberlo.

Adorado Maximus,

¡Cómo explicarte el dolor, la tristeza, el desgarramiento! Eros llegó ayer de Italia y no sabes el bien que me ha hecho verlo. Partimos todos a esquiar a Suiza. Su familia nos espera allá. Aprendí a adorarte, Maximus. No lo olvides, por favor. Ha llegado el momento de ser muy fuerte. Recuerdo a Vallejo: «Tanto amor, y no poder hacer nada contra la muerte.» La nieve... El frío... La tristeza... La pena... El absurdo... La nada... Zalacaín nunca más y siempre,

Octavia de Cádiz.

Es la única carta que no le contesté. Digamos que habría tenido que insistir en que su padre fue un cabrón. Respondí, en cambio, la carta que me enviaron de la Prefectura de París. Debía seis francos por el uso de una unidad del Socorro Policial. Me habían recogido a las ocho en punto de la mañana, en la rue Veronese, París 13, y me habían trasladado al hospital Cochin. Más o menos un par de horas de paseo entre París 5 y París 13. Envié un cheque por doce francos. Seis por el viajecito hasta la rue Veronese y seis por el segundo viajecito. El cheque fue cobrado, sin duda porque no añadí comentario alguno a la irónica suma que en él figuraba, y por eso debo decir que, hasta hoy, sólo el padre de Octavia sabe quién fue. El tiempo diría lo que supo Octavia.

Un día me levanté, hice gimnasia, tiré el último cigarrillo de mi vida a la basura, y me instalé en mi sillón Voltaire para volver a empezar.

TRABAJO NUEVO, VIDA VIEJA

Releía como siempre la poesía de Vallejo y empezaba a pensar que era una revisión, para uso de latinoamericanos, del *París era una fiesta*, de Hemingway. Me saltaba, por supuesto, aquel poema que dice: Me moriré en París con aguacero, un día del cual tengo ya el recuerdo. Pero en cambio a cada rato me descubría con el índice pegado en un nuevo verso del poema sobre los golpes: Golpes como del odio de Dios... Comprendí entonces hasta qué punto Vallejo tenía razón, pero una tarde me cansé de tanta poesía y decidí emprender el interminable camino del olvido de Octavia. Operativo O-O. Olvido de Octavia. El día que, en vez de decir O-O, dijera cero-cero, habría olvidado a Octavia, en inolvidable empate, déme un comprendido, por favor, Artacho. Me arrojé al suelo y casi me suicido a punta de abdominales, pero dejar de fumar me fue imposible, en cambio, o sea que los ejercicios los hacía entre pitada y pitada y a las lágrimas que empapaban la alfombra les llamaba sudor O-O.

Las recaídas, sin embargo, eran terribles, y había que empezar con todo otra vez. Me explico: yo había dividido el resto de mi vida en triunfales jornadas de veinticuatro horas, porque cada día sin hablar a solas con Octavia era un triunfo de la vida sobre la muerte en vida, un horror perfectamente planificado y logrado, gracias a que el día tiene veinticuatro horas, ni un segundo más, desde que Dios existe y el hombre es un animal de costumbres, y gracias también a un instinto de conservación que me impedía morir de un lanzazo en pleno torneo, como en los viejos tiempos, cuando los héroes de las novelas o se morían o se fugaban de amor.

Hay que reconocer que mi empecinado instinto se batía con handicap en contra, y todo por culpa de Tanatos, que en este caso se llamaba Eros y estaba esquiando con Octavia en Suiza. Sólo a mí me pasa. A veces, sin embargo, el condenado me traicionaba un poco. Por ejemplo aquella tarde en que me reí un poco con algo que leí en una revista, y automáticamente me pegué tremenda bofetada. Perdón, me dije, y estaba a punto de darme un besito en la yema de los dedos, para llevármelo luego a la mejilla, cuando el diván se convirtió en un inmenso imán y yo fui ese clavito que se quedó pegado ahí como mil ceros a la izquierda. Opté, pues, por no volver a reírme en mi vida. En lo que al diván se refiere, lo cargué en peso y estuve como media hora sin saber qué hacer con él. Hasta que por fin tomé la siguiente decisión O-O: a *la otra parte*. No cabía, mierda, y no me quedó más remedio: lo puse sobre la hondonada y salí disparado.

Y así llevaba ya dos semanas, una vez, cuando vino esa terrible coincidencia de día y hora. Yo salí a comprar una botella de vino con tapita de plástico, en una tienducha sin tapita de la rue Mouffetard, y al abrir la puerta salió Octavia con dos botellas de la misma cosecha. La dejé pasar, y ni cuenta se dio de que la había dejado pasar. La dejé atravesar la calle, y ni cuenta se dio la hija de don Juan Alva. La dejé arreglarse mi sombrero negro, y ni cuenta se dio la hija de aquel cabrón, ahora sí. Y así hasta que subió a su carro y le dio un besito a cada botella en plena tapita de plástico. Del resto no sé si se dio cuenta pero lo cierto es que cuando desapareció, la estatua inhalante que era yo le mandó un impresionante estatuario a la felicidad, se compró siete botellas de vino, y al cerrar la puerta de su departamento logró por fin decirle hola, mi amor, mientras abría la primera botella, pensaba en un disco muy triste, y decía estos conchesumadres ya regresaron de Suiza.

Hay que volver a empezar, fue lo primero que me dije, al día siguiente, mientras me dirigía en busca de todos mis alka-seltzers y cerraba para siempre el frasquito de bencina que aquí tengo abierto sobre el libro del moscón de hace un rato. Primero hice trampa, habilísimamente, y me dije Martín, todo ha sido un sueño, y hoy empiezas, como lo tenías pensado, tu tercera semana una vez más. La cuarta semana la empecé en la Universidad de Vincennes, tras haber presentado mi renuncia con carácter irrevocable en la Universidad de Nanterre, en vista de que me habían expulsado y en mi nuevo trabajo me pagaban mejor. Y ahí fue que me entraron los muñecos. Empezaba el lunes próximo, uno de mis nuevos colegas debía presentarme ante los alumnos, y los alumnos, según se decía por ahí y por todas partes, eran los sobrevivientes creyentes y practicantes de mayo del 68. Si tu clase no les gustaba, te ponían el basurero de sombrero, y si tus clases, muy excepcionalmente, les gustaban, tenías que emborracharte con ellos, acostarte con ellos y ellas, prestarles dinero, invitarlos a comer, aceptar sus invitaciones a comer y, al terminar la comida, partir de viaje con ellos rumbo al jardín de los senderos que se bifurcan por efecto de la droga.

Pobre Universidad de Vincennes. El Gobierno no estaba de acuerdo con ella porque ella no estaba de acuerdo con el Gobierno y porque los alumnos seguían siendo ingobernables. O sea que le empezaron a cortar el gas y ya apenas si alumbraba cuando yo llegué ahí. Y sin embargo, cuánto mejor me sentía que en Nanterre, cuánto más libre fui para trabajar a mi gusto, aunque reconozco que a veces tuve que dar clases en una escalera mientras la gente subía rumbo a otra clase que, a lo mejor, estaba en otra escalera, porque ahí ya no cabía ni una mosca y además los alumnos y los provocadores habían amoblado sus cuartos de estudiantes con sillas, pizarras y mesas. Las cabinas telefónicas las vendían para comprar droga y mantenerse rebeldes. Por la noche venían otros alumnos, que eran y no eran alumnos, pero que yo siempre consideré excelentes alumnos. Era gente que trabajaba de día y que, como había trabajado toda su vida, no tenía diplomas para entrar a una universidad pero a Vincennes sí se podía entrar porque a Vincennes se podía entrar hasta desnudo. Esto último era lo que se llamaba el derecho a la locura, en uno de sus aspectos, porque había todo tipo de aspectos. Como había también todo tipo de profesores y de alumnos de día y de noche, y por eso una tarde se me acercó un muchacho en desesperada búsqueda de un profesor normal, digamos. Resulta que al pobre le había tocado un profesor chileno, tan pero tan bueno, y otro de historia, tan pero tan malo, que ahora lo que necesitaba, según me dijo, era un profesor de nivel intermedio como yo.

De Vincennes me quedará siempre el recuerdo de muchos amigos, de una gran penuria, de un gran aburrimiento final, pero me quedarán sobre todo tres recuerdos: el del día de mi llegada, el de la primera reunión de profesores a la que asistí, y el de Catalina l'Enorme. El día de mi llegada estuvo precedido nada menos que por la noche anterior a mi llegada. Yo estaba muriéndome tranquilamente de miedo en mi casa, porque mañana debuto en la contestación permanente, cuando alguien tocó el timbre, cosa horrorosa desde que Octavia desapareció. Al primer toque, me decía ya viene esta vieja de mierda otra vez por manzanas; al segundo, me repetía lo mismo, aunque me incorporaba con alguna vaga esperanza, por más espaciado que fuera. Y muchas veces el tercero no me lo espaciaban y salía disparado en busca de visitas, pero casi siempre era monsieur Forestier que se había distraído. Con el tiempo llegó a ser prácticamente mi única visita, porque a madame Forestier le cerraba siempre la puerta del saloncito y así pasaba de frente al cuarto de las manzanas y no tenía ni que saludarla. Al juez, en cambio, lo saludaba siempre, lo ayudaba a escoger sus manzanas, y luego me ayudaba él a escoger las mías, y por último, cuando instaló su despacho entre las manzanas, lo ayudé en varios problemas jurídicos, tras haberle mostrado mi diploma de abogado peruano. Me llegó a tener una confianza increíble, y en pago de mi ayuda me traía siempre una fotocopia del evangelio del domingo anterior, para que yo la usara después en mis cursos de traducción francés-castellano, con la esperanza de que le llevara la buena palabra a la juventud de hoy, y muy especialmente a la de Vincennes, señor Romaña, mi esposa realmente no comprende cómo puede usted trabajar ahí, con lo que dicen los periódicos... Pero hay que luchar, hay que luchar, hay que luchar... Lo interrumpía diciéndole que ésa era la nueva misión de los nuevos pedagogos, en vista de que ya se empezaba a hablar de la nueva derecha, de los nuevos filósofos, y de los nuevos románticos, y eso a él le inspiraba una confianza total, por lo cual logré desviar el curso de varias de sus sentencias y cuánta gente ignora que me debe la libertad en Francia.

Me he desviado del asunto del timbre, que llegó a ser una obsesión tan importante como la del teléfono, hasta que un día un tango me enseñó: Cuando estén secas las pilas de todos los timbres que vos apretás. Opté por el silencio con orgullo, como con el teléfono, siempre y cuando no fuese nasal, pero ya nunca más volvería a ser nasal, por primera vez. Mi timbre era una pila seca, yo era otra pila seca, todo lo que no fuera Octavia era una pila seca, y Octavia era la pila que secó el odio de Dios. Pero sonó el timbre y yo andaba con los muñecos porque mañana debuto en Vincennes. Y volvió a sonar el timbre hasta que sonó por cuarta y quinta vez y yo tenía varias botellas de vino que secar. Corrí a abrir, y apenas si la reconocí. Del nombre sí que no lograba acordarme, pero en fin ya había entrado y ya se había instalado en mi Voltaire, nada menos.

—¿Quieres vino? —le pregunté.

Abrió una especie de mochila que traía y sacó dos botellas y un tirabuzón.

—No recuerdo tu nombre —le dije, aprovechando la calidez del ambiente.

—Uno no es su nombre.

—Tienes toda la razón del mundo —le dije, recordando que yo era Martín Romaña.

Simpatizamos en profundo silencio y por fin me pidió que le pusiera música latinoamericana. Le saqué varios discos, le pedí que escogiera, pero apenas si les echó una miradita. Cogió nuevamente su mochila, sacó un disco de don Cristóbal y su conjunto paraguayo, y me preguntó si lo había escuchado.

—Lo he vivido —le dije.

—La vida es una mierda.

—Bueno, la verdad es que aún no tengo una opinión definitiva sobre el asunto.

—Ustedes los intelectuales: dudando siempre.

Por fin sonrió y por fin di con su nombre: Josette, Jo para sus amigos gochistas. Había sido mı alumna en Nanterre pero la verdad es que había adelgazado tanto, se había encogido tanto, y estaba tan pálida, que a veces me parecía que no era ella. Con la segunda botella le declaré que la vida era una mierda y con la tercera ella me declaró que la vida era muy bella porque su compañero acababa de irse a la mierda, por fin, y por fin se sentía libre para hacer lo que le daba la gana. Le pregunté si le daba la gana de tomarse la cuarta botella y terminamos tomando la quinta y la sexta con un hambre espantosa.

—Vamos a mi casa —me dijo—; estoy en auto.

Fui sin preguntar nada, y resultó que su casa quedaba donde el diablo perdió el poncho, ni recuerdo cómo se llamaba ese suburbio triste y oscuro. Sólo recuerdo que nunca me amaron tanto y que nunca me mandaron tan rápido a la mierda como aquella vez. También yo la amé como loco, porque cuando Josette gritaba ¡Patrick, te amo, Patrick!, yo gritaba ¡Zalacaín, te adoro, Zalacaín! Después hubo una pausa con más vino y ella me confesó que Patrick era el compañero que se había ido a la mierda, por fin, a lo cual yo respondí que Zalacaín era la compañera que se había ido a la mierda, por fin, también. Y después de la pausa vitivinícola hubo otra horrible escena de amor entre Patrick y Zalacaín, y así hasta que Josette apagó la única vela que había en ese entierro y yo le recordé que dentro de unas horas empezaba a trabajar en Vincennes.

—Arréglatelas como puedas —me dijo, llorando.

—Pero cómo, ¿para qué me has invitado, entonces?

—Porque quería tirarme un polvo y me di cuenta de que estaba cerca a tu casa...

Mierda, me dije, modelo 68 bastante deteriorado. Y en efecto, Josette se quedó dormida llorando y yo dale con no encontrar ni la vela ni mi ropa y en el camino ella me había dicho que, entre Metro y tren, tardaría un buen par de horas en llegar a Vincennes. Encendí un fósforo, miré la hora: tenía con las justas dos horas para llegar a mi primera clase y sabe Dios dónde quedaría la estación del tren. Me vestí como pude y con lo que pude, y aparecí en Vincennes completamente borracho, con una estrechísima blusa blanca, un calcetín verde que era mío, otro rojo que era de Josette, y un buen cuarto de hora de atraso. Pero el profesor que tenía que presentarme resultó ser un gran tipo. Se presentó primero él, porque nunca nos habíamos visto antes, y luego les dijo a los alumnos que yo era el profesor peruano que les había estado presentando antes de mi llegada. En fin, todo estaba listo y podía empezar a dictar mi clase. Al decir esto, volteó para darme la mano y despedirse, pero yo estaba en el suelo y sólo con su ayuda logré incorporarme.

—En fin, señores, los dejo con Martín Romaña, el profesor que les he estado presentando. —Y desapareció.

Iba a decir perdónenme, fueron los muñecos, no lo tomen a mal, hay golpes en la vida yo no sé, cuando noté que estaban todos muy tranquilitos, obedientemente instalados en sus sillas o en sus mesas, porque faltaban sillas y mesas, y que me miraban felices: Martín Romaña era el primer anti-profesor de verdad que llegaba a Vincennes, la verdadera y única encarnación de la contra cultura. Estaban tan felices que no me atreví a decirles que se trataba de un contrasentido. Los hubiera desilusionado demasiado. Y desde entonces, cada vez que algún colega amigo tenía problemas con un contra cultura, un desnudo, un deprimido, en fin, con lo que se llamaba un caso particular, en Vincennes, la broma preferida era decirle mira, inscríbete en el grupo de Martín Romaña. Y así se resume mi carrera universitaria en Francia: empecé por abajo, y terminé aplastado por mis responsabilidades contraculturales de anti-profesor. Una vez más, ¿quién soy?

EL ANTI-PROFESOR DEBUTA DE NUEVO

Es mi segundo gran recuerdo de Vincennes. Me habían convocado a una reunión de profesores, y realmente no sabía qué hacer con el problema de la ropa. No podía decepcionar a mis alumnos, pero tampoco me atrevía a presentarme a mi primera reunión y espantar a los nuevos colegas con la blusa de Josette, calcetines de colores diferentes, y uno que otro agregado más que completaba, hasta la perfección, mi exitoso atuendo de anti-profesor. Opté, pues, por un enorme sombrero, que no podía ser más que negro, y en una juguetería del barrio encontré justo el antifaz negro que necesitaba el Zorro. Luego, ejerciendo el derecho a la inadversión, me puse el único terno que tenía y la única corbata que Octavia me regaló en la vida, era verde como el trigo verde, la cabrona, logré llegar a la sala de profesores que era también sala de clases, por lo cual era también una escalera, casi, y ahí estuve dudando unos minutos ante la puerta: me quito o no me quito la máscara, demonios, lo maravilloso que sería pasar siempre inadvertido... Pero éstos son ya problemas que tienen que ver con mi espantosa timidez, más bien.

Fui recibido muy calurosamente, a pesar de las circunstancias de derecha en las que se produjo mi traslado de Nanterre, y por consiguiente empecé a preguntarme qué raro, no bien dejaron de fijarse en la fina seda de mi corbata de luto. Pero todo se aclaró muy democráticamente, no bien se eligió un presidente de sesión y éste procedió a pedirnos a todos que fuéramos muy breves en nuestras intervenciones porque el Gobierno había reducido aún más el presupuesto de la universidad y, por ofrecer nosotros tan poco dinero, continuábamos sin un sólo candidato a la licitación para cerrar la llave central de la calefacción central que se había quedado bloqueada al tope desde el verano pasado y esto parece el trópico, colegas. Se había procedido ya, eso sí, a nombrar una comisión investigadora de la llave central al tope, porque si se trata de un sabotaje gubernamental nos apuntamos un poroto ante la opinión pública, colegas. Lo malo, claro, concluyó el presidente de sesión, tras haber comprobado en su reloj que había sido breve, lo malo es que esta comisión tampoco puede funcionar por falta de fondos. Acto seguido, el profesor de historia que era tan pero tan malo, pidió la palabra para decir, en dos palabras, que lo que él sugería era que los fondos hasta hoy existentes para arreglar la llave bloqueada, se destinaran a la comisión investigadora del caso, porque hay que actuar lo más rápido posible, colegas. Nos miramos todos sin mirarse nadie, y el secretario de sesión tomó nota del pedido. Después anunció que pasábamos a la orden del día.

La orden del día era el wáter, y yo miré a todos pero nadie me miró a mí, por culpa del presupuesto de la universidad. El wáter ha desaparecido, resumió el secretario, por obra y gracia de los provocadores, como siempre, y si bien es absolutamente imprescindible adquirir uno nuevo, porque ya somos más de seiscientos en el Departamento de Español, lo cual prueba una vez más el éxito de nuestra experiencia pedagógica, también es imprescindible que el asunto se discuta lo más democrática y extensamente posible, a pesar del calor y la opinión que sobre el calor y la brevedad tiene el presidente de sesión.

—¿Por qué? —me atreví a preguntar, en un desesperado intento de debut.

Se me miró la corbata, se me explicó que había que pedir la palabra antes de que se la dieran a uno, y se me pasaron películas documentales sobre el problema del wáter. Resulta que el wáter robado era un wáter de asiento, y precisamente por eso era tan fácil robárselo. La solución al problema sería, por consiguiente, adquirir un wáter de hueco en el suelo, también llamado turco, en vista de que es imposible robarse un hueco...

—Yo conocí un tipo que se robó un hueco y se cayó en él —interrumpió un profesor que andaba con una impresionante depresión nerviosa y no pudo contenerse, por culpa de la penuria.

Se optó por una risa breve, debido al estado tan importante del profesor, y porque todos pensamos nuevamente en el presupuesto de la universidad, llamado también gestión de la penuria, como el wáter turco. Bueno, el wáter turco, señor Romaña, se me continuó explicando, tiene la gran ventaja de venir naturalmente equipado de un sistema anti-robo, pero tiene la enorme desventaja, a su vez, de ser doblemente machista e incómodo para las mujeres, pues éstas se sientan dos veces y nosotros los hombres sólo una, señor Romaña. Cartesianamente, pensé, el argumento podía desentornillarse con la misma facilidad que un wáter de asiento, pues todos hacemos mucho más pipí que cacá, pero preferí no insistir por mi terror al machismo y porque de todas maneras las mujeres terminan sentándose más, en vista de que se sientan siempre.

Un profesor de lingüística levantó la mano y explicó que lo hacía para pedir la palabra, pero otro profesor le dijo que ésa era una hábil maniobra sindical para ganar la palabra y que lo correcto en su sindicato, y en todos, desde que el sindicalismo existe, era pedir la palabra sin explicación previa alguna. Un tercer profesor, no sindicalizado, le dijo al segundo que ya estaba harto de sus clases de sindicalismo, y el presidente de sesión no tuvo más remedio que intervenir sin pedir la palabra, aunque se excusó por ello y levantó brevemente la mano, dándonos un ejemplo de brevedad, mientras continuaba explicándonos que no había que dejar que la calefacción influyera tan rápido en nuestros ánimos caldeados, en vista de que en todas las demás salas de la universidad hacía el mismo calor y las había peores aún porque no tenían vidrios rotos y las ventanas se habían ido bloqueando como la llave de la calefacción central, también por culpa del presupuesto. Pero, en fin, agregó, hoy nos hemos reunido por lo del wáter y les ruego permanecer sentados hasta que se solucione el problema y por más breve que resulte la sesión, en vista de que el problema, señor Romaña, debo explicarle, lo venimos discutiendo desde que desapareció el último wáter, cosa que usted sin duda ignora por falta de antigüedad y costumbre a la penuria, pero que todos hemos venido afrontando desde que se robaron el primer wáter y se puso el segundo y se lo robaron también. Entonces, señor Romaña, el señor Arnal, su colega de la izquierda, sugirió un wáter turco, y su colega de enfrente, la señora Gaillard, levantó la mano inmediatamente.

Inmediatamente levantó la mano la señora Gaillard, y me hizo saber que, si bien ella creía fervientemente que un wáter turco es un acto de machismo, creía también, y me lo hacía saber, que un voto del Departamento en pleno, porque el wáter concernía asimismo a los alumnos y a las secretarias, resultaba totalmente antidemocrático porque por cada estudiante del sexo masculino había veinte del sexo femenino, que también es un sexo y...

Pensé que habría que sumar el total de pipís y cacás, por sentarse las mujeres siempre y los hombres la mitad, juntarlo luego con la suma del sexo femenino, que era más, y del masculino, que era menos, todo cartesianamente, y entregarle ese gran total a una computadora IBM, para que nos resolviera democráticamente el problema. Pensé, digo, pero de ahí a hablar había una gran distancia, en vista de lo que puede costar el alquiler de una IBM y de que, para mi gran satisfacción, empezaba a acostumbrarme a la penuria más democrática del mundo, hay que reconocer.

El calor batió todos los récords cuando alguien resolvió el problema, agregándole al wáter de asiento, que daba satisfacción a todos, salvo en períodos de robo, una gran puerta blindada. La que se armó, Dios mío, ese tipo sí que era de derecha, tan de derecha que su intervención quedaría registrada en las actas como responsabilidad suya y nada más que suya, porque no bien se enteren los alumnos nos van a acusar de emplear métodos represivos.

—¿Por qué? —preguntó el responsable de su intervención—: ¿Acaso no todos cerramos la puerta cuando pasamos al wáter en casa, en los cafés, en el cine?

—Pero no en los urinarios públicos de París —levantó la mano otro—; en los urinarios públicos no hay puertas y por ahí podrían agarrarnos los alumnos y acusarnos de represivos.

—Podríamos tratar de obtener el apoyo de las secretarias —levantó la mano una colega.

—Sólo hay una —levantó la mano otra.

—Falso: hay dos secretarias —levantó la mano el presidente de sesión.

—Pero una está siempre con surmenage —levantó la mano el secretario de sesión.

—Tengo hambre —levantó la mano el colega de mi derecha.

—Moción aprobada por unanimidad —levantó la mano el colega enfermo.

—¿Qué hacemos, entonces? —nos miró a todos el secretario.

—¿Con el wáter o con el hambre? —levantó la mano el colega Arnal.

—No —le respondió la colega Gaillard—: ¿Qué hacemos con las secretarias?

—Ese problema ya está resuelto —le levantó la mano el colega Arnal.

—¿Podría levantar la mano? —intervine, realmente desesperado por dejar un buen recuerdo de mi debut.

—¿Para qué, señor Romaña?

—Bueno... para saber cuál es el problema de las secretarias.

Resulta que las pobres secretarias tenían que recibir como a un millón de estudiantes al día, en vista del éxito que venía alcanzando nuestra experiencia pedagógica, en vista de que Vincennes se creó, debido precisamente a una concesión que el Gobierno hizo a las demandas estudiantiles del 68, como un centro experimental realmente revolucionario que hoy ya nadie soporta, como el calor, salvo nosotros, porque los tiempos cambian, señor Romaña, pero volverán a cambiar... Bueno, entonces las secretarias, que también sufren la gestión de la penuria porque necesitamos unas veinte secretarias más, se han estado enfermando constantemente y para ello pidieron un diván que debía instalarse entre los escritorios de ambas, con el fin de tumbarse a descansar un rato siquiera mientras atienden a los estudiantes. Tuvimos que rechazar esta experiencia, a pesar de ser Vincennes un centro experimental, porque francamente temimos que los estudiantes terminaran tumbándose en el diván, dado lo marginados que los tienen la sociedad y la necesidad en que se ven, muy a menudo, de desahogarse con cualquiera.

—Éste es un Departamento de Español y no de Psicoanálisis —concluyó el colega de la puerta blindada, aprovechando de paso para insistir en lo de la puerta.

Pero su moción estuvo a punto de ser rechazada, ya que alguien descubrió sin IBM que no teníamos presupuesto para comprar más de seiscientas llaves y distribuirlas entre alumnos, profesores, y secretarias

—Cómo que no —volvió a intervenir el de la puerta—. Basta con hacer una colecta como hacemos siempre en estos casos.

—Para eso hemos discutido tanto —alzó la mano el colega Arnal, como decepcionado al ver que la reunión estaba a punto de terminar tan rápido. Pero lo ayudaron desde el otro lado de la sala, proponiendo que se votara a favor o en contra de la colecta.

—Pero antes hay que votar para saber si el voto será secreto o simplemente a mano alzada —levantó la mano el colega Arnal.

Se votó por la mano alzada en favor de una votación en favor o en contra de la colecta, y ahora sólo faltaba saber si la votación en sí, o sea la de la colecta para el wáter con asiento, puerta blindada, y más de seiscientas llaves, debía ser levantando la mano o con un trocito de papel blindado. Hubo unanimidad por el trocito de papel, y ahora sólo faltaba que la secretaria que no estaba enferma llamara a las fábricas de puertas blindadas y nos consiguiera el presupuesto más barato. Sólo entonces sabríamos cuánto tenía que chancar cada profesor, en vista de que a los alumnos nos se les podía exigir un sacrificio tan grande por temor a una huelga. Levanté la mano como loco, al oír la palabra alumnos, y se me concedió la palabra y el debut más feliz que he tenido en mi vida.

—Pienso —dije, mirando el techo, para que se notara—, pienso que distribuir unas seiscientas llaves entre los alumnos es correr el riesgo de que no sólo se roben el wáter sino además la puerta.

Supe que me estaban mirando a mí, y no a mi corbata, por primera vez, pero lo que es ver no vi nada porque seguía mirando al techo. Y mi conclusión fue que entre los alumnos estaban los provocadores, que se matriculan también como alumnos, según me han explicado los propios alumnos, o a lo mejor los propios provocadores, en vista de que realmente es como si fueran alumnos. ¿Qué pasará entonces...?

—Juro solemnemente que a partir de hoy cagaré en el wáter del Departamento de Inglés —alzó la mano el colega enfermo. Y cuando a todos se nos iluminaba la mirada de la solución definitiva, agregó—: Por lo menos hasta el día en que se lo roben.

Salimos todos huyendo del calor y del hambre y como si por fin se hubiesen acabado todas las penurias del mundo. Pero cada lunes, a las nueve en punto de la mañana, volvíamos a aparecer en aquella sala, convocatoria y orden del día en mano, para seguir con la gestión de la penuria. Creo que fuimos bastante heroicos y que era uno de los mejores Departamentos de Español que conocí en mi vida. Lo malo es que nos odiaban y nos despreciaban en el Ministerio de Universidades. Pero en Vincennes conocí a algunos de los mejores profesores del mundo. Y el heroísmo consistía precisamente en tener que pasar, a causa del odio y el menosprecio, de dar una gran clase a ocuparse de un wáter sin solución.

Mi tercer gran recuerdo de Vincennes es el de Catalina l'Enorme, pero cronológicamente entra más tarde en este cuaderno rojo. Antes llega otra personita. Y llega con toda su familia. Llega de Milán, cosa extraña. O simple coincidencia, como pensé yo entonces, porque Eros, que no sólo esquiaba en Suiza con Octavia a cada rato, sino que a cada rato partía con ella a Holanda, a Grecia, a Estambul, y a mil lugares más, era de Milán. Pero de esto tardaría yo algunos días en enterarme. Días que llegaron a ser diez y que estuvieron compuestos de diarias jornadas triunfales de veinticuatro horas. Mis pírricas jornadas le llamaba yo a sobrevivir sin ver a Octavia ni saber más de ella. Y estaba seguro de que no la volvería a ver más en mi vida.

Entonces llegó esta extraña personita, como anillo al dedo para el operativo O-O. ¿Quién iba a pensar que también ella venía con su propio operativo? Y desde Milán, nada menos. Venía a instalarse en París con toda su familia. Pero de donde realmente venía era de Venezuela. Mucho petróleo, mucho ganado. Y ahora, al cabo de varios años en Italia, su familia pensaba residir en París. Y esa personita pensaba en Martín Romaña. Y Martín Romaña pensaba hoy hace dos meses y medio que desapareció Octavia y sin embargo mañana no será otro día, será el mismo día, el mismo pírrico espectáculo, y con un poco de mala suerte será un día peor todavía. La familia de Venezuela ya había llegado.

THEY CAME FROM VENEZUELA

Con esta historia tuve suerte, por decirlo de alguna manera. Quiero decir que cuando andaba hablando por el mundo de Octavia, me encontré en un café con un amigo que estaba de paso por París. Al principio le extrañó que ni siquiera le preguntara por mi familia, a quien él conocía. Nada. A duras penas lo saludé y, juácate, le solté el rollo y él me escuchó y me dijo qué horror, Martín, sólo a ti te pasa, cuéntame, cuéntamelo todo, por favor. Y al terminar me hizo prometerle que escribiría aquel espanto. Debe pensar que no cumplí mi promesa, pero es que nunca escribí hasta ahora. Y aquí va la misma historia que tú conoces y que yo te dedico, mi querido Mañé, porque supiste escucharme. Lástima que con lo de Octavia no tuvieras razón. Me dijiste que terminaría casándome con ella, que tuviera paciencia, que dejara pasar el tiempo. Pasó el tiempo, Mañé, y hoy te agradezco tu deseo nunca cumplido. Probablemente me hizo menos dolorosa aquella noche. Y con toda seguridad me hizo más llevadero el desenlace con aquella personita que llegó de Venezuela a Milán y de ahí a París.

—Ésa hace más de un mes que anda dando vueltas por aquí en su cochazo —me anunció una tarde Soledad Ramos Cabieses.

—Se equivoca, Soledad —le respondí—; hace sólo tres días que conozco a la señorita Brines.

—Pues yo le digo que hace más de un mes que la conozco, señor Romaña. Y una mujer que se ha pasado más de treinta años limpiando escaleras no se equivoca.

—De acuerdo, Soledad —le dije, y detuve como siempre la conversación con una sonrisa.

A menudo, cuando Soledad me veía subir o bajar la escalera, me hacía algún comentario criticón sobre la gente del edificio. Me gustaba escucharla, porque siempre tenía razón, y porque la manera en que deformaba el castellano, mezclándolo con el francés, era realmente increíble, imposible de imitar, como sería también imposible intentar repetirla ahora que la recuerdo. Soledad me cosía los botones, me zurcía las medias, me remendaba los pantalones, todo desde el día en que le probé que a mí me era temblequemente imposible hacerlo, por culpa de mi Parkingson natal, apellido materno con el cual he tratado vanamente de exorcizar, gracias a un humor que en este caso no me ha servido para nada, una timidez de la puta madre.

—Ésas son las mujeres —me decía Soledad, que odió siempre a todas y cada una de las muchachas que subieron a mi departamento—. ¿Por qué no le remiendan ellas la ropa?, ¿por qué no le cosen los botones? Para eso sí que existo yo, como si yo fuera la madre de usted. ¿Y esas tías qué? Suben y bajan. Se comen su comida y se beben su vino. Nada, a mí no me venga usted con cuentos porque yo todo lo sé. A ver, dígame usted dónde está la del sombrerote negro. O usted cree que yo no me lo sé todo. Dígame dónde está esa tipa que de paso se lo bebió a usted también.

—Soledad...

—Vamos, deme usted esa camisa y empiece a pensar qué va a hacer el día que me largue yo de aquí.

Así fue siempre y debo reconocer que Soledad nunca se equivocó. Aun cuando me dijo que la señorita Brines hacía más de un mes que venía merodeando por el edificio, tuvo razón. Lo que pasa es que yo la había conocido sólo tres días antes, porque la señorita Brines dio un millón de vueltas a la manzana esperando que apareciera Martín Romaña. Y Martín Romaña, alias Maximus, apareció por fin al cabo de un mes. La Sopa China había quedado cerrada para siempre y de pronto apareció en su departamento un tipo con el más extraño de los regalos: el viejo y sucio toldo con el letrero del Bar de las Islas Reunidas.

—¿Quién me manda este nuevo aviso? —fue lo único que atiné a preguntar.

—Los dueños de La Sopa China.

—Sí, pero...

—Es todo lo que sé. Me dijeron que lo trajera a esta dirección y que se lo entregara a usted, personalmente.

Corrí a averiguar pero en el camino me detuvo un Mercedes recién detenido, a su vez. Al volante, la más bella ocupante, pero porque Octavia de Cádiz había desaparecido, eso sí. Otro aviso, me dije, al comprobar, tras rápida mirada a la calle desierta, que, en efecto, todo en el Mercedes sonreía con dirección a mí. Miré en profundidad, me dije no puede ser, pero todo seguía igual. Verdes los ojos verdes, tropical la sonrisa, una pelusita deliciosa en el antebrazo que se descolgaba ligeramente inmoral por la ventana, y rojo el esmalte de las uñas de la mano que acariciaba ligeramente felina un timón que hasta sensual no paraba. ¿Peruano?, me preguntó. De Lima, ¿y usted? Y entonces Carmencita Brines, como quien lleva al toro, de una vez por todas, al terreno de la verdad, porque ha llegado la hora de la verdad, me contó con los labios más lindos de Venezuela, que ya es decir muchísimo, que le encant*aaa*ba la música peru*aaaa*na y que de niña había estado en Lima y que a lo mejor también nos habíamos cruzado en la calle en que yo vivía de niño mucho mayor que ella. Seguí contemplando el nuevo aviso, que ahora había descolgado el otro antebrazo con inmoralidad ligera, también, y llegué a la conclusión de que lo pecaminoso se debía a la pelusita.

—Recuerdo —me dijo entonces Carmencita, con una de las frases más proféticas que he escuchado en mi vida—, recuerdo, Maximus, un vals peruano que empezaba así: Ódiame, por favor, yo te lo pido.

De más está decirlo: ni cuenta me di del Maximus, porque sólo Octavia sabía pronunciarlo con sabor agridulce y goce amargo. Y en cuanto al vals, es cierto que empieza así, Carmencita, le dije, agregando en seguida que tenía que continuar mi camino pues me llevaba un asunto muy urgente.

—Maximus —volvió a probar Carmencita Brines, pero nuevamente su fracaso fue rotundo. Entonces, insistiendo en sus profecías, agregó—: Te odio, Martín Romaña.

Nunca he sabido decir muchas gracias, en estos casos, o sea que el nuevo aviso empezó a interesarme casi tanto como sus antebrazos, que, operativo O-O, más instinto de conservación y humano magníficamente humano, es cierto que me habían interesado desde mucho antes que Soledad Ramos Cabieses viera pasar a Carmencita por primera vez, rumbo a esta primera vez. Debo reconocer, además, que había algo profundamente conmovedor en el hecho de que una muchacha tan hermosa utilizara un automóvil tan caro para decirme Martín Romaña con voz de pimpollo. Y así fue. Una pizca de vanidad me hizo pensar que, en efecto, yo era Martín Romaña.

Terminamos tomando un café en la placita de la Contrescarpe, mientras Carmencita me ponía al corriente de todo. Conocía a Octavia, lo cual resultaba absolutamente lógico debido al Mercedes, y quería ayudarla porque la pobre andaba vuelta tras vuelta al mundo con Eros Massimo, no sólo para aturdirse y tratar de olvidarme, cosa por lo demás imposible, sino además, Martín, porque sólo casándose con su ex-pretendiente, el Príncipe Eros Massimo Torlatto-Fabbrini, logrará salvarte la vida. Y es que también Eros Massimo está dispuesto a matarte. Y de todo esto Carmencita estaba muy enterada porque venía de Milán y conocía más que nadie a Eros Massimo. Octavia se ha sacrificado por ti, Martín, ¿cómo la ves?

—Pudimos haber fugado a California —dije, conmovidísimo.

—Tanto la familia de Octavia como la de Eros Massimo, que dicho de paso se adoran, pueden matarte también en California.

—Me lo imagino, Carmencita, ya he conocido a otros amigos multinacionales de Octavia. Lo que resulta increíble es lo modernos y antiguos que son al mismo tiempo.

—Qué me vas a decir a mí. Tu historia con Octavia parece de otro siglo, Martín.

—O sea que el tipo se llama Eros Massimo —comenté.

—Sí, ¿por qué?

Callé un momento, porque estaba pensando, o sintiendo, más bien, que tanto como el sacrificio de Octavia me había impresionado el nombre Eros Massimo. Claro, de ahí venía lo de Maximus. Maximus sonaba muchísimo más superlativo que Massimo, y además Octavia le había suprimido el Massimo a su príncipe, podándole el nombre hasta dejarlo en Eros, para ella, y Tanatos, para mí. Maravillosa Octavia y brutísimo Martín Romaña: Tú siempre pendiente de su abstracción y ella mandándote tremendos mensajes en clave. Inhalé, alcé el mentón, aunque más bien debería decir la quijada, por burro, y miré con desdén, gran suficiencia, y mayor orgullo, al cielo, en vista de que, si bien Eros se había quedado sin Massimo, Maximus se había quedado sin Octavia. Pero en fin, qué otra cosa habría podido hacer, y desde esas alturas agregué el siguiente comentario:

—Bueno, como sabrás, Octavia nunca hablaba de Eros Massimo; decía Eros, a secas, y en cambio a mí me llamaba Maximus, un nombre que lo explica todo y...

—Eros se llama y se llamará siempre Eros Massimo —me cortó secamente Carmencita—. Todo el mundo le llama Príncipe Eros Massimo Torlatto-Fabbrini.

—Pues Octavia no, Carmencita —concluí, exhalando, para que se notara que era concluyente en mi rotunda afirmación de la negación.

Por supuesto que no me di cuenta del extraño énfasis que Carmencita había puesto al pronunciar el nombre del futuro esposo de Octavia. Y digo futuro esposo, puesto que el operativo O-O, combinado con el operativo PEM (Príncipe Eros Massimo), que Carmencita Brines se traía entre manos, terminaron en una larga y sangrienta guerra de amor por odio y odio por amor, no desprovista, eso sí, de algún toque de ternura, en medio de una espantosa maldad multinacional y venezolana, al mismo tiempo. Confieso haber vivido esta historia con altura y dignidad (aunque aún me visto con la ropa que me regaló Carmencita), e incluso con delicadeza, elegancia (porque no me dejé comprar cualquier ropa), y mucha clase, todo copiado de Octavia, por supuesto, y por eso no digo modestia aparte, salvo en lo de la elección de la ropa. La viví también, y esto que quede clarísimo, llenecito de operativo O-O. En cuanto a Carmencita, ya se verá, aunque debo reconocer que tenía una manera de robarme, no ya los besos, sino los labios repletos de besos, de jugar con ellos a lo largo de horas y horas, gracias a una conformación muy especial de su labio inferior venezolano, para luego devolvérmelos hasta que se le antojaba nuevamente jugar con su juguete.

Mientras tanto, iluso activo, yo creía que Octavia iba a extrañar mis labios hasta volver por ellos porque ya sólo le importaba yo, vivo o muerto, y mientras tanto Carmencita seguía odiando a Octavia por culpa de PEM, el novio que acababa de dejarla plantada en Milán. Octavia volvería por su amor y Carmencita recuperaría a su príncipe. Y, en cualquiera de los dos casos, el amor pasaba sobre mi cadáver, como podrán ver. Surgió el primer imprevisto, claro, y es que ni Octavia ni PEM se dieron por aludidos, cada uno por razones distintas, ya que Octavia lo hacía por mí, que quede clarísimo. Después surgió el segundo imprevisto, éste sí que totalmente imprevisto. Carmencita empezó a interesarse por mí, vivo o muerto, y yo empecé a interesarme por lo desalmada que era Carmencita, viva o muerta. Admiré su forma de odiar, tanto como ella admiró mi forma de no poder llegar a odiar nunca. Y ahí en el medio nos encontramos como dos Maquiavelos perdidos en los medios, y sin fin alguno posible. Gracias a Dios, eso sí, mi operativo O-O siguió funcionando impecable en medio de tanta confusión, y en el fondo fondo nada cambió pues mis jornadas continuaron tan pírricas como siempre. Y al final, Carmencita Brines, traicionando a PEM y abandonando de la noche a la mañana ese asunto tan rico que me hacía con la boca, salió disparada tras un nuevo PEM, aunque compatriota éste y sin cabeza coronada. Fui testigo de la boda y todo.

Cuatro días después de nuestro primer café, surgió el primer problema amor-odio, al compás de nuestro cuarto café. Había jugado ya, y encantado, a que mi boca era su juguete, cuando ella me manifestó un deseo que hoy, con mayor claridad, puedo interpretar como el deseo de tirarse al hombre que Octavia amaba. Me era totalmente imposible responder con el mismo tipo de deseo, porque hacer el amor con Carmencita no era hacer el amor con Octavia, que era la mujer que PEM amaba. Y esto, claro, flotaba de cierta manera en el ambiente. Flotaba muchísimo, la verdad, porque lo del toldo con el letrero del Bar de las Islas Reunidas me lo había aclarado ya Pierrot, uno de los hermanos armenios que nos servían a Octavia y a mí mientras duró nuestro amor de otro siglo. La señorita había venido; la señorita había preguntado si usted siempre venía; la señorita estuvo a punto de llorar cuando le conté que usted ya no comía por mirar su retrato; a la señorita le dije que pronto íbamos a cerrar definitivamente La Sopa China; y la señorita había comprado el toldo para que se lo enviáramos a su casa no bien cerráramos.

Lo había instalado sobre la ventana, pero hacia adentro, no hacia afuera, y anoche, nada menos que anoche, con más de muchas copas de vino, bebidas todas al compás de espera del retrato de Octavia, la había visto llegar, con ensoñación, y casi me voy de bruces a la calle porque la ventana abierta era en realidad un falso balcón y ya llegamos a La Sopa China, mi amor, todo por culpa del toldo, del retrato, y del falso balcón o enorme ventana, la verdad es que no sé bien cómo llamarlo porque tiene su barandita y eso.

—No se puede contra lo que no se puede, Carmencita —le expliqué, porque a pesar de sus antebrazos y de que no lograba decir ni siquiera esta boca es mía, por el asunto rico, siempre he tenido un respeto definitivo por los símbolos de la felicidad perdida y prohibida y éstos se hallaban en *la otra parte,* y ahí sí que de ninguna manera, Carmencita—. Además, aprende de Octavia, a quien una vez le sugerí pasar a *la otra parte,* en la época en que aún era dormitorio, y, a pesar de haber ahí una camota con hondonada y todo, Octavia optó orgullosamente por un estrecho diván, que ambos supimos oceanizar, eso sí, y que ahora está en *la otra parte* también.

Carmencita nunca daba bofetadas, felizmente, porque creo que le habría respondido a patadas, por lo mala que era. Además, como que no entendía bien mi taquicardia ni mi sensibilidad ni el toldo ni el retrato ni nada, por lo cual yo tenía que pasarme la vida hablándole de Octavia para que lograra entender un poquito. Y eso la enfurecía, como si yo tuviera la culpa de ser tan hablador. Reconozco, eso sí, que a veces Carmencita lograba mantenerme horas completamente mudo con el truco ese de sus labios. Era algo sensacional, algo digno del mejor espectáculo, realmente. Carmencita parecía la mujer de las cinco bocas del circo, o algo así. O sea que le sugerí un hotelito del barrio. Fracaso: todos lo que yo podía pagar le daban asco.

—¿Ves la diferencia, Carmencita? A Octavia jamás le habría dado asco nada conmigo.

—¿Quieres que gane a Octavia, imbécil?

—Octavia jamás me dijo imbécil, Carmencita.

—Ven, imbécil.

Le di algo de razón a Carmencita. Yo mismo habría tenido algo de razón, de haberme quejado, porque la verdad es que Inés y Octavia de Cádiz habían ido tomando posesión de mi casa, al mismo tiempo que la abandonaban definitivamente, y no sé cómo, de pronto, como que habían dejado los muebles y se los habían llevado, al mismo tiempo. Ya ni siquiera tenía dormitorio que ofrecerle a una chica, a un amigo de paso, a mí mismo, finalmente. Tomé conciencia de ello, de golpe, por culpa de Carmencita, y me dije Martín, no volverá a suceder, por supuesto, pero si algún día volviera a suceder, aunque no vuelva a suceder, porque es realmente imposible que vuelva a suceder, por nada de este mundo ames a una mujer en el sillón Voltaire.

Mientras tanto el Mercedes de Carmencita, que bien podríamos haber utilizado de hotel (tenía bar y todo, y esa especie de sensualidad en el timón, de la cual ya hablé), se dirigía a casa de Carmencita, aunque yo aún no lo hubiese descubierto.

—¡Qué maravilla de departamento! —exclamé, no bien ella abrió la puerta—. Lo malo es que queda demasiado cerca de la casa de Octavia.

—¿Puedes dejar de pensar en Octavia aunque sea un segundo?

—Te juro que estaba pensando en la policía, Carmencita —le dije, comprobando que en efecto me era posible dejar de pensar en Octavia un segundo. ¿Será el operativo?, pensé, con una extraña mezcla de tristeza profunda y de satisfacción inmensa.

Y esa extraña mezcla continuó toda la tarde. Para empezar, cuando me vi desnudo ante un espejo, la mezcla se inclinó a la tristeza y el espejo pronunció en mis labios herméticamente cerrados el nombre de Octavia de Cádiz. Y en ésas andaba, ante un espejo de colección, cuando se mezcló a la tristeza el cuerpo desnudo de Carmencita. Toqué el espejo, porque realmente era una obra de arte, y el espejo me acarició las nalgas, para mi gran sorpresa, porque lo tenía delante de mí, y para mi gran satisfacción, porque tenía a Carmencita a mi lado. Y en eso consistía precisamente la extraña mezcla: en que me habían sorprendido tocándome las nalgas, o sea por detrás, y en que por delante estuviera siempre Octavia, y hasta hoy puedo verme, perfectamente, admirando la belleza venezolana de Carmencita Brines, y al mismo tiempo diciéndome son las piernas más bellas y divertidas que he visto en mi vida, carajo. Sí, hasta hoy puedo sentir la misma extraña mezcla, aunque ya con cierta perspectiva histórica, como es lógico, en lo que a Carmencita se refiere.

Paso por alto los episodios eróticos, porque siempre me han producido una vergüenza horrible cuando los leo en otras novelas, y eso que no leo novelas eróticas. Además, me resulta totalmente imposible contar cómo fui sometido al amor por un tigre, que literalmente trató de sacarme del alma a la pobre Octavia, cosa por lo demás imposible por el asunto aquel de los muertos perdurantes. Y es que Carmencita me sometía a verdaderas sesiones de muerte, y yo moría y todo, pero siempre al final terminaba perdurando por Octavia. Era algo horrible y reconozco que también bastante injusto para una mujer que tenía cinco bocas por todas partes del cuerpo. Sus zarpazos calaban hondo, muy hondo, tan hondo que una tarde llegó incluso a hacerme perdurar un ratito por Inés. Pobre Carmencita, siempre me preguntaba furiosa qué falta, Martín, qué falta. Falta una vez más pero dentro de un rato, por favor, le decía yo, para halagar su vanidad, evitarle una herida inútil, y para decirle la verdad acerca del rato. La tenía ya bastante convencida de que siempre faltaría una vez más, aunque sea a costa de mis pulmones, Carmencita, cuando a la condenada se le ocurrió cambiar de erotismo una tarde en que la extraña sensación se había inclinado mucho más a la tristeza. Y arrancó así: ¿Qué falta, Maximus? Y a la segunda fue así: Dime qué falta, Maximus. Y a la vencida fue así: ¡Maximus! ¡Maximus! ¡Maximus! Traté de explicarle detenidamente que más que faltar, sobraba coincidencia, pero la muy terrible me afelinó como nunca con sangre en pecho y espalda y todo eso, y siempre al grito de ¡Maximus! ¡Maximus! ¡Maximus! Pobre Carmencita, si hubiese gritado cuatro veces, siquiera.

—¿Quieres que te diga qué falta, amor?

—Sí.

—Falta la ternura, falta el amor y...

—Y falta esa cojuda, ¿no es cierto?

—Lo es Carmencita, lo es —suspiré. Y en seguida, como detesto este tipo de escenas, hice desaparecer mis manos entre el esplendor de su pelo lacio, largo, y azabache, y le dije—: No me dejaste terminar de decirte qué falta.

—¿Qué? Suéltalo todo de una vez.

—Falta una vez más, Carmencita.

—Espérate y verás —me dijo, incorporándose para abandonar cama y habitación.

Y empecé a ver inmediatamente porque había que ver sus caderas y nalgas en movimiento conjunto, Henry Miller habría escrito toda su obra de nuevo, sabroso sabroso el asunto y como quien no quiere la cosa, así de medio la'o, tomándose un hela'o, terrible detalle latinoamericano, y pasito a paso por la vereda tropical, hasta vestida de monjita no habría perdido su andar removiendo las masas, Carmencita, toda una filosofía, la única madurez que había alcanzado nuestro duro subdesarrollo, el andar femenino del continente volcánico.

—Apúrate, Carmencita, por favor.

Entró como se fue pero al revés pero exacto y me dijo, mientras le pegaba tremendo mordisco a una cebolla:

—Hoy vas a hacer por mí lo que no has hecho ni harás por ninguna mujer en tu perra vida.

—No tiene nada de perra —le dije—, ¡y viva la cebolla!

¡Qué bruta, por Dios! La cebolla era de mentira, el mordisco también, y a Carmencita se le fue de las manos la gran victoria de su vida, por esos días. Creí que había llegado a sentir amor del bueno, del encebollado, y hasta la amé un instante, pero luego resultó que el instante era como ella, una mentira. Traté de explicárselo, traté de decirle has estado a punta de librar una gran batalla, ¿por qué no te tragaste ajos, cebollas, perejiles de verdad?

—Déjate de romanticismos baratos, Martín.

—Perdón, Carmencita, pero mi asunto es medieval.

La tenía sin olor a cebolla entre mis brazos y me dio tanta pena que empecé a acariciarla.

—Falta una vez más, amor.

—Imposible porque te odio, Martín.

No le dije que no tanto como a las cebollas porque, aunque parezca mentira, éstas fueron las primeras palabras tiernas que me dijo Carmencita. Y nunca más volvimos a hacer el amor. Hicimos el odio, más bien, porque ella se odiaba a sí misma por no haber querido de esa manera a Eros Massimo y de nuevo se odiaba a sí misma por no llegar a odiarme del todo y por último me odiaba ferozmente a mí, aunque era el mismo tipo al que no llegaba a odiar del todo, por amar de esa forma tan bárbara a la mujer que ella odiaba con toda el alma.

Entonces me presentó a su familia que, a menudo, estaba de viaje, y que cuando no estaba de viaje estaba siempre llamando en larga distancia a Caracas para pedir muchísimo dinero más y en dólares. La familia me odiaba, pero sin llegar a odiarme del todo, porque ser el actor secundario de un drama de amor imposible con cabeza coronada francesa le da a uno cierto caché, según parece. A estos venezolanos, en todo caso, les gustaba tanto que yo tuviese cierto caché que frecuentemente me invitaban a sus cócteles y me presentaban a otros millonarios latinoamericanos como si fuera un tipo de gran caché. Además, servía, por mi gran caché, para acompañar con muy buen francés, en comparación al de ellos (nota del autor), a la bellísima Carmencita en el duelo que la acompañaba desde el día en que, a punta de felinidad, qué duda cabe (nota del autor), había estado a punto de coronar su cabeza en Italia con gran caché, qué lástima, por Dios (nota del autor). Y Carmencita era tan bella que la gente la contemplaba como diciéndole preciosura, mientras hay vida hay esperanzas de caché. A mí me compraron ropa de gran caché, porque la escogí yo, cinco ternos de la puta madre, ropa sport, una docena de camisas, otra de corbatas, y cuatro pares de zapatos que, un poquito más, y venían con limpiabotas, igual que las botas, que fueron dos pares. Yo hablaba inglés, para colmo de males, porque así de mal se expresaba siempre esta familia en cualquiera de los idiomas que estuviese aprendiendo, castellano incluido, y ya el colmo de los colmos fue que una tarde, entre los millonarios latinoamericanos apareció una viejísima lora peruana que me dijo cómo has crecido, Martincito, y me llenó de besos porque era íntima pero lo que se dice íntima amiga de Josefina Parkingson de Romaña, viuda de tu papacito, Martincito, hija de uno de esos caballeros enchapados en alcohol que aún no había nacido cuando tú naciste, Martincito, porque tú te veniste a París para ser escritor, ya ves cómo esta señora lo sabe todo...

Mi ascensión, como pueden ver, fue rapidísima, y un día hasta me dijeron que usara el teléfono cuando quisiera. Dije que no tenía ninguna llamada que hacer y la señora Brines me dijo que yo era el *cooooooolmo* del refinamiento: de lo que se trata, Martín, es de que llames a Caracas cuando quieras. Seguí refinadísimo y me volvieron a aclarar: puedes llamar a dinero cuando quieras, Martín, y pedir que te envíen Caracas como a cualquiera de nosotros. Seguí refinadísimo, y tanto, creo, que hubo una tarde, bueno, no exageremos, que ella no era capaz de tanto, hubo un cuarto de hora en que Carmencita se enamoró de mí. Fue para proponerme un negocio fotográficamente ilustrado.

Las fotografías la mostraban de amazona en la propiedad familiar de Valencia, decenas de miles de cabezas de cebú, Martín; de amazona, otra vez, pero esto es en Machiques, Martín, mucho más importante que lo de Valencia, Martín; de amazona, otra vez, pero desnuda, esta vez; de amazona, otra vez, pero éste es mi alazán preferido; de amazona, otra vez, pero ésta es en la hacienda de Texas; de amazona, otra vez desnuda, en el alazán preferido del amante preferido de mamá, Martín; un montón de veces más en *topless,* pero cada vez en una piscina diferente y ésta es la más grande, Martín, porque es la de Caracas. Después venían las fotos de su mamá, más o menos por el estilo porque era guapísima la señora, y por último un millón de fotos de sus hermanos visitando, sólo visitando, Martín, porque ellos se van a dedicar a comprar cuadros de Picasso y los impresionistas, sólo visitando los campos de petróleo de nuestras acciones petroleras, vestidos de Elvis Presley con un casco petrolero color petróleo, en unas fotos, color oro, en otras, y color dólares, en todas.

—Me encanta Venezuela, Carmencita.

—Te quiero, Martín. Te soy sincera: no he llegado a odiarte del todo.

—Ódiame, por favor, yo te lo pido... ¿Te acuerdas, Carmencita?

—No puedo, Martín. Te soy sincera, muy sincera: te odio por lo tonto y bueno que eres. Por eso sé que te quiero.

—Un poquito más claro, Carmencita, por favor.

—Qué más claro que esto, Martín: te quiero porque, por más que he hecho, no he podido llegar a odiarte. Debe ser eso que tú llamas ternura.

—Gracias... Muchas gracias, Carmencita. Gracias porque en este instante sí que es eso que yo llamo ternura. Y también te voy a ser muy sincero: No sé por qué vuelvo siempre a esta casa, pero muy probablemente ello se debe a que necesito cualquier tipo de cariño.

—Amor, Martín, tú necesitas amor y yo te lo voy a dar. Me encanta la hacienda de Valencia y tú la puedes administrar. Y tendremos hijos y yo viviré entre Caracas y París. Tú puedes venir los fines de semana en avión y yo puedo ir a cada rato, en vacaciones, porque me encanta la hacienda de Valencia.

La oferta no era nada mala, sobre todo por lo poco que nos íbamos a ver al comienzo y porque con el tiempo terminaríamos no viéndonos nunca. Yo podría instalar el retrato de Octavia en la sala, buscar una ventana apropiada para el toldo de las Islas Reunidas, escuchar en la noche de grillos y luna llena los discos que escuchaba con Octavia, abandonar la universidad, encontrar por fin una excusa para no escribir en mi vida, y cobrar y heredar en dólares y tener casa hacienda y comida y una foto de amazono en mi alazán preferido... Panorama tentador, antes que nada, porque Octavia había desaparecido y daba vueltas al mundo... ¿Y si visita Venezuela...? Pues la recibes fotografiado de alazán preferido y con unas gotas de petróleo en la solapa del smoking, como quien no quiere la cosa y se está tomando un whisky en el Hotel Tamanaco o algo así. En fin, todo era tentador, desde el punto de vista de la sinceridad con que Carmencita había hablado un cuarto de hora en su vida. También yo tenía que ser sincero. Muy sincero. O sea que llegué a París ese fin de semana, después de haberme aburrido espantosamente en la hacienda, otra semana más. La besé y le mostré mi foto. Me quedaba fatal el sombrero de paja. Peor la ropa vaquera. Lo demás me quedaba todo pésimo, a pesar de los esfuerzos del fotógrafo, y además se notaba a la legua que no sabía ni subirme a un caballo y mucho menos a un caballo de hacienda. Había salido tan mal la foto, que hasta se notaba que seguía deseando ser escritor.

Carmencita soltó algunas lágrimas, inmediatamente se quejó de que le había jodido los ojos, y me dijo que, de ahora en adelante, sólo me iba a invitar en aquellos momentos en que estuviera profundamente convencida de que me odiaba. Después llamó a un amigo francés y se dedicó a mostrarme que me estaba odiando. Tuve que soplarme el show un buen rato, para que por fin se decidiera a largarme a patadas a la calle.

Después vinieron algunos cócteles, en los que su mamá me presentó como escritor famoso, mientras yo, por fregar, me presentaba como anti-profesor de la contra Universidad de Vincennes, agregando que más bien que anti-profesor era anti-asistente. Inmediatamente me preguntaban ¿y eso qué es? Eso es un tipo al que le faltan como veinte años para ser anti-profesor, señora. Carmencita, que en esos días había empezado a estudiar Letras en la Sorbona, decía que no me hicieran el menor caso, que todo era pura broma porque en realidad yo era un escritor de salón.

—¿Y qué libros ha escrito el señor de salón? —le preguntó un día una invitada a la señora Brines.

—Los de la generación de Miguel Ángel Asturias —respondió la señora, me imagino que por lo del caché del Nobel.

Estoy seguro: ése fue el instante en que Carmencita decidió vengarse. Se vengó dos veces, en realidad. La primera, logró recuperar mi amistad. Y digo amistad, porque sí la hubo en aquella extraña relación; en aquel extraño afecto que empezó como un pacto contra otra pareja y que a algunos les hizo pensar que podría llegar a formar una nueva pareja. Ni soñarlo. Octavia me contó después que Eros se había matado de risa al enterarse. ¿Y tú, Octavia? Yo nunca me río de esas cosas, Maximus. Eso fue todo. Eso y que Carmencita no logró recuperar mi afecto la segunda vez que se vengó. Y a su matrimonio asistí en silencio y creo que de puro curioso.

They came from Venezuela and they went to Formentera, podría titularse el episodio de la primera venganza. Fue una verdadera invasión. La familia en pleno, mil invitados de cada miembro de la familia, la casa más linda de la isla, y el aburrimiento general más importante que haya presenciado en mi vida. El único feliz ahí era el notario de la isla, pues cada día se compraban más terrenos y cada día llegaban más invitados dispuestos a comprar más terrenos.

El único que alquiló y no compró fui por supuesto yo. Llegué cuando ya hacía un buen rato que ellos estaban ahí y muy pronto comprendí que era más que indispensable alquilarme una Vespa para huir de vez en cuando. A veces me iba a pasar el día a San Francisco, o a San Fernando, o incluso iba a dar a Ibiza. Pero, ¿para qué fuiste?, me preguntarán ustedes. Pues porque Carmencita me envió un telegrama: acababa de ver a Octavia de Cádiz en Formentera. Sola y en Formentera. Peiné la isla como loco con mi Vespa, y dejé de peinarla el día en que Carmencita y las tres lindas compatriotas que había invitado soltaron tremenda carcajada esclarecedora. Ya después sólo buscaba huir cada día más, aunque a veces por la noche aparecía sentadito como un idiota ante el eterno televisor. A mi lado, por supuesto, unos señores que se apellidaban todos Aviso, por la cantidad de avisos que debían haber enviado en su vida. Nietos y nietas de célebres dictadores latinoamericanos escuchaban las siempre amables y atentas palabras de jefes de la guardia privada de un Trujillo, un Gómez, un Somoza, un Batista, o alguien por el estilo y venezolano. A mí me miraban y me trataban como a bicho raro, por mi cara de Vespa alquilada, o porque ellos han sido educados para saber qué es un bicho raro y constantemente me mandaban unas miradas de avisable que para qué les cuento. Mientras tanto, chicos y chicas multidictatoriales estrenaban nuevos disfraces, cada noche, se aburrían más cada noche, y de todo parecían echarle la culpa al tipo disfrazado de Vespa, por culpa del odio nunca total de Carmencita Brines.

O sea que un día decidieron divertirse mucho esa noche, y lo prepararon todo desde muy temprano. Nunca los vi tan felices. De lo que se trataba era del novio tan guapo de una de las sirvientas. Tenía muchos amigos en la isla y ya éstos habían visto lo lindas que eran las venezolanitas cuando paseaban por Formentera. Total que se disfrazaban todos y lo festejaban en grande en una discoteca. Yo no participaba en el baile de disfraces, por haber sido excluido del grupo gracias al trueno de carcajadas con que se aplaudió un incidente de la televisión. Pasaban una vieja película, *Al filo de la navaja,* y yo era Tyrone Power, sin modestia aparte alguna, ya que Tyrone Power también iba en Vespa alquilada por el mundo de la película, por decirlo de alguna manera, mientras que la platea estaba repleta de yates venezolanos que ni Tyrone Power ni yo hubiésemos soñado siquiera con alquilar a medias, un cuarto de hora. No recuerdo el nombre de la actriz que amaba a Tyrone Power, pero sí el del actor tan elegante como esnob que desempeñaba el papel de mundo entero y tío de la chica. Se llamaba Clifton Webb, el tío, y no se imaginan ustedes la frase que soltó al enterarse de que Tyrone y su sobrina y todo lo demás:

—¡Jamás soportaré que mi sobrina se case con un tipo que va por el mundo vestido de profesor en vacaciones.

Cito de memoria, pero no tanto, y la prueba es que la platea íntegra soltó la carcajada al mismo tiempo, y eso que en el grupo había unos mucho más burros que otros. Y el más burro de todos hasta me palmeó el hombro y me dijo no se vaya usted a sentir ofendido, amigo.

—De ninguna manera —le respondí, con aquel caché que tanto me atribuían—: Todo lo que llevo puesto se lo debo a Carmencita y a su mamá.

Se tocaron los pistolones, los jefes de las guardias privadas, pero Carmencita fingió no haberse enterado de nada y anunció que no tardaban en aparecer los indios de la isla. Había llegado el momento de disfrazarse para ir a la discoteca. A la empleada la disfrazaron de doméstica endomingada y las lindas chicas se disfrazaron de atroces viejas: jorobas, cojeras, blancas calvicies, máscaras horribles y, por último, sillas de ruedas para todas... Los muchachos llegaron felices pero se quedaron patitiesos cuando las horribles brujas hablaron como horribles brujas: o nos llevan a todas en silla de ruedas o no vamos. La empleada, que conocía muy bien a la señorita Carmencita, empezó a llorar. Los muchachos intentaron quejarse. Los jefes de las guardias privadas palparon, como nunca, sus pistolones, y al final los muchachos guapos de la isla empezaron a empujar a las viejas horribles.

Carmencita me besó muchísimo al amanecer, pero yo le dije por favor, si quieres que sigamos siendo amigos, déjame desaparecer de aquí mañana a primera hora. No nos vimos durante meses, pero una tarde apareció en mi departamento y me invitó a pasar un día en el campo con unos amigos. No son del grupo de mi familia, me dijo, y además quiero que sepas que estoy de novia con un muchacho de Caracas. Lo demás pertenece todo al pasado, Martín, y te juro que deseo que conozcas a mi novio y que siempre sigamos siendo amigos. Después me besó riquísimo, añadió que era la última vez que lo hacía, y al cabo de unos minutos ya estábamos rumbo a su casa.

De ahí partimos a una inolvidable casa de campo en Les Yvelines, una de esas casas en las cuales uno soñaría con vivir siempre, siempre y cuando tenga con quien vivir, claro. La planicie verde en la que se desparramaban pequeños rebaños de ovejas me hizo pensar en lo dulce que era Francia cuando era dulce. La dulce Francia: nunca una definición más acertada, estaba pensando, con una excelente copa de armagnac en la mano, cuando un trueno nos anunció que los proyectos de seguir bañándonos en la piscina, una vez terminado el almuerzo, habría que dejarlos definitivamente de lado. Y la tempestad no tardó en desencadenarse tanto en el cielo como en la tierra. Carmencita y su novio tomaron la iniciativa. De ellos fue la idea, en todo caso. Qué mejor cosa para acabar con el aburrimiento y con la rabia, en vista de que se les había jodido el día. Y ahora, muchachos, a ponerse los impermeables y a buscar todas las bicicletas del lugar. ¡Y a arriar el ganado! ¡Empecemos con ese rebaño!

—Juan Carlos, por favor —le dije al novio de Carmencita.

Pero su respuesta fue la mirada más inexpresiva que he visto jamás. Partieron, y se notaba que el juego lo habían practicado antes: hábiles maniobras, gritos dados a tiempo, coordinación muy efectiva para ir rodeando a los rebaños y luego hacerlos avanzar hasta que ya les era imposible a las ovejas. Caían a la piscina. Caía también alguno de ellos con bicicleta y todo, para regocijo general. Pero volvían a salir y corrían a cambiarse y nuevamente aparecían encapuchados con sus enormes impermeables campestres. Mientras tanto, arrastrados hacia el fondo del agua por el peso de su propia lana empapada, balaban, chapoteaban desesperadamente, se ahogaban rebaños íntegros de ovejas.

No conocía el camino de regreso, tampoco tenía impermeable, ni siquiera una bicicleta. Pero desaparecí. Llevaba como una hora empapándome por un camino desierto, cuando se detuvo a mi lado el carro de Carmencita y su novio.

—¿Qué? —les dije— ¿Creyeron que la lluvia me iba a obligar a regresar? Síganme, si quieren, y ya verán cómo llego hasta París.

—Te hemos traído una bicicleta y un impermeable, Martín.

Poco después vino la boda y Carmencita me llamó para anunciarme que era testigo.

—Juan Carlos y yo nos vamos a instalar definitivamente en Caracas y nos encantaría volverte a ver y que seas mi testigo. Como ves, sigo sin poder odiarte del todo, Martín.

Casi le digo que yo, en cambio... Pero ya para qué, si hay gente que uno sabe que no volverá a ver jamás en la vida. Nuestro cuarto de hora había pasado y acepté asistir al matrimonio y ser testigo. Además, me dije, después de haber colgado, maldecido y reído, esta gente debe necesitar siempre un veterinario en su grupo.

Los hermanos de Carmencita, que habían llegado de Texas, parecían músicos de una orquesta de Texas; los músicos, que también venían de los Estados Unidos, exclusivamente para la boda, parecían los invitados, y los invitados parecían los músicos más animados del mundo. Carmencita estaba preciosa, el recién casado tenía los hombros y espalda más anchos que un sastre haya podido concebir, y yo parecía el pariente más pobre de la familia más rica del universo mundo, aunque con el caché que me daba, gracias a la insistencia de la madre de Carmencita, ser el autor de las obras completas de la generación de Miguel Ángel Asturias. Carmencita me odió, por este motivo, pero me concedió el séptimo baile de la noche, mientras un excelente imitador de Frank Sinatra, parecidísimo a Frank Sinatra, seguía siempre a punto de convertirse en el amante preferido de una señora realmente exacta a Frank Sinatra, pero había que ver qué collar.

A pesar del champán, nunca bebí tanto whisky en mi vida y, por supuesto, sólo entonces me di cuenta de que se me había olvidado el dinero y el último Metro, todo en el instante en que me daba cuenta también de que no podía soportar un instante más de esa espantosa soledad. La única solución era llamar un taxi y pagarlo al llegar a mi departamento. Y por primera vez, a pesar de las ofertas recibidas, abrí la puerta del cuarto en el que se hallaban los teléfonos en casa de Carmencita. La cagada: en mi vida había visto un asunto así en una casa. Era una verdadera central telefónica. Mil aparatos, mil botones, mil agujeritos, mil cordones que enchufar en esos agujeritos. Necesitaba un experto. Llamé a Carmencita, que me dijo ahorita, mi amor, pero en un segundo ya se había olvidado por completo de todo y continuaba bailando con un señor que, a punta de champán, sudor, y excelentes modales en la selva, empezaba a parecer mono. Y el señor de la derecha se le parecía un poco.

Y a ése se le parecía bastante el que estaba a su izquierda. Total que opté por largarme a pie.

Pero enorme fue mi sorpresa al llegar al vestíbulo, adornado ya con tres Picassos, tres impresionistas, y un montón de cuadros más, a su vez adornados por los abrigos que algunos invitados habían colgado encima, y descubrir la inmensa bandeja en que se depositaban las propinas del encargado de los abrigos. Miré: sólo cuadros, abrigos, una mesa, la bandeja y yo. Deduje: el tipo ha entrado un ratito. Como los señores invitados dejaban unos señores billetes, salí disparado y en taxi con dinero para mucho más de un mes y un enorme deseo de llegar al Barrio latino, de encontrarme con algún amigo, de invitarlo a lo que quieras, compadre, vengo forrado, y por último de exorcizar aquella horrible soledad que me calaba los huesos. Horror de horrores, me dije, al aparecer en la terraza del «Cafe Aux deux Magots» y descubrir a Julio Ramón Ribeyro y Alfredo Bryce Echenique, dos escritores que yo imaginaba siempre rodeados de gente, jugando nada menos que al juego de la soledad.

LA SOLEDAD DE DOS PERUANOS EN PARÍS

Dados los resultados finales que también pude observar, por haber permanecido hasta el final, en vista de que necesitaba, aun a ese precio, estar con alguien que por lo menos hablara, el juego de Ribeyro y Bryce Echenique podía llevarlo a uno al suicidio por soledad. Tenía además varias etapas y cada cual más esperanzadora que la anterior, en caso de que precisamente la etapa anterior terminara en un desastre. Yo los encontré a cada uno con su cajita de fósforos sobre la mesa y una excelente botella de Burdeos. Las cajitas estaban cerradas porque así empezaba el juego: se servía cada uno su copa de vino y arrancaba la conversación sobre arte o literatura, pero siempre atentos ambos escritores a su respectiva cajita y a la gente que pasaba por aquella zona del bulevar Saint Germain. Si pasaba una amiga guapísima de Ribeyro, éste abría su cajita, extraía dos fósforos porque había ganado dos puntos, y a Bryce Echenique no le quedaba más que contemplar a Ribeyro poner sus dos fósforos que valían a su vez dos puntos, en total, a su derecha, y empezar a mirar como loco en busca de una chica muy linda, con la esperanza de que además de linda fuera amiga, porque de darse esta coincidencia habría ganado también el derecho a poner dos fósforos, pero a su izquierda. Si encima de todo la chica se acercaba a saludar a Ribeyro, éste, sin comentarle nada a la chica, tenía derecho a sacar un tercer fósforo y a considerar que ya llevaba tres puntos de ventaja. Si además de acercarse y saludar, la chica le decía a Ribeyro que deseaba sentarse un rato a conversar con él, éste tenía derecho a invitarle una copa y a sacar un punto-fósforo de su cajita de puntos a favor. Eso, en lo que a las mujeres bonitas se refería. Funcionaba también en el caso de mujeres muy simpáticas, cultas, o inteligentes. Ahora, si se trataba de una mujer fea, antipática, inculta, o de pocos sesos, Ribeyro estaba en la obligación de retirar uno de los puntos-fósforo de su derecha, sin darle explicación de ello a nadie, tampoco, y de guardarlo inmediatamente en la cajita de los puntos. Esto, en lo que a las mujeres no bonitas, ni cultas, ni simpáticas, ni inteligentes se refería.

Los hombres tenían un trato diferente. Si a Bryce Echenique se le acercaba un amigo muy inteligente, culto, o simpático, tenía el derecho de extraer de su cajita un sólo fósforo y de ponerlo a su izquierda. Si, por el contrario, después de tener ya un punto a su favor se le acercaba uno de esos latinoamericanos que abundan en París, Bryce Echenique estaba en la obligación de retirar su punto a favor de su lado izquierdo, para colocarlo inmediatamente a su lado derecho, ya que para Ribeyro el lado derecho era el de los puntos a favor y el izquierdo el de los fósforos en contra, mientras que en el caso de Bryce sucedía exactamente todo lo contrario.

Habían pasado dos horas desde mi llegada y empezaba a hacer bastante frío en la terraza del café. Unos tres millones de personas debían haber pasado por aquella zona del bulevar y ni Ribeyro ni Bryce Echenique, a pesar de haber mirado como locos de un lado a otro, hasta el extremo de no haberme dirigido ni siquiera la palabra, salvo para explicarme las reglas del juego, habían tenido que tocar, para abrirla, para cerrarla, ni para nada, sus respectivas cajitas de fósforos.

Bryce Echenique me miró con cierta ironía cuando les dije a ambos escritores, más por hablar que por otra cosa, que habrían podido quitarse un punto, aunque sea, al ver que llegaba y me sentaba con ellos. Me han hecho sentir que no existo, concluí, logrando con ello sólo que Bryce Echenique me mirara con mayor ironía. Ribeyro, en cambio, fue mucho más educado y me explicó que precisamente una de las reglas del juego consistía en que las personas que se acercaban a la mesa ignoraran a qué razón obedecía el que los fósforos estuvieran ahí. En seguida, dijo que empezaba a hacer demasiado frío y que encontraba conveniente que tanto Bryce Echenique como él se metieran sus respectivas cajitas de fósforos al culo, por esa noche, y que los tres nos trasladáramos al interior del café.

Allí empezó la segunda etapa, muy esperanzadora, a decir de Ribeyro. Varias mesas más allá, a nuestra derecha, se hallaba sentada una de esas mujeres que aparecen bronceadísimas y excesivamente vestidas de safari, en pleno invierno, por no decir nada de la rubia cabellera de domadora de leones. La rodeaban tal cantidad de hombres que era completamente imposible que la mujer nos llegara siquiera a ver. Ribeyro, sin embargo, había logrado ver lo dificilísimo:

—La fiera fuma un cigarrillo tras otro y a cada rato tiene que pedirle fuego a uno de los maricones que la acompañan. Y a ninguno de esos cretinos se les ocurre ofrecérselo antes.

El asunto mágico consistía, por consiguiente, en que Ribeyro iba a encender su encendedor cada vez que la mujer necesitase fuego, de tal manera que la reina africana terminara al final acercándosele, pidiéndole fuego, por favor, señor, momento éste que tendríamos que aprovechar para lanzarnos todos a la más amena y leonina conversación.

—La reina terminará sentada en nuestra mesa y nosotros invitándole vino —añadió Ribeyro—, motivo por el cual debemos pedir inmediatamente una botella del mejor Burdeos.

—El vino facilita la magia —agregué yo, pero éste era un detalle que Ribeyro parecía haberle confiado por completo a su encendedor. Esperar y observar era la consigna.

Y aquí empieza aquello que una media hora más tarde pudo haberse convertido en la tercera etapa de aquel juego tan esperanzador, de no mediar la rápida intervención de Bryce Echenique, que decidió ponerle punto final a todas las etapas del juego, de una vez por todas. Dos mesas a nuestra izquierda, y al frente, se habían instalado dos viejas putonas y pintarrajeadas que también debían tener sus cajitas de fósforos y que debían contar con nosotros para abrirlas y ganar unos puntos que luego colocarían a su izquierda y a su derecha, respectivamente. Y, a lo mejor, ni siquiera eran putonas, pues no pienso que a Bryce Echenique y sobre todo a Ribeyro se les pueda considerar putones. De mí no digo nada, porque la verdad es que ni me dejaban participar en el juego. En fin, sería para la próxima y por ahora no me quedaba más que limitarme a observar. Por lo cual vuelvo a señalar que nos hallábamos en la segunda etapa del juego y que tanto Ribeyro como Bryce Echenique tardaron aún cerca de una hora en ver a las dos mujeres que pudieron dar lugar a una tercera etapa sumamente pintarrajeada.

Mientras tanto, seguíamos observando y esperando, pues ésta era la consigna ribeyriana. Julio Ramón continuaba viendo lo dificilísimo de ver y encendiendo su encendedor como loco, porque la rubicunda realmente fumaba como loca, ya sólo le faltaba encender una pipa, a juzgar por el desmedido interés que ambos escritores ponían en esperar con fe ciega el momento en que el desenlace real maravilloso debía producirse ante nuestra vista e impaciencia. Y continuaba enciende y enciende, Ribeyro, cuando algo totalmente insólito ocurrió en la mesa vacía que teníamos a la derecha. Dos guapas jovencitas se sentaron y todo, cambiando por completo el panorama de ambas soledades, en vista de que yo existía con voz pero sin voto. Ribeyro tomó la iniciativa, anunciando que entrábamos a lo que bien podría considerarse como una etapa intermedia de la segunda etapa del juego. En seguida, Bryce Echenique tomó su propia iniciativa, pero pésimo, porque les habló de golpe y de la obra de Ribeyro a las dos muchachas, con lo cual lo único que sacó fue descalificarse y dejar igualmente descalificado al pobre Ribeyro. Volvieron al ataque, a dúo esta vez, pero las muchachas llamaron al mozo y le pidieron dos cafés con énfasis suficiente como para que sus pesados vecinos supieran de una vez por todas cuál era la única persona a la que estaban dispuestas a hablarle.

Lo curioso es que durante todo este tiempo Ribeyro continuaba enciende y enciende su encendedor. Y ello a pesar de que ninguna de las muchachas fumaba o bebía o jugaba al balón, como el hijo que tiene Asunción. Y ello a pesar también de que el interés de Ribeyro por la magia en la jungla parecía haberse desplazado a tiempo completo hacia *Las muchachas de la plaza España,* que realmente eran tan bonitas como en el bolero, pero que seguían sin hablar porque definitivamente no tenían la costumbre de hablar con extraños cuando los extraños no les interesaban, como se verá en seguida. Ribeyro seguía enciende y enciende su encendedor como si se tratara realmente de una costumbre ancestral.

De pronto, a la palabra Perú, reaccionaron las muchachas de la plaza España, a la derecha, justito al lado, con el mayor interés del mundo. Con tanto tanto interés reaccionaron ante la palabra Perú pronunciada por Ribeyro, que ya resultaron ser un par de interesadas.

—¿Ustedes son peruanos?

Ribeyro encendió su encendedor en señal afirmativa y las chicas reaccionaron a dúo:

—¿Los dos son peruanos?

Yo seguía fuera de juego, como se podrá apreciar.

—Bueno, los tres —dijo Ribeyro—, pero, en fin, sí, los dos.

Y al cabo de unos minutos el asunto estaba concluyendo en que las dos iban a viajar al Perú, en que Ribeyro les había entregado ya su tarjeta de Agregado cultural, en que las chicas mañana mismo le caían en su oficina porque necesitaban tarjetas de presentación, alguna beca, si es posible, mapas, itinerarios, planos de ciudades, facilidades de pago y hasta el alojamiento en Lima que Bryce Echenique les tenía ya prometido en casa de su madre cuando... Cuando apareció realmente maravillosa la diosa africana en busca de fuego divino y ambos escritores apenas la reconocieron por andar despidiéndose de las chicas de al lado, en vista de que éstas se acostaban temprano cada vez que conseguían tarjetas de recomendación para el próximo viaje. Pobre diosa, tuve que ofrecerle un fósforo, un fósforo de los míos además de todo. Y pobres Ribeyro y Bryce Echenique. Empezaron a encender a dúo y como locos sus respectivos encendedores pero ya nadie fumaba y estaban pagando la cuenta en la mesa de una diosa rodeada de maricones, a decir de Ribeyro. Y al final lo único que lograron ver los pobres fue a un par de viejas que los miraban y los dejaban de mirar para poderlos volver a mirar.

—No hay elección, Alfredo —dijo, lacónicamente, Ribeyro, guardando su encendedor.

—Pero en estos casos tampoco hay erección —le respondió Bryce Echenique, agregando que había llegado el momento de largarse a dormir.

¿Y SI HABÍA ELECCIÓN?

Metámosle humor, si es posible, porque humor hubo pero el recuerdo es triste. Y es que ha llegado la hora de hablar de Catalina l'Enorme, de aquel tercer gran recuerdo que me ha quedado de mis años en Vincennes. Se llamaba Catherine Favre, era enorme, enormemente ecologista, y estudiaba chino. Le interesaban el yoga y la acupuntura y era amiga de una de mis estudiantes del Departamento de Español. Firmaba Kat, cuando me enviaba una postal, siempre con un maravilloso toque feminista, y no hace mucho supe de ella gracias a una de esas cadenas del tesoro, una de esas cartas que hay que leer y copiar en veinte ejemplares y enviarlas a veinte personas más. No pudo contenerse, me imaginé, y ha agregado teléfono y dirección. La llamé sobre la marcha, pero como siempre su respuesta fue nones, mi querido Martín, me alegra muchísimo saber que sigues vivo y que por fin estás escribiendo pero ni hablar de volvernos a ver.

—Entonces, ¿para qué has puesto tu dirección y teléfono?

Catalina l'Enorme se mató de risa: elemental, mi querido imbécil, para que me llamaras o me escribieras y te enteraras de que estoy en la ruina y realmente necesito ganar un tesoro. De acuerdo, Kat, le dije, y cumplí con no romper su cadena. La nuestra, en cambio, se rompió sola, o mejor dicho bastó con la reaparición de Octavia de Cádiz para que se rompiera sola. Pobre Kat, qué no probó para que yo terminara con aquella cadena perpetua, como ella le llamaba. Y es que en este valle de lágrimas, por no hablar más de cadenas, estoy segurísimo de que habría elegido a Catalina l'Enorme si es que Octavia de Cádiz no me hubiese reelegido a mí para hacer su tan brillante como abstracta reaparición en momentos en que yo intentaba meterme, alma corazón y vida, lo juro, en el mundo del chino, el yoga, y la acupuntura, para que unidos a Catalina l'Enorme y a mi propio invento, el operativo O-O, lograran que ella y yo permaneciéramos juntos y tan unidos como el día en que nos conocimos porque a ella realmente le partió el alma que Martín Romañana, el anti-profesor de una amiga suya, anduviese en ese estado de carencia en pleno campus universitario. Catalina lo atribuyó a la droga, y por eso nuestro diálogo empezó así:

—¿Qué opina de la droga, señor Romaña?

—Hay drogas y drogas, señorita.

—Yo le pregunto por las duras.

—Ésas son las peores, señorita, porque se sacrifican y hasta son capaces de dar la vida por uno. Y después mire el estado en que queda uno.

—No le entiendo nada, señor Romaña.

—Ha leído usted ese poema de Vallejo que dice: ¿Qué me ha dado que ni vivo ni muero?

Catalina l'Enorme me entendió, por fin, a pesar de ser Vallejo tan hermético, y recién entonces la miré por primera vez, porque siempre andaba mirando al pasado. Era enorme y como muy presente, como mi pasado, y todo en ella revestía un carácter de urgencia aquella triste tarde nocturna. Los alumnos se me habían largado todos a una manifestación, no bien terminé mis clases, y yo realmente no soportaba que esas cosas me sucedieran. Eran como un droga, también los alumnos, porque la verdad es que yo siempre necesitaba que por lo menos dos o tres me acompañaran hasta el Metro. O sea que no me quedó más remedio que responderle a Catalina su pregunta sobre las drogas duras.

—Mire —le dije.

—Puedes tutearme.

—Mira: para serte muy franco, a mí ese asunto de las drogas al que tú te refieres, me resulta tan desconcertante como horrible. Desconcertante, porque antes, cuando se me acercaba un loco por la calle, casi siempre estaba tan loco como yo, o sea que todo se lo entendía perfectamente bien y al final los dos terminábamos muertos de risa y de nervios. En cambio hoy, el que se te acerca es a menudo un drogadicto, cosa que a mí me horripila porque una vez me dieron más morfina que al lucero del alba, en Logroño, y fui a parar horrorosamente a un manicomio de Barcelona, de cuyo nombre no quiero acordarme, aunque no puedo. Sané, porque es posible sanar, siempre y cuando uno tenga enormes deseos de vivir e ignore por completo que terminará nuevamente *ad portas*. Porque ya ves, ¿de qué me sirvió todo eso? Y resulta que ahora necesito hasta que un par de alumnos me acompañen al Metro, no bien empieza a oscurecer, y todo porque una noche anduve paseando en carro por el bosque de Vincennes con Octavia de Cádiz... Perdón, Octavia de Cádiz es la droga que se sacrificó por mí. ¿Y tú, cómo te llamas?

—Kat.

—Perdóname, Kat, pero es que inspiras confianza.

—Te conozco por una amiga que es tu alumna.

—Debe ser una de las que se ha largado a la manifestación, o sea que ni me la menciones.

—Vamos, te acompaño al Metro.

—Te pesará haberlo hecho.

—¿Por qué, Martín?

—Porque al llegar al Metro les pido siempre a los alumnos que me acompañen hasta mi casa.

—Pero mi amiga me había contado que eras...

—¿El más grande anti-profesor de Vincennes...? Já... Lo que pasa es que los alumnos se han acostumbrado a verme en clases, o en la cafetería, o en sus casas. Ven a mi casa y verás quién soy.

Catalina l'Enorme tragó saliva al ver el retrato de Octavia y el toldo de La Sopa China. Pero optó por un enorme y alegre presente, me imagino, porque se quedó hasta las mil y quinientas, aquella noche, y empezó a volver y a volver, sin dar explicación alguna, lo cual me hacía recordar enormemente a Octavia de Cádiz, a pesar de la enorme diferencia de peso y volumen, sobre todo. Por lo demás, Catalina era alegre, casi tan alegre como Octavia, aunque hoy, como quien pudiera elegir, me gustaría recordarla sólo a ella. Y a ella, qué duda cabe, le gustaría recordar únicamente el olor a manzanas que, gracias a un nuevo cargamento traído por madame Forestier, reinaba ecológicamente aquellos días en mi viejísimo departamento de habitaciones clausuradas, por decir lo menos.

Qué horror, la flojera que me dio tener que contarle a Catalina l'Enorme todo lo de *la otra parte,* más todo lo de la habitación que madame Forestier se reservaba de manzanar y ahora, Kat, en pleno manzanar ha instalado también el despacho del juez Forestier, aunque felizmente él viene sólo unas horitas a la semana. Y tanta explicación para que al final ella me saliera con que cuántas *otras partes* había en el departamento, y por favor, Martín, enséñame una parte que sea tuya. Lo que más me dolió fue que Catalina confundiera la única *otra parte* con las asquerosidades de una propietaria, pero a Catalina l'Enorme lo que más parecía dolerle era no poder acceder al origen de tanto olor a campiña en pleno y polucionado Barrio latino.

Pero accedió. Accedió de noche, es cierto, pero accedió, y también es cierto que yo iba detrás de ella con una lámpara y un cordón eléctrico lo suficientemente largo como para llegar hasta la sala, en vista de que madame Forestier había hecho instalar, en su habitación, su contador de luz, para que cada uno pagara su propia electricidad, en vista de que yo podía robarle electricidad si un día, por ejemplo, se me ocurría robarle algunas manzanas de noche, para lo cual muy probablemente tendría que encender la luz y robarle, de esta manera, también electricidad. Y todo esto porque Octavia de Cádiz y Carmencita Brines habían desaparecido y yo me había convertido, por culpa de Catalina l'Enorme, que venía en Metro y vestía de Vincennes, en aquel extranjero que apareció un día por su casa en plan de guardián. Robé luz, por supuesto, lo cual no era verdad, por supuesto, y por supuesto que fuimos a parar donde un juez que era nada menos que el juez Forestier, a pedido mío, porque el pobre confesó en el acto y por supuesto que era absolutamente cierto que él se había olvidado siempre de apagar la luz de todos sus despachos desde el día en que lo nombraron juez y en éste también, por supuesto y perdón, señor Romaña.

Madame Forestier cerró el despacho-manzanar con ganzúa pero Catalina l'Enorme lo abrió esa misma noche con una ganzúa muchísimo mejor. Ya entonces vivíamos nuestra gran pasión, desprovista completamente de pasión, por ambas partes, estoy seguro, aunque a mí el asunto ese de ser tenido en mis propios brazos por los brazos más poderosos del mundo me producía un placer y una seguridad sólo comparables al placer y a la risa que a ella le producía que un tipo con un montón de otras partes y ninguna suya, con toldo, y hasta con una Octavia no-sé-cuántos, la siguiera con una lamparita cada vez que a ella le daba la gana de acceder al olor de esas manzanas.

Y cada día accedíamos más, con confort y todo, pues Catalina se había traído su colchonzote. Colchonzote, sí, porque nunca he vuelto a ver otro colchón tan enorme en mi vida. Yo pensé en Rabelais, Gargantúa, Pantagruel, y cosas por el estilo, pero en lo que más me estaba fijando, cuando la vi meter algo tan grande y pesado en mi casa, es en la forma en que lo llevaba enrolladito bajo un brazo, aunque claro, hay que pensar que se trataba de un brazo de Catalina l'Enorme.

—Kat —le dije—: ahoritita mismo te lo vuelves a llevar. ¿Sabes los problemas que me puede traer ese aparatote con la dueña y los vecinos? ¿Dónde lo voy a guardar, Kat?

—Querido imbécil —me respondió ella—, después de cada uso y abuso lo enrollaré y lo guardaré con mis propios recuerdos en la zona sagrada de tus recuerdos. Y lo sacaré de ahí de la misma manera en que lo he metido: con mi propia ganzúa y porque me da la gana.

Como podrán ver, Catalina era una persona enormemente enorme, lo que pasa es que a uno siempre se le escapan esos detalles. Yo, en todo caso, opté por la violencia y por el aquí no me metes eso, Kat, con forcejeo y todo. Catalina dejó el colchón donde le dio la gana, o sea en el cuarto de las manzanas, y a mí de un solo golpe casi me hace entrar solita mi alma por el toldo de La Sopa China, a un restorán que ya no existía y con una mujer que tampoco existía, aunque se llamara Octavia de Cádiz, detalle éste enormemente enorme y que, hay que reconocerlo, en honor a la verdad, también a Catalina se le escapó por completo por andar haciéndose la loca a carcajadas y esas cosas, cada vez que yo le decía la chica del retrato se llama Octavia Marie Amélie de Cádiz y ya basta por favor de andarle llamando Octavia no-sé-cuántos.

Pelear de esa manera para luego terminar con el colchón en su sitio y haciendo el amor color verde, aunque había también algunas manzanas rojas, más las podridas que eran para mí. Y haber tratado de ganarle en fuerzas, haber tratado de ganarle en fuerzas a Catalina l'Enorme para que luego ella me alzara en peso con el mismo brazo ya cansado por el peso del colchón, me imagino, mientras nos íbamos diciendo todas las cosas del párrafo anterior. Sí, haber tratado de hacer y decir todas esas cosas para que yo, esa misma madrugada, le estuviese ya preparando una sopa bien caliente, mientras ella me preparaba un buen plato de comida vegetariana y bien caliente, sin llegar a confesarnos nunca jamás esta ternura, Kat. Y no hace mucho me escribiste y te llamé corriendo por el asunto ese de la cadena del tesoro. Ni siquiera me diste tiempo para preguntarte por el destino final de tu colchonazo. Tampoco habría sido justo que te tocara yo ese tema, es cierto, porque si bien te lo llevaste con tu propia ganzúa, como dijiste aquella vez, no te lo llevaste porque te dio la gana, mi queridísima Kat.

Ahora que conmigo sí que hiciste lo que te dio la gana durante un buen rato. Yo, el anti-profesor, le anduve dando al militantismo ecologista. Y al chino y al yoga y a la acupuntura. En fin, qué no hacías por volverme un poco menos imbécil cuando yo lo único que quería era que nos encontráramos a la salida de Vincennes y que nos viniéramos a casa y que nos riéramos muchísimo mientras cocinábamos. Y ya tarde en la noche, tras haber escuchado un poco de música, tirados sobre tu colchonzote, trasladarnos con él al cuarto cuyo aroma a ti te gustaba y tendernos ahí para besarnos y disimular y olvidar incluso nuestras soledades gracias a la barbaridad con que éramos amigos y hacíamos el amor y logramos situarnos en el lugar exacto de la ternura, nuestro más grande patrimonio.

Pero no, demonios. Teníamos que ir juntos a clase de chino, a la sesión de yoga, y cuando viste que con eso fallé totalmente, tenía que ir también a mi sesión de acupuntura. Tú me acompañabas, hablábamos de ello horas, pero yo siempre era un desastre y al final no tuve más remedio que pedirle cita al mismo médico que me había atendido siempre en París con remedios occidentales y seguridad cristiana o social o lo que tú quieras, Kat. De chino, hoy, no sé ni una palabra, y no me importa haberme soplado todas esas clases. Pero lo otro, qué manera de no entenderme, me hiciste perder la fe en media humanidad de moda en Occidente, queridísima Kat.

¿Cómo se llamaba el asunto? Sí, ya me acuerdo: Kundalini yoga. Me leí, como siempre, todos los libros al respecto. Bueno, no voy a exagerar. Yo soñaba con la fuerza que me daba sentirme el hombre menos fuerte del mundo, por ser el amante de la mujer más fuerte del mundo. Y soñaba con su alegría, con su sonrisa limpia de dientes sin dentista, y soñaba con la inmensidad de sus senos de almohada y soñaba con la blancura de su piel y aquel rojizo de su pelo y la intención perfecta de todos sus gestos y palabras. Con todo eso soñaba, pero en cambio cada día tenía que leer más y más sobre la respiración de fuego, la mirada al vacío, y sobre aquel horrible asunto del tercer ojo que cada uno de nosotros, mortales, con o sin anteojos, tenemos aquí, en el centro de la frente, como si nos hubiese caído un balazo en una película de terror, que lo son ya casi todas, y nos hubiese dejado tuertos pero con dos ojos más, por primera vez, y no con un sólo ojo más, que es lo natural, porque de lo contrario habría que cambiar hasta el refrán aquel que dice en tierra de ciegos el tuerto es rey, que era lo natural hasta que te conocí, Kat, con tu cosita esa tan natural, sin duda alguna porque eras sobrenaturalmente grandeza, Catherine Favre.

Total que Catalina l'Enorme me llevó de las orejas al sur de la India, porque de ahí viene el Kundalini yoga, Martín, y en París el sur de la India quedaba en un departamento con frazadas en el suelo, donde el gurú recibía a sus guruizantes sin calefacción y en pleno invierno, pero eso no importa sino en la medicina occidental, tan psicosomática, como todos sabemos. El Kundalini yoguing, en cambio, era una accesión-ascensión, un camino de perfección, y una despsicomatización, motivo por el cual había que llevarse un buen buzo. En fin, había que ir como van hoy los tipos que hacen *jogging*, aunque despacio, nada de carreras como en el *jogging* de hoy, motivo por el cual mucha gente abandonó el yoguing de ayer y empezó a correr, me imagino.

Pero entonces era la época en que yo no me imaginaba nada, me imagino, y no saben el espanto que me produjo la primera sesión con mi primer y último gurú. Yo iba con la más kundalini de las intenciones, lo juro, como juro también que iba con las mejores intenciones de que Catalina me mirara con los mejores ojos del mundo, siempre y cuando éstos fueran dos y no tres, eso sí, por el asunto del refrán y mis nervios. Y recuerdo que hasta le pregunté si el camino a Kundalini pasaba por el camino a Katmandú, pero mi broma no le hizo la menor gracia y ella me respondió que a Katmandú iba en busca de droga dura la gente que había perdido la fe demasiados años demasiado pronto después de mayo del 68. En fin, no la gente de Vincennes que sólo la perdió a partir del 76.

Llegamos a Calcuta, me dije yo, al ver lo paupérrima que era la escalera con accesión-ascensión caracol al departamento prácticamente inaccesible de nuestra paz interior. No bien llegué a la cumbre, y a pesar de la atracción al vacío en caracol, me salió un doble filo espantoso. Odié a Catalina, por una parte, y en cambio me partió el alma el gurú, a quien por otra parte debí haber odiado. Resulta que el tipo era pelirrojo, de perfecta barba en peluquería, y se llamaba Charles porque era belga. No pude salir disparado, porque acabo de contarles cómo era al escalera, pero en cambio la que casi parte escaleras abajo de un fuerte empujón fue Catalina, aunque claro, no le habría pasado anda por lo enorme que era. Opté entonces por el diálogo, aunque con nervios y violencia: Catalina me había estafado. Ese tipo casi tan fuerte como ella ni era hindú ni era espiritual ni me iba a hacer ningún bien a mí ni nada. Me equivocaba, por supuesto: Charles me iba a hacer más bien que cualquier gurú de este mundo. ¿O no había visto yo acaso aquellos gurús rechonchitos y fofos que van sacándole en Cadillac alfombrado el dinero a los millonarios imbéciles de los Estados Unidos?

—Pues eso no me parece tan mala idea, Kat —le dije, agarrándome bien del pasamanos, por supuesto y por si acaso.

Te recuerdo, Kat: me soltaste ese trocito de risa con que los proselitistas toleran las bromas de los dubitativos en pleno proselitismo. Y me explicaste, luego, que Charles era un hombre serio, que había vivido siglos en la India, y que bastaba con ver dónde vivía y cuánto cobraba para darse cuenta de ello. Entré, porque ya no me atreví a decirle a Kat que andarle haciendo tanto bien a la fatiga de Occidente, donde hasta los héroes están fatigados, me parecía que podía haberle resultado un poquito más rentable al pobre Charles. En fin, ya estaba en manos de Charles, a quien no se le daba la mano, según me explicó Catalina l'Enorme, tras haberme explicado que bastaba con una ligera inclinación, que era seguida por una ligera inclinación de Charles, y que esta ligera inclinación precedía una breve sesión de paz, primero, y relajamiento pacífico, después, seguida a su vez por ejercicios que eran tan espirituales como físicos, más la respiración de fuego y ya irás aprendiendo, Martín, y al final no se le paga a él sino a esa cajita que él tiene siempre puesta ahí.

—¿Y cuándo viene lo del tercer ojo, Kat?

—Relájate, Martín —me suplicó ella, con voz de capilla ardiente.

A Charles me tomó poquísimo tiempo llegar a adorarlo, pero simplemente no lograba relajarme con tan poco. Y pasaban las semanas y me sabía ya todas las posiciones de paporreta pero simple y llanamente no lograba relajarme. Y ahí empecé a sospechar de los demás guruizantes. Lo tranquilitos que permanecían en cada posición tembleque, eso no podía ser más que hipocresía, fe ciega, esnobismo, moda, o decadente fatiga de Occidente. Y estos cojudos se lo asumían todo así nomás, mientras yo me derrumbaba no bien alcanzaba la perfección y precisamente por andar pensando en la perfección alcanzada y en que luego, no bien salga a la calle, como cualquiera de estos cretinos, estoy seguro, empezaré a odiar al prójimo. ¿O acaso no odio a Eros y a toda la familia de Octavia de Cádiz, por ejemplo? Y cataplum, al suelo.

Y ahí otra vez volver a empezar en nombre de la mujer más enorme del mundo, en cantidad y calidad, en nombre de esta Catalina serenísima y en posición que tengo a mi lado y por la cual voy a ponerme nuevamente en posición de paz, y así lo hacía, en efecto, pero ni Sísifo con su pedrón, señores, el derrumbe era ipsofáctico por haber pensado qué era querer tanto a Catalina en cantidad y calidad si a Octavia de Cádiz que tenía mucho menor cantidad la había amado siempre con muchísima mayor calidad y cantidad, me cago, Kat, me caigo, Kat, cataplúm, Kat. Y hasta en el suelo seguía temblando a pesar del cariño tan inmensamente relajado que le tenía al relajadísimo Charles.

Y ahí arrancó una nueva etapa, por culpa de Charles, que empezó a perder relajamiento, por culpa de esta bestia. Lo recuerdo en las primeras sesiones. Hasta se nos dormía, a veces, pero la gente no había pagado para venir a verlo tan tan relajado, ni hablar, los alumnos le decían gurú gurú, con lo cual sólo lograban dormirlo más, hasta que una tarde yo comenté que seguro Charles se pegaba cada parranda que después en clase... Ahí se me derrumbaron todos, pero no de risa, y se produjo tal nerviosismo que al pobre gurugurú no le quedó más remedio que despertarse y poner manos a la obra en lo que respecta al señor Martín Romaña y sus derrumbes. Entonces empezaron unas clases perfectas, en las que no bien yo alcanzaba la perfección con las piernas mirando al cielo, por ejemplo, Charles se me acercaba corriendo y me mantenía en perfecto equilibrio con ambas manos y algún esfuerzo y así hasta cambiar de posición y relajamiento y así hasta el fin de la sesión.

Después le decía a Catalina que me siguiera trayendo y a mí me juraba que con su ayuda lograría ser un excelente discípulo. Nunca he logrado ser el brillante discípulo de nadie, Charles, me atreví a decirle por fin un día, tras haberme inclinado ligeramente ante su sabiduría y porque uno debía inclinarse siempre al llegar y al partir. Y en seguida le expliqué, con insistencia y una que otra inclinación más, la vieja historia del gimnasio de los hermanos Rodríguez.

—Era un gimnasio, Charles, de mis veinte años, es decir de la época en que conocí a la que fue mi esposa, es decir a Inés...

—No te vayas por las ramas —se mató de risa Catalina l'Enorme—. Habla del gimnasio o de Inés, pero no de las dos cosas al mismo tiempo.

—Déjelo hablar —la interrumpió Charles, con inclinación.

Y los tres nos volvimos a inclinar, ya bastante rápido, porque en París se vive muy de prisa, y yo le solté la historia íntegra del gimnasio de los hermanos Rodríguez, cuya publicidad era SALUD Y FIGURA EN TRES MESES, con muchísima gimnasia y levantamiento de pesas en la época en que conocí a Inés y traté de cargarla como el día en que nos casemos, mi amor, y casi nos matamos los dos, pero como era mi culpa, aunque ella era una muchacha altísima y pesaba, Inés me mandó al gimnasio de los hermanos Rodríguez porque hasta Frank Sinatra había logrado engordar últimamente. Salí disparado, Charles, y nunca en mi vida, con su perdón, he sentido más fe que cuando traté de alzar la primera pesa de mi vida y no sabe usted cómo acabó eso.

—¿Cómo?

Pues en que quedaban como un millón de pesas más y en que me convertí en el mejor discípulo del gimnasio SALUD Y FIGURA EN TRES MESES. Éste no vuelve mañana, se juraron los Rodríguez, al verme bajar la escalera la primera vez, porque el gimnasio quedaba en un segundo piso. Pero volví y volví y volví y llegué a levantarme, por amor a Inés, hasta la última pesa de la última hora del tercer mes de gimnasio. Y en mi casa a cada rato cargaba el piano de cola y ya ni qué decirle de las cosas que cargaba en casa de Inés, por amor a Inés... Ah, Charles... Un día me puse el chaqué de mi padre y jugué a que era el día de mi matrimonio y llegué a cargarme a todos los hermanos de Inés juntos.

—¿Y por qué tiene usted esos brazos y piernas tan flacos?

—Mi querido Charles, tengo los brazos y piernas así de flacos porque al cabo de haber comido y bebido, aparte de lo que comían mis hermanos, corn flakes, quáker, miel de abejas y mil litros de leche, logré únicamente tener la barriga más importante de la Academia Rodríguez. Pobres hermanos, ellos mismos me lo pidieron: Señor Romaña, me dijeron, tenga usted una lista de los ejercicios que puede hacer en su casa y siga cargando el piano, si quiere, pero no vuelva usted más por aquí porque esta mañana se nos han ido siete principiantes al saber que lleva usted tres meses con nosotros y...

—¿Me entiende, Charles?

Charles me entendió pero insistió y también Catalina l'Enorme insistió en seguirse matando de risa del amigo que le había tocado en suerte. Y por supuesto que yo insistí, también, por cariño mutuo a Charles, pero Charles se me iba poniendo cada día más nervioso y ni qué decirles del susto que se pegó Catalina el día en que desperté pegando de alaridos en el colchonzote, por culpa del tercer ojo que no solamente me había salido sino que además me había salido de costado y nerviosísimo como el de una gallina. Estuve gritando ¡cu cu ru cú gurú!, horas, hasta que por fin Catalina logró aplastarme para siempre. Y al minuto, según nuestra usanza, madame Devin ya me había dejado bajo la puerta una de las cartas más largas que me ha escrito hasta hoy. Qué mejor prueba de lo que pudo durar mi grito: madame Devin tuvo tiempo para redactar íntegra su carta, ponerla en un sobre con mi nombre, tras haber buscado el sobre, claro, y tras haberse vestido para subírmelo porque Catalina me contó que el grito debió empezar hacia las dos de la mañana, aunque ella no logró verificarlo en su reloj por andar tratando de aplastarme con toda su alma, fíjense ustedes.

Ya entonces no me quedó más remedio que insistir definitivamente en convertirme en el mejor discípulo de mi pobre gurú Charles. Tuve que recurrir al valium, para ello, hasta treinta miligramos antes de cada sesión. Lo hice progresivamente, para que Charles no fuera a notar nada, e incluso en las primeras sesiones me dejaba ayudar como antes, y cuando ya me tenía bien sujeto en el Nirvana le decía a Charles: gurú, a ver suelta un ratito, gurú, y él me soltaba un ratito más cada día y yo valium y más valium cada día y sobre todo el día en que le juré que cuando él dijera ahora no piensen en nada, yo no iba a pensar en todo al mismo tiempo, y que en cambio iba a lavarme el cerebro hasta lograr ver el vacío por el tercer ojo que me había salido igualito a los otros dos y sin el refrán del tuerto y el rey ni nada. Charles fue feliz.

—Ya ven —les dijo a sus demás discípulos.

Y mientras todos volteaban desde el vacío para verme mirando al vacío, Charles empezaba a pegar unos bostezos de la puta madre y Catalina l'Enorme me anunciaba que hoy mismo le anunciábamos que habíamos alcanzado la tan ansiada paz interior y que nos teníamos bien merecidas unas merecidísimas vacaciones. Charles me dio la mano al despedirse, me felicitó por haber sido un discípulo tan excelente como el de los hermanos Rodríguez, pero con éxito, esta vez, y en la puerta de la calle Kat me anunció que inmediatamente me llevaba a donde un acupuntor.

El doctor Li estaba tan bien instalado en Occidente que muy bien podría haberse llamado doctor Lee o doctor Leigh. A uno lo curaba de todo, siempre y cuando uno viniera motivado, por lo cual, no bien me vio en tan enorme y sana compañía, procedió a preguntarme, a mí y no a Catalina l'Enorme, cuáles eran los motivos que me traían a su consulta con consultorio y Seguridad Social y no como otros que practican esta misma ciencia como si tan sólo se tratara de clavarle agujas a la gente. Hasta hoy pienso que el doctor Li afirmaba estas cosas con profunda convicción y sinceridad, o sea que hasta hoy continúo pensando que fui absolutamente convicto y confeso cuando le dije que sí, que venía muy motivado, porque venía por muchísimos motivos, y el primero, doctor Li, le dije, pensando en realidad Lee o Leigh, el primer motivo es que esta muchacha me ha traído por todos los motivos del mundo contemporáneo, doctor Lee, perdón, doctor Leigh, perdón, doctor Li...

—Es usted un gran nervioso —sentenció el doctor, pidiéndome que le prestara un pulso, para tomarme el pulso, mientras con la otra mano respondía al teléfono y explicaba que de lunes a viernes, de cuatro a siete, pero siempre y cuando usted realmente desee dejar de fumar, señorita. Luego colgó, pero de una forma rarísima, y cuando yo le estaba diciendo con los ojos a Kat que el mundo entero había colgado siempre el teléfono de la misma manera, menos este tipo, ¿te diste cuenta, Kat?, el doctor Li me pidió el otro pulso, explicándome que tenía que llamar a su secretaria por el teléfono interno, o sea el del pulso que le acabo de liberar, señor Romaña, jí. Colgó más raro todavía que la primera vez y me miró con telepatía, a lo cual yo respondí con una pregunta y parasicología:

—¿Y este pulso, doctor?

—ES USTED UN GRAN NERVIOSO CON MAYÚSCULAS, SEÑOR ROMAÑA. TEXTUAL.

—¿Y se puede hacer algo, doctor?

—Claro que se puede hacer algo —intervino por primera vez mi adorada Catalina l'Enorme.

Y si digo mi adorada Catalina es porque no sólo intervino por primera vez sino que por primera y única vez en mi vida la vi con lágrimas en los ojos. Con lágrimas y no con tu sonrisa francota y maravillosa, Kat, con tu boca llena de dientes sin dentista y ese par de labios que con dientes o sin dientes en la boca habrían podido arrancarme las orejas en los nocturnos mordiscones del colchonazo. Perdóname, Kat, yo a tu colchón antes le llamaba siempre el colchonzote, pero ahora, con la nostalgia y mis lágrimas en la boca, sí, en cualquier parte de mi cuerpo que hable de ti, Kat, de pura nostalgia he empezado a llamarle poco a poco y ya para siempre el colchonazo. Ah, mi amor, nunca te dije amor, qué tal encontronazo le dio la vida a nuestro colchonazo. ¿Y por qué no me dijiste tú nunca amor, tampoco?

¿Ya ves lo que pasó? El pobre doctor Li andaba explica que te explica, creo que más por disimular que por otra cosa, que las agujas de plata distribuirían el exceso de nervios o energía por las zonas poco irrigadas de mi vida, mientras que las de oro cumplirían exactamente el papel contrario en mi vida, y yo, claro, ni moverme podía ya con tanta aguja, pero tú bien que lo veías, Kat, bien que notarías la cara de contrariedad que iría poniendo el doctor cada vez que volvía a salir en busca de más agujas, un momentito, jí, hasta que ya no hubo más jí y al pobre no le quedó más remedio que decirme señor Romaña, me he quedado sin agujas por primera vez en la historia de la acupuntura. Y el portazo que pegó, Kat, y después en la calle tú y yo caminando despacito y cabizbajos y yo apretándote la mano y explicándote que en el mundo ya sólo me quedaba, aparte de tu colchonazo, por supuesto, probar con un adivino, ¿qué prefieres, Kat, una bola de cristal, las cartas de mi mano o las líneas de una baraja? Porque lo cierto es que necesitábamos un adivino, Kati, a lo mejor tanto tú como yo necesitábamos un adivino, Katísima.

EL ADIVINO

Fue breve y fue en mi departamento. Y fue, sobre todo, sentaditos los tres con las piernas bien recogiditas. Los tres sobre el colchonazo y conversa y conversa Catalina l'Enorme, el que suscribe, y Octavia de

Cádiz, por supuesto, que era la que más conversaba y la que más *te* conversaba, Kat, y te preguntaba encantadora e interesadísima por tu vida y tu vida era que pensabas irte a la China para aprender ginecología con acupuntura, partos con acupuntura y sin dolor alguno le explicabas tu encantadora e interesadísima a Octavia de Cádiz y después te fuiste y sólo regresaste una vez más, al día siguiente, y te llevaste el colchonazo, bien enrolladito y como quien no quiere la cosa, y también como quien no quiere la cosa nos volviste a encontrar a Octavia y a mí, pero ahora ella en su diván y yo en mi Voltaire, conversa y conversa y Octavia fue amabilísima contigo y te preguntó mucho más sobre la China y los partos con acupuntura y ni cuenta se dio de lo nuestro, o mejor dicho ni cuenta se dio de lo mío, o mejor dicho ni cuenta me di yo de lo mío, y desde entonces empecé a sacar el diván cuando Octavia reaparecía sin darse cuenta de nada y a volverlo a guardar en *la otra parte* y a salir disparado de ahí como la primera vez. Y todo, Kat, porque ella acababa de llegar completamente aturdida de dar un montón de vueltas al mundo con Eros, para aturdirse, y tenía el mismo encanto de siempre cuando exclamaba ¡Maximus! ¡Maximus! ¡Maximus! y sin darse cuenta de nada me entregaba el souvenir que me había comprado en Estambul y el que me había comprado en Creta, y yo ni cuenta me di de nada cuando exclamó tres veces ¡Maximus! y me soltó el souvenir que me había comprado nada menos que en California, mientras tú, Kat, decidías largarte, me imagino, porque Octavia de Cádiz sí existía, me imagino, pero en vez de largarte nos dijiste que ya era hora de irte porque tenías una cita, lo recuerdo, y después Octavia, sin darse cuenta de nada, por supuesto, empezó a matarse de risa de que Maximus tuviera una amiga tan enorme, porque también Eros era enorme, me imagino, y ahí juntos los dos te bautizamos, sin que Octavia se diera cuenta de lo que aquello significaba, por lo aturdida que andaba, me imagino, te bautizamos con el maravilloso e inolvidable nombre de Catalina l'Enorme.

LOS ATURDIMIENTOS DE OCTAVIA DE CÁDIZ

Nueve meses exactos habían pasado desde su desaparición y a mi departameno entraba como quien entra a su casa y a Catalina l'Enorme la evacuaba (qué otra palabra cabría usar), como si yo fuera también su casa, o su cosa, aunque claro, la pobrecita estaba tan aturdida que también mi operativo O-O había quedado evacuado por los siglos de los siglos amén. Sí, había viajado con Eros, con su hermana, con sus padres, con los padres de Eros, y en cada lugar le remordía la conciencia tener que engañarlos a todos un instante para escaparse en busca de un souvenir que me probara que por el mundo entero me seguía adorando. Pasamos tres días felices, con una Octavia que me llenaba de besos y besitos volados y que me acariciaba la frente y me frotaba las sienes y que repetía incesantemente mi nombre y me juraba que ni todo el aturdimiento del mundo terminaría con el respeto y la adoración que sentía por mí. Gané la guerra, me llegué a decir, al ver lo aturdida que estaba, pero en realidad ahí el más aturdido era yo, que ni cuenta me daba de los besitos y besos volados. Tres días con Octavia me habían convencido de que los pasados nueve meses habían sido sólo una pesadilla. Y ella estaba tan alegre, tan tan alegre de verme tan alegre, ¡cómo no iba a estarlo yo!

Pero una noche encontré una carta que ella misma había metido bajo mi puerta:

> *Adorado Maximus,*
>
> *parto nuevamente de viaje con Eros. Te escribo para decirte que toda la nostalgia, la ternura, y la melancolía del mundo se quedarán conmigo cuando haya terminado de escribir estas líneas. Estos tres días me han probado hasta qué punto soy frágil cada segundo que paso a tu lado. Nunca abuses de ello, por favor. Y esto, porque tengo que decirte que quiero enormemente a Eros y que me voy a casar con él. Que me tengo que casar con él y no quiero volver a hacerlo sufrir más en la vida.*
>
> *Te ruego considerar que esta carta jamás ha sido escrita y te suplico que jamás la menciones cuando nos volvamos a ver. Ya no podré ser más tu Zalacaín, pero este matrimonio me permitirá verte y traerte siempre tanta y tanta ternura. La nieve... El frío... La tristeza... La pena... El absurdo... La nada... Porque de nada vale el aturdimiento de*
>
> *Octavia de Cádiz.*

Corrí a llamar a Catalina l'Enorme, pero qué horror, cómo había pasado el tiempo en un par de días. Kat, Kat, le decía yo, contándole mil cosas, prometiéndole que esa misma mañana pediría cita con el médico generalista, contándole que Octavia se había vuelto a ir de viaje con su novio, asegurándole que se iba a casar pronto y que iba a vivir en Italia, jurándole que me estaba haciendo una falta espantosa su colchonazo. Pero ella me escuchó con irónica distancia y, aunque hubo dos o tres frases de bondad para el imbécil de Martín Romaña, éstas fueron pronunciadas por una vieja amiga que hacía años que vivía en la China, practicando la acupuntura en partos sin dolor.

Después estuve unas semanas con mi joven médico generalista, a cuyo consultorio ya había llegado antes en estado de carencia y necesidad, pero no tanto como esta vez. El doctor Jérôme Daprès no hacía mucho que se había instalado en el barrio y andaba más bien bajo de clientela, cosa que a mí moralmente me obligaba a ir siempre donde él. Y a él creo que le encantaba que yo lo llamara, porque sus pocos enfermos lo eran de un vulgar resfriado o algo por el estilo, mientras que yo llegaba cada vez más aturdido por muchísimos síntomas que inmediatamente le explicaba con la gran capacidad de síntesis que extraje de mis ya remotos años en La Sorbona. Me recetó, como siempre, toneladas de sueño y vitaminas, y al terminar nuestras semanales consultas me declaró curado con la misma cara de satisfacción de siempre. Y me dio la mano con los papeles de la Seguridad Social.

Yo ya había aprovechado, por supuesto, y en vista de lo distante que la noté en el teléfono, para escribirle la siguiente carta de amor y vuelve, por favor, a Catalina l'Enorme:

> *Querida Kat,*
>
> *perdido he estado, como verás, y con suerte te has librado de otra llamada desesperada como la que te hice aquella estúpida noche de desesperación. En fin, recuerdo que hice lo posible por ser breve, darles seguridad a los que se me acercan (?), ser valiente, cortés, y sobre todo flemático y muy caballero y divertido, lo cual era ya un verdadero logro. Si lo logré, debo decir con honestidad que lo merezco, y si no, pues que lo tengo bien merecido. En todo caso, creo que éste ha sido mi último año heroico antes de entrar en un tono grave, y así me di con un médico al pie de la cabecera, que era lo que ese joven médico estaba necesitando desde hace un buen tiempo: un buen enfermo que no le complicara mucho las cosas y le contara sus males y al mismo tiempo los remedios a los mismos. Hoy el que se sienta soy yo, no debo exagerar y decir que a su cabecera, pero sí tan lleno de salud en su consultorio que el pobre como que ya no sabe qué hacer conmigo. Lo cual es un buen síntoma, creo, Kat.*
>
> *Te espera montando bicicleta, con tenis, piscina, carne, pescados, mariscos, orden y trabajo, el hermano que más te extraña,*
>
> *M. Romaña.*

El silencio de Catalina l'Enorme empezó a durar tanto, que ya era como si la comunicación epistolar entre París y Pekín fuera totalmente imposible. Sí, eso es lo que me quería probar Kat, y ahora le tocaba a ella ver lo desesperado que podía estar yo, a pesar de lo fortalecido y sereno que me había dejado el tratamiento de vitaminas y sueño del doctor Jèrôme Deprès. Me cortaría una oreja como Van Gogh. La idea me atrajo, pero la tuve que pensar dos veces. La primera, porque uso anteojos y cómo diablos se me van a quedar los malditos en su sitio con una sola oreja. La segunda: claro, existen los lentes de contacto, pero yo con mi parkingson natal terminaría metiéndome las lentillas en las orejas, y además ya sólo me quedaría una oreja para dos lentillas. Entonces me vino la gran idea: cortarme un dedo, símbolo además de que en mi vida escribiría una línea. Y así fue, tan sencillo como eso: ir a la cocina, agarrar el cuchillo grande, y acercarlo a los dedos de la otra mano. Parkingson hizo el resto, qué horror, medio índice me colgaba de una hilacha. En seguida envolví dedo y mano en una sábana con parkingson, para no mancharle nada a madame Forestier, y corrí como loco al teléfono.

—¡Kat, ven, mira lo que he hecho por ti!

Y la condenada, ya definitivamente instalada en la China, me dijo que eso se llamaba chantaje y que no la volviera a llamar ni le volviera a escribir. En fin, lo menos romántico del mundo, el asunto, y si no es porque nos habíamos conocido alguna vez en Vincennes no me da ni el número del Socorro médico.

Me cosieron el dedo y quedó casi tan bonito como antes, pero un día, cuando ya debía estar sano del todo, realmente odié a Catalina l'Enorme: no podía doblar las falanges sino apretándolas con la otra mano. El dedito no me obedecía por nada de este mundo, y cuando fui a averiguar por qué, resulta que la bestia que me cosió no se había fijado que el tendón también estaba cortado. Y ahora, señor Romaña, el tendón se anda encogiendo y retirando del dedo y con un poco de mala suerte anda ya por el codo. En fin, sólo con una operación se sabrá si se puede recuperar o no. Me opero, doctor, dije yo, pensando ojalá te recupere, tendón de mierda, porque lo que es recuperar a Catalina l'Enorme...

DE CÓMO Y POR QUÉ A MARTÍN ROMAÑA, MÁRTIR DE UNA LITERATURA QUE AÚN NO HA ESCRITO, LE BLOQUEAN UN DEDO QUE LE SERÁ INDISPENSABLE PARA ESCRIBIR, SI ALGÚN DÍA ESCRIBE. Y DE CÓMO Y POR QUÉ OCTAVIA DE CÁDIZ SE APROVECHA DE LA OPORTUNIDAD PARA APROPIARSE HASTA DEL TENDÓN DE CATALINA L'ENORME. TODO, BAJO LOS EFECTOS DE LA ANESTESIA

Jamás imaginé que era tan fácil ingresar a un hospital donde un médico conocía a Octavia de Cádiz, por tratarse de un hospital que yo conocía, y que en plena sala de operaciones Octavia viniera a reconocerme a mí, como quien dice de visita, para ver si me habían encontrado, en el bolsillo de la camisa o algo por el estilo, un tendón que, ¡ay Dios mío!, se llamaba nada menos que tendón Flexibus, llamándome yo Maximus, a pesar de mi historial médico y de la anestesia.

—O sea, doctor —dijo Octavia, que aún podía ser Catalina de Cádiz, debido a mi estado de anestesia—, o sea que usted aún no ha logrado encontrar el tendón Maximus de Flexibus.

La noté realmente nerviosa, a pesar de la anestesia, por lo que comprendí hasta qué punto el tendón era de ella y ella era de mi tendón y yo era de ella para el resto de la vida, a pesar del tendón Flexibus que hasta entonces era de Catalina l'Enorme. Vino, claro, la explicación científica:

—Señorita...

—Sí, señorita —le dije al médico, interrumpiéndolo todo, porque no debía faltar mucho para el matrimonio de Octavia. Luego, agregué, porque los cirujanos no suelen entendernos muy bien a los hombres de Letras—: Es el tendón Flexibus de Brutus, doctor Eros Massimo —aunque todo este desbarajuste fue por culpa de la anestesia.

No me hicieron el menor caso, siempre por culpa de la anestesia, y el doctor, que acababa de ser yo, le explicó a la dueña del escritor Maximus Enorme que el tendón se había alejado demasiado para seguir abriendo...

—Sigan abriendo mucho —dije yo, pero los anestesiados no hablan.

—Ya le he abierto casi hasta la muñeca, señorita —dijo el doctor, llamado también galeno, según recordé en ese instante, gracias a la anestesia, sin duda alguna. Recuerdo también, a pesar de la anestesia, que gracias a ésta, dije, en guerra con mis extrañas:

—Este tendón es de Catalina l'Enorme.

Y recuerdo que entonces, a pesar de la anestesia, Octavia hizo un aparte conmigo, dejando al doctor completamente fuera de operativo, para decirme:

—Maximus... (aquí debe haber pronunciado un ki, de Maximuski, que no escuché por culpa de la anestesia), Maximus, *tenerezza mía*...

—*Figlia di putana* —la interrumpí yo, con anestesia y todo, porque cada día se olvidaba más del castellano, la condenada.

—Maximus... (otra vez la anestesia: ¿dijo ki, o no?).

—¿Qué?, mierda...

—¿No te acuerdas, mi amor, que cuando recién te conocí te quería todo para mí y tú eras todo para otra?

—O sea que hoy... Hoy con anestesia me agarras... Me agarras y...

—No hay anestesia alguna para el orgullo, Maximus.

—¿Y acaso yo no latía de nuevo con mi Catalinota y mi O-O?

—¿Tu O-qué, Maximus?

—Que me den más anestesia y me sigan abriendo el corazón.
—No te entiendo ni quiero entenderte.
—Yo Tampico.
—¿Acaso no me voy a casar para que nos sigamos viendo?
—¿Desde otro país?
—Vendré a cada rato...
—¿Con anestesia?
—¡Maximus! ¡Maximus! ¡Maximus!
—Ya ves cómo vas a venir a cada rato con besitos y besos volados. *In vino veritas,* Octavia.
—Póngale más anestesia, por favor, doctor.
—Señorita, usted sabe muy bien que yo sólo estoy aquí para cumplir sus órdenes. ¿Cómo debo dejarle el dedo, puesto que no se debe seguir abriendo? El tendón ya está muy lejos y usted dice que el señor Romaña es escritor. Tratándose de un dedo índice, si no le bloqueamos las falanges jamás podrá golpear una tecla ni apretar un lápiz...
—Un bolígrafo de mierda —intervine yo, pero nadie me hizo caso.
—El dedo le quedará deforme, señorita... Le quedará bastante encogido pero podrá escribir.

No sabiendo aún lo mucho que iba a deformarla a ella el matrimonio, la pobrecita exclamó:
—¡Maximus, te va a quedar una mano deforme como la del coronel Richard Cantwell por culpa de la guerra! —Y mirando al doctor, esta vez, continuó exclamando—: ¡Bloquéele el dedo lo más que pueda, doctor! ¡Terminará por escribir!
—Sólo dos libros, desgraciada: uno sobre Inés y otro sobre ti. Pero el de Inés antes que el tuyo, eso sí (1).
—¡No se lo bloquee, doctor!
—Eres un amor, mî amor, mi Octavia Marie Amélie de Cádiz y de la Bonté-Même. ¡Y te juro que jamás escribiré un libro sobre Catalina l'Enorme! ¡Ni siquiera una línea, Octavia!
—Eres mi orgullo, Maximus.
—Ya sé que la pobre Catalina l'Enorme estorbó tu orgullo con su colchonazo, pero dime tú la verdad, mi amor, ¿cuántos puntos de orgullo tengo yo entre la cabeza, la cara, y ahora la mano?
—Todos, Maximus.
—¿Y cómo me llamo, Octavia?
—Martín Romaña, Maximus. ¿Y yo?
—¡Cómo quieres que lo sepa con tanta anestesia de mierda!

Al doctor no le quedó más remedio que intervenir, por culpa de la anestesia, para preguntarnos, no sé si a Octavia o a mí (el pobre debía

(1) Comprenderán ahora de dónde me viene la obsesión por la cronología.

ser amigo de amigos de Octavia o algo por el estilo), bueno, pero ¿qué hacemos con el dedo? ¿Lo bloqueamos o no?

—No, Octavia —respondí yo, pero no vayas a creer que es por lo de Catalina l'Enorme... Es por lo de escribir... No puedo... Ya es muy tarde, Octavia...

—Bloquéele el dedo para que tenga que escribir, doctor —ordenó Octavia.

Entonces le pregunté:

—¿Pero tú cómo te enteras qué día me operan y cuándo voy a estar bajo los efectos de la anestesia? ¿Y cómo puedes adivinar que una mujer como Catalina l'Enorme está conmigo y que...?

—¡Maximus! ¡Maximus! ¡Maximus! —le oí decir, mientras el anestesista aparecía nuevamente en la sala de operaciones, me hincaba, y la anestesia me hacía penetrar una vez más en los intersticios de la lucidez, de la única lucidez que he visto, no tenido, en mi vida. Su precio: ¡puto desasosiego! Y por ello me permití hacerle a Octavia la última pregunta, que trajo otra pregunta, porque trajo otra respuesta y no la que yo esperaba.

—¿Cómo has llegado aquí, mi amor? ¿Cómo te has enterado?

—Yo me enteraré de cada anestesia tuya, Maximus. Trata tú de hacer lo mismo por mí, por favor.

—¿Y cuándo te casas, Octavia?

—Debería decirte: el día que me dé la gana, pero contigo no puedo. Me caso dentro de quince días, Maximus, y aunque el doctor te dé de alta antes, quiero que sepas que eres la única persona que tiene el honor de no estar invitada a mi matrimonio.

El doctor, que definitivamente parecía ser más un esclavo que un médico amigo de amigos de Octavia, le aseguró que yo estaría libre el día anterior para comer con ella, si ella lo deseaba. Y como ella sí lo deseaba, comimos en un restorán llamado La Sopa China Cerrada, un poquito caro para mí, pero no tanto, aunque al frente había una tienda de souvenirs que me costó tres veces más que la comida. Comimos temprano, porque Eros llegaba a la mañana siguiente temprano, y la boda era también temprano en la capilla italiana de París.

La comida fue absurda, porque yo andaba con un hambre de ésas que cualquiera tiene al salir de un hospital, por lo cual Octavia me dijo que ella no tenía ganas de comer ni de vivir y que yo pidiera toda la carta para que luego ella me cortara todo lo que había que cortar. Y todo esto debido a que, bajo los efectos de la segunda anestesia, a ella le había dado una pena enorme que me deformaran la mano como al coronel Richard Cantwell en la Segunda Guerra Mundial, motivo por el cual le había informado al médico que al pobre colonnello, en la novela de Hemingway, le quedaban sólo tres días de vida porque andaba fatal del corazón. El doctor procedió entonces a buscarme el tendón Flexibus, abriendo para ello más y más, pero tuvo que abandonar porque ya se estaba acercando al codo y podía deformarme también el brazo.

Total que al restorán llegué bloqueado y llenecito de puntos, y también con un par de clavitos, casi de agujas, que sujetaban no sé qué. Sólo recuerdo que uno de ellos me atravesaba la uña y que no se podía mencionar mientras Octavia me cortaba la carne, porque podía ser una alusión a la acupuntura de Catalina l'Enorme. Comí, con la misma dificultad con que ahora escribo con mi dedo bloqueado de escritor, y después Octavia abordó el desagradabilísimo tema de las muchachas que yo iba a traer a ese restorán cuando ella estuviera en Italia, puesto que ya no existía La Sopa China Abierta. Pobrecita Octavia, jamás quiso entender que era ella la que se casaba mañana, o sea que no tuve más remedio que escucharla mientras decidía que bueno, que un postre sí tomaría, de la misma manera en que decidió que después del postre había empezado a sentir bastante hambre y se comió un enorme plato de carne, para luego terminar con la entrada y como diez trozos de queso. Era el aturdimiento.

Nos despedimos de mentira ante la puerta de su casa que tampoco existía, y siempre bajo la estrecha vigilancia de un tipo tan extraño como sereno, porque así sucede en las mejores familias, y sobre todo ahora que empezábamos a acostumbrarnos a que nos siguieran serenamente por todas partes, ver para creer.

VER PARA CREER

Fui, por supuesto, el primero en llegar a la capilla italiana de París. Llegué elegantísimo, casi vestido de novio, gracias a la ropa que me regaló Carmencita Brines, pero la verdad es que me había pasado la noche tomando vino con tapita de plástico, por aquel viejo asunto de la más horrible pesadilla de mi vida. Nunca se había cumplido en la vida real, pero había sido una pesadilla recurrente desde que conocí con amor a la primera muchacha de mi adolescencia. Me despertaba aterrado viéndola llegar a una iglesia (¿capilla italiana?), con otro tipo. Inés se casó conmigo en París y la pesadilla vino más bien después, pero ahora todo parecía indicar que vendría más bien antes, por lo cual llegué al bar de enfrente de la capilla italiana de París. Llegué muy de mañanita, con la serenata de mi voz y todo, como en México, porque si bien me gustan los conciertos de Brandeburgo, mi cultura musical es exclusivamente mexicana, y hasta tal extremo que mi cultura mexicana es casi exclusivamente musical, también. Bueno, a muchos les pasa.

Y cantando estaba, Octavia, cuando por fin abrieron la famosa capilla y empezaron a decorarla para tu boda. A mí me tomaron por un decorador más, estoy seguro, porque nadie me molestaba mientras me paseaba mirándolo y tocándolo todo para creer. Por fin, claro, me vino lo del exceso de trago y también tú estabas llegando para casarte con el príncipe Eros Massimo Torlatto-Fabbrini, en cuyo lugar, frente al altar, me había colocado yo con la cabeza muy inclinada de sueño y de saber que estabas llegando. Se oía el ruido de la gente en la entrada de la capilla, cuando un curita se me acercó.

—¿Qué? ¿Le duele mucho la mano, señor?

—Sí, padre, la tomo por esposa y ahorita mismo me voy.

Me salí por laterales, para no ser visto por principales, o sea que no te vi, Octavia, ni vi tampoco a Eros. Pero después, porque a mí nadie me engaña y esa pesadilla tenía que cumplirse de una vez por todas, regresé al bar de enfrente y quise esperar tranquilito que terminara la ceremonia. Pero amigos, no pude aguantar. Porque no se imaginan ustedes la procesión ni el vino ni los clavitos ni los puntos que llevaba yo por dentro. Ellos me ayudaron, eso sí, a no creer y a sí creer y de nuevo a no creer que todos esos cabrones estuviesen ya en la capilla. Como me ayudaron a mirar lo que sí vi y lo que no ví. Y me ayudaron también, al final, a cruzar de nuevo esa calle y a perderme entre el gentío, Octavia, para oírte decir, al aparecer en la calle con el italiano más grande que he visto en mi vida:

—Estoy muy cansada, pero vamos todos a aturdirnos.

Después te corregiste, dijiste vamos todos a divertirnos, y mientras pronunciabas esas palabras apareció un pelotudo con patillas y yo estaba detrás de una columna cuando le entregaste tu bouquet, pidiéndole que se lo llevara a Martín Romaña a esta dirección. El pelotudo ese no tuvo ni que llevármelo, Octavia. No bien abandonaste el lugar, me acerqué yo, observado únicamente por la policía, me imagino, de puro felices que estaban todos, y le dije mi nombre y me llevé el bouquet.

Soledad Ramos Cabieses hacía mil años que no veía un bouquet, y ahora quiero que te enteres, Octavia, mi amor, de lo que hice ese día con tu bouquet (menos un botón de rosa que me robé al final y ahí sigue pegado a tu retrato), y con Soledad Ramos Cabieses que lo había ganado todo mientras yo estaba perdiéndolo todo.

O SEA QUE SE CASÓ LA DEL SOMBREROTE NEGRO, ¿NO?

Lo injusta que puede ser la vida. Ya se había casado Octavia, ya había regresado deshecho a mi departamento, y estaba batiendo mi récord mundial de sueño (cuatro horas), tirado sobre la alfombra, aquí delante del sillón, cuando juácate, la pesadilla recurrente y esta vez repleta de líos absurdos porque el que entraba a la iglesia de San Felipe, en San Isidro, Lima, Perú, era yo, y además me desmayaba al ver que Octavia entraba del brazo del cabrón de su padre, en plena adolescencia mía. Pero lograba casarme, sin embargo, porque recuperaba el conocimiento justo a tiempo para decir el sí, y cuando ya era el hombre más feliz del mundo, resulta que aparecía en la vereda de enfrente de la iglesia italiana de San Felipe, rodeado de amigos que me palmeaban el hombro bañado en llanto adolescéntico, porque Octavia de Cádiz, limeña de quince abriles, como mi primer amor, abandonaba la iglesia del brazo de un gigante tan adolescente como italiano. Y partían, sí, partían, partían llevándose hasta mi bouquet.

Este último detalle fue el que me despertó, y nadie podrá imaginarse el alivio que sentí al ver que tenía a mi lado, sobre la alfombra, el bouquet de la pobre Octavia. Y digo pobre, porque interpretando el sueño llegué a la conclusión definitiva *y sine qua non* de que la había visto salir aturdidísima de una iglesia que quedaba a unas pocas cuadras de la casa de mis padres, aturdidísimos a su vez al verme regresar deshecho de una iglesia italiana en pleno San Isidro, Lima, Perú.

—Esta cojuda no se vuelve a casar más —fue lo único que atiné a decir, mientras me levantaba recurrentemente.

Decidí salir y perderme en la ciudad que Octavia abandonaría esa misma tarde, primero rumbo a una larguísima luna de miel, y luego para instalarse definitivamente en Milán, pero regresando a cada rato y cuando uno menos se lo esperaba a París, para instalarse definitivamente en mi vida, de cuatro a ocho, como en los viejos tiempos, aunque muchas veces no me encontró porque yo andaba vagando por el mundo, habla que te habla de ella, y arruinándome en llamadas telefónicas que a ella le encantaban porque Maximus sería siempre Maximus, a pesar de que yo llamaba de parte del señor Martín Romaña, el de los puntos en cara, cabeza, y mano, el del índice bloqueado, dígale a la señora, por favor, también. La verdad, nunca se portaron tan bien conmigo los padres y el esposo de Octavia como después del matrimonio. Me atrevo incluso a decir que fue una cláusula del contrato matrimonial, impuesta por la propia Octavia, y aunque ella jamás tocó este tema conmigo, por evidentes razones de abstracción y aturdimiento, hasta fui invitado a Milán, donde se me trató con tanta cortesía como abstracción más un incidente.

Bueno, pero estaba saliendo a vagar por París, cuando Soledad Ramos Cabieses abrió su portería y me invitó a pasar. Casi me muero de pena al pensar que iba a festejar la boda de Octavia en la portería de Soledad con Soledad, pero la verdad es que no me atreví a negarme porque de pronto se puso a bailar un pasadoble, luego a torearme, y yo hice de toro, y por fin me dijo que tenía champán y una vida entera que contarme. Me jodí, pensé, y entré deshecho. Soledad Ramos Cabieses me recibió con un pase de pecho y gritando ¡y olé!

—¿Cómo va esa mano, señor Romaña?

—Hoy está un poco más triste que de costumbre, Dolores.

—¿Cómo que un poco más triste? ¿Y por qué me llama usted Dolores?

—Un lapsus, Soledad, perdón.

—Soledad Ramos Cabieses, y desde ahora viuda de un coronel, para que sepa usted.

Y ahí empezó el asunto de su felicidad, de que por fin se le había hecho justicia, de que le había llegado la hora de pensar en largarse a Madrid, de comprarse un departamento, de vivir como una reina. Todo, contado con un castellano plagado de galicismos, con palabras casi inventadas que yo le corregía y hasta le enseñaba a veces en castellano, porque ella misma me lo pedía. Señor Romaña, me decía, necesito hasta recuperar mi idioma para poder recuperar mi vida entera, para contársela a usted mientras me la voy contando a mí misma. Y yo la ayudaba con emoción cuando por ejemplo, en vez de hablarme de su jubilación, me hablaba de su doble retreta, porque en francés jubilación se dice *retraite*.

Pero también a ella la embargaba la emoción e insistía a cada rato en hablarme de sus dos retretas, mientras bebíamos nuestras copas de champán porque acababa de enterarse de todo y pronto se acabarían las porterías y las limpiezas y las mil escaleras que había encerado en su vida y la ingratitud de un hijo por el cual qué no había hecho mientras ella se iba olvidando de su vida y de su idioma, pero eso no tardará mucho en acabarse, señor Romaña, y deje usted de estar tan triste y ahora mire lo que le voy a enseñar. Fue la señora del quinto piso, señor Romaña, iba a botar una cantidad de libros viejos y de pronto se dio cuenta de que había uno sobre España y me lo trajo de regalo. Y ahora mire usted, porque el libro tiene fotos también, mire usted esta foto y dígame quién es esta muchacha.

—¡Pero si es usted, Soledad!

—¡Salud! ¡Y ahora mire quién es la que va del brazo conmigo! Lea, lea aquí abajo...

—*Marcha de las juventudes femeninas comunistas de Madrid, 1937. Al centro, Dolores Ibarburu, La Pasionaria* —leí.

—Y a su derecha, yo, señor Romaña, para que sepa usted quién soy. ¡Salud!

—¿Y por qué no me lo contó antes?

—Porque una mujer que ha limpiado escaleras para tantos imbéciles lo sabe todo pero tiene que olvidarse de todo, señor Romaña. Y yo me había olvidado. No había vuelto a pensar en esas cosas en treinta años.

—Salud...

—Me había olvidado de eso y de mucho más, señor Romaña.

Soledad Ramos Cabieses, vieja, rechoncha, gruñona, siempre a la defensiva, pero buena como pocas, en el fondo, se había olvidado en efecto de muchísimo más. No iba a recibir una doble retreta, como ella le llamaba a eso, sino que se jubilaría dentro de un tiempo en Francia, y en España, según le acababan de anunciar, pronto tendría derecho a cobrar su pensión de viuda de un coronel republicano. Volvería a Madrid, al cabo de mil años, iría arreglando todos sus papeles y llegaría el día en que la doble retreta le permitiría vivir mejor que el ingrato de su hijo. Porque la historia de Soledad Ramos Cabieses estaba cargada de ingrata y perra vida.

—Sí, señor: ingrata y perra vida. Y ayúdeme usted a colocar la palabra cuando no la encuentro. Porque fíjese, yo era una muchacha cuando me enamoré de ese señor (me señaló una foto, sobre la máquina de coser). Y nos casamos como Dios manda y él me enseñó y por él me hice yo roja, que de esas cosas una muchacha como yo no sabía nada. Yo era una muchacha del pueblo, para qué le voy a mentir, pero sí creí y sentí lo que él me enseñó. Y me gustaba tanto verlo con su uniforme. La guerra lo agarró de coronel y a mí me agarró ya separada de él y con un hijo, porque él tenía un defecto, señor Romaña, para qué le voy a mentir. Era muy mujeriego y eso yo no se lo pude soportar. Y así se fue con otra tía y seguro después con otra y también por culpa de una tía lo mataron, aunque eso fue mucho más tarde porque fue después que los republicanos perdieron en el frente del Ebro y a él lo traicionó el cabrón de su primo Antonio, que era de los nacionales... Usted no me entiende nada, seguro, pero yo le voy a explicar. Ahí en el frente del Ebro se encontraron una primera vez los dos primos y venció el que era mi marido. Y cuando se estaban llevando presos a los nacionales o los iban a fusilar o qué sé yo, él pidió que lo dejaran con su primo y me lo trajo a mi casa en Madrid para que yo se lo escondiera. ¿Me entiende, señor Romaña?

—¡Salud!

—¡Salud...! Bueno, nos quedamos en que después los republicanos perdimos la guerra y el primo de mi marido, Antonio se llamaba, se fue tan campante de mi casa para hacer su gran carrerota con Franco. Y ahora mi esposo era el escondido, pero no en mi casa, señor Romaña, porque ya le dije que aunque era mi esposo ante Dios, había dejado de ser mi esposo. El padre de mi hijo, eso sí que lo era.

—¡Salud, Soledad!

—Déjeme que abra otra botella y le siga contando.

—Otro día, Soledad. Hoy me está doliendo mucho la mano.

—Aguántese un poco y escuche, porque hoy a mí no me duele nada, ¿me entiende?

—Bueno, ¡salud!

—Salud la que voy a tener yo cuando cobre mis dos retretas. Ya me lo merecía, oiga usted... Son más de treinta años...

—Brindemos, brindemos, Soledad.

—Y el cabrón del primo Antonio, ¿sabe usted cómo le agradeció al padre de mi hijo, al que había sido mi Rafael? ¿Sabe? Pues bien que le conocía sus defectos, porque para algo eran primos y habían sido amigos antes de la guerra, cuando los dos iban ya para coroneles. Y lo buscó y lo buscó, pero no lo buscó él sino que lo hizo buscar por una italiana, por una espía, mire usted, una muchacha guapa, con toda seguridad. Y una noche vinieron los antiguos camaradas y me avisaron. Lo habían traído muerto de Valencia. La italiana lo vendió mientras dormía en un cuarto, en el techo de un edificio. Yo qué sé cómo fue a dar a Valencia, tratando de huir, eso sí, y así seguro se juntó con aquella italiana. Eso dedujeron los camaradas, pero ya estaba en la morgue de Madrid, acribillado a balazos y desnudo bajo una sábana. Lo fui a reconocer y me dejaron pasar porque era su esposa y sí, sí era él, pero el primo Antonio además había ordenado que ni siquiera una sepultura. Eso sí, señor Romaña, los camaradas volvieron como un mes más tarde. Soledad, me dijeron, hemos cumplido: también la italiana se quedó sin sepultura. Y después, como un mes después, el primo Antonio me mandó llamar para ayudarme. Soledad, me dijo, usted es la madre de mi sobrino, usted... Mire, lo interrumpí yo, mire Antonio, mire, hijo de mala madre, si yo he venido a este despacho es sólo para escupirle a usted en la cara en nombre de mi Rafael. Porque ahora que está muerto, ahora sí que ya es mi Rafael. Y bien escupido que se quedó, señor Romaña.

—¡Salud, Dolores!

Me llamo Soledad, cojones, Soledad Ramos Cabieses como la mujer que regresó corriendo a su casa y cogió a su hijo y hasta Tánger no paró. Por su hijo, ¿me entiende usted?, porque por mí nada me habría importado. Y tres años en Tánger y después Burdeos y después París. Limpiar casas, barrer escaleras, frotar y sudar todo el día la mitad de mi vida para que después el ingrato de mi hijo se me vaya a vivir con una francesa a las afueras de París. Y tengo dos nietos, oiga usted, y me gustaría verlos los domingos, por lo menos. Pero hoy es domingo y la semana pasada también fue domingo, hoy, ¿y ha visto usted a alguien venir a visitarme los domingos...? Por eso, quédese usted y escuche, déjeme contarle todo de nuevo y vuelva usted a mirar esta foto, la Pasionaria y Soledad Ramos Cabieses, ¿era guapa, no? Y mire usted la foto de mi Rafael, ¿era guapo, no...? Brindemos, señor Romaña... Por lo que veo usted tampoco tiene con quién pasar los domingos y a lo mejor ni siquiera ha almorzado. Cortemos este chorizo y estos quesos y brindemos por las dos retretas de Soledad Ramos Cabieses... Algún día, y cuanto antes mejor, tendré mi casa en Madrid y alguien que me limpie la escalera, señor Romaña, dos retretas dan para mucho, brindemos...

—Espérese, Soledad. Subo y bajo. Arriba tengo un regalito para usted.

Y fue entonces, Octavia, cuando cogí tu bouquet, me quedé con un botón de rosa, el que siempre has visto pegado a tu retrato, y bajé corriendo para entregárselo a Soledad Ramos Cabieses, la portera con la que pasaría tantos domingos en mi vida. Pensé: Hace un millón de años que no ve un bouquet, lo tomará por un ramo de flores. Pero, como decía Soledad, una mujer que lleva más de treinta años limpiando escaleras no se equivoca nunca. Y tampoco se equivocó aquella vez.

—O sea que se casó la del sombrerote negro, ¿no? —me dijo, no bien le entregué tu bouquet. Y agregó—: Los que pierden no siempre pierden, señor Romaña, si no míreme usted a mí hoy día... Claro que han sido muchos años de escaleras, aunque en su caso eso es precisamente lo malo. Porque usted jamás limpiará escaleras y a lo mejor por eso nunca llegará a olvidarse de nada...

—Brindemos por su doble jubilación, Soledad —le dije, tratando de cambiar de tema.

—¿Cuándo le quitan los puntos de la mano? —me preguntó ella, sin alzar su copa.

—Dentro de diez días, Soledad.

—Pues brindemos por eso, entonces. Ya es por lo menos el comienzo de algo.

EL COMIENZO DE ALGO

En realidad fue el comienzo de todo, el principio del fin, un ir por lana y salir trasquilado y, en todo caso, el principio de una historia sin principio ni final, salvo el final de esta novela, porque a uno no le queda más remedio que ponerle punto final a sus novelas... Estaba calentando motores, como habrán visto, y ahorita vuelvo a la cronología, como es mi manía.

Y por eso les diré que se cumplían exactamente diez días del matrimonio de Octavia de Cádiz y que a las seis de la tarde oscura de ese oscuro final de un otoño interminable, a mí me había dado por escuchar los nocturnos de Chopin, noche y día, con una actitud realmente nocturna, noctámbula, y nocherniega, hacía exactamente diez días, y precisamente a las seis de la tarde, hora en que abandoné la portería de Soledad Ramos Cabieses, tan cabizbajo como entré sin querer entrar, aunque queriendo muchísimo más a Soledad que cuando entré sin querer queriendo.

Y así vivía, al cabo de diez días, aunque aquella tarde tuve que apagar el tocadiscos porque tenía cita en el hospital Chopin, perdón, Cochin, para que me sacaran los puntos. Era algo sencillo, me había explicado el médico, a pesar de los clavitos, pero lo que no era nada sencillo era el asunto aquel de mi mente que consistía en andarle escribiendo cartas mentales a Octavia de Cádiz, costumbre que aún hoy conservo, para mi desgracia, aunque a ella le hicieran siempre tanta gracia las cosas que yo le escribía en esas cartas, o sea en las cartas que no le escribía, pero que, mediante telepatía, yo estaba seguro que ella archivaba en su corazón junto a las cartas que archivaba en el precioso neceser que le regalé por su matrimonio, para que en él y en su corazón guardara las cartas que regularmente le escribí de París y de medio mundo. En éstas era siempre un hombre feliz, para que ella pudiera estar contenta, pero en cambio las cartas mentales, por más humor que intentara meterles, me salían siempre rarísimas. He aquí algunos fragmentos telepateados a lo largo de los años. Los extraigo mezclados, y de varias cartas, pues no bien las recibía Octavia yo tendía a olvidarlo todo, felizmente. Lo horrible era el momento en que le transmitía esas palabras. Por ejemplo, el día en que caminaba hacia el hospital Chopin para que me sacaran los puntos, terminé llegando en estado de coma y en ambulancia, por culpa de una de esas cartas. Vale la pena, pues, abrir un pequeño paréntesis anticronológico y citar algunos extractos.

PARÉNTESIS EXTRACTIVO ANTICRONOLÓGICO

Adorada Octavia, hoy *principesssssssa* Torlatto-Fabbrini con un millón de eses (¿heces?)...

Eros es el italiano más bello y más alto del mundo. Tan bello que seguro Dios lo ha hecho tan alto para que la gente lo pueda ver y admirar desde muy lejos. Pero yo me lo paso por debajo del brazo...

En una carta a Hemingway, Fitzgerald le dice que su frase «*In the fall the war was always there but we did not go to it any more*», es uno de los trozos de prosa más bellos que ha leído en su vida. Lo es, en efecto, y tanto que a mí me resulta de una belleza realmente intraducible. Además, sabes inglés y para qué voy a tratar de traducírtela al castellano si cada día te olvidas más de este idioma que yo te enseñé (agárrame esa flor). Pero, en fin, de lo que se trata es de que la frase que tanto le gustaba a Fitzgerald me resulta de una intraducible belleza, y de que pocos días después, él escribió en otra carta: «*Hace un mes que no pruebo una gota de licor, pero ya se acerca la Navidad.*» Esta frase, tan fácil de traducir, me resulta en cambio de una intraducible tristeza...

Hace rato que sobrevivo pensando, con una sonrisa en los labios, que el futuro será mejor. Pero a medida que sigue pasando el tiempo, esta sonrisa se ha convertido en algo cada vez más falso. Y hoy es ya una mueca lo que me exige el presente. Total, que a punta de postergar sonrisas de verdad, terminaré muriendo de una fenomenal y atroz carcajada. Una carcajada fenómeno-atroz...

Otra vez Hemingway, por Dios santo: «*Había amado demasiado, había exigido demasiado, y lo había agotado todo...*»

Me agobia esta idea del eterno segundón, del *second best,* como se dice en inglés. Y he pasado de nuevo a *second best,* lugar que parece haberme correspondido siempre en la vida, salvo por un instante, que fue toda una vida para mí, la feliz, contigo y con Inés, aunque los dos sabemos que después en la vida de Inés no estuve ni en el centésimo lugar en su lista de *bests.* Este asunto empezó por mi culpa, sin duda alguna, cuando tenía quince años y primer amor. Insistí como loco en llegar al Maximus máximo massimo en la lista de aquella chica, pero ella me torturó siempre con eso de que el primer lugar había que dejárselo a Dios. Me quedó algo contra el catolicismo desde entonces...

Un sexto sentido ya comprobado, en este sentido. Con mi sexto sentido ya comprobado, en este sentido, he empezado a sentir que soy un hombre que espanta a las mujeres, precisamente porque ha tomado conciencia, con ese sexto sentido, tan sentimental, de que, para su espanto, en la vida sólo puede llegar a *second best.* Supe, sin embargo, lo que era ser rey y reiné dos veces. Más una tercera, que fue la primera, y que a veces logro aceptar porque mi primer amor era una chica muy católica de quince años y, en fin, Dios a los quince años...

He descubierto en un libro la increíble palabra *hiperdulía.* Corrí al diccionario: «*Ver culto por hiperdulía.*» Corrí a ver culto por hiperdulía: «*El que se da a la Santísima Virgen y es superior al que precede.*» Algo así como tú, con lo abstracta que te has ido volviendo. Y algo así como yo, el *second best* que precede siempre al esposo superior...

Me he pasado siglos en estas meditaciones tipo hindú, para llegar a unas conclusiones perfectamente occidentales: estoy solo en París. Pero este amor general e inmenso, enemigo mortal de la amargura, trató siempre de encarnarse y de ser el primero de la clase (ligado a lo de *second best*). ESTO, precedido por el hecho de que Vallejo decía : «*Me viene, hay días, una gana ubérrima, política, de querer*» (vete tú a saber qué quería decir el cholo, para qué diablos mezcló la política con ESTO. Bueno, así lo sintió él y no me queda más remedio que desarrollarle sexto sentido al asunto, porque lo cierto es que a veces yo también siento política gana de querer). Otra conclusión de mis meditaciones: Los seres que me han querido y que he querido no están conmigo. *Un point, c'est tout.* La expresión en francés es la que mejor enfatiza la conclusión a la que he llegado, porque contiene la idea de todo, de punto, y de final...

Me he comprado un automóvil para pasearme solo por París. Es un verdadero caso de exhibicionismo, porque no sólo me ha costado carísimo sino que además es descapotable para que no quede la menor duda: estoy solo. Y me ha dejado sin plata hasta para llevar a una chica a tomar un café. Mi divisa: Mejor descapotable que *second best.* Aunque claro, los casos pasados son inevitables. Te hiperdulo...

Octavia, mi adorada Octavia de Cádiz, perdona mi triste ironía, que es sobre todo auto, porque ya sabes que me he comprado un automóvil. Mucha música, muchos recuerdos, y mucha soledad, será mi vida y, en el fondo, es mi vida hace ya bastante tiempo. Pero sin amargura con nada ni con nadie. Ni siquiera con algo abstracto...

VOLVAMOS AL PRINCIPIO DE ALGO

El hospital Cochin quedaba a unos veinte minutos a pie de mi casa, y yo iba caminando tranquilino fue por vino, cuando me agarró el problema terrible de la telepatía triste, sin saber siquiera por qué rincón del mundo andaría aturdiéndose la pobre Octavia porque allá en París el pobre Maximus debe estar caminando rumbo al hospital para que le quiten mis puntos y clavos... Diez días hace que se casó Octavia, diez días hace que escucho noctunos y cada día oscurece más pronto y hace diez días que bebí mi última copa con Soledad Ramos Cabieses, mi portera, Octavia, pero ya se acerca la Navidad de Fitzgerald. Estoy en la esquina del bulevar Port Royal y la avenida Gobelins y observo a un pianista judío, loco, genial, ruso, y norteamericano, que hace tiempo expulsaron del edificio porque tocaba el piano siete horas al día de noche. Después vino otro pianista más loco todavía, porque tocaba el piano cincuenta veces al día y nunca pasó de un minuto cada vez. Parece que lo que le gustaba era sentarse al piano. Hace un mes que no tomo un trago pero ya se acerca la Navidad y el pianista de las siete horas está nerviosísimo, no logra cruzar la avenida, por más que le ponen el semáforo en verde. Ya sé, Octavia, está tan loco que lo que intenta es atravesar cargando su piano, que no es de cola como el que yo cargaba en mi casa cuando iba a la academia SALUD Y FIGURA EN NAVIDAD y luchaba por cargar a Inés tras haber luchado antes por desplazar a Dios en la lista de mi primer amor. Me duele la cabeza porque el tipo no tiene piano alguno que cargar y en cambio a mí me está costando un trabajo increíble cruzar la avenida Gobelins con el piano de cola para cargar a Inés. Él me mira y se desespera porque no tengo piano alguno a mi lado, y yo que lo estaba mirando desesperado porque no tiene piano alguno a su lado. Ésta es la esquina más grande y más dolorosa del mundo. O sea que voy a descansar un momento mirando la vitrina de esa sombrería...

Sombreros, gorras, boinas, y el dolor espantoso en la base del cráneo se me ha pasado ahora a la frente y sudo y me muero de frío y cómo está cayendo la noche en París. Me concentro: sombreros, gorras, boinas, Soledad Ramos Cabieses, pero lo único que logro es que me duela muchísimo más la cabeza y ahora siento además una sed más interminable que este otoño. Una cerveza. Cruzar. El bar de enfrente. Dejo atrás al tipo del otro piano y como que empieza a oscurecer también dentro de mí. El bar ya no me sirve de nada. Ni siquiera logro entrar. Sólo Françoise, que vive cincuenta metros más allá, en el bulevar Port Royal, me sirve. Recurro a una duración de cincuenta metros. Un edificio enorme. Ascensores. Iluminación moderna y el dolor cada vez más fuerte y la sed cada vez más Navidad y el sudor cada vez más frío. Tiemblo, apoyo, toco el timbre. Françoise grita desde adentro que la puerta está abierta. Y ella está en su cuarto cambiando al bebe para acostarlo. Ella es médico, es ginecólogo, pero yo necesito que sepa que me estoy muriendo por culpa de unas cartas rarísimas y que deje de darme la espalda y de seguir agachada cambiando al bebe, Françoise, Françoise...

—Martín, ¿con qué me vienes ahora?

—Voltea, Françoise, por favor...

Françoise voltea.

—¡Dios mío! ¡Pero qué quieres que haga si yo soy ginecóloga!

Françoise sale disparada y en cinco minutos me estoy derritiendo de sudor sobre una cama. Y en diez minutos llega el médico del socorro y nunca lo vi porque me había quedado ciego para todo lo que no fuera ese fuego en los ojos que se niegan a cerrarse. Un electrocardiograma inmediatamente, dice el médico, y baja corriendo a buscar su aparato y sube corriendo y lo enchufa a mi lado y lo único que se le ocurre decir es mala suerte, se ha malogrado el aparato y aquí tiene señora el teléfono de la ambulancia más cercana y son setenta francos. Françoise llora y le digo que iba sólo a que me sacaran los puntos y llega la ambulancia. Françoise intenta pagar con un cheque pero la ambulancia no acepta cheques. Françoise se desespera, no tiene más dinero en efectivo, pero yo logro decirle en mi bolsillo, Françoise, en mi billetera. La ropa está empapada y Octavia en algún rincón del mundo y mientras voy en la ambulancia siento vergüenza, no quiero que la gente mire, no quiero que nadie me vea así en París. Françoise me acompaña. Tápame la cara, por favor, Françoise. Hospital Cochin. Urgencias. Tratan de hacerme bajar de la camilla para que dé mis datos personales en el servicio de admisiones. Françoise ha trabajado en el hospital. Pega de gritos. Paso antes que nadie. Oigo que dicen la presión máxima y la mínima se han juntado, está en coma, ¿y qué tiene en la mano?

Amanecí como una rosa y el médico simplemente se negó a creerme lo de las cartas telepáticas y el otoño interminable y la Navidad de Fitzgerald. Pero día tras día los exámenes daban resultados perfectos y todo era blanco en el hospital y habían aprovechado hasta para sacarme los puntos. Pero el médico insistía en no creerme y dale con sus análisis, exámenes, chequeo general. Octavo día y continuaba con la presión más fresca que una rosa. Al noveno día llegó Octavia de Cádiz. Llegó de Etiopía, donde unos esclavos me cargaban, Maximus, mientras que a Eros, mi gigante, que es un gran cazador, un gran buceador, y un gran pescador, casi se lo come un tiburón, ¡casi me quedo viuda, Maximus!

Iba a preguntarle ¿viuda de quién, mi amor?, aprovechando el estar en un hospital y lo de mi estado de coma, pero en ese instante entró el médico y me tomó la presión por enésima vez en el día y no tuvo más remedio que declarar que estaba más fresca que la rosa de ayer y que no le quedaba sino creer que mi versión del asunto era verdad, mañana mismo puede usted abandonar el hospital, señor Romaña, el dedo está perfectamente bien bloqueado y usted está perfectamente bien.

—Octavia —dije, no bien desapareció el médico—, ahora dime, dime por favor cómo demonios...

—Llamé por teléfono, Maximus. Tengo un amigo con unas patillas enormes que se encarga de...

—¿El del bouquet?

—El de las patillas.

La miré, la estuve contemplando horas tendida elegantísima y en su casa a los pies de mi cama. Era una joven señora con un increíble diamante, con un finísimo anillo, con un precioso abrigo, y sin un enorme sombrero negro. Era, todavía, Octavia de Cádiz, aunque ya había sido cargada por esclavos negros en Etiopía y el diamante. Aunque un tiburón casi la había dejado viuda. Aunque estaba tirada a los pies de mi cama, como en su casa, y tenía las uñas rojas, terriblemente pintadas de rojo. Aunque la expresión de sus dedos, tan nerviosos, tan sus dedos, lograba ocultarme sus uñas. Aunque su abrigo lograba ocultarme su cuerpo. Aunque sus botas lograban ocultarme, ayudadas por una larga falda de joven señora, la diversión de sus piernas. Y aunque yo la mirara y mirara y ella se dejara mirar y mirar en un desesperado esfuerzo por lograr que la abstracción del amor se convirtiera en una amistad sublime.

Fuimos dos personas mudas y serenas hasta que terminó la hora de las visitas y la vi partir sin haber pronunciado la palabra Cádiz una sola vez, sin haberle dicho Octavia, amor mío, partiste a dar la vuelta al mundo en ochenta días y aquí estás al cabo de diecinueve días, completamente algo.

Le dije, en cambio, golpeando apenas la mesa de noche con un dedo, *golpes como del odio de Dios,* ¿te acuerdas de Vallejo? Me dio un beso en la frente y me dijo Maximus, mañana regreso a Etiopía, porque estaba demasiado elegante para pensar en Vallejo. Demasiado abstracta. Y se fue dándome besos volados, pero había estado ahí, al pie de mi cama, en su casa.

Tardé mucho en comprender que lo que realmente me había jodido era su enorme elegancia, como ajena. Ella viajó siempre, para aturdirse. Yo, en cambio, viajé muchísimo, por lo aturdido que estaba. Fue como buscarse con lupa, estando frente a frente. Fue su matrimonio. ¿Se casó para evitar que algo realmente grave me ocurriera? ¿Se casó para no enterarse de que su padre...? ¿Cuánto amó a Eros y cuánto la amó Eros a ella? ¿Se casó porque sólo durante un fugaz cuarto de hora quiso fugarse conmigo? ¿Por qué tiendo siempre a recordarla en mis peores momentos...? Principessa Octavia Torlatto-Fabbrini. O como dijeron las putas de Palencia: el cuento de hadas más feo del mundo. Martín Romaña. Leopoldo de Croy Solre. La familia de Octavia. Colonello. Zalacaín la aventurera. La familia de Octavia de Cádiz. Maximus. Principe Eros Massimo Torlatto-Fabbrini. Principessa Octavia Torlatto-Fabbrini. Octavia diciendo: Martín, si hiciéramos una apuesta para saber cuál de los dos tuvo peor suerte, jamás se sabría quién ha ganado. Martín Romaña preguntándose: ¿Quién seré la próxima vez? Porque ya fui podrido oligarca y peligroso extremista de izquierda. ¿Y quién soy en este momento? Luego, recordando a Octavia tirada a los pies de su cama: Me jodió su enorme elegancia, como ajena.

Y así seguía su curso el resto de la vida.

IV EL RESTO DE LA VIDA —2

Hay, madre, un sitio en el mundo, que se llama París. Un sitio muy grande y lejano y otra vez grande.

CÉSAR VALLEJO, *El buen sentido.*

ERA UNA ELEGANCIA COMO AJENA, GRAN LALO, Y ADEMÁS NO TE IMAGINAS LO QUE ACABAN DE HACERLE A LA POBRE OCTAVIA EN LAS CEJAS, EN LAS DOS CEJAS, EN LAS DOS CEJAS, HERMANO, Y ADEMÁS, HERMANO...

Como podrán deducir, ya me había superconvertido en el hombre que hablaba de Octavia de Cádiz. Pero antes quisiera aclarar algunas negras versiones sobre este negro período de mi vida, debidas por supuesto a la pérfida imaginación del escritor Alfredo Bryce Echenique. Es cierto, sí, que durante los cuatro años que duró la odisea matrimonial de Octavia de Cádiz, yo anduve navegando por estos mares de Dios, fatal mi navegación, y cual Ulises sin Penélope, además, porque a la pobrecita de Octavia, que sin duda alguna intentó aprender a tejer, como toda buena ama de casa, aunque pensando en mí mientras lo hacía, más bien me la fueron destejiendo en aquella Italia que nada tuvo que ver con la de Stendhal, la de Hemingway, la de Lampedusa, o la de ella y la mía, sino con la de las Brigadas Rojas, que incluso se raptaron a una amiga de Octavia, por culpa de la horrible modernidad del dinero, como decía mi venerado y antiquísimo Príncipe Leopoldo, qué horror.

¿Que cómo viajé? Pues bien, *that is the question.* Y falsa de toda falsedad la respuesta de Bryce Echenique según la cual mi madre se arruinó costeándole viajes a esa especie de Proust oral que era su hijo, porque la verdad es que Martín Romaña buscaba hablando y hablaba buscando. Mi madre, a mucha honra, no es ninguna tonta, y al tercer viaje me mandó al diablo en vez de mandarme un cheque. Me dolió en el alma, porque madre sólo hay una y, habiendo fallecido mi padre, realmente no me quedaba a quién demonios pedirle un centavo, porque el resto de mi familia se parece muchísimo a mi madre en eso de que sólo hay una y no se parece a ninguna. Dicho lo cual, los argumentos de

Bryce Echenique caen por su propio peso.

También yo caí por mi propio peso, aunque más bien debería decir por la ley de la gravedad, en las oficinas del Uniclam, la agencia de viajes de mi gran amigo Gran Lalo, un hombre que puede jactarse de haber creado un verdadero emporio e imperio, al mismo tiempo, y mucho mejor que un Henry Ford o un Aristóteles Onassis, pues éstos empiezan siempre con un dólar o un pequeño préstamo, mientras que a Gran Lalo le bastó con un ticket de restorán universitario, y regalado, además, cosa que a mí me consta porque fui yo quien se lo regaló, en momentos en que un avión surcaba la cola para comer que salía hasta la calle en la que Gran Lalo miró el cielo parisino, a la altura del Barrio latino, y soltó las siguientes indescifrables palabras:

—Detesto las colas, Martín. Voy a invertir el ticket. Chao.

Me quedé en babias hasta que un año más tarde, en la misma cola, con el mismo hambre, el mismo cielo, y otro avión, un peruano alzó la vista al cielo y soltó las siguientes increíbles palabras:

—Ahí se va el primer charter de Gran Lalo.

—¡Desgraciado! —exclamé, saliendo de babias—, ¡pudo haber invertido mi ticket también!

Después fueron dos charters, después diez, ahora deben ser dos mil, y lo mismo sucedió con las sucursales, los hoteles, los restoranes, y qué sé yo. Y a medida que éstos aumentaban, las colas de los restoranes universitarios disminuían, porque Gran Lalo ha sido siempre un hombre de gran corazón y ahí contrataba su gente, aunque no faltan nunca esas malas y bajas lenguas que dicen que tal fenómeno se debió únicamente a la baja de calidad de la pésima calidad de la comida. Mentira. A mí me consta que siguió contratando gente aun cuando tuvo aquel contratiempo debido a la crisis internacional del capitalismo. La verdad, yo nunca había tenido un amigo afectado por una crisis internacional del capitalismo, y me llené de orgullo y solidaridad. Y en ese estado recibí a Gran Lalo el día que vino a buscarme y me dijo:

—Martín, estoy al borde del rojo y tú me traes suerte.

—¿Suerte, yo?

Media hora después estábamos en el «Gran Cercle», un impresionante casino al lado de l'Etoile, donde él sacó seis mil francos, me prestó tres, porque no le gustaba jugar solo cuando se sentía solo, lo cual me obligó a acompañarlo porque también yo me sentía muy solo, y así empezó un asunto en el que por supuesto él ganaría una fortuna y yo le haría perder los tres mil francos que me prestó. Con ese estado de ánimo empezamos a jugar, pero al revés: a medida que yo ganaba y ganaba, Gran Lalo perdía y perdía. Dos horas más tarde, y con cinco whiskies encima, yo andaba ya en una situación en la cual la crisis internacional del capitalismo podía llegar a afectarme, mientras que Gran Lalo me pedía plata prestada, sobre su préstamo inicial, para ir por un whisky, por favor, hermano. Ese whisky le dio ánimos para pedirme otro préstamo, sobre su préstamo inicial, también, y lanzarse a jugar de nuevo, pero al revés. Mientras él ganaba y ganaba, ahora, yo perdía y perdía con esa naturalidad que el buen whisky le da a estas cosas, hasta que saltamos la banca y yo al mismo tiempo, mientras Gran Lalo saltaba de alegría y me perdonaba la deuda de tres mil francos porque yo siempre le había traído suerte.

—Gracias, hermano —le dije, con un nudo de lágrimas en la garganta—; si supieras lo agradecido que puede quedar uno por haberle traído suerte a alguien, mil gracias, Gran Lalo...

Sellamos nuestra eterna amistad con la mejor botella de whisky que he tomado en mi vida, y horas más tarde llegamos tambaleándonos en un taxi al Barrio latino, donde lo primero que hicimos fue encontrar un trocito de vidrio, tener en el mismo instante una brillante idea, ponerla en práctica inmediatamente, con lo cual los dos quedamos con una heridita gitana bajo la luz de la luna que iluminaba plateada la sangre de nuestras venas, a la altura de la muñeca y de la puerta del Uniclam.

—¡Hermanos de sangre! —gritamos, confundiendo nuestras muñecas en un solo abrazo.

Acto seguido, con una llantina del carajo, y siempre con el mismo abrazo, entramos a la espléndida oficina de Gran Lalo, lugar donde él pronunció las siguientes increíbles e inmortales palabras:

—Todo lo que tengo es tuyo, hermanito.

—De acuerdo, hermanito, pero con una condición —le dije, no pudiendo ser menos.

—¿Cuál?

—Que te debo tres mil francos, hermanito.

—Materialista —logró balbucear Gran Lalo.

Iba a decirle que sí, que materialista sí, pero histórico, porque el momento bien se lo merecía, cuando nos desmoronamos para siempre y siempre con el mismo abrazo de la luna ensangrentada.

Y éste es el origen de mi cuarto viaje, o sea el primero que no financió mi madre, y de los dos mil y un viajes más que realicé, como quien espera encontrarse a sí mismo algún día para preguntarse por qué demonios perdiste a Octavia de Cádiz, imbécil de mierda. En cambio jamás tuve que esperar un segundo en el Uniclam, lugar donde me bastaba con mostrarle mi muñeca de hermano al personal para pasar de frente y orgullosísimo al escritorio de Gran Lalo, a pesar de los centenares de clientes de todo sexo, raza, y nacionalidad, y a pesar también de los mil muchachos, latinoamericanos en su mayoría, que esperaban un trabajito cualquiera, bien en fila de uno, llegándose así a la paradójica situación de que las colas del Uniclam fueran más largas que las del restorán universitario, para supremo tormento de Gran Lalo, que simple y llanamente detestaba ver a un a persona en estado de espera, y porque el dinero no todo lo puede, motivo por el cual tampoco es la felicidad.

—La felicidad era Octavia de Cádiz, hermano —le dije a Gran Lalo, desmoronándome en sus brazos, a mi regreso del tercer viaje por el norte y el sur del África del Norte.

Enseñándome su muñeca de hermano, Gran Lalo desconectó todos sus teléfonos, le ordenó a todas sus secretarias que cerraran todas sus oficinas, y cuando éstas le preguntaron impertinentemente cómo hacían para deshacerse del público, les respondió el patrón está de duelo y ya basta de joderme, por favor, procediendo en seguida a abrir el bar.

—¿Qué has sabido de ella, Martín?

—He recibido carta. Anuncia que piensa cortarse el pelo.

—¿Y por qué no le dices que no se lo corte?

—Porque no me deja responderle, hermano. No sé cómo explicarte, pero cuanto más le escribo a Octavia, menos logro responderle. Es un problema de estilo, es un problema de espacio, en fin, no sé bien lo que es pero lo cierto es que es un problema terrible. Mira esta carta de ella, por favor: llena los márgenes, escribe hasta sobre su firma, y después sigue escribiendo también en el sobre. No sé, yo me entiendo, pero Octavia no me deja responderle por más que le respondo, y es que me llena todos los espacios, me cierra todas las entradas, hermano, no me digas que no hay gato encerrado en eso... Algo le tienen que estar haciendo, Gran Lalo, primero fue la elegancia, después fueron las cejas, ahora el pelo... Hermano, llevo casi un año denunciando todo esto y resulta que ni siquiera ella me hace caso... Y lo mismo cuando la llamo por teléfono: termino por ser yo el que habla, termino contándole íntegros mis viajes, pero al revés, para que crea que estoy feliz y no sufra, termino diciéndole banalidades como mi amor, no tarda en llegarte una carta de Humphrey Bogart, de Casablanca. Y es que no la dejan expresarse, créeme, Gran Lalo, algo le tienen que estar haciendo...

—A lo mejor es que ella también se expresa al revés para que tú no sufras, Martín...

Casi estrangulo a Gran Lalo, porque la verdad, nada detesto más en el mundo que la lógica implacable venga a interrumpir, con sus absurdas explicaciones, el curso natural del sufrimiento de un hombre. Y así se lo hice saber, disculpándome inmediatamente por el sufrimiento que le estaba ocasionando con mi lógica implacable, porque mierda, hermanito, qué tiene que ver Scotland Yard con las razones del corazón. A Gran Lalo se le llenaron los ojos de lágrimas, a mí también por culpa de Gran Lalo, y estuvimos pidiéndonos nuevas e interminables disculpas hasta que por fin cada uno vertió una lágrima en el whisky del otro, mientras él me preguntaba si quería más hielo y me abría una sucursal del Uniclam en Milán, con teléfono rojo entre los dos, para que pudiera observar más de cerca el extraño caso de la Principessa

Octavia Torlatto-Fabrini y contárselo todo en el más estricto secreto Fabbrini.

—Imposible, hermano.

—No te entiendo, Martín.

—Pero yo sí me entiendo, Gran Lalo, y te voy a explicar. Mira: el caso de Octavia, quiero decir la forma en que me la están destejiendo para que la deje de amar, entre viaje y viaje de ella a París y mío por el norte y el sur de todas partes, esconde un segundo caso que me obliga a actuar con una sutileza aún mayor.

—No entiendo ni jota, Martín.

—Mira, Watson: Octavia no es idiota y sabe que si un día le cortan el pelo, otro le depilan las cejas, otro le botan a la basura su sombrerote negro, otro sus pantalones, y así sucesivamente, mientras yo la llamo feliz desde el Cuzco y le cuento que mañana me voy a Machu Picchu en llama, por ejemplo, es capaz de creer que la estoy olvidando, lo cual disminuiría el curso natural de su sufrimiento por mí, debido a que ella es la bondad encarnada, pero al mismo tiempo aumentaría el curso natural de su sufrimiento general, debido a que también ella me quiere como una loca y yo le fallé aquella vez de la fuga a California, aunque con el gravísimo atenuante de no sospechar aún lo que quería decir la terrible modernidad del dinero, perdonando lo presente, aunque la verdad, tú no eres solamente el peruano más rico de París sino el más anticuado, también, por decirlo de alguna manera y con razones del corazón, a ver si me entiendes de una vez, ¿me entiendes o no?

—Salud, Martín.

—Salud, Gran Lalo, y perdona, pero antes de empezar a llorar como lloran los valientes, voy a concluir: Instalarme en Milán me haría sufrir de tal manera que ello haría sufrir espantosamente a Octavia y le impediría ver las cosas con claridad. En cambio, si sufro de manera tal que ella tenga siempre la certeza de que a pesar de mis viajes felices, a pesar de mis cartas y llamadas felices, sigo notando, con el más espantoso de los sufrimientos, cada detalle que le cambian para que yo la olvide con los años, terminará creyendo con el alma que realmente me estoy convirtiendo en un muerto que perdura, en algo verdaderamente fuera de serie, en vista de que en una historia de amor tan anticuada como la nuestra, los héroes ni se han casado ni se han muerto de amor ni nada, como en las antiguas historias, por culpa de la terrible modernidad del dinero...

—Salud, Martín.

—...salud, hermano, y además créeme que éste es el punto en que se bifurca el jardín de los senderos que se bifurcan, debido al orgullo medieval de Octavia, en primer lugar, y a una idea que se me acaba de ocurrir, en último lugar, salud, hermano...

—Salud, Martín.

—...porque mira: si a Octavia, a pesar de su bondad encarnada, se le ocurre lo imposible, es decir que en mí existe la más remota capacidad de olvido, es capaz de depilarse más las cejas solita, o de cortarse más todavía el pelo, en un falso y desesperado afán de mostrarme lo minimus que soy, sírveme otro whisky...

—Salud, hermano.

—...y si el tiempo, como en efecto ocurrirá, se encarga de demostrarle que terminaré por convertirme en el más perdurante de los muertos, o sea algo mejor todavía que en las historias antiguas, qué duda cabe de que vendrá a pasar a mi lado los últimos meses de mi vida, pensando que le llevo quince años y que ya debe tocarme morir prontito, y pasaremos así muchos años juntos porque en mi familia somos muy longevos, cosa que ella ignora por completo pero que yo me encargaré de hacerle saber a principios del siglo próximo, para llenarla de vida y esperanza y morir en sus brazos y ella en los míos y joder así la reputación de su familia.

—Elemental, mi querido Maquiavelo —me dijo Gran Lalo—. Pero piénsalo un poco, antes, porque no hay nada menos maquiavélico en el mundo que mi hermano Martín Romaña, y si te pierdes en los medios el jodido vas a ser tú.

—Elemental, mi querido Watson, en vista de que es imposible detener el curso elemental del sufrimiento. Y ahora, deme un comprendido, por favor, Artacho.

—Demasiado curso y muy pocos recursos. Pero, en fin, salud, y dime en qué te puedo ayudar.

—Necesito urgentemente trabajar para ti.

—¿Trabajar para mí? Pero si todo lo que tengo es tuyo, hermanito.

—No se trata de eso, hermano, salud; se trata de que tengo que sufrir. Quiero que me nombres guía turístico y así podré viajar sin fregar a mi madre, que además acaba de mandarme al demonio.

—Mira, Martín, esta compañía es tuya...

—Déjate de cojudeces, por favor, Gran Lalo...

—El que tiene que dejarse de cojudeces y entenderme bien eres tú, ahora. O sea que cállate un momento y escucha: En la vida de todo hombre de negocios llega un momento, y llega muy rápido, créeme, en que tiene que dejarse de cojudeces, precisamente para no irse a la mierda...

—No entiendo.

—Entonces concéntrate un poquito e imagínate a Martín Romaña guiando a un centenar de turistas y pensando en Octavia de Cádiz al mismo tiempo.

—Tienes toda la razón, hermano, lo confieso. ¿Qué trabajo puedo hacer entonces para sufrir sin perjudicarte?

—Tengo una gran idea para ti, en vista de que quieres viajar y trabajar. Estaba pensando en alguien que pudiera escribirme guías turísticas y nadie mejor que tú.

Juntamos nuestras cicatrices, brindamos cada uno en el vaso del otro, porque todo lo de Gran Lalo era mío y vicerveza, y por fin pude llorar como lloran los hombres, aunque para mis adentros. Mierda, por segunda vez en mi vida me mandaban escribir libros por encargo. Y nada menos que Gran Lalo, mi amigo, mi compadre, mi hermano, se encargaba de someterme a esa tortura. Mis obras completas se reducirían a un libro sobre sindicatos pesqueros, escrito por amor a Inés, y a unas cuantas guías turísticas, escritas por amor a Octavia de Cádiz. Qué le iba a hacer, por lo menos se me consideraría un extraño caso de pésimo romanticismo. Y así fue, durante algunos meses, hasta que un día regresé corriendo a París, porque Octavia me había anunciado visita con el pelo corto y porque Gran Lalo me pidió que le entregara los primeros resultados de mi extenso trabajo. Del aeropuerto me dirigí directamente al Uniclam, donde como siempre le mostré mi cicatriz plateada al personal, segundos antes de desmoronarme de cansancio entre los brazos de Gran Lalo. Sólo bebimos un whisky, porque yo andaba ocupadísimo con la llegada de Octavia, al día siguiente, y sólo venía a entregarle mis guías de Honduras, Guatemala, y México.

—Dentro de una semana te diré qué tal están —sonrió Gran Lalo, recibiendo mis tres enormes manuscritos—. Voy a hacerlas revisar por nuestro experto, y si todo está bien podrás partir el día que quieras a Kenya. Pienso sacar una serie de guías sobre el África negra y tal vez seas tú el indicado para hacerlas.

—Eso depende de las comunicaciones telefónicas con Milán —le dije, entregándole las facturas de mis gastos y añadiendo—: en todo caso, a México no regreso más. Nunca pude lograr que me comunicaran con Milán. Las operadoras de los hoteles me decían sí, espere tantito, señor, y yo ahí insistiendo y esperando mil veces más tantito, señor, hasta que me vencían el sueño y el cansancio.

—¿Sabes por qué? —se indignó Gran Lalo, mostrándome mi cuenta telefónica de Guatemala, mientras yo miraba al techo—. Pues por la sencilla razón de que di instrucciones a la sucursal de México para que avisaran a todos los hoteles en que te ibas a hospedar, que diario, a eso de las cuatro de la mañana, llegaba un loco pidiendo hablar con una princesa en Milán. Te lo advertí, Martín: no más de una llamada por semana y no más de dos horas por llamada, por favor.

Quedé en enviarle mi carta de renuncia, y él quedó en que no la aceptaría, hecho éste que me conmovió tanto que volví a desmoronarme en sus brazos, pero en señal de emoción y despedida, esta vez, mientras Gran Lalo me explicaba que qué más podía desear yo que él se preocupara de mis gastos excesivos, en vista de que todo lo que tenía era mío.

Llegué a mi departamento con la misma sensación que me invadía cada vez que regresaba de un viaje, esa terrible sensación de que nunca debía haber llegado, de que no debí llegar ni siquiera la primera vez. Me esperaba con los brazos abiertos un sillón Voltaire que no era mío, un sillón que en cualquier momento podía llevarse el hermano de madame Forestier. Ahí me desvencijé un rato, como a menudo me sucede ahora, cuando se me atraca este bolígrafo de mierda. Octavia llegaba mañana. Tenía que sacarle su diván de *la otra parte,* tenía que dormir en él para ir entrando profundamente en ese mundo nuestro del cual nos habían expulsado. Me acostaría y me levantaría inhalando bencina, pero antes de acostarme escucharía, como siempre que llegaba Octavia, las previsiones meteorológicas para el día siguiente. Fallarían, como siempre que ella llegaba: cuando se anunciaba sol y cielo azul en primavera o verano, bajaba la temperatura y llovía; cuando se anunciaba día lluvioso y frío en otoño o invierno, el sol brillaba delicioso y alegre. Y yo, ni cojudo, apostaría, correría al teléfono y le apostaría a Gran Lalo y a sus secretarias. Y Octavia me encontraría elegantísimo y con los bolsillos llenos. Y a la mañana siguiente despertaría, inhalaría y derramaría unas gotas de bencina por los rincones del departamento, repitiendo al hacerlo la palabra ambiente, lentísimamente, y como siempre, de todas las llamadas telefónicas sólo respondería una, la de Octavia, y le juraría hasta hacerla feliz, porque me había creído verdaderamente, que sabía reconocer en el timbre del teléfono algo que me anunciaba su voz, maravillosamente nasal, Octavia, brasileña, Octavia de Cádiz. Y entonces ella... No, nada de entonces ella, Martín Romaña, nada de entonces ella, porque aparte de que esta vez se había anunciado húmedo frío invernal y saldría en cambio un sol primaveral, Octavia te sorprendía siempre con algo nuevo, con algo totalmente inesperado...

PRIMAVERA EN INVIERNO Y ALGO MÁS, TOTALMENTE INESPERADO

¡Arre, bolígrafo! ¡No te me hagas el atracado ahora! ¡Suelta la verdad, nada más que la verdad! Bueno, yo llevaba como media hora acariciando el teléfono y pensando en los perros que nunca había llegado a tener en París, por no maltratarlos, en que nuestras vidas son los ríos, y en el mar, cuando sonó la llamada de Octavia y no sé qué demonios hice pero resulta que, lo juro por lo más sagrado, colgué en vez de descolgar, al descolgar. Y si alguien no me creyera, puedo contarle además que el teléfono continuó sonando, motivo por el cual realicé nuevamente la misma operación, o sea la de descolgar colgando, y comprobé con horror que sólo a mí me pasa, porque el teléfono continuó sonando.

—¡Octavia! —exclamé, cuando por fin logré descolgar y exclamar normalmente.

—¡Maximus, qué maravilla encontrarte en casa! ¡Pero por qué tanta taquicardia, Maximus!

—No sé, no me había dado cuenta; debe ser cosa del teléfono...

—¡Has visto el sol con que me ha recibido París! ¡Ah, Maximus, si supieras cuánto extraño siempre París!

—¿Y a mí, me extrañas?

—En un cuarto de hora llego a la plaza de la Contraescarpe para quitarte la taquicardia. Espérame en el café grande. Corre, corre inmediatamente a reservarme una mesa al sol. Llegaré con Bimba *bella bellíssima*...

—Pero, ¿y a mí, me extrañas?

Colgó, colgué, y volví a descolgar para saber, de una vez por todas, si me extrañaba o no, pero el teléfono me dio línea y además quién demonios era Bimba *bella bellíssima*.

La esperaba bajo el sol de la Contrescarpe. La esperaba, pero ya no era el hombre que deseaba saber si lo extrañaban. De golpe, era el hombre que se deja arrastrar. El tiempo, cambiando de ritmo, vertiginoso ahora, me obligaba a asomarme en silencio a los minutos que Octavia tardaba en llegar. Cara a cara, mi enemigo eran mis propias palabras, el vacío de su gran ausencia, y lo inminente de su breve presencia. Había, *como siempre que me asomaba*, un enorme basurero italiano (era italiano, siempre), y en el fondo un enorme sombrero negro, mi amor. ¿También mi pantalón y mi chompa, Martín? Todo arrugados debajo del sombrero, mi amor. Una tacita de café frío temblaba sobre un plato, también frío y pequeño, y éste hacía temblar una cucharita, dos terrones de azúcar, y un paquete de cigarrillos con un encendedor encima, también fríos. La mesa la hacía temblar yo y a mí me hacían temblar mis manos y a éstas las hacía temblar una espantosa normalidad.

Dejé de ver a los clochards, sentaditos felices con el cielo azul en el centro de la plaza, porque se detuvo entre ellos y yo el Mercedes de Carmencita Brines pero ahora convertido en taxi. No eché la mesa abajo cuando corrí a pagar el taxi y La Sopa China había cerrado para siempre unos cien metros más allá... Una maravilla de perrita cocker, Bimba *bella bellíssima*, pegó un saltito, dejó caer un paquete destrozado que traía en el hocico, hizo pipí, y Octavia moría de risa: mientras contemplaba el cielo de París, por las ventanas del taxi, Bimba se había estado comiendo mi regalo, unas maravillosas pantuflas de gamuza marrón, pero Bimba sólo se comía las pantuflas de la gente que quería, ¡maravilloso, Maximus...! Octavia moría de risa. La imité, mirándole el pelo bastante más corto, un peinado como el fin de algo, hiriente, ¡*pero* mira el cielo con que me recibe París, Maximus!, ¡oh Maximus...! Le dije tres veces Octavia de Cádiz en el instante de regalo en que me dejó retenerla, ferozmente, contra mi cuerpo.

Nos sentamos, miró a Bimba, *bella, bellíssima, divertentíssima*, la acarició mirando a los clochards, *vieni qui,* Bimba, sentadita, quietecita, sobre la silla, mejor. Nuevamente le fue imposible contener sus ojos, su mirada resbaló hasta dar con los clochards, nuevamente. Sobre la silla, Bimba, vamos, huuup... No hay nada más traicionero que los recuerdos de una colegiala, Maximus, ¿por qué? ¿Puede dar asco la poesía, Maximus...? Me fue imposible abrazarla (nunca me dejó responder a este tipo de preguntas con un abrazo. Y con los años dejó de hacérmelas). No, no había pasado nada, había sido uno de esos momentos de instantánea, terrible fragilidad, que jamás se debían comentar (aunque en una carta escrita poco antes de su matrimonio me había *confesado*: He visto cosas horribles y sé muy bien a qué no quiero parecerme jamás). Le mostré la mano de la gran cicatriz y el dedo bloqueado. Mira el hincón que me has pegado, le dije. Imposible, no he sido yo, Maximus. No, no has sido tú, ha sido esta uña tan roja, roja de vergüenza, roja como una colegiala sorprendida *in fraganti*... ¡Maximus! ¡Maximus! ¡Maximus! Besó la mano del coronel sin mencionar su grado ni nombre y recordé que se iba a quedar en París sólo tres días. Pero lo que más me hirió en Octavia, aquella vez, fue la súbita manera en que, al cruzar una pierna, se dibujó, bajo su precioso y largo abrigo color beige, la diversión terriblemente femenina y sensual de un muslo imposible de mencionar.

Esto es lo que yo llamaba una espantosa normalidad, y Octavia, tu taquicardia, Maximus, que yo me encargaré de calmar. Pero resulta que esa tarde, como si fuera poco, había taquicardia también en el ambiente.

—Maximus, es horrible: estoy causando problemas en casa de mis padres.

—Me alegro muchísimo, Octavia —temblé.

Pero temblé muchísimo más cuando empezó a explicarme de qué se trataba el asunto y cómo podía colaborar yo.

—¿Colaborar yo con tus padres, mi amor? Prefiero colaborar con tu esposo, que me resulta mucho más distante y simpático tranquilito allá en Italia y...

—No abuses, Maximus.

—Y por qué no, mi amor... Déjame abusar un instante, en vista de que nadie sabe para quién abusa.

—Basta, Maximus, por favor. Detesto cuando te pones irónico mientras dos personas sufren.

—Ah, eso sí que está muy claro, mi amor, en vista de que siempre se sabe para quién se sufre.

—Maximus, te encuentro realmente insoportable, ¿qué te ha pasado desde mi última visita?

—Nada anormal, mi amor, te lo juro por lo más sagrado...

—¡Maximus! ¡Maximus! ¡Maximus!

—Octavia Octavia Octavia, dame la mano para llevármela al pecho y cuéntame qué pasa.

—Bimba y Turgueniev, Maximus...
—No me digas que empieza otro cuento de hadas...
—Es horrible, Maximus; resulta que Bimba...
—Bimba qué, mi amor.
—Resulta que Turgueniev *has fallen in love with her.*
—*¿For ever?*
—Es horrible, Maximus; gime, se desespera, y aúlla peor que un lobo...
—¿Peor que un *wolf*, no, mi amor?
—Exactamente, Maximus, y nadie va a poder dormir estos días...
—¿Y qué piensa exactamente hacer tu familia...?
—Lo que yo les he propuesto, Maximus, en vista de que soy la que ha causado el problema.
—¿Y qué es lo que les has propuesto, *exactly, my love for ever?*
—¡Maximus!
—Deme un comprendido, por favor, Artacho.
—¿Qué has dicho?
—He dicho que, a veces, no sé quién eres, mi amor; he dicho que, a veces, ni siquiera sé lo que ha pasado entre nosotros, ni de dónde vienes ni hacia dónde vas, Octavia de Cádiz; y he dicho que a veces me parece que te conociera como si te hubiera parido, Principessa Octavia Torlatto-Fabbrini...
—Perdón Maximus, Maximus, perdón, por favor... te ruego... es que te adoro, Maximus, es que no puedo dejar de... ¡Te adoro, Maximus!
—Antes me amabas y todo era más fácil, Octavia, porque se podían mencionar tus mus...
—Perdón.
Lo vuelvo a vivir: le anuncié que iba a volver a coger su mano, a recogerla, más bien, de mi pecho, y a llevarla a mis labios para darle un beso. No le dije que para darle un beso de los nuevos. Oscar Artacho, esa tarde, en plena Contrescarpe, daba comprendidos como loco. Y un automóvil muy elegante, a juzgar por la señora tan elegante que iba sentada atrás, se detuvo a un par de metros de nuestra mesa.
—Sí, mamá —dijo Octavia, en voz muy baja, aunque la ventana del automóvil seguía cerrada.
Entonces el chofer, muy elegante también, a juzgar por el automóvil, abrió la puerta y se nos acercó con la siguiente estúpida pregunta:
—*¿A quelle heure, madame?*
—A las ocho en punto, huevón, como siempre —me di el gustazo de responder.
—*A huit heures, s'il vous plaît.*
—*Merci, madame.*
—¿Y nada para el rey, pelotudo?
Se retiró el chofer, para poder retirar el autor de madame la mamá,

y por poco no se me retira a mí también la plaza de la Contrescarpe. Y sin embargo, lo humano muy humano que es uno: como a un hijo de puta cualquiera, la escenita increíble me produjo un gran placer, al mismo tiempo: el enorme placer de que la madre de Octavia, la madre de su hija princesa y todo eso, me viera, claramente, por la elegantísima ventana de su búnker con chofer, bien agarradito de la mano con Octavia de Cádiz, con la *Principessa* Octavia Torlatto-Fabbrini, y con quien quieran. Todavía descargo bilis, carajo, ¡qué tiempos aquellos!

Pero a las ocho en punto, tras haber intercambiado los últimos besos volados con Octavia con el pelo corto y como abstracto y volado también, en prueba de amor para siempre y porque era un perfecto Oscar Artacho, a mí me descargaron nada menos que al gran Turgueniev, qué importaba que antes me hubiese querido matar a mordiscos. Ahora, cual hermanos en el dolor, ya que eso éramos, cada cual con su cada cual, y el pobre sufriendo como un ser humano mientras yo sufría como un animal, íbamos a convivir tres días con sus noches, en vista de que, por parte de Turgueniev, y en vista de que, por parte mía. El encargado del traspaso de la pérdida de poderes fue el mismo huevón de antes, el del carrazo de la puta madre de la reina madre, o sea que el ceremonial se limitó a la indicación de que Turgueniev venía ya comido y sería alimentado tres veces al día desde el búnker, para que el señor no se moleste, a la entrega de una fotocopia del certificado de vacunas generales del perro de los señores, en caso de accidente por mordida durante un paseíto meativo, al traspaso del collar y la cadena del galgo ruso, y por último al traspaso de miradas traspasantes entre el huevón de mierda francés y el hijo de la gran puta peruano.

Cerramos la puerta, Turgueniev y yo, y a las ocho y media en punto nos lanzamos como locos al teléfono porque la llamada era de Octavia y de Bimba, según el cristal con que se mire. Y así lo hicimos saber, cada cual de una manera más lamentable que el otro, porque la verdad es que el pobre Turgueniev, que hasta por teléfono olfateaba jadeante y erecto a Bimba, andaba tan lánguido que más que ruso lo que estaba ahora era galgo de amor y no me dejaba ni escuchar a Octavia con sus gemidos.

—Estamos vivitos y coleando, Octavia.

—¡Dime algo alegre, por favor, Maximus!

—Turgueniev soy yo porque Madame Bovary era Flaubert, mi amor.

—¡Algo alegre, Maximus, por favor!

—Hay, madre, un sitio en el mundo, que se llama París. Un sitio muy grande y lejano y otra vez grande.

—*¡Imbécile!* —y colgó.

Esto fue algo que siempre me conmovió profundamente en Octavia. Hasta el día de mi muerte, y a pesar de haber olvidado casi por completo el castellano, jamás dejó de reconocer un sólo verso de Vallejo. Y así, en el instante en que soltando una atroz carcajada y mi último *Hay golpes en la vida, yo no sé,* pasé a las verdes colinas de la perduración eterna, lo último que escuché fue su voz, llorando ya para siempre al pie de mi muerte:

—*¡Imbécile! ¡imbé!*

Pero cronológicamente me quedaba aún mucho por vivir, y en ésas estaba, perdón. Colgado el teléfono por ambas partes, hasta el día siguiente, el muy fresco de Turgueniev se instaló de frente en el diván de Octavia, y como ya había comido realmente no se me ocurría otra cosa que ofrecerle más que un buen trago del excelente whisky que Gran Lalo me había acostumbrado a beber. Con el primer interminable gemido de una noche interminable, Turgueniev me aclaró que no bebía, lo cual me hizo pensar que no era tan grande su pena y que muy pronto se olvidaría de la pobre Bimba, porque siempre he desconfiado profundamente de la gente que no bebe. Allá tú, le dije, mientras me dirigía a poner el primer disco de la noche. Luego me serví un whisky, como a mí me gusta, es decir con nada de agua, muy poco hielo, y muchísimo vaso. El sillón Voltaire me esperaba y ahí fui a dar y mi mirada como siempre fue a dar al toldo de La Sopa China, de ahí al retrato de Octavia de Cádiz, y así sucesivamente. Era curioso: el retrato que alguna vez llamé *de una desconocida,* empezaba de pronto a parecérsele mucho: la elegancia, el pelo más corto, las cejas más delgadas que las de su modelo. Me serví otro whisky y tú nunca supiste, mi amor, que esa noche terminé jurándole fidelidad a todas las Octavias de Cádiz que en el mundo han sido y serán.

Fueron tres días de colonnello, con mis tres citas de cuatro a ocho, pero ya tampoco se mencionaba eso ni mucho menos se bromeaba con eso. La última cita tuvo lugar en «la Closerie des Lilas». Extraño encuentro, con las más inesperadas prolongaciones. Yo debía llevar a Turgueniev, para que ella lo recogiera, ya que vendría sin Bimba. Y ahí la esperábamos el galgo y yo, tomando un café. Y me estaba preparando para verla entrar, muerta de risa con el espectáculo que estábamos dando, pero la Octavia que llegó con una preciosa chompa blanca de enorme cuello alto, prefirió saludarme con un intenso y prolongado beso en la frente. Sentí inmediatamente algo que sólo puedo describir como una total falta de abstracción, y precipité mis manos hasta enlazarlas sobre su cuello mientras ella hacía lo mismo y en seguida pasaba a acariciarme tierna y dulcemente las mejillas. Al sentarse me dijo que le pidiera un café y me agradeció tanto tanto por lo de Turgueniev. Recién entonces empezó a acariciarlo y a agradecerle por haberse portado tan bien en mi casa. Turgueniev estaba prácticamente muerto de pena y yo estaba realmente asombrado.

Pero las caricias y los besos en la frente seguían y nuestros labios se acercaban y nada hacían nuestras manos por evitar la más dulce y sensual proximidad, la terrible y agradable intimidad del largo momento. En el fondo de mí, sin embargo, continuaba escrita aquella carta de Octavia, anunciándome su matrimonio: *Estos tres días me han probado hasta qué punto soy frágil cada segundo que paso a tu lado. Nunca abuses de ello, por favor... Te suplico que jamás menciones esta carta cuando nos volvamos a ver.* ¿En qué consistía la fidelidad? ¿En qué consistía *mi* fidelidad? Dejé que Octavia continuara acariciándome y, de rato en rato, retiré mis manos de entre las suyas y volteé a acariciar a Turgueniev. ¿Lograría que Octavia me quisiera más de esa manera?

«La Closerie des Lilas» se había ido llenando de gente y Octavia me pidió que camináramos un rato en dirección a mi departamento. A las ocho de la noche tenía que tomar un taxi y regresar a comer a casa de sus padres; a medianoche salía su tren rumbo a Milán.

Fue maravilloso y, al final, muy triste, hacer un alto en el camino. Era un bistró pequeño, viejo, feo, y casi pueblerino, de los que iban desapareciendo para siempre del Barrio latino. Lo atendía una mujer pequeña, vieja, fea, y casi pueblerina, de las que iban desapareciendo para siempre del Barrio latino. Octavia pidió un casís con champán, pero sólo había vino blanco para el casís. De acuerdo, y yo también estaba de acuerdo y a la vieja no le gustaba nada la abrumada enormidad de Turgueniev. Hace tres días que no duerme, señora, le dije, pero no conseguí arrancarle una migaja de sonrisa. Nos sirvió, regresó a su lugar de siempre, detrás del mostrador, y desde ahí empezó a observarnos. Éramos sus únicos clientes, en ese momento. Un par de clientes sumamente incómodos, porque la señorita no cesaba de acariciar al señor. Hasta que, por fin, tuvo que intervenir.

—¿No tienen ningún otro lugar donde irse a hacer esas cosas?

—No señora —le respondió Octavia—; ningún otro lugar. Pero ya nos vamos. Paga, por favor, Maximus.

A las ocho estábamos en mi departamento. Octavia miró unos instantes su retrato, me miró luego a mí, sonriendo, y corrió hacia el teléfono. Me enteré con asombro de que tomaría el tren a la mañana siguiente, de que todo estaba justificado porque Eros no regresaba de una cacería hasta pasado mañana, y de que esa noche no iba a comer en su casa. No me atreví a preguntarle con quién había hablado.

—Maximus —me anunció—, vamos a comer a La Sopa China Cerrada. Reserva una mesa rápido. Para dentro de una hora, porque primero quiero tomar una copa aquí y después quiero que caminemos hasta el restorán.

—¿Y el pobre Turgueniev?

—Yo me encargaré de que lo acepten y le den algo de comer. No te preocupes; sé perfectamente bien que detestas molestar, pero la que molestará seré yo.

—Pero...

—Despierta, Maximus, y dime rápido qué me vas a servir.

—Un excelente whisky, regalo de un excelente amigo.

—¡Maravilloso! ¡Corre!

Volvía con los vasos y con el hielo cuando Octavia se me apareció en la cocina. Mirándome intensamente me preguntó algo que nada tenía que ver con su mirada:

—¿Tienes agua mineral y algo para picar?

—En ese mueblecito encontrarás maní y una botella.

Abrió el pequeño mueble y se agachó para sacar ambas cosas. Lo hizo en un instante, pero ahí se quedó en cuclillas, mientras yo salía de la cocina. Me detuve al escuchar algo que sin duda sólo podía decirme mirando al interior del mueble. Por eso se había quedado así, en cuclillas, y por eso también yo permanecí en el pasillo, entre el pequeño salón y la cocina. Estábamos a unos tres o cuatro metros de distancia cuando empezó a decirme que esa noche deseaba hablar conmigo. En el restorán te lo diré todo, Maximus; te diré hasta qué punto jamás he olvidado que te llamas Martín Romaña y que eres un hombre que camina sobre sus dos piernas... Y esos silencios, Maximus, esos silencios sobre *tantas* cosas que a menudo hemos llenado contándonos viajes y tonterías, *todo*, menos la verdad... Te contaré, te explicaré la razón de esos silencios... Te contaré *todo* lo que ha pasado desde que nos conocimos, aunque me cueste trabajo saber cuándo nos conocimos... Trata de comprenderme, Maximus, tú me has contado lo tuyo, cada instante de lo tuyo, y como para mí ésa ha sido la única verdad, a veces me resulta difícil saber cuándo nos conocimos... Pero esta noche llenaré esos silencios que a menudo me has reprochado en tus cartas... O cuando me has agredido por teléfono desde el fin del mundo porque habías bebido... Tus palabras, por más duras y desagradables, contenían un gran fondo de verdad y esta noche quisiera darte todas las explicaciones que te debo... Pon un disco, Maximus...

Cinco minutos después, Octavia había expulsado a Turgueniev de su diván, los whiskies estaban servidos, un disco de Charlie Parker nos acompañaba, y Octavia se había devorado el paquete de maní. Fui a buscarle otro, pero cuando regresé tenía ya el abrigo puesto y estaba sacudiendo a Turgueniev. Había que emprender el camino a La Sopa China Cerrada y el cielo de París, Maximus, nos esperaba maravilloso y sería un paseo tan pero tan maravilloso hasta el restorán... En la calle, el cielo estaba simplemente oscuro, y con un brazo la pegué con todas mis fuerzas a mi cuerpo y Turgueniev nos seguía, deteniéndose cada cinco minutos para mear, y eso a Octavia le daba tanta risa y de pronto, haciendo un esfuerzo entre mi brazo, sus labios resbalaron sobre los míos, y el beso se detuvo por fin en mi cuello. Empecé a tararear algo, pero Octavia llenó el resto del camino de palabras, ¡oh, Martín, la maravilla de cada piedra de París, mira ese portal...!

En La Sopa China Cerrada, música de la época de Francisco I, y los mozos ya nos conocían y nuestra mesa nos esperaba y Turgueniev comería en un plato especial para Turgueniev y luego se estaría echadito tranquilo a los pies de Octavia. Para nosotros, cóctel de camarones, porque a Octavia le encantaba la palta, tournedós rossini, y vino de Borgoña. Luego, como siempre, terminaríamos pidiendo un sorbet casís con vodka. Y yo estaba dispuesto a rematar con una botella de champán porque éramos felices aunque ella partiera al día siguiente y yo tuviera que esperar algunos instantes el momento en que me lo explicaría por fin todo. Entonces, con un rápido y sorpresivo gesto, Octavia abrió su cartera, sacó un pañuelo, y empezó a estornudar. Trataba de reírse, mientras estornudaba, pero a duras penas lograba controlar la rapidez y violencia con que se sucedían los espasmos. Los mozos empezaron a preocuparse y ella trataba de explicarnos que era alérgico e inesperado y que se sentía muy bien y que ya no tardaba en pasar. Pero no pudo comer la entrada y tuve que prestarle mi pañuelo. Cuando no pudo comer el tournedós, el *maître* le trajo varios kleenex y por último el barman le trajo una enorme servilleta blanca. Los ojos le lloraban, los lentes de contacto le estorbaban terriblemente, y cuando se los quitó, por fin, fue el maquillaje y el hipo y el verdadero llanto.

Se disculpaba y estornudaba y yo le ofrecía llamar un taxi y ella me decía que esperara un momento todavía. Pero la crisis de nervios iba llegando a su fin y a Octavia, agotada, le quedaba ya muy poco que decirme.

—Martín, siempre creí que era capaz de detener el amor... Martín, a veces he llegado a odiarte por la forma en que realmente me ha sido y me será imposible dejar de adorarte... Y hay algo peor, Martín... Dile al mozo que llame un taxi, por favor... Hay algo que me fascina tanto, algo terrible... Y es que yo siempre he necesitado que alguien me encante... *Ser* encantada por alguien... Y tú, Martín...

Pero eso no era lo que ella había querido decirme esa noche, aunque eso fue lo que siguió determinando el resto de mi vida. Me había pedido perdón por lo desastrosa que había estado, me había tratado de explicar que para qué hablar en los pocos momentos que teníamos para ser felices. Y me había vuelto a pedir perdón y yo la tenía fuertemente abrazada contra mi pecho cuando llegamos a su casa. Se estaba riendo, como quien se burla de sí misma, como quien se ríe de lo estúpidas y absurdas que son las cosas. Me despedí de Turgueniev, sabe Dios hasta cuándo o a lo mejor para siempre. Y tú, mi amor, descansa bien esta noche y cuídate mucho y regresa muy pronto... Y gracias por haber estado en París...

—La nieve... El frío... La tristeza... La pena... El absurdo... La nada... —fue la despedida de Octavia antes de cerrar la puerta del taxi.

Le pedí al chofer que esperara mientras la señora cruzaba el jardín, entre los árboles. Octavia se había ido alejando con su abrigo largo y los hombros visiblemente cansados. Turgueniev la seguía con un trotecillo visiblemente cansado... Ahora le toca a él con Bimba, pensé: última noche y despedida... A veces, cuando te la das de gracioso, imbécil... La puerta blanca. Sí, ya podíamos regresar al Barrio latino. Volvería donde Gran Lalo, le hablaría como loco. Por entonces era la única persona que me escuchaba en París. Al cabo de unos días le escribiría a Octavia de Cádiz. Le diría, como siempre, porque eso a ella le encantaba: Primero pasé dos días reponiéndome de tu visita. Y después pasé tres días reponiéndome de tu partida.

Y al sexto día, tras haber despachado esa carta, desemboqué hecho una tromba en la gran oficina de Gran Lalo. El guía está de regreso, le anuncié, para que viera que jamás olvidaba mis compromisos de trabajo, pero a Gran Lalo como que no le hizo mayor gracia el asunto. Y me dijo que por una vez en la vida me sentara sin whisky y escuchara hasta el fin lo que los demás tenían que decir. Los demás eran nada menos que el experto en guías del Uniclam y él, en vista de que el informe sobre mis supuestas guías era breve pero era el siguiente:

> *En lo que se refiere a los tres tomos del señor Martín Romaña, basta y sobra con decir que se trata de un trabajo cuyo título integral no puede ser otro que* Cartas de amor de la monja portuguesa. *Tampoco he encontrado mejor título, para el primer tomo, que* Milán visto desde Honduras. *Para el segundo,* Ciego en Guatemala. *Y para el tercero,* Guía de los bares más baratos de México, seguida de un rocambolesco apéndice sobre la Compañía Mexicana de Teléfonos.

—Bueno, en el tercer tomo ya hay algo de guía, Gran Lalo...

—Pensé que más bien me ibas a entregar tu carta de renuncia.

Siguió un largo, incómodo, y tristísimo silencio, y al final ni Gran Lalo ni yo pudimos más y él corrió a abrir el bar mientras yo corría a buscar el hielo para romper el hielo. Brindamos una sola vez, y en el instante en que me disponía a contarle todo lo de Octavia de Cádiz, para cambiar de tema y terminar con la tensioncilla, Gran Lalo me interrumpió diciéndome que lo esperaban los siete clientes más importantes que había tenido en su vida. Eso en lo que a mí se refiere, agregó, porque en lo que a ti se refiere, dentro de una semana partes a Kenya acompañando al experto en guías. Él tratará de enseñarte a escribir a máquina, por lo menos. Dicho lo cual, Gran Lalo me invitó a almorzar, dentro de un par de días, y me señaló mis tres mamotretos indicándome que lo mejor era que me los llevara porque con las justas se habían salvado de la basura y a ti a lo mejor te sirven un día para escribir una novela, cosa que en efecto ha sucedido, sobre todo en los momentos en que se me atraca el bolígrafo del diablo o se me termina inesperadamente mi frasquito de bencina o me mira demasiado fuerte el príncipe y deprimo, no esgrimo.

UNA MIRADA DEMASIADO FUERTE DEL PRÍNCIPE

Nunca aprendí a escribir a máquina, a pesar de mi dedo tan bien bloqueado para todo tipo de escritura. En cambio, a pesar de mi mano bastante deforme por la gran cicatriz, aunque sensible y orgullosa como la del coronel Richard Cantwell, no tuve más remedio que aprender a escribir guías. Y escribí varias sobre el África del Norte, el África Negra, algunas regiones de la India, y por último Turquía, pero Gran Lalo tuvo la bondad de publicarlas con un seudónimo, para no herir la susceptibilidad de un escritor ya bastante herido por la ausencia total de obra literaria, y ahora, de pronto, por el terrible accidente de Octavia de Cádiz. Un telegrama que llegó a enloquecerme, me anunció durante uno de mis retornos a París que a la pobrecita le habían pegado un terrible empujón destinado a privarme para siempre de la diversión de sus piernas. Fueron siglos de yeso y 10 operaciones 10. Nunca nos escribimos tanto, nunca viajé tanto y nunca la llamé tanto. ¡Asesinos!, gritaba en el teléfono, para que se oyera por toda su casa, pero ella siempre me respondía muerta de risa y me decía paciencia, Maximus, ya nos volveremos a ver. Y cada vez que la operaban yo sentía terribles hincones en la mano, en atroces pesadillas nocturnas y diurnas, en hoteles de África, de la India y de Turquía, y la taquicardia era horrible hasta que por fin me despertaba con horribles alaridos, entre los cuales el más frecuente era ¡No me mires así, Leopoldo!, dicho todo en forma de alarido.

Pero Octavia era un genio y un día me envió esa foto en que se le ve de pie, gracias a las muletas, y enyesadita hasta bien arriba de los muslos. A pesar de que la foto no era muy buena, y además sólo en blanco y negro, el yeso dibujaba íntegro y perfecto todo aquello que en sus piernas me había alegrado tanto la vida, aunque después de su matrimonio mi vida fuera tan sólo sueño, cuando despierto, y sueños, cuando lograba dormir un poco. En el Barrio latino decían que me estaba volviendo loco, y tuve ecos de lo mismo en los barrios latinos de muchas ciudades del mundo. Honradísimo, en los dos sentidos de la palabra, se lo hice saber a Octavia por carta, telegrama y teléfono, y ella siempre me respondió mágicamente:

Déjalos aunque el mundo te señale
con su dedo inflexible. ¡Ten valor!

Eran las palabras de un viejo vals peruano, escuchado en mi infancia, y que jamás había tenido en mi discoteca parisina, motivo por el cual ella jamás tuvo ocasión de escucharlo, y motivo por el cual siempre me respondió mágicamente, por consiguiente. Hoy ya tengo el disco, y en una excelente versión con hermosísimo acompañamiento de guitarra, pero que no es desgraciadamente la versión de Octavia de Cádiz con las piernas tan divertidamente enyesadas.

Viajé y escribí guías hasta que Octavia me anunció el más extraño y extraordinario viaje de los que hice. Le habían quitado el yeso y caminaba por fin sin muletas, aunque con algunos clavos que tendrían que esperar la última operación, el año siguiente, o sea que quería caminar por Milán conmigo. Soñaba con pasear por Milán con Bimba y conmigo. Genial mi maravillosa Octavia de oro y de otro, motivo por el cual decidí no quedarme atrás y le anuncié, en una de las cartas más llenas de amor y ternura que he escrito en mi vida, que estaba dispuesto a llegar a Milán caminando y de espaldas. Su respuesta, en una de las cartas más llenas de ternura y amor (aunque más bien debería decir de *ador*, porque Octavia, como es sabido, no podía amarme sino adorarme por causa de la abstracción de su matrimonio), que me han escrito en mi vida, decía que fuera en tren o en avión, por favor, porque aunque comprendo que no te quieras quedar atrás, mi ador, vas a llegar atrasadísimo y con un poco de mala suerte tu llegada podría coincidir con la extracción de los últimos clavos, en Suiza, que es donde tuve el accidente y donde me opera siempre un príncipe afgano. Mi respuesta le llegó llenecita de preguntas: ¿Un príncipe médico? No puede ser, Octavia, o es que en el mundo de hoy, que no me jacto precisamente de comprender, los príncipes ya no vienen enchapados a la antigua, o sea a lo Solre, como debe venir un príncipe, y en vez de espada esgrimen bisturí y a lo mejor hasta tienen algo que ver con la Seguridad Social. O tal vez, Octavia, todo esto sea consecuencia de la terrible modernidad del dinero. Respóndeme rápido, por favor, porque siempre me queda la remota esperanza de llegar a escribir sobre lo visto y vivido sin haber comprendido ni jota, según parece. La respuesta de Octavia no se hizo esperar: Maximus, ¿qué te pasa? Por favor dime la verdad. Te pido que vengas a Milán y en vez de llegar en el primer avión me amenazas con venir de espaldas y cuando te pruebo las desventajas de tu ternura, en este caso, te lanzas a una correspondencia más larga aún que si estuvieras ya en camino y de espaldas. ¿Vienes o no vienes, por fin?

Milán-milaños, me dije, comprendiendo que, sólo por no quedarme atrás y escribirle las cartas más lindas y tiernas en agradecimiento por su maravillosa invitación, iba en efecto a tardar mil años en llegar a Milán. Ni hablar, ahorita mismo correría a comprar mi pasaje, aunque había un obstáculo muy difícil de salvar. Octavia, en respuesta a mi pregunta sobre Eros: ¿no crees que me matará, mi amor?, me respondió que Eros me recibiría muy bien pues ella lo seguía queriendo muchísimo y mis cartas y llamadas en el fondo habían terminado por hacerle gracia. Y además, cuando se ponía muy nervioso, partía inmediatamente de cacería. Aunque claro, era mejor que no mencionara su invitación y dijera que estaba de paso por asuntos de negocios.

No se me ocurrió asunto alguno de negocios que sonara a verdad, por lo cual fui a visitar a Gran Lalo, que hacía tiempo había abierto una oficina en Milán. Gran Lalo, encantado con mis guías, no sólo me obsequió un billete de ida y vuelta (esto de la vuelta me dio bastante pena, valgan verdades), sino que además me entregó toda la correspondencia que iban a enviar a la sucursal de Milán. Conmigo llegaría más rápido que por Correo, y aparte del ahorro en estampillas, que ya era un negocio redondo, tenía una oficina que visitar y se cumplían así todos los requisitos para que Eros me recibiera con tranquilidad de hombre de negocios, aunque mejor habría sido que se pusiera nervioso y se largara de cacería, la verdad.

Del aeropuerto de Milán me dirigí inmediatamente a la sucursal del Uniclam, donde tras haber liquidado los urgentes negocios que me traían a esa ciudad, procedí a asumir el nudo que se me había hecho en la garganta y marqué el número de Octavia de espaldas, porque así lo conocía de bien. Ella reconoció mi llamada, también, y me gritó ¡te vienes inmediatamente a tomar el desayuno conmigo!

—¿Eros está de cacería?

—No, está preparando un examen en casa de un amigo.

—¿Eros estudia? No me vas a decir que para médico, Octavia...

—Maximus, Eros es un príncipe estudiante.

—Bueno, esa ya suena más bonito porque yo en mi adolescencia vi una película...

—Maximus, ¿también piensas venirte de allá aquí a pie y de espaldas?

—Tienes razón, Octavia. Te juro que ahorita cuelgo y...

Me colgó, porque era la única forma de que yo colgara, según me explicó no bien llegué a su precioso departamento, porque no vivían en un palacio, porque Eros era un príncipe estudiante. Ya quisiera yo haber nacido en una familia de príncipes estudiantes, me dije, contemplando un poco más todo lo que estaba contemplando, ¡demonios! Pero hubo algo que me llamó profundamente la atención, a medida que seguí observando paso a paso el departamento, pues Octavia y Bimba me hicieron visitarlo todo, llenándome de besos abstractísimos al mismo tiempo, y sobre todo en la parte de la cama matrimonial, que era la cama matrimonial o de cualquier otro tipo más grande que he visto en mi vida, debido a que Eros era el príncipe estudiante más alto que el Gotha y yo hemos conocido.

Sí, hubo algo que me llamó profundamente la atención hasta en la cocina y los tres baños que logré visitar, porque ya Octavia me estaba diciendo basta de visita y vamos a tomar un café, la Walkiria lo prepara como nadie. Dejé mi pregunta sobre la Walkiria para más tarde, en vista de que algo me seguía llamando profundamente la atención también cuando pasamos al comedorcito del desayuno, que hoy se estrenaba en mi honor, porque Octavia me confesó jamás haber desayunado en lugar alguno que no fuera su cama.

—Dejemos la cama de lado, Octavia —le dije, visiblemente preocupado—, y dime por favor cuál de los treinta o cuarenta necesers es el que yo te regalé por tu matrimonio. ¿Te acuerdas que te regalé un neceser para que guardaras mis cartas de am, perdón, mis cartas de... de... en fin, corrígeme cuando me equivoco, pues respeto profundamente tu alianza matrimonal, aunque veo que no la llevas puesta... Pero, acuérdate, por favor, que te regalé un neceser para...

—Maximus —me aclaró profundamente Octavia—: todos los necesers que has visto, más otros tres que no tardan en llegarme, son el que tú me regalaste... Todos son mi regalo preferido porque desde que se llenó el primero decidí comprar siempre otro igual para seguir guardando y guardando tus cartas por orden de fecha y hora de llegada.

Y así fue como lloré por primera vez en Milán. Fue un llanto rápido, sin embargo, debido a la entrada con bandeja de plata y tacitas de porcelana de la respuesta a mi segunda pregunta: la Walkiria era en efecto una Walkiria, la pongan donde la pongan. Nos saludó apenas, porque parecíamos estar tramando algo contra el señor príncipe, y puso sobre una preciosa mesita de cristal todo lo que necesitábamos para quedarnos solos. Luego, se retiró con odio y dándonos la espalda, cosa que me permitió comprobar que por detrás era tan rubia y monumental como por delante y de costado.

—Le tengo pánico —se mató de risa Octavia—; no bien empieza a limpiar el departamento yo me meto a la tina y me quedo horas y horas leyendo las maravillosas cartas de... de...

—De ador... mi am...

—...tuyas que tengo en el neceser de mi baño. Y no salgo de ahí hasta que llega Eros para defenderme.

—¿Y a qué horas llega Eros para que podamos salir de aquí?, porque no me caería nada mal un whisky —pregunté, no bien terminé mi última tostada—. La verdad, Octavia, necesito un trago.

—Salgamos —me dijo Octavia—, porque hoy Eros no va a llegar aquí sino donde la vecina de enfrente, una polaca que nos ha invitado a almorzar para que las tensiones del encuentro se diluyan, en caso de haberlas.

Luego agregó que tenía mi whisky favorito, que la perdonara si se le había olvidado el más mínimo detalle de mis gustos y costumbres, y salimos. La Walkiria no se dignó volver a interrumpirnos y fue así como lloré por segunda vez en Milán, algo más extensamente que la primera vez, en vista de que llevaba cuatro whiskies encima hacia las once de la mañana y por fin pude confesarle a Octavia que me estaba divirtiendo como loco con sus piernas. Nos retuvimos demasiado, creo yo, en nuestras manifestaciones de júbilo, pero un besito sí hubo y un nuevo brindis y cambié mis ojos mojados por la boca más alegre del mundo y, a partir de ese momento, para qué mentir, si lloro otra vez en Milán no me lo crean, es que estoy llorando mientras vuelvo a visitar Milán con este bolígrafo de mierda. A la una en punto juré que algún día tendrían que trasladarse a un palacio de verdad porque ya no cabrían mis necesers, Octavia me dijo ahora tranquilito, Maximus, por favor, y pasamos donde la polaca extravagante, que vivía en un departamento plagado de polacas extravagantes, a juzgar por lo que vi. Era el único hombre, y para caer simpático entre tanta rusa blanca de nacionalidad polaca, expliqué que eso en mi país se llamaba Perico entre ellas y todas me felicitaron porque mi italiano era lo más extravagante que habían oído en su vida. Luego, antes de hacerme pasar al comedor, y mientras Eros seguía brillando por su ausencia, me obsequiaron una preciosa joya de bibliófilo, en homenaje a mis necesers. Era un librito enchapado a la antigua y muy dentro del estilo de su tiempo, porque siguiendo el ejemplo de *Las cartas persas* de Montesquieu, se llamaba *Cartas de una peruana.* Era una estupidez pero era una joya, al mismo tiempo, me aclararon las polacas en alegre coro, y aquí lo tengo, o sea que voy a decirles el nombre de su autora... Sí, Madame de Grafigny. Hace siglos que lo leí con bastante interés, pues descubrí que hablaba veladamente de Voltaire, autor que siempre me interesó a causa de mi sillón. Pasamos al comedor, donde el asiento vacío de Eros seguía brillando por su ausencia, y porque todo brillaba en ese departamentote.

Pero de golpe irrumpió, como Pedro por su casa, y como en la más dramática escena de ópera italiana. A Octavia, incluso, se le escapó una furtiva lágrima al ver el estado de nervios con que Eros se aprestaba a hacerse ver.

—¡*E io sono il marito!* —exclamó.

E io fui el único en ponerse de pie ante *il marito,* mientras Octavia hacía todo lo posible por tenderle una mejilla para relajar un poco a su gigante, como ella le llamaba, sin mayor imaginación, valgan verdades. Pero Eros era un príncipe, y por más estudiante que fuera no tardó en sucumbir a la mejilla de Octavia, taquicardiándome bastante, y luego dándome la mano como se le da la mano a un caballero, aunque claro, yo estaba muy lejos de ser un caballero de su tamaño y me fui de culo al asiento, qué bestia, qué tal fuerza, comparándolo con mi inolvidable Leopoldo, estos príncipes enchapados en dinero, vitaminas, y esquí, me dije, mientras el gallinero volvía a la calma y a Eros le servían siempre demasiado poco, según él. Pero en cambio encontró que el vino estaba excelente, y por fin se animó a preguntarme por mis negocios en Milán. Le expliqué que había tomado contacto con ellos, antes de llamar a Octavia, y a Octavia la emocionó lo bien que mentía en su nombre, o qué sé yo, pero lo cierto es que aprovechó el estar a mi derecha para agarrarme la mano como en París, sin darse cuenta, y ahí casi se arma la gorda italiana. Pero yo, habilísimo y creciéndome ante la adversidad con taquicardia, le agarré la mano a la polaca de mi izquierda, y así seguimos siempre por la izquierda hasta que la última polaca le agarró la mano a Eros y éste a Octavia, cerrándose de esta manera el círculo, gracias a la izquierda, mientras yo explicaba que eso en mi país se llamaba juguemos a la ronda mientras el lobo está, volviendo nuevamente el gallinero a la calma, debido a lo realmente extravagante de mi acento italiano. Eros brindó entonces por mi estadía en Milán, y yo sin querer ofenderlo en lo más mínimo le pregunté qué estudiaba.

—Expansión económica de los negocios de mi padre en América latina —me respondió, lo cual probablemente era verdad pero la verdad es que sonaba casi a ofensa, sobre todo tratándose de una persona que desconocía totalmente mis ideas políticas. Incliné la cabeza, y Eros, quejándose de que tenía muchísimo que estudiar esos días, lo cual le impedía irse de cacería, le agarró gigantescamente la mano a Octavia por la izquierda, taquicardiándome de tal manera, porque ello se agregaba a su total desconocimiento de mis ideales políticos, que a Octavia no le quedó más remedio que agarrarme la mano y arrancar otra vez todita la ronda, creciéndome yo nuevamente ante la adversidad y siguiendo su adorable iniciativa hacia mi izquierda, con lo cual la paz llegó nuevamente al gallinero al cerrarse el círculo vicioso también por la izquierda y en Eros y gracias a la izquierda, como la primera vez. Y ahora Eros, creciéndose también ante su adversidad, justo es reconocerlo, nos invitó a tomar el café en su departamento. A mí me trató como a un caballero, me permitió salir con Octavia mientras él seguía sus estudios, y con gran calidad de príncipe se despidió al final de las alcahuetas polacas, diciéndolo todo sin decir absolutamente nada. Siempre hay algo que aprender de los príncipes, pensé, y a Octavia le encantó que yo hubiera pensado eso, cuando se lo conté. Por fin se habían largado las polacas alcahuetas. Yo sí que lo dije, con todas sus palabras, y a Octavia también le encantó y ya podíamos salir a ser felices en Milán.

Pero algo le pasaba a Milán, o mejor dicho algo le pasaba a Bimba, o, pensándolo bien, algo le pasaba a Octavia, algo que se podía notar hasta en Bimba y en Milán. Las ciudades son las gentes, los animales la voz de su amo, y yo el mismo imbécil que tarda siempre en darse cuenta de lo que pasa a su alrededor. Y a mi alrededor, habíamos sacado a Bimba a hacer pipí en los jardines Sforza, su lugar favorito para el triple pipí diario, y el lugar favorito en el que Octavia se sentaba tarde tras tarde a leer y a gozar de la vida viéndola correr, lanzarse a las lagunitas, empaparse de alegría y seguir corriendo para, de pronto, pegar los más inesperados y largos saltos de gacela.

—Siempre me ha gustado que Eros sea un gran cazador —me confesó de pronto Octavia, matándome de celos porque el coronel Richard Cantwell era un gran cazador y tenía además la ventaja de que sólo le quedaban tres días de vida y el más grande y último amor de su vida. Pero luego, tomándome la mano, agregó—: Y sin embargo no soporto la idea de que pueda matar una gacela, Maximus.

—Yo no mato ni siquiera una mosca, mi amor —le dije, porque todo en los jardines Sforza me obligaba a tratarla de esa manera, a tratarla de amor, a tratarla de todo lo que sentía. Pero había cesado ya la euforia de mi llegada y algo cada vez peor le pasaba a Octavia y por consiguiente a Bimba y por consiguiente a Milán. Y entonces, porque para el resto de mi vida quería tratarla sólo de esa manera, solamente de *esa* manera, le dije que mis negocios en Milán me obligarían a quedarme todo el tiempo que ella deseara, aunque siempre el último día, el de mi partida, sería un tercer día. Una taquicardia profunda, pues eso existe, lo sé, y se comparte, también lo sé, pues esa tarde la estaba compartiendo con Octavia, una taquicardia profunda, repito, nos permitía hablar de zalacaínes y colonnellos sin mencionar sus nombres, sin mencionar para nada el pasado, mucho menos el futuro, mencionando sólo un presente abstracto pero no por ello menos desgarrador. Y en un instante lo comprendí todo: Octavia no me había invitado a Milán, me había rogado que viniera, y también ella acababa de darse cuenta de que ésa era la verdad en los jardines Sforza. Pero ya era demasiado tarde: Martín Romaña había llegado a Milán y algo le pasaba a todo en Milán, y ahora lo mejor era creer a ciegas que ella había invitado a Maximus a Milán y que Maximus acababa de llegar y que todo, absolutamente todo alrededor nuestro, seguía siendo siempre tan pero tan divertido. Y que haríamos mil travesuras. Martín Romaña la ayudaría, Martín Romaña sería el más perfecto Maximus del mundo. Octavia de Cádiz estaba convencida de que así era, ¿acaso Martín Romaña no la estaba tratando ya de esa manera? Nos cayó la noche muertos de risa con los saltos de gacela de Bimba, *bella, bellíssima, agilíssima e divertentíssima.*

Orlando furioso nos esperaba *arriabiatíssimo* cuando regresamos tarde. La Walkiria nos lo hizo saber con odio, pero yo me hice el loco y entré al salón como quien avanza peligrosamente hacia el centro del cuadrilátero.

—Querido Eros, perdóname —le dije—, la culpa es toda de Maximus por...

—Aquí el que se llama Massimo soy yo —me interrumpió, como quien concreta, como quien me hace saber que tan pelotudo no es y que nuestra tarde no había sido tan abstracta.

Estaba muerto de celos Eros Massimo, pero acto seguido cogió con una mano a Octavia, con la otra a Bimba, se llevó a ambas a los labios y de ahí las siguió elevando violentamente en toda la extensión de sus enormes brazos. Miré al techo aterrado, pensando que podría estrellar allá arriba a la pobre Octavia y causar así otro de sus famosos accidentes, pero felizmente el techo se lo habían construido a la medida, y desde allá arriba Bimba y Octavia coqueteaban como locas con su dueño, ladraban y gritaban ¡Eros Eros Eros!, para que Eros se desahogara como en una cacería de gacelas, lo cual me dejó a mí totalmente fuera de combate y muerto de celos en el centro de un cuadrilátero en el que nadie me hacía caso, ni siquiera el árbitro. La Walkiria sonrió feliz, pero yo me vengué pidiéndole un whisky de la marca preferida del caballero, y la muy nórdica bien informada que estaba de mis gustos y costumbres porque lo primero que hizo fue correr a traerme la botella del señor de América del sur y el vaso más grande de la cristalería. Sirvienta era, después de todo, y la miré con el más grande bien hecho de mi vida, sin agradecerle ni nada, aunque reconozco que no fue por su calidad de servidora de los señores sino porque ella empezó primero. Allá arriba la fiesta seguía, o sea que me arrimé tres largos tragos amargos y procedí a servirme el segundo whisky. Y Dios mío, qué tristes suelen ser los fines de fiesta. Ésta acabó cuando Eros descendió a sus dos amores y cuando los tres amores me preguntaron si no deseaba beber algo.

—Voy por el tercer whisky aquí abajo —les aclaré, brindando por ellos con tremendo vaso en mano, aunque el mensaje profundo se lo transmití únicamente a Octavia, quien me respondió con otro mensaje más profundo aún:

—Mentiroso; estoy segura de que vas por el segundo y te advierto que en mi casa no puedes beber más que tres whiskies seguidos y vino en la comida.

Comprendí que Octavia lo había visto todo pero que al mismo tiempo no deseaba seguir viéndolo todo, con lo cual me dejó en pindingas, ya que no supe si ser feliz o no. En fin, son esos instantes de la vida en que la vida sigue su curso. Nos calmamos todos, mientras Eros le entregaba su saco a la Walkiria, le pedía *sa veste d'interieur*, y abría una botella de champán en mi honor, aunque autorizándome a seguir con el whisky, si así lo deseaba, pero eso sí, sin pasar del tercero como te lo ha pedido *la mia Octavia. La sua Octavia e la mia bottiglia*, pensé, y ni tonto que fuera me bebí bien despacito el segundo whisky, para despistarlos y así poder servirme yo mismo el tercero, en el cual la botella me cupo íntegra en el vasote y aun me dejó sitio para un par de hielos *on the rocks*. Les sonreí feliz, pero Octavia nuevamente me hizo saber, mediante mensaje profundo, que nunca dejaría de ser un niño.

Furioso siempre y despistado en este mundo, pronuncié entonces, en forma de pregunta, las palabras que más caro me han costado en la vida. Por ellas perdí a Octavia nuevamente, en la segunda oportunidad que Dios me dio sobre esta tierra; por ellas estoy escribiendo para ti esta novela, Octavia; y por ellas trato de que el humor pueda algo contra la muerte del amor, o contra la muerte a secas, por lo menos. Eros y Octavia brindaron por mí en dos maravillosas copas de champán y como que me despisté para siempre con mi vasote de whisky y les pregunté:

—¿Y cuándo piensan tener un bebe?

—¡No tarda, no tarda! —se excitó Eros, pasando su enorme brazo sobre los hombros de Octavia, apretándola enamorado.

—¡No tarda, no tarda! —exclamó Octavia, alzando la cara enamorada para contemplar a su gigante.

Y hoy que es jueves y que escribo... Y hoy que citando una vez más a Vallejo, sólo se me ocurre porque hoy, jueves, que proso estos versos, los húmeros me he puesto a la mala, sí, citando así a mi poeta, al que fue nuestro poeta, amor mío, revivo aquel instante fatal. Yo brindé por ese niño (fue una niña), que no tardaba en venir, y Octavia (¿estaba loca?, ¿le habían hecho ya tanto daño contra mí?), me miró asombrada, miró luego a Eros beber agradecido, fingió beber, apenas tocó el cristal con sus labios y me volvió a mirar como quien pregunta algo (¿como quien desconfía?, ¿como si yo hubiese envenenado el champán?, ¿como quien se pregunta de pronto: y él por qué ha preferido un whisky?, ¿por qué no prueba el champán?). El resto de la noche estuvo feliz y se mató de risa de que yo terminara quedándome dormido en un diván del salón, ¡ah, el diván de Maximus!, y al día siguiente vino a despertarme para tomar el desayuno juntos porque su gigante se había ido tempranito a estudiar en casa de un amigo, se estaba preparando para unos exámenes muy importantes y se había levantado en punta de pies y así se había ido para no despertarnos y cuanto antes nos alistáramos y saliéramos, mejor, porque la Walkiria no podía habernos servido el desayuno con más odio, ¡oh, Maximus, si supieras el pánico que le tengo a la Walkiria!

Las calles de Milán nuevamente y algo que pasaba en todo lo que hacíamos. Nos reíamos tanto, sin embargo. Y Maximus jugaba al juego y la insoportable era Bimba, estaba rarísima, estaba nerviosísima en los últimos tiempos. Sin jugar al juego eso quería decir que estaba nerviosísima desde la caída en la nieve, el frío, la tristeza, la pena, el absurdo, la nada, eso quería decir que con tantas operaciones, pero eso quería decir también, en los momentos en que Octavia sorprendentemente rompía las reglas del juego, que a ella le habría encantado que alguien le enseñara Milán como me lo estaba enseñando a mí, que vivía muy encerrada, que a Eros no le gustaba la gente que a ella le gustaba, los artistas, Maximus, que vivo en dos mundos, Maximus, uno es el que a ti te encantaría, el tuyo, Maximus, y el otro... Pero estas frases casi no aparecían, eran como un témpano de hielo, una mole cuyo pico apenas se dejaba ver en el inmenso y helado mar de nuestro juego, y Octavia podía pasarse todo un día sin que se le escapara una sola, a menudo ni las terminaba y venían siempre tan espaciadas que era imposible abordar un tema concreto para situarlas en un contexto, yo a veces llegaba a preguntarme incluso qué había querido decir con una de esas frases, pero ella estaba nuevamente (y en Milán) con su Maximus tan bromista y tan juguetón, el hombre que sólo era un hombre cuando la trataba de *esa* manera...

Y así, las calles de Milán nueva y nuevamente, aunque algo pasara en todo lo que hacíamos. Aunque Bimba, Maximus, le ha tomado terror a los gatos negros. Aunque crucemos mejor a la vereda de enfrente porque Bimba, Maximus, le ha tomado terror a pasar bajo una escalera...

—¿De cualquier color, Octavia?

La risa que le daba: sí, sí, Maximus, porque Bimba es una *signorina delicatíssima.* Bimba, valgan verdades, era una perrita linda y muy sensible y todo lo que quieran, pero no bien llegábamos a los jardines Sforza, lo menos que puede decirse es que se meaba por lo menos diez veces y a poquitos en todo lo que decíamos, Bimba era Bimba, Octavia, pero Maximus era Maximus, también Octavia, qué se le iba a hacer. Y Maximus, por ejemplo, jamás volvió a repetirle que respetaba muchísimo su alianza matrimonial, aunque veo que no la llevas puesta, Octavia. Ni mucho menos se atrevió a preguntarle por qué. Y la vida es así, aunque parece que con el tiempo Octavia empezó a enfurecer porque a Maximus se le escapaban esos mensajes que ella le enviaba desde Cádiz a Martín Romaña.

No voy a decir son cosas de mujeres, porque detesto esas frases tan estúpidas como hechas en este mundo en el que ni siquiera existe la palabra misoginia al revés. Tampoco voy a decir que Octavia se equivocaba o que yo me equivoqué al no hacerle notar a fondo que iba a amar a todas las Octavias que en el mundo han sido y serán. Ni voy a decir tampoco que, a veces, por cosa de un segundo, nos cruzábamos en nuestros desdoblamientos. En esos desdoblamientos que precisamente nos permitirán seguir juntos hasta mi muerte. Si perduraré o no, ya es cosa que Octavia tendrá que contarles, pues no sé si la perduración se transmite o no desde la muerte a la vida, o si se aparece como un fantasma por los siglos de los siglos. Lo que yo sé es que llegaré perdurando a las verdes colinas, no bien decida ponerle punto final al tratamiento del sapo, del cual se enterará el lector en su debido momento cronológico.

No voy a repetir tampoco, a estas alturas de la novela, algo que dije al principio, o sea que nuestros desdoblamientos fueron cosas de la quijotización de Sancho y viceversa. No, si seguimos juntos, a pesar de mi cruel, de mi espantoso crimen de amor y encantamiento, y si seguimos juntos hasta mi muerte (hoy que ya soy novelista me enorgullezco en decirlo), será porque Balzac *dixit*, y qué maravilla de frase en boca nada menos que de un titán de la literatura, de un eterno enamorado, será porque los artistas somos los únicos hombres dignos de las mujeres, ya que todos tenemos algo de mujer, salvo en el caso de ser artistas mujer, por supuesto.

Me encanta mi digresión y así la voy a dejar en el cuaderno rojo. Y Milán fue lo que fue: risas, silencios, angustias y penas horribles del hombre que estaba de paso por asuntos de negocios, un tratar de *esa* manera a Octavia, ternura ternura ternura, nuestras manos encontrándose porque debido a Bimba y a un gato negro acabábamos de cambiar de rumbo. Y Milán fue lo que fue: una visita al palacio Poldi-Pezzoli, al pie de cuya preciosa escalera (¡Ay, Maximus, si a mí me hubieran enseñado Milán como te lo estoy enseñando a ti!), había una pequeña fuente y la gente echaba moneditas. Estábamos solos mirando las moneditas ahí en el fondo y yo quise echar una y pedir mi deseo pero Octavia me dijo déjame echarla a mí, Maximus, por favor. Le di la moneda y la echó y los dos lo vimos, los dos vimos exactamente la misma cosa. Y el comentario fue subir la escalera y mirar las colecciones ahí arriba, perdiéndonos el uno del otro, fingiendo toda la atención del mundo, ella en un antiguo grabado, yo en un manuscrito, y el comentario fue tener que bajar la escalera otra vez y pasar al lado de la pequeña fuente y apretarle yo la mano y ella escapárseme de la mano, mierda, ¿por qué no lo tomamos en broma?, y luego buscar algo *sumamente* novedoso que hacer, que visitar, porque la moneda que yo le había dado y que ella había echado de tal manera que cayera lo más lejos posible de las otras, tocó piso, apenas unos veinte centímetros de profundidad cristalina, y desapareció en el instante en que Octavia y yo, que había hecho trampa y había deseado también algo, deseamos algo. Los dos vimos lo mismo y no logramos jugar.

Y así fue Milán: la pena enorme que me provocó que Octavia me pidiera que la llevara a un lugar prohibido, a una especie de bar podrido o pudriéndose al cual Eros jamás la había querido llevar, porque ahí se reunían artistas drogadictos y otras gentes de mala calaña. Octavia, ¿por qué me identificas siempre con la mala calaña? Por favor, Maximus, déjame mostrarte Milán como nunca me lo mostraron a mí, hagamos una travesura, Maximus. Y Dios me premió porque el bar maldito era mismita Sopa China Cerrada pero en Milán y con bastante olorcito a marihuana y Octavia inhaló con la más enorme nostalgia de bajofondo y el termómetro subió hasta la ternura máxima y hubo un beso escondido y concreto seguido por la forma en que Octavia volteó a mirar a otra parte para seguir escondiéndome y escondiéndose un beso escondido, pero no lo lograba, no, no lo lograba y por eso pensó que era mejor que nos fuéramos ya, la pobre Bimba podía estarse intoxicando con tanta marihuana.

—Me encantaría que Bimba escribiera algún día todo lo que vio en Milán, Octavia —le dije, terriblemente Martín Romaña.

Pero Octavia, con un largo silencio, logró por fin que también aquel beso desapareciera para siempre en el fondo de la pequeña fuente y que yo cesara de desdoblarme hasta tal punto. En realidad, me doblé y me doblegué y aparecí más Maximus que nunca por las calles de Milán nuevamente. Y así fue Milán y Milán fue lo que fue: recordar de pronto, porque Octavia me lo dijo, que al día siguiente era mi cumpleaños y que Eros había aceptado interrumpir excepcionalmente sus estudios para hacer una gran fiesta en mi honor. Le agradecí muchísimo a Octavia, y luego a Eros, cuando regresamos al departamento, y les conté lo que me había estado pasando en los últimos tiempos. Ya yo había notado que la gente se burlaba de mí en París y decía que me andaba quitando la edad. Me había quedado como estacionado en un año y recién descubría que ello se debía a que anduve siempre viajando y por ahí solo debí andar cumpliendo años en Estambul o Marrakech, vaya usted a saber, qué bestia, ni cuenta me di, yo que en el Perú invitaba a todos mis amigos a festejar mi cumpleaños en el mejor chifa de Lima, qué bestia, qué bestia, yo que en el Perú... yo que...

—¡Maximus! —me interrumpió Octavia—, ¡mañana te haremos una gran fiesta!

—¿Un trago? —me preguntó Eros.

—Con muy poco whisky —respondí, para que no se me pusieran tan tristes. Y Eros le pidió a la Walkiria que le trajera su mandil de cocinero porque iba a prepararme los mejores espaguetis a la carbonara que había comido en mi vida. Octavia le había contado que me encantaban y que en París había tenido un gran amigo...

—Mauricio Martínez, sí... Hace años que se fue... Preparaba los mejores espaguetis a la carbonara que he comido en mi vida.

—Pues hoy te probaré lo contrario. ¡Y con qué vino! Tú acompaña a Romaña mientras yo cocino, Octavia. Y mañana la gran fiesta. Despiértense temprano y llévalo a pasear a algún sitio que no sea Milán. Italia es tan bella...

—¿Qué te parece, Maximus?

—Una excelente idea, Octavia. Ya has visto que hoy he terminado con los asuntos que me trajeron aquí. O sea que mañana tratemos de llegar a Venecia, aunque sea por cinco minutos.

—Te llevaré donde quieras, Maximus.

—Sí, llévalo. Yo me encargaré de invitar a todos los amigos.

Eso de todos los amigos quería decir tus amigos y los míos, Octavia, según me enteré en la fiesta de mi cumpleaños, que era también la de mi despedida, porque como declaré muy alegremente y asumiendo que tenía tres años más de los que creía, yo de todas partes me iba con una gran fiesta. Y así, por fin, logré que Eros se metiera a la cocina y con ello ponerle punto final al triste problema de quien te ha visto el día de tu cumpleaños, Martín, y quien te ve el día de tu cumpleaños, Maximus. E inmediatamente le pedí a Octavia que me llenara el vaso hasta el tope, *per favore.* Y un rato más tarde acababa de traicionar por primera vez en mi vida a un amigo.

—*In vino veritas* —mentí—: son los mejores carbonara que he comido en mi vida. Los de Mauricio Martínez no te llegan ni a la cintura, Eros.

Octavia y Eros se retiraron muy temprano a los aposentos de la cama máxima, y yo me quedé divagando largo rato en el diván de Maximus. La verdad es que divagué y divagué hasta que llegó la hora de levantarnos. Y la del alba sería cuando me llamaron y me dijeron que me sentara al pie de la cama, cosa que hice, antes, durante, y después de que Eros apareciera con café, tostadas, mil mermeladas, tres mantequillas, y cantidades industriales de jugo de naranja. Octavia desayunó profundamente dormida, Eros feliz de la vida, porque hoy iba a empezar a estudiar más temprano que nunca, porque Octavia me iba a llevar en su automóvil hasta Venecia, si era posible, y porque esa noche se festejaba mi cumpleaños y mi despedida. Y a mí todo ese espectáculo me parecía la mayor falta de respeto que se puede tener por un hombre con taquicardia y de golpe tres años más de edad, aunque no por ello dejé de comprobar que la inmensidad de la cama resultaba hasta cierto punto muy práctica, porque ahí cabíamos perfectamente los tres, aunque la verdad es que no me atreví a decirlo porque Octavia seguía profundamente dormida con su tercer café en la mano y no habría tenido quien me defendiera.

Ni tuve tampoco quien me defendiera cuando, minutos más tarde, Eros arrancó a Octavia de su profundo sueño, la alzó hasta el techo entre los ladridos y festejos de Bimba, luego se la fue colocando en los ojos, en la boca, en el pecho, en el corazón, y por fin, como quien realmente es una bestia y no se da cuenta de nada, o como quien realmente desea rematarme de un taquicardiazo al alba, me pidió que me retirara de la habitación porque Octavia tenía que quitarse el pijama y pasar al baño de una vez por todas. En mis tiempos los pijamas eran color turquesa, pensé, como quien se agarra a una boya, y me fui a ver si llovía en la otra ducha y así fue Milán.

Bueno, paseo a Venecia, ahora. Me despedí de Eros, deseándole un buen día de estudios, y esperé que apareciera Octavia para recibirla dormido. Pero me dio tal rabia, cuando apareció, que decidí ser duro, irónico, y zahiriente, en vista de que me era totalmente imposible ser hiriente con ella.

—¿Cuál es *la otra parte* de este departamento? —le pregunté, a boca de jarro, agregando, al ver que bostezaba—: Me gustaría realmente saber cuál es *la otra parte* de este departamento para dejar mi diván ahí mañana cuando me vaya.

Pero cuál no sería mi sorpresa cuando Octavia, con la más linda y somnolienta voz brasileña del mundo, me respondió:

—Todas, Maximus.

Estaba a punto de aterrizar a sus pies, cuando una nueva sorpresa igualmente maravillosa y siempre con el mismo tono de madrugada en Río, me detuvo en el aire:

—Antes de partir quiero encontrar una postal linda... Ayúdame a buscarla, Maximus... Estaba por aquí... Mira, aquí está... Es para que se la mandes a Mauricio Martínez y le digas que lo de los espaguetis fue sólo porque a veces Eros se porta como un niño y...

—¿Podemos firmarla juntos, mi amor?

—Ya lo creo. Y le diremos que no hubo traición alguna, que sólo tuviste que ser diplomático. Y yo agregaré que lo hiciste perfectamente bien.

O la canonizo o sospecho, me dije, pensando que, a lo mejor, lo que estaba haciendo Octavia era domesticarme para todo el día, en vista de lo ocurrido en la cama máxima. O sea que opté por la sospecha.

—A mí me gustaría comprarme algún día una casa de cuatro o cinco pisos y casi del tamaño de este departamento —zaherí, arquitecturalmente.

Pero ella había decidido ser más que deliciosa conmigo y me respondió, muy humildemente, que reconocía la injusticia que hay en este mundo y que, en efecto, el suyo era un departamento de estudiantes de lujo. Pegué un saltito carioca hasta su voz y le entregué mi dedo bloqueado para escribirle a cuatro manos a Mauricio Martínez. Era una postal de Venecia y partimos corriendo a Venecia y había que ver cómo movía la cola Bimba porque también partía corriendo a Venecia.

Pero cuanto más tratamos de acercarnos a Venecia, más se nos fue alejando la ciudad del colonnello, y hasta hoy me pregunto si en realidad quisimos llegar a esa ciudad que, de una manera muy nuestra, era lo que más se parecía a nuestra abstracta realidad. Venecia era la maravilla y el fin de la maravilla, lo que más deseábamos y temíamos. Venecia era, en el fondo, la revisión de un pasado en el cual, a lo mejor, habríamos tenido algo que sacarnos en cara, algo que perdonarnos, demonios, para qué correr, para qué insistir, Italia es tan bella, por qué no nos paramos un rato aquí, Maximus. El juego había empezado nuevamente y eso fue Venecia. Fue detenerse en cada pequeña ciudad o pueblo que encontrábamos en el camino, perder el tiempo buscando anticuarios que no existían, reírnos a carcajadas mientras tomábamos un americano que nos había servido un italiano demasiado amanerado, gozar con una polenta en el restorán más barato, familiar, y lleno de moscas, sentir que el vino malo nos gustaba, y tratar de perdernos, tratar de perdernos, sobre todo.

La última parada fue en Udine. Frente a la iglesia, una mesa con el eterno mantel rojo y blanco, a cuadros. Dos copas de grapa fuerte pero exquisita porque nos hacía perder el temor a llegar muy atrasados a Milán. Octavia festejaba cada disparate de Bimba, se reía a menudo, pero en vez de escuchar su risa, yo tenía la sensación muy fuerte de estar recordando esa risa y pensaba en ella como una fiesta, como una invitación a la vida que acepté mil años atrás porque jamás había visto a nadie amar tanto la vida como a Octavia. Llevábamos largo rato sin hablar, cuando las campanas de la iglesia se lanzaron al viento y por decirle algo le pregunté por quién doblan, Octavia. No me respondió y como que empezó a mirar al vacío, pero cuando se lo hice notar me dijo que no, que era a la eternidad, que estaba mirando... No terminó su frase y tenía las manos crispadas y respiraba con dificultad. Regresemos a Milán, le dije, no quiero llegar tarde a mi cumpleaños esta vez.

—Tanta y tanta tristeza, Martín...

—Pero, ¿por qué, Octavia? Cuéntame, háblame, por favor...

—Algo más va a pasar, Martín... Algo más va a pasar y yo no estoy preparada para tanto sufrimiento... He vivido demasiado protegida y cuando pase algo más creo que ya no podré...

—Yo siempre te ayudaré, Octavia...

—Regresemos, Martín...

—Yo siempre...

—Es que esta vez es a ti a quien le tengo miedo.

—Octavia, no tienes ningún derecho...

—Sí tengo, Martín, porque tú me encantas... Pero vamos, regresemos ya.

Y así fue Venecia. Venecia fue Udine, terriblemente, en el día veneciano del Milán fue lo que fue. Volvíamos silenciosos y a demasiada velocidad y en un instante de furia quise decirle que tenían razón los que afirmaban que me estaba volviendo loco, con qué derecho me decía cosas así para luego no explicarme nada, con qué derecho, con qué derecho, ¿te estás volviendo loca o qué, Octavia? Pero minutos más tarde ya estaba pensando que pronto se recuperaría del golpe que había significado para ella su *accidente*, y de los gatos negros y las escaleras que traían mala suerte, y de las escaleras en las casas que tardaba horas en bajar por temor a caerse. Le di un beso muy largo en la frente cuando estacionamos el auto a unos metros de su departamento. ¡Maximus!, me dijo, acariciando mi frente con la suya, sonriendo luego. Todo había quedado olvidado, borrado para siempre, y hoy era la gran noche de mis tres cumpleaños y estamos atrasadísimos, Maximus, la fiesta ya debe haber empezado y Eros me va a matar.

Para decirlo en pocas palabras, llegamos cuando la fiesta ya había terminado, si es que ahí hubo fiesta en algún momento. Eros me tendió una mano demasiado indecisa para un gigante, y me dijo que no me preocupara, que con Octavia se llegaba tarde a todas partes. Luego me presentó en forma bastante vaga, aunque correcta, al gran grupo que bebía a un lado del salón, y me dejó totalmente asombrado cuando me aseguró que, no bien terminara de cambiarse, Octavia se encargaría de presentarme al grupo de personas que bebía al lado opuesto del salón. En efecto, Octavia había desaparecido sin saludar a nadie. Tardó apenas un minuto en regresar con el mismo traje, otro en presentarme a sus amigos artistas, otro en ser saludada por los amigos del apellido largo, y yo tardé un minuto más en darme cuenta de que ahora era ella la que llevaba el anillo de bodas. Eros, en cambio, se lo había quitado. No me quedaba más remedio que tomarme un buen trago y convertirme en Sherlock Holmes.

Corría el champán, corría el whisky, circulaban deliciosos canapés, y la música de fondo más bonita no podía ser, pero la fiesta, si es que a eso se le podía llamar fiesta, seguía rota en dos enormes pedazos irreconciliablemente enfrentados. Reinaba el desprecio y la autosuficiencia entre la juventud de cabeza coronada, aunque justo es reconocerlo, había cada chica que para qué les cuento, y reinaba la incomodidad con barba o pelo largo entre artistas e intelectuales amigos de Octavia, pues lo cierto es que la pobre se había conseguido a la flor y nata del fracaso, la timidez, la incomprensión o lo que diablos sea, aunque justo es reconocerlo, también, de vez en cuando se lograba ver alguna muchacha que, con un traje de los de enfrente, habría sido una joya de muchacha en flor. Una nueva y rápida mirada al campo de batalla, me permitió por último comprobar que lo mismo sucedía entre los trajes del grupo de enfrente, pero al revés, pues pude distinguir muy claramente la presencia de tres o cuatro loros y un verdadero papagayo, aunque siempre con sus respectivos esposos porque ahí reinaban alianzas matrimoniales de toda Europa y a eso se debía que muy a menudo se escuchara la importantísima palabra primo. Un último detalle que no pude pasar por alto, entre tanta cabeza coronada, fue la monumental estatura de una mujer que conversaba con Eros y me daba enormemente la espalda. En fin, ya voltearía.

En el largo y ancho puente que separaba a ambos grupos, Octavia. Y no cesaba de cruzarlo a paso ligero y con una mano siempre cariñosísima y alegremente extendida, aunque a veces esa mano parecía decir no pasen de ahí, por favor, o ya vuelvo, vuelvo dentro de un segundo. Como siempre, pues, Octavia estaba de lo más solicitada. Y como siempre, también, Octavia estaba totalmente desgarrada entre el mundo de Maximus, como ella le llamaba, y el famoso mundo conocido por el detestable nombre de *mon milieu*. También yo cruzaba el puente a cada rato, con salvoconducto, por supuesto, por tratarse de una fiesta en mi honor. A veces me llamaban Romaña, otras, señor Romaña, otras, Martín o Martín Romaña, aunque a menudo, también, no les interesaba saber ni el nombre del agasajado de piedra. Y Octavia no cesaba de llamarme

Maximus, porque la verdad es que a cada rato me llamaba a su lado, como quien pide auxilio. Pero lo que nadie sabía es que debajo de todas esas máscaras se ocultaba el rostro de Sherlock Holmes, whisky en mano y bastante perdido entre dos mundos, debido fundamentalmente a la ausencia de su elemental y querido Watson.

Los tres ¡Maximus! que soltó Octavia a las doce en punto de la noche, me anunciaron que había llegado el momento de cumplir tres años de un sólo papazo. Acto seguido, Octavia se arrojó a mis brazos y ahí estuvimos horas en la más profunda intimidad, hasta que por fin nos dimos cuenta de que Eros estaba esperando turno para matarme de un abrazo, si es posible. Era tal su cara de furia, que Octavia y yo no tuvimos más remedio que improvisar un vals de Straus, al compás de un lindo fox-trot, para disimular y salir disparados, al mismo tiempo. Pero Eros nos seguía, como si quisiera bailar también, y no tuvimos más remedio que regresar de California, la única vez que logramos fugarnos, y ponerle cara de *happy birthday to you,* mientras él alzaba enorme el brazo para luego bajarlo, cual espada de Damocles, con la mano extendida que debía estrellarse contra la mía y noqueármela, aunque yo de antemano se la estuviese entregando tan sonriente, agradecida, y David-a-Goliatmente.

Pero este zambo no era ningún cojudo y de golpe sacó a relucir la típica picardía peruana, honra y honor de nuestra eternamente quimbera aunque derrotada selección nacional de fútbol, que sabe ser delicia de las tribunas hasta con seis goles en contra. Y así, la mano de Eros se estrelló contra la mía, que no le opuso la menor resistencia, y que con gran temple taurino se lo fue pasando en redondo, de tal manera que al final quedamos totalmente enroscados y voltereteando como en un paso doble, debido a su feroz impulso y a mi resistencia pasiva, aunque siempre al compás del lindo fox-trot, mientras yo le decía gracias Eros, gracias por haberme preparado este agasajo, y mientras el pobre principote seguía haciendo todo lo posible por no perder el equilibrio, porque si lo pierde yo le caigo encima y chúpate ésa. Como era lógico, hubo profunda división de opiniones: los artistas aplaudieron la belleza, y más de un cabeza coronada estuvo a punto de sacarme a cabezazos hasta la calle. ¡Dios mío, qué lejos estamos de aquel mundo en que los príncipes eran grandes mecenas!

Por fin empezó el baile, como cuando por fin estallan las hostilidades. Eros bailaba con la mujer más alta del mundo, una señora de unos cincuenta años, cuya elegancia empezó a llamarme la atención. Definitivamente, yo había visto esa elegancia antes y en otro lugar, pero también definitivamente, y esto es lo que más me despistó, donde fuera que hubiese visto yo esa elegancia, me había parecido como... como... en fin, digamos como ajena, por decirlo de alguna manera. Y el efecto que me causaba todo aquello era rarísimo, hasta el punto de que decidí abandonar por completo el whisky, porque definitivamente creí estar viendo doble, por decirlo de alguna manera, también, pues no se trataba exactamente de una doble visión. Se trataba, más bien, de que lo que estaba viendo aquí, me parecía haberlo visto allá, y, para colmo de males, me invadía al mismo tiempo la extrañísima sensación de que cuando lo vi allá, me había parecido estarlo viendo aquí. Bueno, yo me entiendo, o mejor dicho, yo me entendía en esos momentos y ello no era únicamente efecto del whisky, motivo por el cual me despisté más todavía. Y, por último, me despistaba encontrar perfectamente lógico que a los gigantes les gustara bailar entre ellos y que esa señora no me hubiese sido presentada; me despistaba que Octavia de Cádiz no me dejara bailar ni con su sombra, a pesar de los pisotones que le daba a ella y a su sombra; me despistaba que el único hombre de unos cincuenta años, entre las cabezas coronadas, fuera el más chiquito de todos, a pesar de lo enano que era el príncipe N., de tan ingrata recordación. En fin, todo me despistaba porque me despistaba hasta el no tener a mi lado a mi querido Watson, para mostrarle mi elemental superioridad a pesar del despiste total.

Y este despiste, además de todo, fue interrumpido por las primeras señales de humo que me llegaron de la trinchera coronada, vía el príncipe N., de tan ingrata recordación. Este enano, rubio, y ensoberbecido personaje, que gustaba abrir sus propias botellas de champán, había llegado días atrás de París y muy malhumorado porque el Presidente de la República le había impedido presentar su candidatura a una alcaldía, en sus propias tierras, como le llamaba él a todo lo que rodeaba su propio castillo. Y ello, según le explicaba a un gordo con gota y mirada de tonto faulkneriano, pero a pesar de todo casado con una hermosísima Dos Sicilias, *y ello,* primo, porque el Presidente considera que mi familia no ha hecho gran cosa por Francia y que nos pasamos media vida consagrados a nuestras lucrativas inversiones en Brasil. Mirando al vacío, el de la gota y Dos Sicilias trató de consolarlo con la siguiente frase: En mi opinión, primo, el Presidente se equivoca de cabo a rabo, porque tu familia ha hecho ya muchísimo sólo con existir. N., que se había dado cuenta que yo estaba escuchando, decidió festejar tan hermosa frase con varios primos y reclamó una botella de champán para abrirla él mismo. La botella llegó volando, pero resulta que no se abría, y cuanto más trataba N, menos destapaba N, lo cual me produjo una ligerísima sonrisa de conmiseración.

—Ábrame usted esta botella —me ordenó furioso, aunque muy sonriente.

—Imposible —intervino Octavia en mi auxilio—. Maximus tiene toda una mano bloqueada.

Pero yo ya me había fijado que a la botella le faltaba un pelo para abrirse. Ni cojudo, fingí que tenía hasta el brazo bloqueado, y tras explicarle a N. que en el Perú se les llamaba muy a menudo primo a los buenos amigos, le dije pásamela primo. Y un segundo después se la devolví destapada y pedí una copa para que me sirviera un poquitito nomás. El odio seguía siendo mortal cuando N. me preguntó quién era.

—García Márquez —le respondió Octavia, ante el asombro de Eros.

—¿Y quién es García Márquez? —preguntó N.

—El autor de *Cien años de soledad* —le respondieron en coro los artistas e intelectuales, desde la margen izquierda, agregándole odio a la hoguera.

—¿Y qué es *Cien años de soledad*?

—Un cuadro de Picasso y basta —trató de callarlo Octavia, pero una bestia de artista respondió desde la otra margen:

—No, Octavia, te estás confundiendo con la novela de García Márquez.

—Total que sigo sin saber quién es García Márquez.

—García Márquez es un escritor que va a ganar el premio Nobel en 1982 y por favor ya basta.

—Octavia —intervine—, te estás corriendo demasiados riesgos con lo del Nobel.

—¡Maximus! —exclamó Octavia—, ¡estoy segura de que lo ganarás!

—O sea, señor Maximus García Márquez, que es usted uno de esos revolucionarios que también son escritores y además latinoamericanos.

—Usted lo ha dicho, señor.

—Y me imagino que lo que está haciendo usted es observar a esta aristocracia decadente y putrefacta para luego retratarla en uno de sus libros.

—Eso es imposible, primo —le dijo una joven y preciosa señora belga, casada con un joven y precioso señor italiano, agregando, a pesar de que su voz también era preciosa—: Eso es imposible, primo, porque a nosotros sólo se nos puede retratar desde *el interior*...

—Bueno, pero eso sólo en el caso de que *haya* interior —respondí, dándome por muerto.

Al primero en caérsele la copa fue al príncipe N., después fue la linda señora, luego su esposo italiano, y así sucesivamente, hasta que por fin se logró que también se le cayera al gordo con gota faulkneriana.

—Nos vamos, Eros —ordenó la cincuentona gigante.

—Nos vamos, querida —la obedeció el cincuentón chiquitito.

—Nos vamos los tres —volvió a ordenar la cincuentona gigante.

—Señoras y señores —dije, colocándome lo más cerca que pude del cincuentón chiquitito, para ganar en estatura y autoridad, al ver que N. había ordenado que le trajeran en el acto sus guantes, sin duda alguna para desafiar a duelo a mi brazo bloqueado, qué tal hijo de puta. Pero una vez más, con tremenda empinada, logré ganarlo por puesta de mano y grité—: ¡Gracias, queridísima Octavia, gracias, mi querido Eros, pero aquí el único que se va soy yo!

—Te acompaño hasta la puerta, Maximus —me ayudó Octavia, tomándome por el brazo bloqueado.

Nos siguió íntegra la margen izquierda y Octavia le ordenó a los mozos que por favor les dieran unas botellas a los señores. De lo que quieran, agregó, y mientras artistas e intelectuales iban recibiendo sus botellas, la muy viva logró esconderme detrás de una cortina. Espérate aquí, Maximus, me dijo, y créeme que no ha sido culpa tuya. Voy a despedir a todo el mundo y vuelvo a buscarte.

—De acuerdo, Octavia —le respondí—, pero con una condición. Prométeme que le harás saber a todos esos cretinos que el escritor Maximus García Márquez pasaba sus fines de semana en las tierras del príncipe Leopoldo de Croy Solre.

Bien escondidito, escuché cómo Octavia cumplía con su promesa, cómo muchos se lamentaban de que no me hubieran presentado así, cuando llegamos, y cómo, desde el otro lado de la cortina, una persona con acento inglés me pedía permiso para esconderse a mi lado.

—Pase, pase...

—No se asuste, por favor.

Bien escondiditos, escuchamos despedirse a los últimos invitados, mientras entablábamos la más extraña conversación.

—Sé perfectamente que su nombre es Maximus Romaña y no García Márquez...

—No, señor —lo interrumpí—, mi verdadero nombre es Martín Romaña.

—Muy interesante desde el punto de vista psicoanalítico —me dijo, entregándome muy británicamente su tarjeta.

—Perdone, pero se me acaban de terminar las mías.

—No se preocupe, por favor.

—La verdad, señor, en esta oscuridad no logro ver lo que dice en su tarjeta.

—Fuimos presentados al comienzo, en la margen izquierda. Mi nombre es Martin Watson y soy psicoanalista... En fin, un psicoanalista bastante independiente, para serle sincero, porque desde que conocí a Octavia de Cádiz, durante mi primera visita a Milán, su caso me interesó muchísimo y dejé plantada a toda mi clientela en Manchester.

—¿Y eso cuándo fue, tocayo?

—Hace un año, más o menos. La encontré vagando con Bimba y llevaba *Cien años de soledad* en la mano y, cómo explicarle, también en la mirada...

—Le repito que mi nombre no es García Márquez.

—Lo sé; no insista, por favor.

—Bueno, ¿y?

—Nada; nos sonreímos mutuamente y de pronto ya estábamos conversando.

—¿De Macondo, de mí, o de qué? Mire, señor Watson, estamos escondidos y no tenemos mucho tiempo que perder.

—Hablamos de su miopía, y le dije que si depositaba en mí toda su confianza, yo podría curarla completamente.

—¿O sea que usted es oftalmólogo, finalmente?

—Señor Romaña, no perdamos tiempo, por favor. Le repito que soy psicoanalista.

—¡Dios mío! —exclamé.

—Baje la voz, por favor, que pueden descubrirnos. A usted lo protege Octavia pero a mí no me protege nadie... Yo ya no debería estar aquí.

—Señor Watson —le dije—, le pido por favor que se retire inmediatamente. Para mí, usted forma parte de la gente que se está encargando de volver loca a Octavia. Empezaron por las cejas, y ahora no se atreve ya ni a pasar por debajo de una escalera. Y a todo esto le agrega usted ahora la farsa del psicoanálisis como medio para curarle la miopía. Le retiro en el acto mi confianza.

Me obedeció, felizmente, y se largó, pero no sin antes mandarme tremenda caricia en plena cintura. Maricón de mierda, por fin descubría a qué se debía su visita. Y ahí seguí esperando que Octavia volviera por mí, pero el asunto parece que iba a tardar un poquito porque de pronto la oí discutir violentamente con alguien. Asomé discretamente la nariz y logré ver que la discusión era con la cincuentona gigante y el cincuentón chiquitito. Eros estaba de espaldas y parecía llorar, a juzgar por la forma en que sacudía los hombros. Por fin se sonó, y en efecto lloraba. Metí la nariz y escuché:

—La casa del lago no se vende —dijo la voz cincuentona y gigante.

—La casa del lago no se vende —repitió un eco chiquitito.

—Se venden las casas donde no se ha sido feliz —dijo Octavia.

—No se venden —vozarrón.

—No se venden —equito.

—Sí se venden —Octavia.

—Mamá, papá —gimió Eros—, ¿no podríamos dejar esta discusión para mañana cuando vaya a estudiar?

Deduje que Eros era hijo de una señora altísima y de un enano y que algo había pasado en una casa y ante un lago, pero en cambio se me enredó todito el asunto ese de que Eros iba a estudiar donde un amigo.

—Te espero a tomar desayuno —le dijo su mamá.

—Yo ya estaré en la oficina —le dijo su papá.

Estas dos frases me permitieron deducir que el amigo en cuya casa estudiaba Eros, y quitándose el anillo de bodas, a lo mejor, era nada menos que la de su mamá, en vista de que su papá no existía, como ha quedado ampliamente demostrado, y además iba a estar ya en la oficina.

Se despidieron, por fin, y Octavia le confesó a Eros que me había escondido detrás de una cortina, por ser mi cumpleaños, mientras se calmaban los ánimos y la gente terminaba de irse.

—Dile de mi parte que me perdone, que tú lo vas a acompañar a tomar su tren, mañana, y que por favor no vuelva nunca más en la vida.

Se besaron buenas noche y Octavia se me acercó, por fin, y me dijo que ya podía salir de ahí atrás. Y mientras los mozos terminaban de limpiar el día de mi triple cumpleaños, nosotros nos sentamos a contemplar cómo se hacía eso. Octavia pidió un whisky y una copa de champán. Después reinó el silencio, después apoyó su cabeza en mi hombro, y mucho después nos despertó la luz del día y la Walkiria apareció feliz.

—El señor regresa a París esta tarde, ¿no es así?

—Sí es así —le respondió Octavia—. Puede usted prepararle su maleta, pero por favor tráiganos antes el desayuno.

Nos faltaba a gritos un buen café y un buen duchazo, y, aunque el momento no parecía ser el más apropiado para recordar lo sucedido la noche anterior, no pude evitar preguntarle a Octavia quién era el bicho raro que se me había aparecido detrás de la cortina con una tarjeta de psicoanalista.

—Es un amigo inglés con el que me divierto bastante —me respondió Octavia, con el suficiente desgano como para que no insistiera más en el asunto.

El desayuno transcurrió en el más grande silencio, y andaba buscando ropa limpia antes de que me hicieran la maleta, cuando noté que algo abultaba el bolsillo derecho del saco que había tenido puesto la noche anterior. Introduje la mano y me di con un gran sobre. Lo abrí, y comprobé que el psicoanalista no me había acariciado la cintura sino que me había metido una buena cantidad de fotografías de la madre de Eros. Me las llevé al baño, y ahí estaba analizándolas cuando apareció Octavia. Apareció en el preciso instante en que yo exclamaba ¡elemental, mi querido Watson!, recordando que, además de todo, el inglés de detrás de la cortina se apellidaba nada menos que elemental, mi querido Watson, carajo, menuda coincidencia. Y tremendo horror: el amigo en cuya casa estudiaba Eros era en efecto su mamá, y con toda seguridad al llegar ahí se quitaba el anillo de bodas, motivo por el cual Octavia se ponía el suyo cuando la gigantesca dama del marido enano se le metía en su casa. Pero había mucho más que eso. El peinado de Octavia era el de la madre de Eros, sus cejas depiladas, idem, y la elegancia que yo había visto aquí, pero que había visto antes allá, y que al ver allá me había parecido haber visto aquí, en fin, clarito, estaba clarísimo que Eros había deseado convertir a Octavia en su madre. Pero lo que también estaba clarísimo es que Octavia me había sorprendido con las manos en la masa edípica.

No me dejó ni intentar preguntarle, mucho menos intentar entablar una conversación. Me arrancó las fotografías con una terrible violencia y empezó a darme, una tras otra y sin que yo le quitara la mirada de encima, mil bofetadas sin besito ni perdón. Se cansó de abofetearme pero yo seguía con la mirada fija en sus ojos, y por primera vez en mi vida comprendí todo, exactamente todo lo que Octavia había querido decir con la palabra *encantamiento*.

—¡Estás completamente loca, Octavia! —exclamé—. ¡Yo no convertí a Eros en Edipo!

Hubo después uno de esos breves silencios en los que uno se sigue dando cuenta que sí, que lo ha comprendido todo; uno de esos breves silencios en que las mayores y más atroces verdades como que empiezan a decantarse. Octavia lloraba pero rechazaba al mismo tiempo mis caricias y palabras, cualquier tipo de acercamiento, toda confianza conmigo. Y sólo se me ocurrió añadir, antes de decirle que me iba a pegar un duchazo, que tratara de tener un hijo, eso puede arreglar las cosas, mi amor, Eros parecía muy entusiasmado la otra noche cuando hablé de ello...

—¡Un hijo! —exclamó—. ¿Para que lo mates tú?

Tiró un portazo y al cabo de una hora yo tiré otro portazo. Un taxi me esperaba en la puerta. Almorcé en el aeropuerto, anunciaron la partida de mi avión, y Milán fue así y así fue Milán y Milán fue lo que fue. Pero claro, Octavia era Octavia, y cuando desde París decidí enviarle una postal a Eros, para agradecerle su hospitalidad, la respuesta no se hizo esperar: Con qué derecho le escribía a su esposo y no a ella, con qué derecho le enviaba una postal de *nuestro* (subrayado mil veces) Barrio latino a Eros. Todas mis cartas y postales tenían que ser para ella, *únicamente* (subrayado mil veces) para ella. Y yo no sabía cuánto me adoraba ella y tanta tanta ternura, Maximus, y no bien vaya a París correré a verte, Maximus, y besos, un millón de besos de la mujer encantada, Octavia de Cádiz.

Esperaba una inmediata respuesta, la exigía, y yo, de pronto, mientras le escribía una larguísima carta, empecé a olvidar que había estado en Milán y todo en mi departamento me probaba mil veces que jamás había estado en Milán y que en mi vida entera no había hecho otra cosa más que escribirle esa carta de amor a Octavia de Cádiz. Elemental, mi querido Martín Romaña.

ALGO HORRIBLE, UN ACTO FALLIDO, BABY IS COMING, Y OTRAS COSAS MÁS, TODAS HORRIBLES

Horrible lo que me acaba de suceder. Ya no basta con que se le atraque a uno el bolígrafo, también se le ha de atracar la vida misma, carajo... Perdónenme este súbito arrebato, tanta rabia, pero hace sólo media hora que me estaba lavando los dientes, tras haber desayunado, cuando sonó el timbre tres veces y era nada menos que madame Forestier vestida de hombre, porque era nada menos que el hermano de madame Forestier con llave y autoridad para abrirme la puerta, habráse visto cosa igual. Y en todo lo demás también eran mellizos y la noticia era espantosa. La tan vieja historia de la herencia del sillón Voltaire acababa de resolverse a su favor, y venía a anunciarme que pensaba llevárselo no bien consiguiera una camioneta.

Traté de explicarle que el Voltaire era algo así como la historia de mi vida, o mi vida misma, pero él me hizo comprender que la historia del Voltaire era algo así como su vida misma, o su código civil francés. Dos sonrisas bastaron para mandarnos a la mierda recíprocamente y, no bien se largó, volví a lavarme los dientes para quitarme tanto sabor amargo y tanta porquería de la boca que dialogaba con gente así. Traté de consolarme pensando que me quedaba sólo un capítulo y el epílogo del cuaderno rojo por escribir, cuando de pronto me di cuenta de que me quedaba otro capítulo más, y nada menos que el capítulo que habla de una navegación con Octavia de Cádiz. El capítulo más duro, para mí el capítulo más horrible de todos. Y lo había olvidado por completo... Tremendo acto fallido... ¡Demonios!, la necesidad de olvido que tiene uno a veces... Pero ya me acordé de ese capítulo y qué me queda más que llamarle *Un acto fallido* al siguiente capítulo. (Que la literatura me perdone el uso obsesivo de la palabra capítulo obsesivo.)

Y ahora a correr, porque me sería imposible escribir una sola página de este libro sin mi sillón Voltaire. Tal vez logre terminarlo antes que el diablo nos lleve... Sí, antes de que el diablo nos lleve a los dos. Pero hay suerte, en el fondo, porque la pésima suerte que se desencadenó a los pocos días de mi regreso de Milán fue algo tan violento, algo realmente tan violento y vertiginoso, que no hay más remedio que contarlo todo así, violenta, vertiginosamente.

Para empezar, cual huelga de cigüeñas, París empezó a llenarse de niños. Niños por nacer y otros ya bastante naciditos. La primera mujer embarazada, es verdad aunque usted no lo crea, fue la inimbarazable madame Forestier, cuyas católicas, sanas, y ya muy neuróticas niñas de sus ojos autoritarios, siempre creí haber sido fruto del Espíritu Santo, lo cual no dejaba de coincidir con la realidad, en vista del espíritu tan santo que era el juez Forestier. Pero una tarde llegué a su departamento con los sucios billetes con que pagaba el alquiler de mi guardianía, y de pronto noté que madame se sonrosaba y se sonrosaba y bajaba la vista hasta el suelo y un poquito más. Por un instante creí que me iba a triplicar el alquiler, pero era que estaba esperando un hijo con embarazo y todo. La confirmación vino del propio juez Forestier, quien hizo su aparición con tres brevísimas copas de oporto y me anunció, mirando al cielo y un poquito más, que realmente no sabía si lo merecían.

—Dios los ha premiado —les dije, añadiendo que así era de maravillosa, de bondadosa, la vida—. Ya ven, su hermano insiste en que se llevará el sillón Voltaire, por haberlo heredado, y el cielo entero les envía a ustedes un heredero, nada menos que un heredero más.

Me lo creyeron y todo, y hasta me sirvieron otra brevísima copa de oporto, mientras madame Forestier se lamentaba de veras de que *yo* tuviese que perder *su* sillón Voltaire.

El segundo embarazo fue nada menos que el del escritor Bryce Echenique. Resultaba realmente embarazoso encontrárselo por calles y plazas del Barrio latino en aquellos días. Se paseaba y buscaba a cuanto peruano había para mostrarle lo que la literatura y sus mágicas intuiciones podían dar a luz. Y a mí me resultaba realmente detestable y doloroso verlo en ese estado de felicidad, de plenitud del ser, y de fe en el amor y la infancia. Todo se debía a su última novela, que se jactaba de haber titulado *Tantas veces Pedro,* (en realidad, creo que debió haberla llamado *Pedro hasta en la sopa*), y que un día, según me chismeó Gran Lalo, con gran fidelidad de amigo, Bryce Echenique confesó haber concebido al escucharme hablando de Octavia por el Barrio latino. Pero volviendo a su embarazo detestable y feliz, éste consistía en la forma en que se paseaba con una muchacha llamada Claudine y tres hijos de esa muchacha llamada Claudine. ¿Qué había ocurrido? Pues que en *Tantas veces Pedro* había todo un capítulo consagrado a una muchacha llamada Claudine, que tenía dos hijos y dos ojos (así lo contaba el muy cretino), pero si decía dos ojos era para recalcar en seguida que en su novela Claudine tenía un ojo verde y el otro azul. Gran Lalo, a quien Bryce Echenique le caía bastante pesado, le señaló que, sin embargo, la Claudine posterior a *Tantas veces Pedro* tenía nada menos que tres hijos. De acuerdo, le dijo Bryce Echenique, cuya demagogia de la felicidad encarnada resultaba realmente embarazosa y aburrida para los demás, de acuerdo, Gran Lalo, pero los tres tienen, como su madre lo indica (así hablaba el cretino), nada menos que tres ojos verdes y tres azules (así seguía hablando el muy cretino), lo cual indica también que a veces la ficción se queda corta ante la realidad. La que no parecía muy feliz con tanta felicidad, tanto ojo, tanto niño, y Bryce Echenique chino de felicidad, era la tal Claudine. Creo que era analfabeta, la pobre, y que se aburría bastante con tanta teoría literaria, pero a Bryce Echenique sólo parecía importarle su propia felicidad y su propia ficción y su pobre realidad feliz y de nuevo soltó, mirándome esta vez a mí, que en efecto la realidad sobrepasaba a la ficción.

—No tanto como tú crees —le indiqué, furioso ante el carácter insinuativísimo de su aserción y mirada, y porque acababa de irrumpir con su prole analfabeta en medio de mi conversación sobre Octavia con Gran Lalo. Y le repetí, feliz—: No tanto como tú crees, Alfredo, porque la Claudine de tu libro y sus dos hijos tienen todos los ojos derechos azules y todos los izquierdos verdes. Y estoy viendo que en la realidad sucede todo lo contrario.

Pero le importó un pepino, porque así es la felicidad, me imagino, y continuó tan campante con sus teorías y su prole literaria por calles y plazas del Barrio latino. Por fin pudimos seguir conversando Gran Lalo y yo, y por fin me dijo ya basta de *baby is coming* y decide de una vez por todas tu partida a Katmandú.

Baby is coming era el embarazo de Octavia de Cádiz. El único que me interesó, a muerte, y el único que no hizo feliz a nadie. *Baby is coming*. Cada mañana una carta, cada tarde una postal, a cada rato una llamada telefónica de Octavia: ¡Maximus, *baby is coming*! Y *baby is coming* fue el horrible y doloroso aprendizaje, por encarnamiento, de la palabra encantamiento, aunque como se verá más adelante, en mi mundo endemoniado, nadie sabe tampoco para quién encanta. Y yo no había encantado a nadie pero debo reconocer que Octavia parecía una mujer realmente encantada. Dos veces vino a visitarme durante su embarazo y ahora ya no le temía ni a las escaleras por debajo de las cuales pasábamos ni a los gatos negros, aunque su pelo seguía corto, sus cejas depiladas, y su elegancia ya totalmente ajena. Bajaba con cuidado las escaleras, porque *baby is coming*, pero eso era natural y mucho más natural era que al hacerlo se cogiera fuertemente de mi brazo, con toda la confianza del mundo. Nunca la vi tan feliz, nunca la vi tan encantada, aunque tal vez deba decir ahora que Octavia se hallaba en el límite mismo de dos palabras: encantada y encantada. En todo caso, ella lo llegó a tomar de esa manera y yo dependí horriblemente de esa manera suya de entender dos palabras, de golpe tan detestables, de golpe tan espantosas, a golpes tan todo.

Nos escribíamos diario, nos llamábamos diario, aunque yo estuviera en la India, pero un día se cortó la comunicación. Octavia daba a luz. Eros y Octavia se habían puesto sus anillos de boda. Octavia daba a luz y nadie respondía a mis cartas. Octavia ya debía haber dado a luz y nadie respondía a mis cartas. Octavia ya había dado a luz y la señora no estaba en casa cuando llamé para reclamar mi carta, mi telegrama, la llamada telefónica por el día de mi cumpleaños. Había regresado a París y esperé días eternos en el sillón Voltaire. Y sonreía a veces pensando que Octavia era demasiado feliz para ocuparse de su Maximus. Y me tumbaba sonriente sobre su diván y ahí dormía día tras día, pues como ella me había dicho en Milán que todo su departamento era *la otra parte,* y como ya estaba harto de dormir siglos en un colchoncito de camping que había instalado entre la calefacción y el sillón Voltaire, también yo le llamé *la otra parte* a todo el departamento y coloqué en el salón el diván de Octavia porque además el colchoncito de camping me hacía pensar en el colchonazo de Catalina l'Enorme y por ahí desembocaba a veces en la hondonada de todo lo perdido.

Hasta que un día llamé a Milán por enésima vez y Eros se acercó a responderme. Octavia estaba muy mal. La niña había nacido con una deformación en el corazón y había fallecido a los dos meses de edad. La niña había fallecido el día de mi cumpleaños y por favor no llames nunca más, Martín. TELÓN DE FONDO: Octavia gritando ¡asesino! ¡asesino!, cuando colgué.

Claro, Octavia, la palabra encantamiento quería decir, esta vez, que yo había asesinado a tu hija porque había muerto el día de mi cumpleaños, porque había muerto un día en que reclamé con mayor insistencia tu atención, porque había muerto muy probablemente con la misma taquicardia de la que yo tanto sufría.

El tiempo, la distancia, el silencio, y la desaparición, ahora sí definitiva de Octavia de Cádiz, me hicieron sufrir atrozmente de esa palabra, encarnar esa palabra, ser esa palabra. Y como siempre, sin saber para quién se trabaja, se sufre, se encanta... Y aquí es donde entra el acto fallido, porque Octavia no desaparece nunca, y porque tampoco se sabe nunca para quién se desaparece, para quién se muere, como pensaba escribir en un epílogo que ya existía en mi mente cuando me di cuenta de que me estaba olvidando de lo más terriblemente inolvidable: la reaparición, al cabo de dos años, de Octavia de Cádiz. Mi epílogo ya no servía para nada.

UN ACTO FALLIDO

Era un hombre libre. Libre, en todo caso, para repasar una vida de total entrega al amoroso tormento, de inmensas alegrías, seguidas por inmensas catástrofes y demasiada pena. Y libre para darme cuenta de que esa vida era fruto de una enorme exageración, demasiado para un sólo hombre, como se suele decir. Pero cuánto necesitaba repasar mi vida tumbado tres días a la semana en la hondonada que fue Inés, tres en el inmenso diván que fue Octavia, y uno, porque también había sido buenísima conmigo, aunque muy brevemente, en el colchoncito de camping que me hacía extrañar el colchonazo que fue Catalina l'Enorme. Se trataba, pues, de una triple libertad, además de todo, cosa que me hacía pensar con tortura que le estaba siendo infiel a tres mujeres sucesivamente, y así de golpe vine a caer en el grave impase de pensar que aquello ya no era libertad sino cruel libertinaje y que, en el fondo de la hondonada, del diván, o del colchoncito de camping, me estaba siendo infiel a mí mismo. Y empezaba a decirme una madrugada que la infidelidad era nada más que una terrible decadencia personal, personalísima en mi caso, cuando sonó el teléfono que ya nunca sonaba y la llamada como que me dio la sensación... sí, como que me dio la sensación... Y me tropecé con todo hasta llegar al teléfono.

—*Vado pèssimo,* Maximus...

—Yo también, Octavia, porque he entrado en una decadencia...

—*Vado pèssimo,* Maximus...

—Octavia, si me creyeras: me agarras justamente tumbado sobre tu diván... Fuguémonos a California, Zalacaín...

—¿Adónde?

—Mi amor, no puede ser posible... Debes estar realmente pésimo.

Ya ven, ya estaba hablando de amor y fidelidad. Y ya me tocaba comprender hasta qué punto había pasado el tiempo perdido. Pero loco de contento, porque Octavia volvía a acudir a mí y soy un ser humano, al fin y al cabo, me decidí a buscar como loco el paraíso perdido. Ella, sin embargo, en vez de alegrarse continuaba sintiéndose pésimo en larga distancia y tuve que esperar muchas madrugadas para lograr entender, siempre en larga distancia, que acababa de tomar la decisión de clavarle una puñalada a sus padres. Ya era hora, pensé, pero muy para mis adentros, y por fin logré enterarme de que la puñalada consistía en reunirse con ellos en su villa de Beauvallon, ese verano, y anunciarles que se separaba de Eros, que se divorciaba de Eros, y que por consiguiente se casaba conmigo, aunque debo reconocer, porque ella me lo hizo reconocer semanas más tarde, que esto último fui yo quien lo dijo y que a ella le pareció maravilloso aunque no agregó comentario afirmativo ni negativo alguno, porque se sentía pésimo y porque era maravilloso que Maximus fuera siempre Maximus tres veces.

Desde mi punto de vista, la segunda prueba que me dio Octavia de que todos nuestros problemas se habían solucionado y que íbamos a vivir juntos para siempre jamás, fue invitarme a un crucero por el Mediterráneo en un precioso barco que salía de Cannes a mediados de agosto. De Beauvallon ella vendría a Cannes y ahí nos encontraríamos para siempre jamás, el día 15, a las 9 en punto de la mañana, en el Hotel Carlton. Le recordé, en mi afán de no ocultarle nada, que yo siempre había navegado fatal, pero Octavia me dijo que me dejara de tanta superstición inútil, haciéndome comprender una vez más cuánto tiempo tenía que recuperar y agregando por último que en el barco había casinos, salas de baile, y maravillosas puestas de sol sobre todo en Túnez y en Cerdeña, aunque las puestas de luna eran aún más maravillosas en el canal de Ischia, en Capri, y en Palermo. Comprendí que no iba a dormir prácticamente nunca y que debía llevar mis anteojos negros y una gran cantidad de dólares para arruinarme muy correctamente en el casino, la noche en que un jeque árabe hiciera saltar la banca.

Grave problema en ese momento porque no tenía un centavo y grave problema en este instante porque la madame Forestier no embarazada, por tratarse de su hermano, acaba de anunciarme mediante carta certificada que mañana mismo pasa a recoger el sillón Voltaire. Gran Lalo, por supuesto, me solucionó ambos problemas. O más bien, Gran Lalo me solucionó el problema del jeque árabe y acaba de prometerme el envío del cerrajero del Uniclam para que me coloque un cerrojo supersónico que impida, hasta que termine este libro, la entrada de cualquier miembro de la familia Forestier a este departamento. Conociéndolos, el juez no se enterará nunca; su esposa, tras quejarse un poquito en señal de autoridad perdurante, se alegrará muchísimo de que su casa haya quedado tan bien asegurada; su hermano seguirá enviándome cartas certificadas y llamará por teléfono día y noche; y yo les contaré a los tres que debido a un viaje urgente y a un robo que hubo en el vecindario, preferí optar por esa medida de seguridad sin consultarlos. O sea que vivo sin vivir en mi departamento, y así sigo escribiendo y acaban de instalar un cerrojo tan aerodinámico que no sólo no deja entrar a los Forestier sino que tampoco me deja salir a mí, pero eso qué importa, tengo comida almacenada, galones de bencina, y voy a llegar al final no deseado y horroroso de este capítulo.

Dije, antes de que me pusieran el cerrojo, que Gran Lalo también me solucionó el problema de los dólares del jeque, para lo cual me presenté en su oficina y le sugerí el negocio del siglo: una guía del Mediterráneo visto de lujo. Pago adelantado, por favor, pues las cosas hay que vivirlas, Gran Lalo, para poderlas contar en una guía; en cambio, cuando las cosas se sufren, lo que le sale a uno es un poema, un cuento, o una novela, más una soledad de la puta madre. Gran Lalo, como siempre que a mí se me ocurre una idea genial, no pudo menos que encontrarle un gravísimo inconveniente, cosa que él siempre ha atribuido a mi total incapacidad para los negocios.

—¿Cuál es el gravísimo inconveniente? —le pregunté.

—Piensa un poquito...

—Por más que lo piense, Gran Lalo... Un crucero de lujo, una guía de lujo, ¿qué más se puede desear?

—¿Y no se te ha ocurrido pensar que el Uniclam se ocupa única y exclusivamente de viajes en avión? —me interrumpió Gran Lalo, golpeándose como mil veces la sien con el índice de la locura—. ¿Has visto alguna vez afiches de barcos en mis agencias?

—¿Y a ti no se te ha ocurrido que yo podría imaginar que el crucero ha sido hecho en hidroavión? Todo un mercado se te abriría gracias a...

—Voy por whisky...

—Hazme caso, por favor, Gran Lalo.

—No me digas que Octavia...

Salí lleno de whisky y de dólares y con un contrato firmado: tres guías más, de las cuales una nada menos que sobre el Perú y, como siempre, publicadas con el seudónimo de Maximus Solre. Era un hombre feliz: luna de miel con Octavia en la India, en Marruecos, y por último en el Perú. Escribiría con su ayuda mis tres últimas guías y luego me instalaría con su ayuda y me convertiría en escritor también con su ayuda, porque con Octavia pensaba compartirlo a fondo absolutamente todo con puestas de sol y de luna absolutamente maravillosas y en el mejor de los mundos absolutamente. Llegué al departamento absolutamente borracho y caí sobre su diván mientras ella llegaba a la villa de sus padres y les clavaba un par de puñaladas absolutamente feroces. La carcajada que solté, Dios mío.

Un tren me llevó hasta Cannes y un taxi hasta el Carlton. La taquicardia era horrible pero en cambio lucía un precioso terno de lino blanco, absolutamente copiado de mi abuelo en Cannes, en la fotografía en que mi abuelita lucía a su lado tan alegre y divertida y en 1923, como Octavia no tardaba en lucir casi sesenta años después. Pero Octavia tardó casi sesenta años en llegar, lo cual no es exageración alguna de mi parte, sino más bien una forma velada de decir lo que jamás habría querido decir, ni mucho menos ver: que Octavia llegó con una hora de atraso y unos maravillosos sesenta años de edad y cansancio occidental y cristiano. Procedimos al desmayo, al abrazo, y al amor, al cabo de mil años, pero yo sólo sentí desmayo en sus brazos mientras ella me decía *vado pèssimo-vado pèssimo-vado pèssimo* y yo trataba de llenarla de vida y esperanzas explicándole que eso entre nosotros no quería decir nada y que recuperaríamos el tiempo y el paraíso perdidos y que no bien los recuperáramos ella se recuperaría del todo y de todo y que para ello le había traído incluso dos libros maravillosos de dos escritores absolutamente maravillosos para que así, poquito a poco, mi amor, empieces a recordar el castellano bajo las más maravillosas puestas de sol y de luna.

—Me siento pésimo, Martín Romaña —dijo Octavia, de pronto.

O había mejorado realmente de golpe o estaba recordando toda una vida en el último instante, castellano y mi nombre incluidos, y estaba pronunciando sus últimas palabras. Aterrado, la tomé muy fuertemente entre mis brazos y le rogué por lo más sagrado que me repitiera sus últimas palabras, en fin, las que acabas de pronunciar, mi amor. Pero Octavia me dijo aquí tienes los billetes y por favor ocúpate de todo porque el barco no tarda en irse sin nosotros.

Del embarcadero pudimos divisar el precioso navío blanco, como el terno de mi abuelito en 1923. Mira, Octavia, le dije, chino de felicidad, mira: además se llama Victoria. Hice tremenda V con los victoriosos dedos de Churchill, aunque a mala hora metí el índice bloqueado y la V me salió bastante torcida, la verdad, pero la chimenea era celeste para hacer juego con el cielo, el mar, y el traje de Octavia, todo dentro de las más estrictas reglas de la mediterraneidad, aunque no puedo ocultarles que en plena chimenea había tremenda X blanca como mi traje de lino.

En fin, qué demonios, y le entregué nuestras maletas al esclavo de turno y no dejé que nadie se acercara a Octavia para ser yo quien la ayudara a subir y sentarse en la preciosa lanchita blanca de toldo celeste que debía llevarnos hasta el Victoria, haciendo juego con el mundo entero, esa mañana de agosto, esa perfecta mañana en que el mar se llenó de lanchitas que llevaban a los pasajeros rumbo al barco, felices los pasajeros, pero nadie más feliz que yo bien abrazado a Octavia y explicándole que en mi vida me había sentido tan bien en el mar, que en mi vida había navegado tan maravillosamente bien, soy un pez en el agua, mi amor, y mi amor me acariciaba la frente y me preguntaba qué libros había traído para alegrarle la vida y yo le decía que uno de Augusto Monterroso y otro de Adriano González León, dos escritores maravillosos, Octavia, cuánto me gustaría conocerlos y mira tú lo bien que estamos navegando, nuestra lancha está dejando botadas a todas las demás, ya sabía yo que sólo a tu lado navegaría feliz, ah, Octavia, ¿para qué cambiar de embarcación cuando estamos tan bien?, ¿no te parece que deberíamos continuar el crucero en esta lanchita tan blanca? Y Octavia como quien hace un esfuerzo descomunal y logra escaparse de mis brazos para aplastar temblando sus manos sobre mis sienes y darme un beso interminable en la frente y decirme que tenía toda la razón del mundo, ¿por qué no nos quedamos para siempre en este instante, sobre todo en este instante, Maximus?, y yo como que sentí que se necesitaba mucho más que aquel instante para llegar a California mientras subíamos al Victoria y casi me ruedo íntegra la escalinata por ayudar a Octavia y hacerle un buen corte de mangas y la V de Churchill a la enorme X blanca como mi terno de lino que era exacto al de mi abuelito con mi abuelita tan divertida al lado y Cannes de telón de fondo y porque las piernas de mi abuelita y las de Octavia de Cádiz, hace siglos, en fin, un mundo entero.

También el Victoria resultó ser un mundo entero, con su primera y segunda clases sociales o, para decirlo más bonito, porque ahí había para todos los bolsillos, aunque claro, hay gente que nace sin bolsillos, también. Y en ese mundo entero, una vez más, Octavia y yo fuimos los extraterrestres, motivo por el cual poco es lo que tengo que contarles sobre el Victoria en sí, aunque la luna y el sol se pusieron maravillosos miles de veces y aunque un jeque árabe de segunda categoría, por tratarse de un italiano que viajaba en segunda, además, fue causa de un episodio del cual sólo me gustaría recordar la luna llena, porque realmente estuve a punto de llenarme una vez más de dólares y si no fuera por él... Cronología, Martín.

El plato fuerte del viaje fueron los libros de Augusto Monterroso y Adriano González León. Fueron nuestro guía, nuestro capitán a bordo, y por sus páginas navegamos diariamente hasta el centro de nosotros mismos. Octavia gozaba con cada frase, motivo por el cual a mí no me quedaba más remedio que gozar leyéndole y leyéndole cada noche, antes de acostarnos por segunda vez, porque nos acostábamos una vez con la luz encendida y otra con la luz apagada, qué horror, qué triste me resulta recordarlo, y qué poco me ayudó *La agresividad necesaria,* un libro psicoanalítico que me había traído de contrabando y que leía cada mañana de contrabando mientras Octavia se pegaba sus interminables baños en el baño, ya que en la piscina jamás quiso meter un dedo por ser ésta tan pública como común, y en cambio nuestro camarote tremenda suite imperial, de las que había sólo cuatro en el Victoria, y porque el barco navegaba y navegaba y nadie logró bañarse jamás en el mar que era puerto y estaba inmundo cuando llegábamos a alguna parte, porque no hay nada nuevo bajo el sol y el Mediterráneo aun visto de lujo no iba a ser una excepción.

De Augusto Monterroso, Octavia prefería un cuento titulado *Míster Taylor,* en el que un pobre gringo extraviado en la Amazonía, descubre para su desgracia y la de la Amazonía, como siempre, una cabecita reducida. Se la envía de regalo a su tío, míster Rolston, quien con gran sentido de los negocios le pide dos, le pide cinco, le pide cien, le pide mil, hasta que el antes paupérrimo Mr. Percy Taylor termina casi de cabeza coronada en la Amazonía. Pero como tantas otras materias primas en América latina, empiezan a agotarse las cabecitas reducidas, por culpa de la Amazonía, y su tío que se está volviendo loco en Wall Street le exige más y más. Maravilloso gesto, según Octavia, y conócete a ti mismo, según yo, el de Percy Taylor enviándole finalmente un paquete a su tío Rolston, quien al abrirlo, dice Monterroso: se encontró con la cabecita de Mr. Taylor, que le sonreía desde lejos, desde el fiero Amazonas, con una sonrisa falsa de niño que parecía decir: «Perdón, perdón, no lo vuelvo a hacer.»

Era el cuento que mejor nos permitía pelear, el que le permitía a Octavia repetir una frase que Mr. Taylor había leído en las *Obras completas* de William G. Knight (a quien una noche ella llamó William Shakespeare, en un lapsus que cito para que vean hasta qué punto podían llegar las fricciones, la primera vez que nos acostábamos), y que reza así: Ser millonario no deshonra si no se desprecia a los pobres. Y era el cuento que mejor nos permitía pelear, aunque siempre por personajes interpuestos, pues también a mí me permitía citarle otra frase que Mr. Taylor había leído en las mismas obras completas: Ojo, Octavia (el *ojo* es mío), si no se siente envidia de los ricos la pobreza no deshonra (una noche también yo le llamé Shakespeare a ese William, en un lapsus que cito para que vean hasta qué punto nos matábamos por personas interpuestas, la primera vez que nos acostábamos). Pero luego, con la más necesaria de las agresividades, metía de contrabando en la cama de Octavia esa joyita que es el libro *Damas,* de Adriano González León, y le preguntaba qué dama quería que le leyera esa noche: ¿la de paso?, ¿la escoltada?, ¿la viajera?, ¿la de siempre?

—¿Qué dama quieres ser esta noche, mi amor?

Eran en total diez las damas del libro pero Octavia dale que te dale cada noche con que le leyera *Dama de siempre,* precipitando de esa manera, con la más incomprensible de las agresividades, la segunda y última acostada de la noche. Y yo leía hasta llegar al último párrafo: Ahora no sé dónde buscarla. Ahora no sé dónde buscarte. La presumo y la espero. Te invento y te celebro. Tus pañuelos han quedado dispuestos en la orilla del lago. Vas, entre visiones y sombras, por esa avenida que termina en el día de una fiesta. Algunos cielos se abren a tu benevolencia. Algunos inviernos podrían reconocerte. Dama de siempre, no te olvides de mí.

Entonces Octavia ya tenía muchísimo sueño y por favor Maximus dame un beso y regresa a tu cama y Maximus le decía pero por favor, Octavia, ¿entonces para qué has traído el pijama turquesa?, ¿qué significado tiene entonces el que te lo pongas cada noche?, y Octavia sólo respondía está hecho un harapo, Maximus, y Maximus enfurecía parado entre las dos camas contemplando el cuerpo del delito o lo que fuera eso y exclamaba ¡no me vas a decir que con los seiscientos trajes que tienes ése es tu único pijama?, ¡qué es esto, dime qué significa todo esto, Octavia!, pero Octavia, que sufría tanto de insomnio, empezaba a dormirse entre largos suspiros e interminables gemidos y Maximus terminaba con la segunda acostada de la noche y a menudo le decía, antes de cerrarle las cortinas a la luna, dama de mierda (ojo: el *mierda* era suyo), usted, evidentemente, llena de descrédito la realidad. Como verán, hasta dejaban de tutearse por personas interpuestas y agresividad necesaria.

En eso consistía el maravilloso reencuentro con el que tanto y tanto había soñado. Dormía la insomne Octavia, pero qué manera de quejarse, la pobrecita, qué manera de sufrir durante el sueño, ¿hasta qué punto la habían herido en Milán? Desde mi cama la escuchaba noches enteras con la esperanza de oírla hablar en sueños, de descubrir algún secreto, alguna luz, una pista. El Victoria avanzaba y yo habría de recordar para siempre esta navegación inexplicable. ¿Por qué, para qué me había invitado? A veces llegaba a convencerme de que la dama de siempre, antes de morir, antes de encerrarse en la locura, había querido darme una última prueba de cariño, de ternura, de amistad, y sobre todo de confianza en mí, ya sólo en mí, en nadie más. La dama de siempre o, mejor dicho, la Octavia de siempre, se arrastraba a mi lado para decirme, por última vez, nunca desconfié de ti, Martín, perdóname, perdóname si alguna vez te maltraté, si alguna vez te acusé injustamente, aquí yazgo en la otra cama para que veas que no hay rencor, para que no sientas rencor, para probarte que nunca te olvidé, para decirte que jamás te olvidaré, aunque ya todo esté escrito y resulte imborrable el que nos hayan apartado de esta manera tan cruel.

Escuchando noches enteras el sueño intranquilo de Octavia, pensaba en el pijama hecho harapos y me sentía el hombre más ridículo del mundo con mi terno blanco, con mi flamante terno blanco de novia de lino que nadie vino a buscar a la iglesia de Cannes, o a la catedral de Barcelona, primera escala del barco, ni al convento de Chopin y Georges Sand en Valldemosa, en la escala de Mallorca. Y navegaba el Victoria y en los insomnios de mi cama desierta la enorme X blanca de su chimenea se aparecía ante mis ojos, como si sólo de noche avanzara el Victoria en una travesía que me llevaba nuevamente a la esperanza de que el día siguiente fuera más claro, fuera mejor.

Amanecía, pero Octavia no amanecía. Y a menudo era yo quien regresaba a su cama y me tendía a su lado para irla sacando muy lentamente, muy dulcemente, del fondo de sus pesadillas. Y Octavia se abrazaba a mí, aún dormida, y me preguntaba por qué no la había despertado antes, hace horas que te estoy llamando, Maximus, no lograba despertar por nada, salir de algo terrible que estaba soñando. Habían transcurrido siglos sin verla así, con el cabello desordenado cayéndole por la cara, totalmente miope sin sus lentes de contacto, qué linda, qué graciosa era. Tardaba horas en comprender que el desayuno la esperaba al pie de su cama.

Túnez, Cerdeña, Palermo, Capri. El Victoria avanzaba y en cada puerto Octavia bajaba con sus maravillosos trajes estivales, pero demasiado abrigada para un verano tan caluroso. De frente nos íbamos a los cafés, a los aperitivos. Inmediatamente empezábamos con nuestras miradas cómplices a turistas y nativos. ¡Cómo nos reíamos! Octavia era una de día y otra de noche. Y por la noche también era una conmigo y otra en público, en el comedor del Victoria o cuando arriesgábamos algunos dólares en el casino, o cuando en el famoso cabaret en que las mismas bailarinas de piernas inglesas eran un día muchachas del french can cán y al día siguiente tirolesas que alzaban fornidas piernas y al otro día un fin de fiesta andaluz o rítmicas campesinas griegas, según el menú del día, cocina francesa, española, griega, con los mismos mozos pero un día griegos, otro andaluces, otro franceses, aunque vinieran de donde vinieran, como aquel sumillier español que se me prendía todas las noches en el comedor y me hablaba del Cholo Sotil, ah, usted es peruano, por fin alguien con quien hablar en este barco de mierda, por fin alguien que sabe quién fue el Cholo Sotil y las temporadas inolvidables que jugó en el Barcelona, llegó a ser goleador del campeonato pero lo dejaron engordar y ya ve usted, el Cholo se volvió loco con la popularidad, le sobraban las muchachas, pero gran futbolista sí que fue y mire usted... Y yo esperando que nos sirviera por fin el vino y Octavia interesadísima por saber más del Cholo Sotil para que el loco del sumillier se alborotara más todavía y yo me desesperara más todavía, sin encontrar el momento, la palabra, la agresividad necesaria para decirle déjenos en paz y sirva el vino, por favor... ¡Cómo gozaba Octavia con esas cosas y no con las otras!

Maravillosas puestas de sol, noches maravillosas con la luna ahí colgando para nosotros. La elegancia de Octavia, los colores tan alegres de sus trajes, como si por fin fuera ella quien los escogía. Y yo trataba de hablarle de eso pero para ella yo siempre estaba muchísimo más elegante y sin darme cuenta siquiera regresábamos al terno de mi abuelito, al Perú y Cannes en 1923, a cualquier cosa que nos alejara del único tema del viaje: la lejanísima Octavia de Cádiz. La acariciaba, entonces, para no desesperarme, iba por dos copas de champán y continuábamos horas apoyados sobre la baranda de cubierta con la luna y la noche y mis caricias y el mar y de pronto toda la fatiga de Octavia apoyada en mi hombro y su mejilla frotando mil veces, muy suavemente, la mía, y algún beso tierno como la noche que nos arropaba y nos aislaba del mundo entero y después llegaba la última esperanza de cada día: que la Octavia que me pedía regresar ya a nuestro camarote continuase siendo la misma Octavia que acababa de pedirme que regresáramos a nuestro camarote, a los maravillosos libros de Monterroso y González León. La primera vez que nos acostábamos era la felicidad con que quiero terminar este párrafo, mi loquita, mi amor, porque no quiero hablar más de la segunda vez...

Génova. ¿Qué necesidad tuvo Octavia de hacerme correr por toda la ciudad para tomarme una foto ante la casa de Cristóbal Colón? Tiempo después llegaría el momento en que esa fotografía me dio una gran lección.

Por la tarde empezaron los incidentes que precedieron el desembarco final, el fin de esa navegación, la travesía que nos llevó de Génova a Cannes. Parejas de toda edad, don juanes de crucero, cretinos de muchos países, tetas, tetitas, tetotas y tetonas se habían reunido en torno a las personas que se disputaban el premio de tiro al plato. Octavia me anunció, con el mismo entusiasmo con que antes me había llevado hasta la casa de Colón, el mismo con que ahora disimulaba la cercanía del fin, que quería participar. Llevaba puesto el bikini blanco que usaba siempre para tomar el sol, y bastaron pocos minutos y disparos para que el público la aclamara vencedora del concurso, mientras yo moría de celos pensando que Eros le había enseñado a disparar tan bien, aunque observando al mismo tiempo, humano, magníficamente humano, cómo se apretujaban y saltaban y bailaban tantas tetas por aplaudir topless. Lo malo, claro, fue que Octavia le había quitado el triunfo, no sé si decir de las manos o de las tetas, a una celosa italiana que le preguntó con la peor de las intenciones por qué no andaba topless como todo el mundo. Y se armó la gran barra de mujeres y hombres: ¡Topless, topless, topless!, la ganadora tenía que mostrar su topless y algo más si era posible. Yo aposté por la ganadora, por supuesto, pero justo en ese instante Octavia apostó por la ganadora, también, por supuesto, y con la frase y el tono y el bikini y no sé qué más, más coqueteos del mundo, le soltó a la plebe:

—A mí nunca me ha molestado la ropa... ¿Por qué, a ustedes les molesta la ropa?

La plebe soltó el silencio más inmediato que he escuchado en mi vida, no faltaron las mujeres que muy gregariamente empezaron a ponerse las manos de sostén, y hasta algún don Juan terminó tapándose pechito y barriguita. Y poco a poco se guardaron las escopetas y se dispersó el mundo entero, mientras Octavia me pedía con la voz más triste del mundo la llave del camarote: se sentía muy cansada y quería intentar una siesta. Se la entregué, pidiéndole por favor que la dejara en la puerta, porque a lo mejor yo también intentaría una siesta dentro de un rato. La vi alejarse preciosa y fui arrojar mis huesos a la piscina común.

Una hora después estaba seco y camino al camarote, porque los dados estaban echados y Octavia también. Dormiría, gimiendo como siempre, y yo me iba a sentar a su lado y la iba a acariciar, a acariciar y acariciar, y la iba a besar y besar y besar e iba a instalar mis manos fuertemente sobre sus senos, sobre su vientre, mis labios fuertemente sobre sus labios. Octavia se despertaría fuertemente dormida, fuertemente a mis brazos, fuertemente al amor. Sí, ahí estaba la llave en la puerta y mi corazón en la boca y en mis ojos lágrimas: de dónde, de cuándo, de cómo, de por qué te había amado y deseado siempre así, Octavia de Cádiz. De mucho antes que nosotros, me respondiste, y estuve horas tratando de recuperar la respiración, pero toda recuperación era imposible: por el ojo de buey penetraban los rayos de sol, no habías tomado ni siquiera la precaución de cerrar la cortina y por el ojo de buey los rayos de sol quemaban tu cuerpo, tu cuerpo tumbado sobre la cama, brillaban sobre el bikini blanco y tu piel tostada y brillaban sobre la inmensa toalla blanca envuelta, mil veces ajustada sobre tu vientre y tu sexo y tu desconfianza hasta en mí, dama del dolor, qué estúpido cinturón de castidad.

Arrojé mis lágrimas y mis huesos a la piscina común y una hora más tarde estaba apoyado sobre la baranda de cubierta, contemplándote aún, y la italiana del tiro al plato se me había acercado e intentaba conversarme. Ya me la habías descrito, conocedora como eras de Italia: era la típica *putana* que se embarca con el típico carnicero enriquecido. Para ellos, me dije, sonriéndole amablemente a la *putana,* éste sí que es un crucero por el Mediterráneo. Hablamos un rato y se fue, sin duda alguna porque yo constantemente miraba el mar y la dejaba sin conversación. Cayó la noche con una luna entre triste e indiferente, muy silenciosa, en todo caso, y pensé que tenía que vestirme para ir al comedor. Miré hacia nuestro camarote y noté que Octavia había cerrado la cortina. Se estaría vistiendo ya, se estaría preparando para brillar en el comedor y desternillarse de risa en el cabaret porque había cada tipo, cada bailarín, cada pequeño burgués al que el Mediterráneo se le había subido a la cabeza y se lanzaba cada tango, cada remilgo, cada valentinada, y con cada pareja... Y esta noche, por última vez, nos eternizaríamos mirando la luna y beberíamos champán y había sido un amigo quien te había regalado los pasajes para el crucero y el pobre Maximus se había creído que el asunto era con jeques árabes y no con este barco ja ja ja ja, te adoro, si supieras hasta qué punto te adoro, ¡Maximus! ¡Maximus! ¡Maximus! ¡Maximus! La luna se encargaría de escondernos que no habíamos ido un milímetro más allá. Tú y la luna se encargarían de esconderme que no habías podido ir a un milímetro más allá, Octavia de día y Octavia de noche, Octavia del maravilloso traje turquesa y Octavia del inolvidable pijama harapiento.

Yo te dije que prefería no jugar la última noche, que nos tumbáramos en las perezosas de cubierta y pidiéramos champán, pero tú me pediste ir sólo un ratito a probar suerte en los tragamonedas del casino. Nos repartimos unos cuantos dólares y jugábamos y seguíamos perdiendo en máquinas siempre vecinas. Te quedaste sin monedas y a mí me quedaba la última cuando entraron el carnicero enriquecido, nada menos que vestido de smoking y enorme barriga, y la *putana* escotada al máximo. E inmediatamente él se te acercó y ella se quedó atrás y yo comprendí por qué habías cerrado el ojo de buey y recordé que también él nos había visto conversando juntos. Te tendió una mano y te pidió que le trajeras suerte y a mí como que no me importó, lo cual a ti te importó más todavía, y por eso te pedí entonces con tanta insistencia que me trajeras suerte con mi última moneda. Me dijiste que esperara un instante y el muy hijo de la gran puta metió su moneda justo en la máquina en que yo iba a introducir la mía y se arrancó la gran lluvia de dólares, hacía años que esa máquina no había vomitado un centavo y él además te besó la mano y te pidió que lo ayudaras a cargar tanta moneda con tu enorme falda. Supe que se trataba de uno de esos momentos tan tuyos en los que me era imposible intervenir sin perder más de lo ya perdido y te dije vulgar vulgar vulgar y salí corriendo y todavía estaba vomitando cuando apareciste en el camarote.

—Maximus, ¿adónde te has metido? Te he buscado hasta en la luna...

Coquetísima, me preguntaste si te iba a leer *Damas*, por última vez, y yo empecé a mirarte y por fin te dije que sí, pero que esa noche te iba a leer *Damas y caballeros*. Te colgaste de mi cuello y salimos disparados rumbo al mar y a la luna y la última noche no pudo haber más estrellas sobre el Victoria.

Pero al final, ya en tu cama, empezaste a suspirar y a gemir y a quedarte dormida en este párrafo de *Dama de siempre*: Afortunadamente llovió después. No podía quedarme entre los tickets caídos, los carritos chocones amontonados, el cilindro del motociclista suicida cubierto ya por un montón de sombras y tristezas. Había pasado la última tanda y sólo quedaba el regreso por el pasillo limitado con cuerdas rojas, tablas provisionales y un letrero que estaban acomodando: MAÑANA NO HAY FUNCIÓN.

Nuestra lanchita blanca y celeste fue la primera en llegar a tierra y Octavia puso el pie derecho, primero, y a mí no me quedó más remedio que poner el izquierdo, primero, en mi afán de ayudarla a bajar primero.

—Marinero en tierra —le dije, forzando una sonrisa, para que no se diera cuenta de que había desembarcado con el pie izquierdo, por su culpa, aunque sin culpar a nadie.

Octavia regresaba a Beauvallon, a la villa de sus padres, o sea que tomamos un taxi hasta la estación del tren, para ver los horarios. Nos quedaba mucho tiempo y podíamos almorzar juntos en algún bistró del malecón, viendo alejarse al Victoria lleno de gente que se aprestaba a repetir nuestro itinerario. Bastante absurdo todo, demasiado sol, mi sombrero de paja, la X blanca, blanca como una incógnita que no se llega a despejar jamás. La X como que no tuviera importancia ya, pero una X es siempre una X, una X blanca en una chimenea azul. El Victoria zarpaba y Octavia se había quedado profundamente dormida en su elegante silla de mimbre. Pidió un enorme sandwich de jamón y queso caliente, una palta rellena de camarones, un monumental banana split, y no bien le sirvieron se quedó profundamente dormida. Yo había pedido una garrafa de vino blanco, del vino blanco más barato, con tapita de plástico, si es posible, pero el mozo de mimbre se me puso de un mal humor de lujo como las sillas y le dije entonces tráigame usted un martini doble y seco. En fin, cualquier cosa ya, y absurda espera y absurda visión. No estaba triste, no estaba furioso, y Octavia era esa muchacha vestida de blanco que dormía agotada y sin haber probado un solo bocado. Al llegar habíamos hablado un poco.

—¿Qué piensas hacer, Octavia?

—Aprender y trabajar.

—¿Trabajar? ¿Por qué no regresas a París?

—No quiero volver a casa de mis padres ni tampoco depender de Eros. No quiero depender de nadie.

—Ya te protegieron lo suficiente, ¿no?

—Exactamente.

Al cabo de un breve silencio habíamos vuelto a hablar.

—¿Y qué es lo que vas a aprender?

—A levantarme todos los días a la misma hora.

—Asegúrate de que sea a horas de oficina.

—No te burles, Maximus.

—Es más un consejo laboral que una burla, Octavia.

Se dejó resbalar sobre la silla, abrió enormes los brazos, como quien hace un esfuerzo por mantenerse despierta, me cogió una mano y se quedó profundamente dormida. Pensé en hablarle a Gran Lalo, en que le diera un trabajo, Octavia podía ser una maravillosa encargada de relaciones públicas, de lujo, además, y así podría regresar a París sin regresar a casa de sus padres. Después pensé en contarle mi idea a Octavia, pero después ya no pensé en nada más que en pedir otro martini doble y seco, porque Octavia me había respondido que tendría que aprender a despertarse a la misma hora todos los días, durante un año entero, antes de aprender a trabajar.

El tren nos llevó hasta Saint Raphaël y estaba sobrentendido, o por lo menos así lo creí, que de ahí tomaríamos un taxi juntos y que la acompañaría hasta Beauvallon. Pero Octavia me dijo que no, que tenía que regresar sola, tengo que regresar sola, Maximus. ¿Valía la pena preguntarle por qué?, ¿pero por qué, Octavia?, ¿otra vez todo eso, Octavia?, ¿cómo diablos has podido invitarme a un crucero, entonces? Ella sabía lo que estaba pensando y por eso empezó a acariciarme la cabeza con ambas manos. Era la misma, vieja, enorme, interminable, infatigable ternura de siempre. Era la misma, vieja, enorme, interminable, infatigable estupidez de siempre. Medio en broma, medio en serio, y completamente desesperado, le solté una de esas frasecitas:

—Te quedas con tu cabeza coronada y yo me quedo con la cabeza reducida a la locura.

—Minimus.

—No empecemos otra vez.

—Maximus.

—Terminemos de una vez.

—...

—Y tú te volverás a casar, dama de siempre.

—Nunca, míster Taylor.

—Toma tu taxi ya, por favor.

—¿Me escribirás?

—Perdón, Octavia, pero no lo vuelvo a hacer.

—La frase es de míster Taylor, Maximus.

—Martín Romaña, por lo menos en la despedida, Octavia.

Me odié por sonar tan melodramático y porque todo era estúpido, menos el cariño, la ternura, la amistad, el amor, la invisible complicidad, la alianza sin símbolos que, lo sabía, nos continuaba uniendo, como si fuera la mala suerte la que nos unía, a pesar de nosotros mismos. En el tren que me llevó nuevamente a Cannes, le dije que la adoraba y que me encantaba y que la amaba con pasión, y sentí, tuve la absoluta certeza de que ella me estaba diciendo lo mismo en el taxi que la llevaba muy herida, pero no definitivamente herida, nuevamente al mundo de sus padres. Lo mismo volví a sentir, a pensar, y a decir en el tren que por la noche me llevó de Cannes a París, después de haberme sentado a tomar un par de whiskies en el mismo bistró y en la misma mesa y haber visto cómo ya no existía el Victoria a esas horas en que normalmente nosotros salíamos a cubierta y apoyados sobre la baranda mirábamos más y más allá en el mar de la luna que por la tarde había sido el mar de las interminables puestas de sol. No, definitivamente, mañana no hay función, mi adorada Octavia. Y perdón, perdón, pero no lo vuelvo a hacer.

Sí, ya lo creo, claro, qué duda cabe, por supuesto que le escribí mil cartas más hasta llegar a esa última carta escrita desde Palencia. Pero, aunque firmara Maximus, o Martín, o Colonnello, o Maximus Solre, experto en guías, infatigable viajero, denunciante infatigable de los horrores sufridos por una muchacha llamada Octavia de Cádiz y de la Bondad-Encarnada, esas cartas eran ya las de Míster Taylor a la Dama de siempre, y tal vez lo único verdaderamente sincero y profundo que había en ellas era una frase que ni siquiera llegaba a escribir: NO TE OLVIDES DE MÍ, OCTAVIA DE CÁDIZ.

Una docena de putas liquidaron en Palencia mis andanzas de hablador interminable y aquel epistolario interminablemente interminable. A golpes de champán y carcajadas de la vida alegre me devolvieron a casa con el horrible título que escogieron para esta novela que hoy termino sin que Octavia haya vuelto a llamar ni a escribir tampoco.

¿Quién ganó la interminable apuesta de la mala suerte a la que se refirió Octavia alguna vez? Aquella crisis de estornudos que sufrió ella en La Sopa China Cerrada me impide encontrarle respuesta alguna a esta pregunta. ¿Quiere decir eso que es ella quien tiene la respuesta? ¿Me acusará Octavia de haber tenido una crisis de miedo y orgullo cuando me pidió fugarnos a California? Fácil es deducir que estos hechos fundamentales han sido ocultados por otros hechos fundamentales y estos hechos por otros y éstos por otros y así... Y resulta imposible abrir una caja china al revés.

Escribir me ha servido para estar con Octavia de Cádiz, no para que regrese. No he logrado que regrese por más que la he evocado. ¿Habré dejado de encantarla? La habré dejado en paz, en este caso. Lo único que sé es que nadie sabe para quién vive y que un libro sobre la persona más encantadora del mundo me ha sumido en el más profundo desencanto. Aunque a veces me aferro a una idea: con Octavia nunca se sabe. Y lo más peligroso de todo es que sigo vivo. Vivo con dos enormes cuadernos de navegación en contra pero vivo. Y como que no me resigno a estar vivo estando en el mundo, Octavia. ¿Cosa extraña o cosa normal? Elijan ustedes porque a mí ya me eligió no sé qué cosa. Y quien ha muerto, al fin y al cabo, no es el amor sino el humor. Pero qué importa ya, también.

—Madame Forestier, puede usted decirle a su hermano que el sillón Voltaire está a su disposición. Un súbito e inesperado viaje me impidió responder a sus cartas certificadas y...

Esto fue hace algunas horas y ya se están llevando mi sillón. Ya se llevaron mi sillón. Ahora mi sillón está bajando la escalera. Ahora está saliendo por la puerta del edificio. Ahora está subiendo a una camioneta. Ya se están yendo la camioneta y mi sillón. Ahora ya se fueron, la camioneta y mi sillón.

El más grande desprendimiento del mundo. Siento que se me desprende todo. Siento como si se me fueran a desprender hasta las retinas al mirar el vacío que ha quedado en su lugar y en el lugar en que estuvimos siempre. Si supieran el trabajo que me cuesta escribir estas líneas, cerrar el cuaderno rojo. Hasta me he tomado un traguito de bencina pero sin consecuencias, desgraciadamente. Vivo sin vivir en ninguna parte. Y además acaban de darme un susto tan feroz como el de la taquicardia. Cada día me preocupa más esto de la taquicardia y andaba sumamente preocupado cuando sonó el timbre y corrí a abrir y un tipo me dijo soy el del socorro, señor Romaña. Me llevé una mano espantada al corazón. ¿Qué socorro y por qué socorro, señor?, le dije. Señor Romaña, usted llamó esta mañana al Socorro Católico para que vinieran por unos muebles... Ah sí, ah sí, señor, perdóneme, ando como despistado; en efecto fui yo quien llamó esta mañana porque deseaba desprenderme de otros muebles más, donar un poco más de sangre, señor. Pase, señor, por favor. Mire, éstos son los muebles. Esta hondonada, perdón, esta cama, este diván, y de paso si quiere llevarse usted este colchoncito de camping también...

—Ya lo creo, señor; siempre hay personas necesitadas y nuestra acción...

—Créame que su acción me conmueve hasta el desprendimiento, señor, y si de mí dependiera ya le habría regalado todos los demás muebles. Pero pertenecen a madame Forestier. Lo que le he regalado es toda la otra parte.

Ya están mis mejores recuerdos en un camión y tengo que salir corriendo donde Gran Lalo. La guía sobre el Perú no la llegué a escribir yo, por escribir mis cuadernos azul y rojo, pero ahora sí que me voy al Perú y no vuelvo más y tengo que llegar a un acuerdo con Gran Lalo.

Acabo de regresar del Uniclam y, como aún me quedan algunas páginas del cuaderno rojo, les contaré todito, hasta el final, aunque me quede ésa como esperanza de no estar muerto y de que con Octavia nunca se sabe. Pero en el fondo son tonterías porque mañana me voy al Perú y no vuelvo más. Esta noche me encargaré de preparar el equipaje que Gran Lalo meterá en uno de sus aviones, a pesar del exceso de peso. Algo de ropa (el terno blanco lo he regalado porque me produce taquicardia). La mitad de mis libros (la otra mitad me produce taquicardia). La tercera parte de mis discos (las otras dos partes las he regalado porque me producen taquicardia). El resto de mi hacienda: un toldo de La Sopa China Abierta, el retrato de Octavia de Cádiz, el millón de souvenirs que me trajo del mundo entero, y mis dos cuadernos de navegación (son los que más taquicardia me producen y mañana tengo que viajar). Pero Gran Lalo también me ha resuelto este problema. Pueden quedarse en el depósito del Uniclam hasta nuevo aviso (me produce una taquicardia horrible la idea de un nuevo aviso).

Sin embargo, tengo que actuar de acuerdo a los consejos de Gran Lalo, porque no se puede negar que me ha solucionado tantos problemas. Paso ahora a retransmitirles la entrevista que he tenido con él. Pero antes, por favor, perdónenme por estas últimas páginas. Han sido escritas sin vivir aquí, ni en mí, y lo que es peor, en una mesa de trabajo en la que muero porque ni me caso ni me muero como en las antiguas historias de amor. Imposible concentrarse en esta especie de campo de concentración. Ausencia del Voltaire, ya no hay *otra parte* por ninguna parte en este departamento, he mandado a la mierda a madame Forestier, aprovechando por supuesto que no estaba mi gran amigo, el juez Forestier. Fue él quien me dio la idea del Socorro Católico. Casi me mata el tipo del socorro hace un rato. Creí que venían por los resultados de mi desprendimiento. Perdón, se me está pasando la entrevista con Gran Lalo, la única persona que me acompañará al aeropuerto mañana.

Vamos a ver. Resulta que la guía del Perú no sé quién la hizo en mi lugar y que hubo protesta general entre la enorme clientela, miles y miles de lectores, y las guías son una mina de oro para el Uniclam. El público pide por unanimidad las enormes guías del experto Maximus Solre. Mi seudónimo es ya todo un nombre, marca registrada y todo. Entonces Gran Lalo me dijo:

—Quedas contratado para seguir haciendo guías.

—Pero si mañana me voy al Perú y no vuelvo más...

—Precisamente de eso se trata. Te espera ya una oficina y una secretaria en nuestra filial peruana, llamada Solmartur. Lo único que te ruego, pues se trata de escribir ahora unas guías de bolsillo para los mil tours que organizamos por costa, sierra y montaña, en el Perú, es que esas guías sean mucho más breves. El papel está muy caro, Martín.

—Me costará mucho trabajo ser breve, Gran Lalo, ya sabes que soy guionista.

—¿Que eres qué?

—Guionista: sólo escribo guiones.

—Vete a la mierda y tomemos tu último trago en París.

Casi me mata de taquicardia con lo del último tango en París, y justo en el momento en que yo andaba recurriendo a lo poco que me queda de humor, para que no se notara la taquicardia de mi desprendimiento y mañana me voy al Perú y no vuelvo más.

Se quedó con el toldo, el retrato de Octavia de Cádiz, sus regalos, y mis cuadernos azul y rojo. Se quedó con todo, pues, y para qué describirles el aeropuerto Charles de Gaulle conmigo adentro de viajero retornante. Lloré durante casi todo el viaje porque me daba una pena horrible que Gran Lalo estuviese llorando durante todo el viaje y eso que él no viajaba. Después me di cuenta de que estábamos en el año de gracia de 1984 y que gobernaba el Perú, en su segundo mandato, el Arquitecto Fernando Belaúnde Terry, que también gobernaba el Perú en 1964, año de mi partida a desgracia, perdón, a París. Y después me di cuenta de que era 4 de octubre y que yo había desembarcado por primera vez en Francia un 4 de octubre. O sea que veinte años exactos. O sea que aterré a mi vecino de asiento cuando canté con voz de himno nacional de cualquier país, debido a mi desarraigo, y con acento de Carlitos Gardel: ¡que veinte años no es nada! A las aeromozas ya las había aterrado desde mi partida porque les pedí que me pusieran los whiskies de frente en la bandeja plegable porque me apellidaba Romaña Parkingson, según consta en este pasaporte, señoritas, y porque detesto derramar.

Después saqué la foto de mi desembarco en Dunkerque, en 1964, y la de la casa de Colón en Génova, en 1980. Mentía Carlitos Gardel, mentía a gritos y tuve que pedir un whisky doble sobre la bandeja tembleque. De la foto de Dunkerque, me quedaba en la de Génova sólo aquel pujante optimismo de desembarcante primerizo. De la foto de Génova, tan reciente, si la comparamos con la otra, no me quedaba absolutamente nada. En fin, todo se debía a la costumbre adquirida en los últimos años de afeitarme, peinarme, y lavarme los dientes de espaldas al espejo de mi soledad y Octavia de Cádiz. Mejor pensar en el Arquitecto Fernando Belaúnde Terry, me dije, pero eso sólo empeoró las cosas, porque lo recordé como un hombre probo, íntegro, y con mucho de visionario. Un Presidente que habría podido gobernar perfectamente una gran potencia mundial, por qué no los Estados Unidos. O sea pues que el Perú debía estar peor que nunca.

—Veinte años en París y ni un solo libro que adorne mi biblioteca de literatura francesa —fue lo primero que me dijo mi madre, a quien encontré mejor que nunca, y a Lima también como que la iba viendo muy limpia y hermosa, pero es que me habían robado los anteojos en la aduana.

—Veinte años en París, Martincito, mi amor, y ni un solo libro...

—Que veinte años no es nada, mamá. Mañana mismo empiezo a escribir.

...

Y, en efecto, escribo tanto que en Solmartur me llaman Pedrito Camacho, nuestro escribidor. Guía tras guía no paro. Una tras otra salen a la venta y se agotan las guías de Maximus Solre. Han pasado diez años desde que entré, no de humilde, sino de humillado empleado. Pero Gran Lalo me visita todos los años y me asegura que mis cuadernos rojo y azul valen la pena. Siempre le digo que me los siga guardando.

—Para después de muerto, Gran Lalo, porque siempre me queda la impresión de que al cuaderno rojo le falta un epílogo y prefiero esperar a morir porque no muero; en fin, yo me entiendo y tú guárdalos nomás.

Diez años hace que llegué a esta oficina, dirigida por una señora muy guapa que resultó haber sido esposa de Bryce Echenique. Me advirtieron, desde el primer día, que se le podía hablar bien de todo menos de Bryce Echenique, porque ya se habla demasiado bien de ese tipo en el Perú, que si es un escritor muy progresista, que *Un mundo Para Julius,* que sus cuentos, que *Tantas veces Pedro,* y a la jefa le resulta realmente empalagoso el asunto, sobre todo porque parece que nadie conoce tan bien como ella a Bryce Echenique. Sin duda alguna, a mí me lo presentaron ya separado, porque a mi jefa jamás la había visto antes de poner los pies con mis anteojos nuevos en Solmartur. Se me atribuyó una oficina de escribidor, en el techo del edificio, pero un día conté sin darme cuenta que la última vez que vi al ex esposo de la jefa fue cantando borracho un tango, a la luz de un farol y Carlitos Gardel:

Chorra,
vos tu padre y tu mamá...

Me acerqué a preguntarle qué le pasaba y resulta que la mina verdiazul se le había fugado con sus tres hijos verdiazules.

—¿La de los ojos y los hijos, Alfredo?

—Me dejó sin derechos de autor y sin hijos, porque yo los quería como si fueran mis hijos, Martín, porque hasta los iba adoptar...

Chorra,
vos tu padre y tu mamá...

—Alfredo, por favor, recuerda ese otro tango: ¡fuerza, canejo, sufra y no llore!

—Se llevó todo menos mis libros, Martín. ¡Porque siempre le importaron un carajo mis libros! Se llevó todo menos los siete litros de tinto que tengo adentro... Y yo que creí que la literatura... Y pensar que...

La jefa tuvo que oír algo porque al día siguiente me trasladó a un buen escritorio y me anunció que me iban a dar un porcentaje mayor sobre la venta de mis guías. Pero un día me llegó una carta de la Contessa Octavia Faviani. Gran Lalo la había enviado íntegra por el télex y yo la recibí sin taquicardia mayor, gracias a mi diaria terapia, y sin duda también al hecho de que estaba dirigida a Maximus y yo andaba tan acostumbrado ya a firmar Maximus Solre y a que todos ahí me llamaran Maximus P. Camacho. Martín Romaña era aquel imbécil que siglos atrás había vivido en París. Aunque claro, ello no impedía que la carta de Octavia fuera una maravillosa muestra del género amoroso tormento.

IMBÉCILE, IMBÉ, O EL CURSO NATURAL DE LAS COSAS EN EL MECENAZGO

(Epílogo)

Si muriese, muy alto amor,
Sin saber de dónde te poseía
En qué sol tu morada se encontraba
En qué pasado tu tiempo, en qué momento
te amaba...

CATHERINE POZZI.

Había amado demasiado, había exigido demasiado, y lo había agotado todo.

ERNEST HEMINGWAY, *Las nieves del Kilimanjaro.*

La única condición que le puse al mecenazgo fue la del sapo de mi terapia. El sapo, expliqué, en respuesta a la maravillosa carta de amor por télex de Octavia, me era simple y llanamente indispensable para seguir adelante con vida. Condición aceptada, decía el telegrama del mecenazgo, y por consiguiente sólo me quedaba meter mis pocos trastos en una maleta y emprender el viaje definitivo a Milán. Y es que, en efecto, la carta de amoroso tormento que me envió Octavia era algo perfecto, algo sublime, una especie de entrega total a su nuevo esposo, Giancarlo Lovatelli, conde Faviani, al cual mi presencia le era simple y llanamente indispensable para seguir adelante con vida, lo cual, a su vez, le era simple y llanamente indispensable a Octavia para seguir adelante con vida. En el fondo, pues, todos dependíamos de mi sapo, y por ello creo que ha llegado el momento de explicar tanta indispensabilidad.

La historia es simple y muy llana, como los ríos cuando por fin desembocan a la mar, que, como todos sabemos, es el fin del célebre tan callando de Jorge Manrique, o sea el morir. Fue entonces y por pura coincidencia cuando estuve varios meses en lo que bien podríamos llamar un estado de desembocadura en Lima. Gran Lalo, que me visitaba anualmente, acababa de traerme, a pedido mío, un nuevo paquete de libros sobre Francia, ya que desde mi regreso al Perú me había entrado un afán desmesurado de entender en qué lío anduve metido los veinte años que viví en ese país. Y una noche, leyendo *Historia personal de Francia,* de François George, me encontré nada menos que con la siguiente frasecita: Qué hacer cuando se es poeta y el ideal le juega a uno la mala pasada de sustituirse a la realidad; cuando el ideal es lo suficientemente perverso como para presentársele a uno al alcance de la mano, como si se tratara de un utensilio... Cerré el libro despacito, para no arrojarlo por la ventana y romper el vidrio, porque la ventana estaba cerrada, y despacito, también, me dije, al mismo tiempo, la cagada, Martín Romaña, Octavia de Cádiz no era real, era un ideal, fue una quimera. Otros, Martín Romaña, se ganan la lotería, tú en cambio te ganaste el gordo de la vida, la quimera, nada menos que la quimera, Martín Romaña. Despacito, también, llamé a un médico y estuve un mes sin fumar. Pero nada ni nadie pudo con mi taquicardia galopante. Y, a la vez, moría porque no moría, moría porque no había llegado a ser un caballero enchapado a la antigua. Mi estado era el de una verdadera, inútil, e interminable desembocadura.

Entonces recordé, porque la necesidad hace al ladrón, al sapo que había en el pequeño estanque de la enorme casa que mis padres adquirieron en Chosica, porque ninguno de sus hijos soportaba el húmedo invierno limeño. Ah, si mis padres no hubiesen adquirido esa casa... Ningún gallo cantaría, tanto sufrimiento se habría podido evitar. En mi caso, en todo caso, lo que podríamos llamar una eutanasia húmeda, limeña, e invernal, me habría evitado tantas lágrimas y a ellos les habría ahorrado tantos disgustos y problemas, deudas, desilusiones, y una educación privilegiada que terminó en un sillón Voltaire y en Solmartur...

Bueno, pero estábamos en que entonces recordé al sapo y el alivio que le produjo a mi taquicardia infantil, bastante inconsciente aún, la diaria contemplación del sapo. ¿Por qué? Porque leyendo *El tesoro de la juventud*, esa sádica burla del tan sádico como falso lugar común *juventud divino tesoro*, descubrí que los pobres sapos tienen un corazón hasta dos veces más grande que una nuez, y que les late por pecho y espalda. Había, pues, en el mundo, un animal que latía mejor que yo. Y al estanque corrí y nadie en mi casa lograba explicarse por qué me pasaba horas contemplando al sapo pero en cambio todos quedaban tan satisfechos cuando, a la hora de las comidas, Martincito se presentaba a la mesa sin su taquicardita, ¿han visto lo sereno que está Martincito en los últimos tiempos, cómo ya casi no le tiemblan sus manitas, lo bien que se porta?, pero si ya llevamos un mes sin atarlo al árbol grande para que se esté tranquilo un segundo siquiera...

De la quimera al paso hay un solo paso y así pude continuar años escribiendo guías, gracias a la diaria contemplación, cuatro horas por la noche y dos por la mañana, de mi sapo Alberto en el estanquito que me construyó Serapio, el viejísimo jardinero indio de mi madre y sus rosas francesas.

Exactamente cuatro años más tarde, ahora que lo sé todo, Octavia, que había aprendido a levantarse y a trabajar a horas de oficina y que vivía independiente de su mundo y del mundo entero, ejerciendo de decoradora altamente lujosa, fue a decorar fastuosamente el tercer piso del palacio de Giancarlo Lovatelli, conde Faviani, y hasta hoy lo sigue decorando con su sola presencia. Tiene treinta y siete años, por lo cual yo tengo cincuenta y dos, aunque pronto vamos a tener más, los dos, porque aunque esta corta vida en Milán sea muy lujosa, el tiempo sigue pasando. Giancarlo tiene cuarenta, a pesar del decorado de Octavia y

Octavia como decoración, o más bien condecoración, ya que Giancarlo es conde y la esconde, además, porque ni Otello, parece ser, pero a pesar del decorado de Octavia y etc., etc., porque me iba a repetir, y a pesar también de que Octavia hace todo esto del decorado etc. de todo corazón, el pobre Giancarlo no logra salir de la hermosa y profunda depresión que le da a su rostro algo mucho más agudo aún que un perfil aguileño, algo casi punzocortante y sumamente decadente. Pero Octavia encuentra maravilloso a ese ser tumbado por una herencia demasiado importante para un sólo hombre, y que más que para los negocios sirve para el arte, aunque sin ser artista, motivo por el cual el sufrimiento no le viene de ahí tampoco.

Fue la maravillosa Octavia (y no el médico), quien descubrió entonces que siendo ya independiente del todo y de todo, Giancarlo podía depender de su amor con mil cuidados y la más inmensa ternura del mundo, algo que sólo se parecía a la ternura que sentía por Maximus tres veces. Octavia descubrió, además, que la verdadera razón del sufrimiento de su esposo (se casaron en un momento en que la depresión había llevado a Giancarlo a un estado de verdadera, inútil, e interminable desembocadura en Milán), era la falta de un artista al cual proteger. Giarcarlo había nacido para ser mecenas y Octavia, que jamás me había olvidado, se acordó de mí y me ubicó en Lima a través del télex de Gran Lalo.

Y así se creó el mecenazgo y así aterricé en Milán una noche de invierno crónico. Sólo Octavia vino a recibirme, debido al estado tan importante de mi mecenas, y yo me incliné para besarle la mano, de lo cual la muy traviesa se aprovechó para clavarme interminable beso en la frente inclinada. Conocedor de mi secreto, de lo que es una quimera, y de la mala jugada que me había hecho el ideal, por idealista, procedí a no dejarme impresionar, a representar el papel del hombre fuerte que lo ha descubierto todo, aunque ello no me impidió manifestar el deseo de conocer a Albertino, mi nuevo y joven sapo italiano, lo más rápido posible, por favor te lo ruego.

El chofer de Giancarlo nos llevó, a mí bastante ligero de equipaje, como si en realidad estuviera de paso, como en realidad sucedió después, y a Octavia bastante cargada de joyas, directamente a mi nueva y preciosa vivienda, justo al frente del impresionante *palazzo* Faviani. ¿Qué te parece, Maximus?, me preguntó Octavia, no bien abrimos la puerta.

—Albertino antes que nada, Octavia... El viaje ha sido muy largo y se me ha hecho más largo todavía.

—¡Albertino es una joya! —exclamó Octavia.

Albertino era un sapo cualquiera, como todos los sapos, aunque claro, dicho por una quimera, Albertino era, por más que él lo ignorara, una joyita de indispensabilidad. Latía abundantemente, lo cual me permitió soltar por fin un interminable suspiro y manifestarle a Octavia la felicidad que me producía volver a verla tan linda, tan bien, tan elegantemente suya, con el pelo y las cejas como en nuestros tiempos, mi amor, y sobre todo tan pero tan indispensable, perdón, quise decir independiente, mi qui... mi amor.

—Soy una decoradora independiente —me comentó Octavia, coquetísima como siempre, cogiéndome luego la mano para pasearme por el departamento ideal que había concebido para mí.

Era un dúplex amansardado, en el cual el segundo piso era todo una inmensa mezzanine en que se hallaban mi gran dormitorio y mi gran baño, y a la que se accedía por una obra de arte de escalerita caracol. Lo demás era todo esa enorme planta baja que daba al pequeño jardín por el enorme ventanal de dos pisos que me permitía ver a Albertino desde cualquier punto de vista, gracias a un precioso largavistas de nácar que Octavia había puesto sobre mi mesa de noche en caso de que debido a la edad la vista... El jardincito era casi todo de arena no movediza y en el centro vivía Albertino en una piletita en forma de O que tenía tres enormes EMES de mayólica blanca dibujadas en la verde mayólica del fondo. Mil luces indirectas iluminaban invisibles cualquier punto del dúplex y su jardín y de pronto tuve la convicción de que lo que Octavia había querido lograr era la exacta contrarrestación (no hay otra palabra) del efecto de una noche de invierno crónico. Maximus iba a vivir en un interminable verano crónico blanco y verde, porque a rayas blancas y verdes habían sido pintadas todas las paredes, porque mi nuevo sillón Voltaire, joya de anticuario con su taburetito para mis pies, había sido tapizado a rayas blancas y verdes de seda, y porque hasta la preciosa mesita-bar sobre la cual me esperaban preciosos frascos de cristal y whisky, era blanca y verde. La verdad, no me quedó más remedio que felicitar a Octavia-decoradora-independiente: en mi vida habría logrado imaginar los resultados tan maravillosos que se pueden obtener de tanta insistencia en lo blanco y lo verde.

Giancarlo, en cambio, insistía en lo *blue blue blue* de su crónica melancolía invernal y sin raya blanca alguna siquiera, según me fue contando Octavia mientras cruzábamos la calle en dirección al portal del palacio Faviani y luego mientras subíamos hasta el tercer piso, el de ellos, porque en el primero vivían los abuelos de Giancarlo, muy retirados de todo ya, y porque en el segundo vivían los bisabuelos Faviani, tan retirados que no se había vuelto a tener noticias de ellos hacía más de diez años. Y en el tercero de los cuatro pisos, preciosamente decorado por Octavia, según pude comprobar instantes después, me esperaba como última esperanza Giancarlo llenecito de efectos secundarios del anafranil. La historia y Octavia se repiten, me dije, mientras ella tocaba el timbre con la llave de la puerta en la mano. Tanto la puerta como la llave y el timbre eran algo realmente precioso y también el mayordomo que nos abrió era algo realmente precioso y Bimba, que parecía sobrevivir a todas las catástrofes, seguía *bella bellísima e divertentissima*, a pesar de la edad, como mi abuelita a su edad.

Fui presentado a Giancarlo, cuando Octavia cesó de besarlo y no bien pudo el pobre me contó que en mis tiempos también había tomado anafranil y que Octavia le juraba que ella, siguiendo el sistema de un mártir peruano llamado José Faustino...

—Daniel Alcides Carrión —lo corregí, explicándole que el otro fue más bien prócer de nuestra independencia allá en el Perú.

...En fin, Octavia le había contado que siguiendo el sistema del mártir peruano Daniel Alcides Gran Lalo (ya no insistí), me había quitado tanto el sufrimiento como las pastillas en un hotelito azul de Bruselas. Lo del hotelito azul hizo que el conde sufriera una rapidísima recaída *blue*, motivo por el cual optó por cambiar de obsesión y tortura y decidió acercarse más al presente, que también era una tortura para él, según me explicó, mientras yo decía quimeras, elemental mi querido Rippley, son sólo quimeras, aunque con una taquicardia de la puta madre, valgan verdades aunque usted no lo crea.

—Mire, Romaña —continuó el conde azul, en vista de que antes Octavia había tenido un príncipe del mismo color—, mire, Romaña: mi padre, por lo menos, tuvo un sentido renacentista de los negocios y mi madre perteneció a ese tipo de mujeres que en el Renacimiento fueron conocidas con el nombre de virago.

Cáspita, pensé, ya se me casó la quimera con otro Edipo. Todos mis sentidos se concentraron en Albertino mientras Giancarlo continuaba.

—Y mi hermana, que heredó ese temperamento de virago, en vez de ayudarme, aunque sea quedándose en el cuarto piso del palacio que le corresponde, anda jugando con nuestro apellido y acaba de empezar una carrera cinematográfica en Hollywood.

—¿Es...?

—Ella misma, Romaña, y no sabe usted hasta qué punto la desagregación... el mundo moderno...

—¿La terrible modernidad del dinero?

—Eso mismo, Romaña, pero, ¿cómo me ha entendido usted tan bien?

—Se lo oí decir en Bruselas a...

Bastó con mi mención *blue* de Bruselas para que Giancarlo reviviera toda la escena del hotelucho azul, con la puerta azul, el bañito azul, en fin, todo azul, y al pobre se le hizo un mundo *blu dipinto di blu* mi primera noche sexual con una quimera y tanto anafranil. Octavia intervino inmediatamente, besando primero a su esposo, luego a mí, y arrancándose a poner en claro todos los detalles del mecenazgo.

—¿Qué piensas escribir gracias a Giancarlo, Maximus?

—Pienso decorar, perdón, pienso corregir (1) mis cuadernos azul y

(1) A esta corrección, en los dos sentidos de la palabra, se debe el que haya podido hablar de mi muerte enchapada a la antigua en capítulos anteriores.

rojo —le respondí, agregando que empezaba además a encontrar tema para un epílogo que tiempo atrás había imaginado completamente distinto.

—¿Cuánto tardarás?

—El tiempo que necesite Giancarlo para reponerse.

—Termina pronto, entonces, Maximus, por favor.

—Terminaré pronto, Octavia —le dije, alcanzando el más alto grado de desprendimiento de mi perra vida.

Pero Octavia, sin entender absolutamente nada, por primera vez en mi perra vida y en mi muerte, continuó tan tranquila:

—¿Y después qué piensas escribir?

—Nada, quimera...

—Nada, ¿qué?

—Nada, Octavia, pero yo mismo me encargaré de buscarle un remplazante al mecenazgo.

—Maximus, pero dos libros no son...

—Dos libros muy breves llevaron a Juan Rulfo a la inmortalidad, quimoctavia. Los míos, en cambio, son larguísimos, aunque eso dejó de preocuparme hace algunas horas. Me quedé dormido en el avión y soñé que conversaba con Juan Rulfo. Al principio, temía que se burlara de mí:

—Usted es el maestro de la economía, el rey de la concisión, Juan, en cambio yo...

—Estése tranquilo, Romaña: hay concisiones y concisiones. Lo que no puede haber, en cambio, es concesiones.

—Me desperté feliz, Octavia. Gran Lalo me había entregado mis cuadernos en la escala de París y lo único que tengo que corregir ahora son las concesiones y alguna que otra ligera mueca del destino, porque hoy sé más que ayer.

—¿Y el epílogo, Maximus? Perdona mi insistencia...

—Tardará todo lo que Giancarlo necesite para...

—Octavia siempre me ha hablado de usted como de un hombre profundamente...

Le hice *stop* con la mano, porque ése es el idioma que mejor entienden los deprimidos, y en buena hora Octavia creyó que estaba pidiendo un whisky. Que me fue servido por el precioso mayordomo, mientras Giancarlo se animaba a mostrarme el tercer piso del palacio.

La galería de los retratos de familia era una maravilla, de generación en degeneración, fastuosamente decorada por Octavia con descomunales y divinos arreglos florales, aunque con el toque justo y perfecto para un caso tan grave, o sea como quien no quiere la cosa. Al fondo de la galería, frente a frente, Giancarlo, al cual sin duda le tocó posar un día en que Dios estaba enfermo, y Octavia, a quien, como quien no quiere la cosa, le había tocado posar un día que sólo podría calificar como el del nacimiento de la quimera. Al desplazarme un poquito, noté, a punta de latidos, que la mirada de Octavia en el cuadro me seguía, o sea que retrocedí, avancé, torcí a la derecha, a la izquierda, y me puse incluso de espaldas al cuadro, lo cual marcó al pobre Giancarlo en dosis suficiente como para no darse cuenta de que los ojos de Octavia no sólo me seguían, me perseguían, sí, me perseguían, motivo por el cual Octavia, que también me estaba mirando y permirando, dijo que pasáramos por favor a la biblioteca.

Era para caerse sentado, la biblioteca, cosa que hizo Giancarlo mientras me contaba, con feroz taquicardia en lo aquilino de lo aguileño de su perfil, puesto que hay taquicardias sumamente distinguidas, justo es reconocerlo, que ya había habido un antecedente de mecenazgo en su familia. *Stop*, le dije en su idioma, porque mi vista acababa de detenerse en un volumen empastado en cuero verde y oro de oro, debido a lo exacto que era a los demás. Lo saqué de la estantería, ya que también yo sé hacer las cosas como quien no quiere la cosa, y era nada menos que *Historia personal de Francia*, mi querido Watson. Busqué y encontré la página que casi me había matado en Lima, la de Alberto, el sapo anterior, pero Octavia intervino arrancándome violentamente la página subrayada de las manos. *Troppo tardi.* Porque lo entendí toditito, desde el primer día, desde el primer instante: también yo era el quimero de Octavia. Y entonces ella lo supo todo también.

—¡Maximus! ¡Maximus! ¡Maximus! —exclamó, con tal fuerza, que al pobre Giancarlo se le vino abajo, junto con la presión, íntegro su entusiasmo palaciego.

—Albertino, Octavia, llévame pronto donde Albertino —le supliqué.

—Romaña —logró decir el pobre Giancarlo, gracias a que seguía sentado—, necesito a Octavia, pero el mayordomo lo acompañará a atravesar la calle sin peligro. Puede usted depositar en él toda su confianza. Jaló un cordón de seda y oro, creo, que no estaba yo para detalles, y apareció precioso el mayordomo con el abrigo para esa noche que me acababa de comprar Octavia. ¡Qué claras son las cosas cuando se aclaran!, suspiré profundamente, pero para mis adentros, porque siempre me ha gustado el chocolate espeso. ¡Dios mío, qué claras!

—Otro día vendrá usted a visitar el estudio de Octavia —suspiró también Giancarlo.

—Y el salón de tus necesers, Maximus —suspiró también Octavia, como quien se dirige por última vez a lo que toda la vida la había aterrado tanto.

Ya sólo faltaba que suspiraran el mayordomo y Bimba, o sea que opté por decir buenas noches y me retiré para siempre a la claridad verde y blanca del mecenado escritor de enfrente.

Luego, empezó el curso natural de las cosas, aunque más bien debería decir el curso natural del río, por fin. Verde y blanca era también la decoración que Octavia había escogido para mí. Me puso precioso. Me acostaba con un pijama de seda a rayas, me despertaba también con ese pijama, y el desayuno lo recibía, como el almuerzo y la comida, en bandejas de plata y vajilla de porcelanísima, cubiertos los platos y fuentes por campanas de plata con su cupulita encima para poder destapar, cosa que por supuesto hacía precioso el mayordomo. Todo me lo traía él desde el mecenazgo de enfrente, tras haberme anunciado por teléfono el menú del día y la carta de vinos. Bata de seda a rayas, zapatillas con mis iniciales grabadas, hasta la hora del baño, y el día lo pasaba con finísimos zapatos blancos, calcetines del mismo color, un pantalón tan sport, largo, y color marfil, como el de los tenistas antiguamente en Wimbledon, chompa ligera, a rayas, por supuesto, camisa de seda blanca y pañuelo blanco también de seda, al cuello, como una soga.

A Albertino me lo dejaron color sapo, felizmente, y todos los días lo miraba en las horas en que no estaba escribiendo, comiendo, o recibiendo a Octavia que llegaba, como siempre, a las cuatro en punto de la tarde y se quedaba clásicamente hasta las ocho. Eran las horas que Giancarlo le consagraba a la astronomía y al médico, de lo contrario Octavia jamás lo hubiese dejado solo. Ni a mí tampoco, aseguraba ella, y yo repetía ni a mí tampoco, Octavia, para su entera satisfacción. Nuestras conversaciones nunca llegaron a las manos, ni a los besitos y besos volados, ni mucho menos a las caricias furtiva lágrima. Éramos ideales, y así fue también nuestro comportamiento. Nos encantaba, eso sí, repetir nuestras conversaciones sobre *La Cartuja de Parma* y *Don Quijote de la Mancha,* sobre todo para evitar nuestras conversaciones sobre Hemingway y Pío Baroja, y a veces yo notaba que buscábamos de esa manera crear una atmósfera en la que el tiempo no pasa. Las otras veces, estoy seguro, era ella quien lo notaba. Una hora antes de su partida, Octavia me servía un whisky, luego otro y el tercero, y me acompañaba con dos copas de oporto. Por supuesto, jamás aludimos en forma alguna a lo insoportable que es el amontonamiento de segundos y minutos entre las cuatro y las ocho, ni mucho menos al hecho que, a pesar de todo, con esas copas nos estábamos dando y quitando fuerzas para su partida. A las ocho menos cuarto, llegaba el médico con el boletín de salud del mecenazgo, asistía a la despedida de Octavia, y empezaba conmigo.

—La presión altísima, el pulso bajísimo, y la taquicardia, la taquicardia, señor Romaña... Pero conversemos un poco mientras usted mira a Albertino.

—Yo no miro a Albertino, doctor; en realidad yo lo admiro. Poderse pasar toda una vida así...

Eso se lo decía para no tener que concentrarme en él, porque estaba seguro que luego se lo chismeaba todo al mecenazgo. Y porque era un imbécil. Qué demonios sabía ese galeno milanés de mi vida. Era capaz de recetarme anafranil si le contaba, aunque sea por burlarme de él, que a mi vida sólo le faltaba un epílogo y que estaba escribiendo ese epílogo porque ese epílogo ya estaba escrito. Pero, en fin, un día fingí hacerle caso, para poder luego burlarme de él mejor.

—Doctor —le pregunté—: ¿a quién cree usted que quise más, a Inés o a Octavia?

Por supuesto que al día siguiente Octavia se me quedó hasta las nueve de la noche y hasta mencionó La Sopa China Abierta y Cerrada, de la manera menos quimérica que he visto en mi vida. Nos despedimos al quinto whisky y estuve un mes sin fumar. Pero cómo corregí, cómo añadí, y los últimos días no paré un instante de epilogar. Epilogué hasta cuando Octavia vino a quedárseme hasta las diez de la noche, porque Giancarlo había bajado a visitar a sus abuelos, a quienes no encontró porque éstos, a su vez, habían subido a buscar a sus bisabuelos. Giancarlo se nos presentó furioso, tan furioso que a la legua se notaba que mejor no podía andar de su depresión.

—¡Petronila! —exclamó, agresivísimo—. ¡Te estoy esperando desde hace casi dos horas! ¡Mis abuelos han encontrado a mis bisabuelos, pero mis bisabuelos no me han dejado entrar porque no me han reconocido! ¡Hace una semana que me suprimieron el anafranil y ahora resulta que empiezo a quedarme también sin antepasados! ¡Llevo dos horas esperando en palacio! ¡Qué demonios haces metida donde el artista de enfrente! ¡Nada menos que donde un pobre mantenido, Petronila!

—Octavia estaba viviendo sus horas de Octavia de Cádiz —le dije, para convencerme de una vez por todas de que había sanado. Luego, bastante intranquilo, agregué—: Lo que no sabía es que usted le llamaba Petronila en la intimidad.

—¡Yo sé cómo se llama mi esposa, cretino! ¡Y ahora, Romaña, quiero que sepa que no bien encuentre otro pordiosero lo cambio por usted!

Éste está sanísimo, me dije, mirando a Octavia como quien pregunta por su independencia. Pero Octavia se disculpó y se despidió con las justas. Claro, me despertó a las cuatro de la mañana, por teléfono, para decirme que le había enviado un telegrama a Gran Lalo, pidiéndole que me enviara su antiguo retrato, mientras me mandaba hacer una copia del que me perseguía. Y corto rápido, Maximus, porque no tarda en despertarse Giancarlo.

—De acuerdo, Octavia, muchas gracias. Y ahora duérmete tranquilita, por favor.

—Mañana a las cuatro, Maximus.

—Mañana como toda la vida, Octavia.

Luego, como quien practica su inglés, me dije *how very little chimeric,* aunque el asunto, más que muy poco quimérico, empezó a parecerme a gritos cosa de Octavia de Cádiz, antes de la *Historia personal de Francia.* Me cubrí la cabeza con la sábana de seda verde y blanca, empecé a concluir que había vivido toda una vida de soledad en excelente compañía, y le dije por última vez *I really love you,* Octavia.

Me desperté tarde y muy cansado y abajo estaba el cretino del mayordomo, esperándome blanco y precioso. Nunca lo había visto cretino, pero estaba decidido a ser muy amable con todo el mundo, al final, y le acepté con cortesía y buenos días, señor, el jugo de naranjas, las tostadas, y el café. Casi le doy una buena propina, cuando se despidió hasta la hora del almuerzo. Pero a la hora del almuerzo abrió la puerta y me encontró fatal. Hacía tres horas que le había atravesado el corazón a Albertino con la enorme aguja que le tenía preparada en un precioso e inútil costuretito. Llegaron ambulancias y médicos y clarito escuché cuando uno dijo no hay remedio, se muere porque se muere, señores, o sea que es mejor dejarlo ahí. Ahí, por supuesto, era el sillón Voltaire y su taburetito sobre el cual ya casi no latían mis pies.

La última alegría de mi vida fue que Octavia lo entendiera todo. No saben ustedes el ataque de celos que le dio al ver que me moría por ella aún y aun.

—¡Martín! ¡Martín! ¡Martín!

La verdad, jamás se me ocurrió que me fuera a salir con semejante cosa. Para ser una quimera, no se puede negar que era una real hembra, la mujer con más recursos del mundo. En los buenos, viejos, y horribles tiempos, sin duda alguna habría logrado de mí una erección que no quiero calificar de ideal, por lo que esta palabra tiene de abstracto y quimérico, pero digamos que... *Troppo tardi.* Y ni siquiera pude decirle que era una maravilla el amor, otra su orgullo, y otra sus piernas. No, ya sólo me quedó tiempo para la fenomenal y atroz carcajada que me tenía reservada la verdad verdadera, por fin. Y, por supuesto, también para Vallejo me quedó tiempo.

—Hay golpes en la vida, yo no sé...

La rabia que le dio sentirse tan insegura.

—*¡Imbécile, imbé!*

El *cile* ya no lo oí porque sin duda alguna estaba estertorando mientras pasaba bajo el toldo de La Sopa China y porque así se llega a las verdes colinas...

—¡Mierda! —exclamé, pero si son *Las verdes colinas de Africa,* un libro de Hemingway sobre el cual nunca llegamos a hablar con Octavia de Cádiz. Pobrecita, si supiera, pobre, pobrecita, si supiera la pobrecita... Y los ángeles, como le pedía la canción al pintor, eran todos angelitos negros. Aunque claro, Dios paga con creces y al autor de la canción le había respondido con unos enormes angelotes negros, nada menos que con los negros que cargan armas y municiones en *Las verdes colinas de Africa.* Negros espigados y finos de la tribu Massai, en Kenya. Eran los hombres, perdón, eran los ángeles más bellos del mundo. Pobre, pobrecita, Octavia, ella en mi entierro y yo aquí perdurando feliz. Lo descansado que me siento, Dios mío... En ese instante alguien me tomó del brazo y qué tal abrazote en seguida.

—¡Leopoldo!

No pueden imaginarse lo bien que le sentaba la muerte.

—¡Aquí sólo entran los santos y los sentimentales, *mon très cher* Martín!

—O sea que Octavia que es tan sentimental...

—Tendrás que acostumbrarte a la idea de que se llamaba en realidad Petronila.

—Pero si desde que me llenó la primera ficha de alumna en Nanterre, el día que la conocí...

—¿Qué otra cosa esperabas de una quimera, Martín?

—No puede ser verdad, Leopoldo, porque la noche en que me detuvo la policía, la noche que me interrogaron, los policías también la llamaron Octavia durante el interrogatorio... Y cuando yo llamaba a su casa preguntaba por Octavia. Y su primer esposo...

—Son las concesiones que Petronila logró arrancarle a su familia, para que nunca te enteraras. Petronila necesitó sobrehumanamente ser Octavia de Cádiz, darte el amor ideal, el amor que buscabas y necesitabas. Y luego la pobre, también... No, no creas que lo pasó menos mal que tú... Al contrario... Petronila Marie Amélie y Martín nunca supieron para quién amaron.

—No puedo llegar a creerlo, Leopoldo, porque también su hermana la llamaba Octavia en sus primeras conversaciones sobre mí. Y eso fue antes de conocerme, siquiera.

—No olvides, Martín, que fue Octavia quien te contó esas conversaciones.

—Bueno, pero yo seguiré llamándola Octavia toda la... toda la... Leopoldo, ayúdame por favor con el vocabulario del cielo.

—Los ángeles y algunos santos siguen hablando de eternidad, pero Dios dice que no puede haber nada más huachafo que esa palabra.

—¿Crees que Octavia siente que perduro, Leopoldo?

—¡Y cómo, *mon très cher ami*! Pero vamos, te toca ya ver a Dios.

Íbamos subiendo y bajando ligeras y verdes colinas mientras Leopoldo me explicaba que a Dios no lo iba a encontrar en su mejor momento, porque desde el segundo mandato del presidente norteamericana Reagan, un vaquero que empleaba la palabra eternidad, precisamente, la NASA, sin darse cuenta, gracias a Dios, o sea gracias a Él, había instalado una estación espacial muy cerca al cielo, y ya eso era el colmo.

—Dios lo atribuye a los fines de siglo, que según Él, son todos igualmente aburridos y pesados, pero aun así no logra disimular su preocupación.

Colinas más adelante, sobre una preciosa colinita, había una santa que debía andar por las cuatrocientas y pico santidades (1), y que realmente parecía estar pasándolas muy mal en el cielo. Le pregunté a Leopoldo, y me dijo que se trataba nada menos que de Santísima Teresa de Ávila, muriendo porque no moría después de muerta. Pobrecita, Leopoldo, protesté, pero él me explicó que la santa exageraba, que simple y llanamente no se conformaba con no estar contemplando a Dios todita su santidad. Dios la quiere mucho, Martín, pero no puede darle preferencia sobre los demás santos.

—¿Hay muchos, Leopoldo? —le pregunté, mientras nos acercábamos a la sección serafines, que anunciaba la sección Dios.

—Mucho menos de lo que se cree en Roma; muchísimo menos.

—Una última pregunta, Leopoldo, ¿cómo crees que le llama Dios a Octavia?

—Hombre, Octavia de Cádiz, por supuesto.

—Ah, lo feliz que voy a ser, Leopoldo.

—Y mucho más cuando te enteres lo que le tiene preparado a los padres de Octavia.

—Lo peor, estoy seguro; bien hecho...

—Ssshiiii... Mira qué maravilla, Martín...

Montpellier, Bahía de Pollensa, El Escorial,
Fuenterrabía, Madrid, Montpellier.
1 de julio 1982 - 19 de febrero 1984.

(1) Las diferencias entre el cielo y la tierra son lo que en la tierra se llama, muy acertadamente, por una vez, el cielo y la tierra. Y así, los años se cuentan en santidades y sentimentalidades, pero sin transcurso de tiempo. Por supuesto. Así, también, se tiene antigüedad sin antigüedad, según la fecha y hora de llegada, sin calendario ni relojes, del santo o sentimental, al cielo. Pero en el cielo no existe la jubilación. A quién se le ocurriría. No existe tampoco diferencia social alguna, a quién se le ocurriría, entre santos y sentimentales, pues Dios le atribuye las virtudes de éstos a aquéllos y viceversa, aunque tampoco existe la palabra viceversa, pues no habiendo diferencias no tienen por qué existir semejanzas o equivalencias... En fin, el cielo y la tierra, y por consiguiente algo totalmente inexplicable para quien no lo haya vivido, aunque esta palabra tampoco existe. Ya ven...

ÍNDICE

I IMPRIMA NO DEPRIMA, O CUANDO SUENA EL CLARÍN

II LA MIRADA DEL PRÍNCIPE

III EL RESTO DE LA VIDA

IV EL RESTO DE LA VIDA —2

Este libro se imprimió en los talleres
de Printer Industria Gráfica, sa
Sant Vicenç dels Horts
Barcelona